CHRISTOPH ELBERN

HAFEN MÖRDER

RL rütten & loening

CHRISTOPH ELBERN

HAFEN MÖRDER

CARL-JAKOB MELCHER ERMITTELT

ROMAN

rütten & loening

ISBN 978-3-352-00972-3

Rütten & Loening ist eine Marke
der Aufbau Verlage GmbH & Co. KG

1. Auflage 2022
© Aufbau Verlage GmbH & Co. KG, Berlin 2022
Satz Greiner & Reichel, Köln
Druck und Binden CPI books GmbH, Leck, Germany
Printed in Germany

www.aufbau-verlage.de

Kapitel 1

Ich will von Anfang an erzählen. Jetzt habe ich endlich genug Abstand zu den aufwühlenden Ereignissen im Sommer 1904, um ausführlich darüber berichten zu können. Es ist viel über die einzelnen Ereignisse geschrieben und erzählt worden, aber die ganze Geschichte in ihren Verwicklungen und Verwirrungen kann nur ich persönlich erzählen.

In dieser Geschichte, die mein Leben und das vieler anderer Menschen grundlegend verändert hat, geht es um Mord und Betrug, um Liebe und Verrat, um Krisen und Weltgeschehen. Wie in allen guten Geschichten, den erfundenen und den wahren gleichermaßen. Ich erzähle die Geschichte so, wie ich sie erlebt habe, mit allen Irrungen und Wirrungen und nicht aus der allwissenden Rückschau heraus. Nur so ist zu verstehen, warum ich mich in der ein oder anderen Situation so verhalten habe und nicht anders. Hinterher ist man ja immer klüger.

Von Anfang an zu erzählen heißt aber auch, zu wissen, wo der Anfang überhaupt ist. Fing diese Geschichte an, als ich an einem trüben Donnerstag im Januar 1904 ins Haus meines Onkels, des Reeders Wilhelm Knudsen, in Hamburg einzog? Oder fing sie im März an, als das erste Opfer einer Reihe grausamer Morde entdeckt wurde? Meine erste Verwicklung in die Ereignisse datiert jedenfalls in einer verregneten Mainacht, als in einer dunklen Gasse nahe der Reeperbahn vor einem Hurenhaus ein honoriger Bürger der Stadt hinterrücks erstochen wurde.

Ich fange am besten mit mir an. Mein Name ist Carl-Jakob Melcher. Ich bin heute, zwei Jahre nach diesem denkwürdigen Sommer des Jahres 1904, neunundzwanzig Jahre alt. Ich stamme aus einer Hamburger Kaufmannsfamilie. Mein Vater, über den ich zehn Jahre nach seinem Tod nichts Abwertendes sagen möchte, hat sich zu viel mit seinen Erfindungen beschäftigt und zu wenig mit dem Gewürzhandel, der eigentlich seine Profession war. So hinterließ er mir nach seinem frühen Freitod einen Stapel obskurer Patente, die sich nicht versilbern ließen, und eine, meine Gymnasiastenvorstellungen übersteigende Summe von Schulden. Meine genügsame und liebevolle Mutter, die aus einer Reederfamilie stammte, hatte eine nicht unerhebliche Mitgift in die Familie gebracht, die mein Vater innerhalb weniger Jahre gänzlich verspekulierte. Mutter starb ein paar Jahre vor meinem Vater bei der Hamburger Choleraepidemie. Ich wäre sicher auf der Straße gelandet oder als Leichtmatrose im Salpeterverkehr, wenn sich nicht mein Onkel Wilhelm Knudsen, der Bruder meiner Mutter, nach dem Tod meines Vaters meiner angenommen hätte. Er gab mir, dem damals neunzehnjährigen Waisenkind, eine Familie und ermöglichte mir ein Studium. Ich werde ihm dafür, was auch immer man ihm sonst vorwerfen kann, bis an mein Lebensende dankbar sein.

Onkel Wilhelm hätte es gerne gesehen, wenn ich mich mit seinem Geschäft, dem Reedereiwesen, beschäftigt hätte. Er machte keinen Hehl daraus, dass er seinem Sohn, meinem fünf Jahre älteren Cousin Adolf, in Bezug auf seine Nachfolge nicht viel zutraute. Aber ich konnte mir nichts Langweiligeres vorstellen, als Bruttoregistertonnen zu disponieren, Routen auszuarbeiten und mir von meinem Kontor aus mit anderen großen Reedern Wettrennen über die Weltmeere zu liefern. Außerdem hatte ich den

Ehrgeiz, mich nicht in das gemachte Bett der Reederei Knudsen zu legen, sondern mir selbst etwas aufzubauen.

Kurzzeitig hatte ich die Idee, Ingenieurwesen zu studieren, um den Patenten meines Vaters vielleicht doch noch zum Erfolg zu verhelfen. Aber dann setzte mir meine Tante Isolde Knudsen, die Frau des Reeders, den Floh ins Ohr, mit meinem Verstand etwas zu tun, was der Menschheit wirklich nützen würde. Sie beschwor mich, Arzt zu werden. Ich folgte nicht ganz ihrem Wunsch und entschied mich für die noch junge Wissenschaft der Bakteriologie. Meine arme Mutter war – nicht einmal vierzigjährig – 1892 an der Cholera gestorben und mit ihr über achttausend weitere Hamburger Bürger. Ich wollte alles dafür tun, dass die Cholera und ähnliche Bedrohungen, ausgerottet würden.

So studierte ich ab dem Jahre 1899 am Hygiene-Institut der Königlichen Universität zu Greifswald bei Paul Uhlenhuth, der inzwischen zum Professor berufen worden war. Zu dieser Zeit etablierte in Hamburg der Arzt Bernhard Nocht das Tropeninstitut, wo man sich den Krankheitserregern widmete, die Soldaten, Seefahrer und Einwanderer aus aller Welt über unsere schönen Landungsbrücken so einschleppten. Nach Abschluss meines Studiums fand ich dort eine Stellung als Forschungsassistent und konnte in meine geliebte Heimatstadt Hamburg zurückkehren.

Aber genug über mich. Sprechen wir von dem ersten erbarmungswürdigen Opfer der Ereignisse, mit dem ich zu tun bekam.

Kapitel 2

Am Morgen des 17. Mai 1904 gegen vier Uhr, es war noch dunkel, verließ Joana Gilberto, eine fünfunddreißigjährige, aus Rio de Janeiro stammende Hure, ihren Arbeitsplatz in einer dunklen Sackgasse in der Nähe der Reeperbahn, um sich auf den Weg in ihre schäbige Einzimmerwohnung im Gängeviertel zu machen, die sie sich mit zwei anderen Liebesmädchen teilte, um dort ein paar Stunden zu schlafen. Wenige Meter vom Eingang des Hurenhauses entfernt, stolperte die leicht angetrunkene Joana über etwas, das am Boden lag. Als sie sich wieder gefangen hatte, blickte sie in das bleiche Antlitz eines alten Mannes, dessen kalte, weit aufgerissenen Augen sie anstarrten. Die Frau konnte nur noch schreien. Sie kreischte so laut und so ausgiebig, dass sie fast ohnmächtig wurde. Fenster und Türen der umliegenden Häuser waren im Nu erleuchtet und geöffnet, viele Anwohner liefen gleich auf die Straße, um zu sehen, was es so Kreischenswertes gab. Der herbeigerufene Schutzmann hatte seine liebe Not, die Gasse abzusperren, damit die Kriminalpolizei, die eine halbe Stunde später eintraf, den Toten noch unberührt vorfand.

Die Kriminalpolizei kam mit einem zweispännigen Landauer, der für solche Einsätze zur Verfügung stand. Auf der Rückbank saßen Kommissar Arnold Manthey und Kriminalassistent Martin Bucher, der ein alter Schulfreund von mir ist. Martin verdanke ich zahlreiche Details dieser Geschichte und noch viel mehr, aber dazu später. Mit seiner Lebensgeschichte, die ihn auf Umwegen vom Theologiestudium in die Amtsstuben der Hamburger Polizeidirektion getrieben hatte, will ich hier jetzt nicht ablenken. Martin malte mir die Ereignisse dieser Nacht in düsteren Farben aus.

Als die Polizisten ihre Arbeit aufnahmen, wurde es langsam hell am Himmel über der Reeperbahn, aber das aufkommende Tageslicht drang noch nicht in die enge Gasse. Beleuchtet wurde die Szenerie vom Licht der Wohnungen und einem Karbitscheinwerfer, den die Wachtmeister eilig herbeigeschafft und neben dem Toten aufgestellt hatten.

Die beiden Kriminalpolizisten zwängten sich durch die sensationsgierige Menge. Viele Menschen waren schon in den Kleidern, mit denen sie zur Arbeit im Hafen, in den Kontoren und Geschäften oder auf der Baustelle der Speicherstadt gehen würden. Andere waren nur in Morgenrock und Pantoffeln. Auf der anderen Seite des von den Wachtmeistern mit Holzböcken abgesperrten Bereiches der Gasse stand eine Handvoll Huren aus dem Hurenhaus. Sie hatten es nicht für nötig befunden, ihre aufreizende Dienstkleidung in irgendeiner Weise zu bedecken. Wenn es etwas zu gucken gab, konnte man auf Etikette und Anstand gerne verzichten.

Der Tote lag auf dem Rücken, die Beine unnatürlich verdreht. Die Augen waren immer noch geöffnet. Kommissar Manthey, ein ernster, drahtiger Mann Ende vierzig mit buschigem Backenbart, schloss sie mit einer routinierten Bewegung. Das Gesicht des Mannes war bleich, an der linken Wange war ein dünner Streifen angetrocknetes Blut. Und auf der Stirn prangte dieses Zeichen, das Manthey und Martin nicht zum ersten Mal sahen. Wie einem Opfer zwei Monate zuvor hatte der Täter auch diesem Toten ein Zeichen in die Stirn geritzt. Zwei Querstriche, zwei oder drei

Längsstriche. Eine römische Zwei oder Drei. Vielleicht auch die Zahl Pi. Oder das Symbol des Sternbildes Zwilling. In der Polizeidirektion kursierten schon beim ersten Auftauchen zahlreiche Spekulationen über dieses Zeichen. Das würde jetzt noch weiter ins Kraut schießen.

Der Kommissar wollte vom Schutzmann wissen, ob der Tote schon so gelegen habe, als er an den Ort des Geschehens kam. Der Schutzmann bejahte dies und beteuerte, den Toten nicht angerührt zu haben.

Der Kommissar hockte sich vor die Leiche und betrachtete aus nächster Nähe den Oberkörper. Er öffnete vorsichtig die Weste des Toten und inspizierte das blütenweiße Hemd aus feinstem Damast und schüttelte den Kopf. Dann gab er Martin ein Zeichen, ihm beim Umdrehen der Leiche behilflich zu sein. Der Kommissar fasste unter die Achseln, Martin griff beide Unterschenkel, und mit Schwung wurde der vielleicht neunzig Kilo schwere Mann herumgedreht. Nun war zu erkennen, wonach der Kommissar gesucht hatte: Am Rücken, vielleicht eine Handbreit links von der Wirbelsäule auf Höhe des Herzens, war ein kleines, leicht ausgefranstes Loch, eher ein Schlitz im dunklen Stoff des Mantels zu sehen. Manthey legte sanft den Finger darauf, als wollte er den Schlitz verschließen.

Ein Messerstich, bemerkte Martin Bucher, und sein Chef Manthey ergänzte, dass es sich um ein sehr langes, schmales Messer handeln müsse, das der Täter mit chirurgischer Präzision dort angesetzt hatte, wo es das Herz und vielleicht auch noch die Lunge durchstechen und tödlichen Schaden anrichten würde.

Als Nächstes befragte mein Freund Bucher ein paar Anwohner und Passanten, die aber alle nichts gesehen und nichts gehört hatten. Kein Kampf, keine Hilferufe, keine Schmerzensschreie. Nur den Schrei der entsetzten Hure Joana Gilberto, die schließlich als einzige wirkliche Zeugin vernommen wurde. Die Prostituierte, die nach eigenen Angaben seit fünf Jahren in Hamburg ihrer Profession nachging, sprach nur sehr schlecht Deutsch. In ihrem Gewerbe gehören Fremdsprachen nicht zu den besonders geforderten Fähigkeiten. Aus der Menge der Schaulustigen wurde ein Portugiese rekrutiert – in Hamburg ist immer und überall ein Portugiese in der Nähe –, der den Bericht der Hure übersetzte. Die Frau, die mein Freund Martin als außergewöhnlich dick und ordinär beschrieb, war nicht sicher, ob sie den Toten kannte, aber eine ihrer umstehenden Kolleginnen wusste mehr. Der Mann war ein oder zwei Stunden zuvor im Hurenhaus gewesen und hatte es allein, betrunken, aber sehr lebendig verlassen.

Die Identität des Mannes ließ sich nicht so leicht feststellen, da er weder Papiere noch sonstige Wertsachen am Körper trug. Die Kriminalpolizisten schlossen daraus, dass er ausgeraubt worden war, schließlich hatte er im Hurenhaus noch bezahlt. Auch beim ersten Opfer hatte alles auf Raubmord hingedeutet.

Der Tote war wohlgenährt, hatte eine, von den Merkmalen des Todes einmal abgesehen, gesunde Haut und trug feinste, maßgefertigte Kleidung. Es fehlte der obligatorische Hut. Zu seinem Stil würde ein nicht zu hoher Zylinder passen. Hatte der Mörder diesen Hut auch mitgenommen? Die drängendste Frage, die sich Kommissar Manthey in den frühen Morgenstunden in dieser Gasse stellte, war aber: Was tat ein Mann seines Standes in einem gewöhnlichen Hurenhaus auf St. Pauli? Gab es für Herren, die es sich leisten konnten, nicht viel exquisitere Gelegenheiten? Ich kenne mich da nicht so aus, da ich die Dienste von Huren nur zwei- oder dreimal im Hafen von Greifswald in Anspruch genommen habe und dabei mehr Ekel als Vergnügen empfand.

Aber auch mein Freund Martin meinte, dass es nur einen Grund geben konnte, der den Mann in so eine finstere Kaschemme trieb: Er war nicht nur verheiratet, was sicher auf so gut wie alle Kunden des ältesten Gewerbes zutraf, sondern auch eine bekannte Persönlichkeit in der Stadt. Er wollte nicht riskieren, von seinesgleichen gesehen zu werden.

Ohne sich wirklich viel davon zu versprechen, ließ Kommissar Manthey die sieben noch im Hurenhaus und davor befindlichen Huren auf die Polizeidirektion schaffen. Die Frauen protestierten heftig, mussten sich aber fügen. Es war wenig wahrscheinlich, dass eine von ihnen den Mord begangen hatte. Denkbar war eher, dass eine der Huren einem befreundeten Ganoven einen Tipp gegeben hatte, dass bei diesem Kunden etwas zu holen war. Der Räuber hatte dann auf den Mann gewartet und die schändliche Tat begangen. Es war allerdings ungewöhnlich, so wusste man bei der Hamburger Polizei aus Erfahrung, dass ein Räuber sein Opfer so kaltblütig hinterrücks ermordete. Gewöhnliche Räuber schlugen in den dunklen Gassen ihre Opfer nieder oder verprügelten sie. Und, nur wenn es schlecht lief, überlebten die Opfer das nicht. Zudem signierten gewöhnliche Räuber ihre Opfer nicht mit geheimnisvollen Zeichen.

Noch eine offene Frage war: Wo war die Kutsche oder sogar das Automobil des Mannes? Wo war sein Fahrer oder Kutscher? Ein feiner Herr tritt mitten in der Nacht nicht zu Fuß den Heimweg an. Eine Befragung der Droschkenkutscher vom Spielbudenplatz, die von Schutzmännern in den folgenden Stunden durchgeführt wurde, brachte keine neuen Erkenntnisse. Einer der Kutscher behauptete, zur fraglichen Zeit einen buckligen Mann gesehen zu haben, der schnellen Schrittes über den Spielbudenplatz Richtung Elbe unterwegs war. Ein anderer bestätigte dies, meinte aber, dass es sich um einen großen Hund gehandelt habe. Es half nicht, es war zu dunkel gewesen für nützliche Beobachtungen.

Die Identität des Toten wurde wenige Stunden nach seinem Auffinden bei der Leichenschau im Hafenkrankenhaus recht einfach festgestellt, womit auch die Frage beantwortet wurde, ob es sich bei dem Opfer um eine bekannte Persönlichkeit handelte. Dr. Gerold Trestow, der Leichenbeschauer, erkannte in dem Toten auf Anhieb den Kaufmann Walter von Grimm. Der mit dem Handel von Teppichen und Seide reich gewordene Bürger war ein paar Jahre Mitglied in der Hamburger Bürgerschaft gewesen und auch immer mal wieder als Senator im Gespräch. Von Grimm lebte verwitwet in einem schönen Haus in Blankenese. Dr. Trestow hatte den Händler vor Jahren als Schiffsarzt auf einer Reise nach Shanghai begleitet. Unterwegs im Hafen von Bangkok hatte er bei dem hohen Herrn den Biss einer exotischen Spinne versorgt. Der Leichenbeschauer machte sich über Kommissar Manthey und meinen Freund Martin lustig, dass sie den wichtigen Mann nicht erkannt hatten.

Eine Beobachtung des Leichenbeschauers sorgte jedoch für wenig Heiterkeit und brachte schließlich mich ins Spiel. Beim Entkleiden der Leiche fiel sofort auf, dass das Opfer sich vor seinem Tod eingekotet hatte. Es ist nicht ungewöhnlich, dass im Todeskampf der Schließmuskel versagt. Der Leichenbeschauer ist daran gewöhnt, auch an den damit verbundenen bestialischen Gestank. Besorgniserregend waren die Konsistenz des Stuhls – weich, fast wässrig – und die mit bloßem Auge kaum erkennbaren weißen Flocken in der ansonsten hellbraunen Brühe, die in den Unterhosen des Kaufmanns klebte. Jeder Mediziner, der in Hamburg auch nur den Hauch von Erfahrung hatte, wusste, was das bedeutete.

Kapitel 3

Als mich mein alter Schulfreund Martin Bucher am selben Tag noch an meinem Arbeitsplatz im Tropeninstitut aufsuchte, war ich zunächst erfreut und schleuderte ihm nicht ganz ernst gemeinte Vorwürfe entgegen. Während meines Studiums hatte ich nur selten meinen Onkel und meine Tante in Hamburg besucht und war immer nur wenige Tage geblieben. Martin hatte ich seit drei oder vier Jahren nicht gesehen. Wir pflegten aber einen regen Briefverkehr.

»Schön, dass der Herr Oberkriminalrat endlich mal die Zeit findet, mir die Ehre seines Besuches zu erweisen«, rief ich und umarmte ihn. Er hatte sich etwas verändert. Er war immer noch fast einen Kopf kleiner als ich, hatte jedoch ein wenig zugenommen, ohne dass ich ihn dick nennen würde. Seine Haare waren noch etwas lichter geworden, dafür hatte sein Bart an Format gewonnen. Er trug ihn jetzt als Ziegenbart mit gezwirbeltem Schnauzer. Etwas geckenhaft, wie ich fand, aber da ich die letzten Jahre im verschlafenen Greifswald verbracht hatte, war mein Modegeschmack sowieso nicht auf dem neuesten Stand.

»Wann habe ich dir geschrieben, dass ich wieder nach Hamburg komme?«, fragte ich ihn etwas aufgeregt. »Im Dezember? Seit wann bin ich hier? Seit Januar? Und jetzt haben wir Mai. Wenn ihr bei der Polizei in allem so schnell seid, dann …«

In meinem Redeschwall merkte ich erst spät, wie nervös und angespannt Martin wirkte.

»Du, Zee-Jott«, sagte er und so hörte ich meinen Gymnasiasten-Spitznamen Zee-Jott, Abkürzung für Carl-Jakob, zum ersten Mal seit Jahren wieder, »ich habe einen Toten dabei, den du dir unbedingt ansehen musst.«

Er führte mich auf den Hof. Auf einem Pferdekarren lag ein menschengroßes Paket. Sie hatten den Toten in dickes Wachstuch eingeschlagen und mit Seilen verschnürt. Nachdem Helfer den Körper in einen Untersuchungsraum geschafft hatten und ich mit dem großen Bündel und Martin allein war, gab ich dem Freund Handschuhe und eine Atemmaske und legte auch selbst eine an. Im Tropeninstitut ist so ziemlich alles, was an Lebendem oder Totem auf die Untersuchungstische gelangt, auf irgendeine Weise ansteckend. Mit vereinten Kräften wickelten wir das schwere Paket behutsam aus.

Der Mann hatte noch seinen dunklen Anzug an, aber die Hose war heruntergezogen. Die lange Unterhose klebte am Körper. Es stank grauenerregend. Martin wandte sich ab. Ich nahm ein mittelgroßes Skalpell und einen gläsernen Objektträger und kratzte etwas von der angetrockneten, hellbraunen Substanz ab. Umgehend führte ich mit der Probe ein paar Tests durch, die bei uns inzwischen Standard waren, und betrachtete das Material unter dem Mikroskop. Martin saß währenddessen auf einem Stuhl in der Ecke und beobachtete mich schweigend. So kannte ich ihn gar nicht.

Knapp zehn Minuten später drehte ich mich auf meinem Stuhl zu ihm herum und nickte. Der unausgesprochene Verdacht hatte sich bestätigt. Ich traute mich nicht, die Diagnose laut auszusprechen, und auch Martin sagte nur fast lautlos: »Cholera!«

Wir beide wussten, dass dieses Wort zu laut und an der falschen Stelle ausgesprochen, die Stadt in Angststarre versetzen konnte.

Viele Hamburger hatten beim letzten großen Ausbruch vor zwölf Jahren einen Angehörigen verloren, so wie ich meine Mutter. Jeder erinnert sich an das Geklapper der Holzkarren in den Straßen. Erst kamen sie, um die Toten zu holen, und dann, um mit Chlorkalk die Umgebung zu desinfizieren. Ich habe heute noch den beißenden Geschmack auf der Zunge, wenn ich daran denke. Eigentlich waren wir stolz darauf, den Kampf gegen den Erreger gewonnen zu haben, was nicht zuletzt meinem Chef Bernhard Nocht zu verdanken war. Und jetzt sollte alles wieder von vorne beginnen?

»Wo war der Mann vor seinem Tod?«, fragte ich Martin. Wir mussten nun überlegt handeln. Vor allem musste ich meinen Chef informieren.

»In einem Hurenhaus«, sagte Martin und sprang auf. »Ein paar der Huren sind noch bei uns auf der Wache.«

»Gut. Ich bespreche mit Nocht, was sonst noch zu tun ist. Er hat auch ein Telefon. Du kannst in der Wache anrufen, dass sie die Frauen dort behalten.«

Die Cholera wird durch mangelnde Hygiene und verunreinigtes Wasser begünstigt, übertragen wird sie aber hauptsächlich von Mensch zu Mensch, also durch Berührung oder Austausch von Körperflüssigkeiten. In einem Bordell trifft der Erreger also auf ideale Bedingungen.

Es stand mir als kleinem Forschungsassistenten nicht zu, an der Vorzimmerdame vorbei in das Arbeitszimmer von Direktor Nocht zu stürmen. Ich tat es trotzdem, mit Martin in meinem Kielwasser, und nachdem ich mein Anliegen nach Luft schnappend vorgebracht hatte, war meine Respektlosigkeit unwichtig geworden. Nocht sprang auf und rief Kommandos. Wie ein Admiral auf der Brücke eines Kreuzers führte er uns in die nun unausweichliche Schlacht. Nocht war ein kleiner, etwas untersetzter Mann, aber das tat seiner natürlichen Autorität keinen Abbruch.

Ein Laborassistent wurde beauftragt, den Toten und seine Exkremente weiter zu untersuchen. Für die Gefährlichkeit einer Infektion war entscheidend, wie hoch die Dichte des Bakteriums Vibrio cholerae bei der infizierten Person war.

Mich schickte Nocht zur Polizeidirektion, wo ich die Prostituierten unter einem Vorwand untersuchen sollte.

»Sagen Sie denen«, rief er mir hinterher, »dass es jetzt Vorschrift sei, Damen ihrer Profession auf Geschlechtskrankheiten zu untersuchen. Syphilis und so. Ihnen fällt schon was ein.«

Auch Martin wurde von Nocht kommandiert. Er sollte dafür sorgen, dass das Hurenhaus sofort geschlossen werde. Ein Mord vor der Tür musste als Grund dafür ja wohl reichen. Dann sollte es umfassend desinfiziert werden.

»Und stellen Sie umgehend fest, wo dieser Mann war, bevor er zu den Huren gegangen ist«, rief er Martin hinterher. Die Jagd nach dem Mörder des Kaufmanns von Grimm musste warten.

Meine Aufgabe, die Huren auf der Polizeiwache zu untersuchen, war besonders schwierig. Das wusste natürlich auch mein Vorgesetzter. Die Cholera hat eine Inkubationszeit von drei bis fünf Tagen. Wenn Walter von Grimm eine oder mehrere der Frauen angesteckt hatte, dann war das noch gar nicht feststellbar. Ich musste sie also nicht nur untersuchen, sondern vor allem ihre Namen notieren und sie am besten irgendwie isolieren. Wie sollte ich das bewerkstelligen?

Die Antwort auf diese Frage hatte Martin, als ich ihn eine Stunde später in der Polizeidirektion traf. Das Bordell hatte er in der Zwischenzeit geschlossen und die drei Frauen, die gerade arglos ihren Dienst angetreten hatten, gleich mitgenommen.

»Ganz einfach«, sagte er und strahlte mich an. »Wir buchten sie ein. Besser kann man sie nicht isolieren.«

»Und wofür willst du sie verhaften? Sie haben den Mann nicht umgebracht.«

»Zee-Jott, du denkst wie ein Wissenschaftler. Ich denke wie ein Bulle. Prostitution ist im Deutschen Reich sittenwidrig. Seit 1901 sogar offiziell verboten. Ich tue also nur meine Pflicht und ziehe diese verkommenen Subjekte aus dem Verkehr.«

»Wenn das so ist, müsstest du noch ein paar hundert Frauen mehr überall in der Stadt verhaften. Das weißt du schon?«

»Ja, aber das werde ich mit den Huren hier nicht diskutieren. – Wie geht es dann weiter, wenn ich die Damen für dich in unseren komfortablen Suiten isoliert habe?«, fragte Martin.

»In frühestens drei Tagen treten Symptome auf«, erklärte ich. »Erbrechen, Durchfall. Wenn das der Fall sein sollte, bringen wir sie sofort zu uns ins Institut. Dort können wir ihnen helfen. – Haben sie in euren Suiten eine Toilette?«

»Na ja, eher einen Eimer.«

»Wunderbar. Der muss häufig geleert werden und den Inhalt bringt ihr dann immer schnell ins Institut. In einem gut verschlossenen Behälter.«

Martin verzog angeekelt das Gesicht.

»Und passt auf, dass eure Wärter keinen direkten Kontakt mit den Frauen haben. Schiebt ihnen das Essen durch die Tür. Und reichlich frisches Wasser brauchen sie gegen die Dehydrierung.«

Ich wurde noch Zeuge, wie der Tross von neun leicht bekleideten Frauen, einige gehüllt in Wolldecken der Polizei, unter Geschrei und Gefluche in den Zellentrakt der Polizeidirektion geführt wurde. Keines der Worte möchte ich hier wiedergeben.

Inzwischen hatte Arnold Manthey, Martins Chef, ermitteln lassen, wo sich Walter von Grimm vor dem Besuch im Bordell aufgehalten hatte. In von Grimms Kontor in der Speicherstadt war zu erfahren, dass er unmittelbar von einer Geschäftsreise aus St. Petersburg nach Hamburg zurückgekehrt war. Gereist war er in einer der Gästekabinen eines russischen Viermasters, der noch im Hafen lag und entladen wurde. Man hatte mit dem Löschen der Ladung gerade erst begonnen. Das war von Vorteil, erklärte mir Arnold Manthey, weil so noch alle Matrosen an Bord waren. Wenn sie erst Landgang hatten, würde es Stunden dauern, sie einzusammeln. In der Zeit konnten sie, so sie dann infiziert waren, schlimmen Schaden anrichten.

Wir beschlossen, dass Martin und ich auf das Schiff mit dem Namen »St. Petersburg« gingen. Martin als Staatsmacht und ich als Bakteriologe. Wir würden die Besatzung von schätzungsweise 25 Mann mit Stuhlabstrich untersuchen müssen. Noch wichtiger war, die Männer an Bord zu behalten und das Schiff nach Möglichkeit nach dem Entladen sofort wieder die Elbe hinunterzuschicken. Zur Verständigung hatten wir einen Dolmetscher dabei.

Wir gingen mit zitternden Knien an Bord der »St. Petersburg«. Das Zarenreich hatte den Kampf gegen die Cholera noch nicht gewonnen, so dass wir auf alles gefasst sein mussten.

Kapitel 4

Knapp vierundzwanzig Stunden nachdem wir die »St. Petersburg« betreten hatten, wurden wir von einem Lotsenboot auf der Höhe von Wedel wieder abgeholt und zu den Landungsbrücken gebracht. Wir waren erschöpft, aber zufrieden. Der Kapitän, ein Mann namens Alexej Kerenski, erwies sich als kooperativ und freundlich. Er sprach sogar etwas Deutsch. Er stellte nicht viele Fragen. Als erfahrener Seemann hatte er schon häufig Seuchenkontrollen an Bord erlebt.

Er schilderte uns, dass sein Gast von Grimm, der eine der beiden luxuriösen Gästekabinen auf dem Schiff bewohnt hatte, schon an Bord nicht besonders gesund ausgesehen habe. Das konnte aber auch an dem schweren Wetter auf der Ostsee gelegen haben. Von Grimm habe die Kabine kaum verlassen. Daran hatte er gut getan, dachte ich, denn die Mannschaft war ohne Symptome. Die Russen waren alle bei bester Gesundheit und wenig begeistert davon, dass ich ihnen auf den Abort folgte und Proben ihrer Hinterlassenschaften nahm. Noch weniger angetan waren sie von der Tatsache, dass es nach dem Löschen der Ladung gleich zurück in die Heimat ging. Zu gerne wären die Männer noch ein paar Stunden durch Hamburg gezogen. Aber beim Stichwort Cholera musste Kapitän Kerenski nicht lange überredet werden.

Zum Abschied reichte uns der Kapitän große Gläser mit Wodka, die wir, so ist es wohl in Russland Brauch, in einem Zug leerten. Deshalb habe ich mich dann auch vom Lotsenboot aus in die Elbe übergeben, was Martin und unserem Dolmetscher sichtlich Spaß bereitete.

In den Tagen nach dem Mord an Walter von Grimm durchkämmte die Polizei die Gegend um Reeperbahn und Hamburger Berg und versuchte dabei, so wenig Aufhebens wie möglich zu machen. Auch der Presse gab man nur allernötigste Informationen und verschwieg dabei, dass der Tote wenige Augenblicke vor seinem unsanften Dahinscheiden noch in einem düsteren Hurenhaus verkehrt hatte. Jeder, der sich in Hamburg auskannte, benötigte diese Information nicht. Der Name der Gasse reichte, um den Ruf des Kaufmanns posthum zu beschädigen. Die Todesanzeige, die die »Versammlung Eines Ehrbaren Kaufmanns zu Hamburg«, bei der von Grimm Mitglied war, ein paar Tage später abdrucken ließ, war so nebulös verfasst, dass der Mann auch in einer glorreichen Schlacht hätte gefallen sein können.

Da wir uns nach dem Auffinden von Grimms zunächst nur mit seinen Cholera-Symptomen beschäftigt hatten, musste die kriminalistische Leichenschau seitens Dr. Trestow noch nachgeholt werden. Die Untersuchung brachte zutage, dass die Tat mit chirurgischer Präzision ausgeführt worden sein musste. Der Täter hatte genau dort am Rücken die Waffe angesetzt, wo es geradewegs zum Herzen geht. Das Herz wurde von hinten durchbohrt, auch die Lunge hatte großen Schaden genommen. Der Leichenbeschauer vermutete, dass es kaum mehr als fünf Minuten gedauert haben konnte, bis das Opfer innerlich verblutete, weshalb es nur sehr wenig Blut auf dem Pflaster gegeben hatte. Offenbar war von Grimm so schnell bewusstlos geworden, dass er nicht um Hilfe zu rufen vermochte. Der Grad seiner Trunkenheit hatte dabei sicher auch eine gewisse Rolle gespielt, vermutlich auch die schon fortgeschrittene Dehydrierung durch die Cholera. Ob dem Opfer das Zeichen vor oder nach dem Stich in die Stirn appliziert worden war, konnte der Leichenbeschauer nicht sagen. Ich hätte einfach Material vom Rückeneinstich mit solchem von der Stirnwunde verglichen und wäre schnell dahintergekommen, ob zum Beispiel Spuren von Herz- oder Lungengewebe in der Stirnwunde zu finden waren. Das hätte die Reihenfolge eindeutig geklärt. Aber ich war bei der Leichenschau nicht zugegen, und es lag mir fern, Dr. Trestow zu belehren. Man konnte sich auch ohne mikroskopische Untersuchung vorstellen, dass das Zeichen erst in den toten oder zumindest sterbenden Mann geritzt worden war. Andernfalls hätte er gewiss laut geschrien.

Dem Opfer fehlte die Brieftasche und, wie seine Haushälterin präzise angeben konnte, eine Taschenuhr Marke Glashütte, Gold, mit der Gravur eines Familienwappens. Außerdem fehlte ein Seidenzylinder des königlichen Hutmachers Albert Maass. Tagelang wurden potenzielle Raubmörder verhaftet, verhört und wieder freigelassen – manche auch nicht, weil sie wegen anderer Delikte sowieso gesucht wurden. Die Verbrecherkartei, die Gustav Roscher, seit einigen Jahren oberster Polizeichef in Hamburg, hatte anlegen lassen, wurde herumgereicht, aber niemand erkannte irgendjemanden. Mein Freund Martin hielt große Stücke auf Polizeidirektor Gustav Roscher und seine fortschrittlichen Methoden und schien fast enttäuscht, dass sie in diesem Fall zu keinem Ergebnis führten. Es half nicht, die Verbrecherkartei brauchte Augenzeugen – und die gab es in diesem Fall nicht.

Martin vermutete, dass sich Zeugen gar nicht melden würden, so es sie denn gäbe. Denn wer um die nächtliche Stunde, zu der die Tat stattgefunden hatte, in dieser Gegend unterwegs war, war entweder selbst ein Ganove oder ein Hurenbock. Anständige

Bürger lagen um drei Uhr in der Frühe im Bett – und zwar in ihrem eigenen.

Und so verstrichen die Tage, Walter von Grimm fand auf dem Ohlsdorfer Friedhof unter einem pompösen Grabmal seine letzte Ruhe, und das Verbrechen, das an ihm begangen wurde, blieb unaufgeklärt. Genauso wie der Mord an dem Versicherungsmakler Rudolf Bredow zwei Monate zuvor, bei dem die gleiche Kennzeichnung zum ersten Mal auftauchte. Oder fast die Gleiche. Denn einige bei der Hamburger Polizei glaubten, in dem Zeichen auf von Grimms Stirn eine römische Drei zu erkennen und bei Bredow eine Zwei. Anhand von Fotografien, die Martin mir heimlich zeigte, konnte ich mir schwerlich eine Meinung bilden. In der Eile der Tat und bei der herrschenden Dunkelheit konnte der Täter sein Werk sicher nicht besonders akkurat ausführen. Wenn der Mörder seine Opfer tatsächlich durchnummerierte, so lautete natürlich die alle bewegende Frage: Wo war dann Nummer eins?

Schneller einig war man sich in der Frage des Mordmotivs in beiden Fällen. Da bei beiden Opfern Geldbörse, Uhr und sogar die Hüte fehlten, war von Raubmord auszugehen.

Kapitel 5

Knapp zwei Wochen später war der Mörder des infizierten Kaufmanns immer noch nicht gefunden, und die Erinnerung an die Tat verblasste allmählich in den Köpfen der Hamburger. Es gab ja täglich genug Neues, über das man sich das Maul zerreißen konnte.

Ich war seit Monaten auf Wohnungssuche. Das war nicht einfach. Mein Onkel schimpfte mich zu anspruchsvoll, meine Tante riet, ich solle so lange bei ihnen in meinem großen, hellen Zimmer in der geräumigen Villa an der Alster leben, bis ich ein nettes Mädchen gefunden habe, mit dem ich dann einen Hausstand gründen könne. Das würde nicht lange dauern, versicherte die Tante, da ich ja ein schneidiger und charmanter Bursche sei. Mochte ja sein, dass meine einstudierte Höflichkeit von der liebenden Tante als Charme wahrgenommen wurde. Ich empfand mich aber als unsicher, langweilig und wenig begehrenswert.

Während meines Studiums in Greifswald hatte ich nur wenig Kontakt zu jungen Frauen aus gutem Hause, und über eher keusche Küsse war ich bei keiner hinausgekommen. Mag sein, dass ich attraktiv war. Das Rudertraining während des Studiums hatte mir ansehnliche Muskeln verliehen, und meine dichten, blonden Haare, die ich gerne etwas länger trug, und mein gut gestutzter blonder Bart ließen, wie Tante Isolde sagte, an einen germanischen Gott denken. Mir fehlte aber alles, was man für einen großen Auftritt benötigte. Inmitten meiner großmäuligen, selbstgefälligen Verbindungsbrüder in Greifswald war ich in der Regel unsichtbar gewesen.

Tatsache war: Für Männer wie mich gab es keine adäquaten Wohnmöglichkeiten in einer Stadt wie Hamburg. Die viergeschossigen Miethäuser mit ihren praktischen Wohnungen im sogenannten Hamburger Schnitt, die seit ein paar Jahren in Eppendorf und Eimsbüttel entstanden, überstiegen meine finanziellen Möglichkeiten als Forschungsassistent am Tropeninstitut. Die billigen Wohnungen in Hafennähe, im Gängeviertel und in Altona waren weit unter meinen Ansprüchen und mit einer Nachbarschaft verbunden, die ich nicht lange ertragen würde. Ich bin kein Parvenu, kein Snob. Ich kann mich auf die einfacheren Leute einlassen und weiß, dass bei ihnen Gottesfurcht und Anstand oft besser entwickelt sind als in den feinen Kreisen, in denen ich aufgewachsen bin. Aber im Dreck, ganz ohne Strom und Wasserleitung zu leben, war nun doch zu viel. Es kam für mich allerdings auch nicht infrage, Onkel Wilhelm um Unterstützung bei der Miete zu bitten. Meine Familie hatte den Onkel genug Geld gekostet. Erst hatte Knudsen die Schulden meines Vaters mit seinem Einfluss bei Banken zum Teil wegverhandelt und zum Teil bezahlt. Und dann hatte er noch mein Studium finanziert. Es reichte.

Bliebe also nur die üblichste Wohnmöglichkeit für Männer wie mich: möblierter Herr bei einer alten Witwe, die dann gleich auch das Waschen und das Kochen besorgen konnte. Aber, ehrlich, da konnte ich auch gleich bei Onkel Wilhelm und Tante Isolde wohnen bleiben. In ihrem zuckerweißen Alster-Schloss mit seinen unzähligen Erkern, Türmchen und Gauben wurde das Waschen natürlich von einer Wäscherin erledigt, und gekocht wurde von der italienischen Köchin Maria, die täglich so manchen fremdartigen Wohlgeruch aus dem Souterrain in die Halle schickte.

Es gab noch zwei Dienstmädchen, die aufräumten, putzten und mir die Dinge brachten, die ich genauso gut selbst holen konnte. Es gab einen Gärtner, der nicht im Haus wohnte und an vier Tagen in der Woche im weitläufigen Park alles in Stand hielt. Und dann war da noch Johannes, Knudsens Chauffeur, der sicher der bemerkenswerteste Hausangestellte nicht nur in der Villa Knudsen, sondern am ganzen Harvestehuder Weg war. Er wohnte im kleinen Kutscherhäuschen neben der Villa. Johannes stammte aus Deutsch-Südwestafrika und hatte, wie sollte es anders sein, eine dunkle, fast schwarze Haut. Wilhelm Knudsen hatte ihn neben Fellen von Löwen und Zebras, fünf Elefantenstoßzähnen und dem ausgestopften Kopf eines Wasserbüffels von einer seiner zahlreichen Reisen mitgebracht. Als Johannes vor fast zwanzig Jahren ins Haus Knudsen kam, war er fast noch ein Kind, ein wildes Kind, das kaum richtige Kleidung tragen konnte. Mein Cousin Adolf hänselte ihn, und ich hatte bei meinen häufigen Besuchen bei Onkel und Tante Knudsen immer etwas Angst vor Johannes. Inzwischen konnte er lesen und schreiben, sprach fast akzentfrei und ohne Schimpfwörter Deutsch und war der Einzige im Hause, der Knudsens ganzen Stolz bewegen konnte, den Mercedes-Benz Simplex. Das weinrote Schmuckstück hatte 40 Pferdestärken, war mit über 100 Stundenkilometern schneller als ein Gepard, wie Knudsen prahlte, und verbreitete einen fürchterlichen Gestank.

Johannes, zu dem ich mit den Jahren ein freundliches, unserer unterschiedlichen gesellschaftlichen Stellungen angemessenes Verhältnis entwickelte, hätte mich mit dem Automobil überall hingefahren. Aber so weit wollte ich die Großzügigkeit meiner Gastgeber nicht überstrapazieren. Der Luxus eines Automobils stand mir nicht zu, der ich gerade mal 150 Mark im Monat verdiente, immerhin doppelt so viel wie ein Hafenarbeiter.

Eines Abends nahm ich – wieder einmal – an einer Gesellschaft im Hause Knudsen teil. Es gab dort ständig Gesellschaften. Mindestens eine pro Woche. Tante Isolde lud Damen zum Tee, Onkel Wilhelm nahm zum Beispiel eine neue Lieferung von Zigarren und Rum aus der Karibik zum Anlass, Freunde einzuladen. Meistens waren es aber größere oder kleinere Soireen, bei denen gegessen und getrunken wurde, dann gab es Musik eines Streichquartetts oder einer vielversprechenden Sängerin aus der Oper. Irgendwann zogen sich dann die Männer zu Tabak und Politik in Knudsens Bibliothek zurück, während die Frauen bei Likör und Käsegebäck in einen Wettstreit traten, welche von ihnen denn zurzeit die Mildtätigste war. Jede der Damen versuchte, sich und ihren Reichtum sinnvoll einzubringen. Für Soldatenwitwen, für die Verschönerung irgendwelcher Kirchen oder für die Bildung der untersten Schichten. Isolde Knudsen hatten es die gefallenen Mädchen angetan. Doch dazu später mehr.

Ich wusste nie so richtig, wo ich bei diesen Gesellschaften hingehörte. Zu den Damen auf keinen Fall, auch wenn die Tante mich gerne vor ihren Freundinnen als medizinischen Alleswisser vorführte, der ich nicht war. Sie wollte offenbar nicht anerkennen, dass ich nur Bakteriologe geworden war. Die meisten der Damen der Gesellschaft wussten gar nicht, was das war, außer, dass es mit ekligen Dingen zu tun hatte.

Zu den Herren gehörte ich aber auch nicht so richtig, da ich weder in politischen noch in wirtschaftlichen Themen besonders bewandert war oder irgendeine bedeutende Stellung in der Welt hatte. Bei Onkel Wilhelm kamen Mitglieder der Bürgerschaft, Industrielle und Reeder, wie er selbst einer war, zusammen. Eine endlose Parade der Pfeffersäcke, zu denen ich wahrlich nicht gehörte. Aber wenigstens war ich ein Mann, unbestreitbar, wenn auch ein unverheirateter, und so gehörte ich in die Herrenrunde. Ich nippte am Rum, hielt eine Zigarre, ohne an ihr zu ziehen, und lauschte mal verwundert, mal schockiert, oft auch amüsiert den Gesprächen der bedeutenden Herren mit ihren mächtigen, grauen Bärten. Die Runde nahm mich dabei kaum wahr. Ich meldete mich nicht zu Wort, es fragte mich niemand um meine Meinung. Ich war einfach da, wie das Dienstmädchen, das ab und an hereinkam, Gläser füllte und Aschenbecher leerte. So bekam ich beiläufig Kenntnis von einigen geheimen Vorgängen in der Stadt und im Reich. Aber dazu werde ich hier schweigen, sofern es für diese Geschichte nicht von Belang ist.

Mein Cousin Adolf war nur gelegentlich bei den Gesellschaften zugegen. Er war überhaupt selten zu sehen. Vor einem halben Jahr war er aus Rotterdam zurückgekehrt, wo er einige Jahre die niederländische Niederlassung der Knudsen-Reederei geleitet hatte. Seine holländische Frau und die siebenjährige Tochter waren nicht mit ihm gekommen. Man munkelte, dass die Ehe an Adolfs umtriebigem Lebenswandel zerbrochen war. Offen gesprochen wurde darüber nicht. Adolf hatte irgendeine Aufgabe in Onkel Wilhelms Kontor bekommen. Mir gegenüber machte er dazu nur vage Andeutungen. Ich vermutete, dass der Onkel ihn gerne wieder weiter von Hamburg weg einsetzen würde, den passenden Ort innerhalb seines Imperiums aber noch nicht gefunden hatte. In den letzten Wochen war Adolf hauptsächlich damit beschäftigt, seine Kandidatur für einen Sitz in der Hamburger Bürgerschaft voranzutreiben. Die Nationalliberalen hatten ihn auf den Wahlzettel gesetzt, sicher auch, weil sie sich die finanzielle Unterstützung meines Onkels erhofften.

Adolf hatte sich in den vergangenen Jahren von einem recht schneidigen jungen Mann zur jungen Ausgabe eines Pfeffersacks entwickelt. Er hatte deutlich zugenommen, trug die dunkelblonden Haare meist pomadisiert und gescheitelt und zwirbelte seinen Schnauzbart in der Art des Kaisers. Er sprach laut und sparte nicht mit groben Ausdrücken.

Ich hatte zu Adolf kein enges Verhältnis. Als Kinder trennte uns der große Altersunterschied, und später waren es die unterschiedlichen Interessen. Adolf ist mit vielen Männern seines Alters und seines Standes befreundet, er segelt, geht zum Pferderennen und besucht exklusive Nachtclubs, in denen ich nichts verloren habe. Seit er wieder in Hamburg war und in der Villa seiner Familie einen Flügel mit separatem Eingang und drei Zimmern bewohnte, gingen wir uns erfolgreich aus dem Weg.

An diesem Abend – die dritte Rumflasche war gerade geöffnet und die Luft in dem großen, mit dunklem Holz vertäfelten Raum zu weißem Zigarrennebel verdickt – erhob sich einer der vielleicht noch zehn Männer in der Bibliothek und klopfte mit seinem Monokel gegen das Rumglas.

»Freunde«, rief der Mann in das abflauende Gemurmel. Er hatte Schwierigkeiten, sich gerade zu halten, und suchte kurz Halt an einem Elefantenstoßzahn, der neben ihm aufragte. »Freunde, lassen Sie mich einen Toast auf unseren Kaiser Wilhelm ausbringen. Ich möchte mein Glas erheben für den ehrenhaften Führer unseres Reiches. Wenn er nicht wäre, wären wir alle Franzosen. Ein schrecklicher Gedanke.«

Gelächter. Aber der Redner, der Kaufmann, Salpeterimporteur und Mitglied der Hamburger Bürgerschaft Ortwin Marunde, ein Pfeffersack, wie er im Buche steht, dick, laut und unverschämt reich, war noch nicht fertig mit seinem Toast. Marunde nahm

Haltung an, streckte den Arm mit dem Rumglas aus und rief: »Es lebe Seine Majestät Kaiser Wilhelm der Zweite, er lebe hoch, hoch, hoch.«

Die Männer standen so zackig auf, wie es die fortgeschrittene Stunde und der Rumpegel zuließen, und stimmten asynchron in die Hochrufe ein. Dann ließen sie sich wieder in die weichen Polster der englischen Ledersessel fallen. Wer nicht aufgestanden war, war mein Onkel Wilhelm. Er hatte nur milde gelächelt und kaum merklich den Kopf geschüttelt.

Später, als der letzte Gast gegangen war und auch ich mich zurückziehen wollte, bat mich Knudsen, noch zu bleiben. Er schenkte uns einen Rum ein, stieß mit mir an und leerte sein Glas in einem Zug.

»Na, mein Junge, geht es dir gut?«, fragte er und lächelte.

Das war verstörend, denn Knudsen und ich begegneten uns kaum außerhalb der Mahlzeiten. Bei Gesellschaften war ich dabei, beim sonntäglichen Kirchgang auch. Aber ansonsten war Knudsen den ganzen Tag, oft bis spät in die Nacht, in seinem Kontor am Hafen und ich in meinem Institut. Er interessierte sich nicht besonders für meine Arbeit, und ich hatte manchmal den Verdacht, dass er es mir übel nahm, ja als undankbar auslegte, dass ich nicht ins Schiffsgeschäft eingestiegen war. Er mochte mich, liebte mich vielleicht sogar fast wie einen Sohn, aber das hatte nicht zwangsläufig viel Nähe zur Folge.

»Es geht mir gut, danke, Onkel Wilhelm«, sagte ich und fügte an: »Und Ihnen?«

Er nickte nur und brummte. Das war die Hamburger Art zu sagen: All up steel – alles in Ordnung. Der Onkel wollte ein Gespräch, bekam es aber offenbar nicht so richtig in Gang. Also stellte ich die Frage, die mich beschäftigte.

»Warum sind Sie vorhin nicht aufgestanden, als auf den Kaiser getrunken wurde, Onkel?«, fragte ich. »Mögen Sie ihn nicht, den Kaiser?«

Der Onkel füllte erneut sein Glas, lehnte sich zurück und dachte einen Moment nach. Er hatte seinen Rock bereits ausgezogen und über einen Stuhl gehängt. Nun öffnete er die Weste über seinem kleinen Bauch und löste Kragen und Manschetten.

»Ich kenne ihn nicht, mein Junge, bin ihm nie begegnet«, sagte er und lächelte mich an, »und deshalb kann ich ihn weder mögen noch nicht mögen. Ich weiß nur über ihn, dass er ein alter Eisenschädel ist. Einer, der uns lieber heute als morgen wieder in einen Krieg treiben will. Und Leute wie mein Freund Marunde stecken bis zum Hals in seinem Hintern und fühlen sich dort noch wohl.«

Hätte ich ein Rumglas gehalten, so wäre es mir in diesem Moment aus der Hand gefallen. Nie zuvor hatte ich den Onkel, der ein feinsinniger und sprachgewandter Mann war, so grob reden hören. Aber nicht nur seine Worte, auch ihr Sinn ließ mich frösteln. Ein Mann der Gesellschaft durfte nicht so über den Kaiser reden.

»Erstaunt dich das, mein Junge?«, fragte er.

Ich wünschte mir, dass er mich wie einen Erwachsenen mit meinem Vornamen anspräche und nicht wie ein Kind mit »mein Junge«, aber das traute ich mich nicht zu sagen.

»Na, ja, Onkel, ich dachte immer, Sie stehen zum Deutschen Reich und zum Kaiser.«

»Ich stehe zur Freien und Hansestadt Hamburg und zum freien Handel in einer friedlichen Welt, verstehst du? Und auch wenn Hamburg mit den Jahren im Deutschen Reich immer mehr an Gewicht gewonnen hat, so haben wir doch auch etwas verloren:

unsere Unabhängigkeit als Kaufleute und Bürger. Deinen Kaiser interessieren Schiffe nur, wenn sie ordentlich Feuerkraft haben. Und das verbindet ihn mit Leuten wie Marunde. Solange in den Munitionsfabriken die Maschinen auf Hochtouren laufen, muss sich Marunde um seinen Salpeterabsatz keine Sorgen machen. Die ökonomische Schlagkraft von zweitausend Tonnen ägyptischer Baumwolle ist diesen Leuten doch völlig einerlei.«

Wieso sprach er von »meinem Kaiser«? Wilhelm II. war nicht mein Kaiser. Aber damit hielt ich lieber hinter dem Berg. Schon während des Studiums und meiner Zeit bei der Greifswalder Burschenschaft Borussia war ich mit meinen republikanischen Ansichten häufig angeeckt. Ich brauchte wahrlich keinen Kaiser. Man musste nur in die Vereinigten Staaten von Amerika schauen, die sehr gut ohne Monarchen und Adel zurechtkamen.

Lautlos, vom Onkel und mir unbemerkt, hatte ein Dienstmädchen den Raum betreten. Zielstrebig räumte sie Aschenbecher weg, stellte Gläser und leere Flaschen auf einen Servierwagen. Es war im Hause Knudsen üblich, dass die Dienstboten, ohne zu klopfen, die Räume betraten, von Schlafzimmern und Bädern abgesehen. Isolde Knudsen, die ihre Dienstbotenschaft respektvoll, aber streng führte, hatte mir schon vor Jahren ihren Standpunkt erläutert.

»Du kannst in einem solchen Haus vor dem Personal nichts geheim halten. Sie belauschen und beobachten dich, wo immer sie können. Du kannst höchstens erreichen, dass es sie nicht interessiert, was du so sagst und tust. Es muss ihnen alles so selbstverständlich, so wenig geheimnisvoll vorkommen, dass es für sie nicht lohnenswert erscheint, darüber zu tratschen.«

Das Dienstmädchen hieß Clara, daran erinnerte ich mich an diesem Abend. Sie war auch erst ein halbes Jahr vor mir im Hause

Knudsen angekommen, wie ich gehört hatte. Clara war ein paar Jahre jünger als ich, und ich hatte sie bisher als hübsch in einer oberflächlichen Weise wahrgenommen. Doch an diesem Abend mit dem Onkel alleine in der Bibliothek, als sie ein paar Schritte näher kam und von dem großen Kerzenleuchter unter der Decke und dem Kaminfeuer gleichzeitig geheimnisvoll angestrahlt wurde, fiel mir zum ersten Mal auf, dass sie eine außergewöhnliche Schönheit war. Die schwarzen Haare waren unter einer Haube versteckt, das fast weiße Gesicht war, wie es sich für ein Dienstmädchen gehörte, ungeschminkt. Sie hatte hohe Wangenknochen, die ihr etwas Slavisches gaben. Ihre großen, braunen Augen hatten die Farbe des Rums, den der Onkel gerade wieder in sein Glas fließen ließ. Sie war recht groß, über einen Meter siebzig, und schlank. Besonders fielen mir ihre feinen, schlanken Hände mit den langen Fingern und den gepflegten Nägeln auf.

»Haben der gnädige Herr noch einen Wunsch?«, fragte Clara an den Onkel gewandt mit sanfter Stimme und senkte den Blick.

»Danke, nein, Fräulein Clara, Sie können sich zurückziehen.«

Das Dienstmädchen deutete einen Knicks an und verschwand. Der Onkel kannte ihren Namen. Eine weitere Überraschung an diesem Abend.

Kapitel 6

Vom nächsten Mordopfer erfuhr ich wieder durch Martin Bucher, der eines Nachmittags aufgeregt bei mir im Institut erschien. Der Grund dafür, dass er mich auch in diesen Mordfall einbeziehen wollte, war entweder fadenscheinig oder seiner Unkenntnis in medizinischen Fragen geschuldet. Er wollte jedenfalls, dass ich auch dieses Mordopfer auf eine Cholerainfektion hin untersuchte. Die Parallelen zu den Opfern Bredow und von Grimm waren offensichtlich. Dieses neue Opfer war ebenso von hinten erstochen worden, gezielt mit einem Stich. Der Mann hatte ebenfalls ein Zeichen auf der Stirn, das aber nur entfernt denen der anderen Opfer glich. Und die Brieftasche war entwendet worden. Ein Hut war – eine weitere Ähnlichkeit – nicht bei dem Opfer gefunden worden.

Die Tat geschah allerdings nicht in der Nacht in einer dunklen Gasse, sondern an einem sonnigen Vormittag auf den Landungsbrücken in einer sichtgeschützten Ecke, nicht weit vom Gewimmel reisender Menschen entfernt. Der Täter bediente sich der hektischen und unaufmerksamen Menge offenbar als Schutz. Die Tat dauerte sicher nur wenige Sekunden, und bis jemand den Blutenden am Boden bemerkt hatte, war der Täter im Gewühl verschwunden. Man musste sich nicht wundern, dass das Zeichen auf der Stirn des Toten so nachlässig gearbeitet war.

Bemerkenswert war allerdings, dass einige Passanten wieder einen buckligen Mann in einer Art Umhang mit Kappe oder

Mütze gesehen haben wollten. Eine solche Beobachtung war ja auch nach der Ermordung des Walter von Grimm vor dem Bordell geschildert worden. Martin sah diese Zeugenaussagen jedoch kritisch. Nach dem Mord an von Grimm war in den Zeitungen von einem Buckligen in Tatortnähe berichtet worden. Möglich, dass dies die Aussagen nun beeinflusste und man überall Bucklige sah oder die wenigen Buckligen, die es gab, gleich für Mörder hielt. Was auch immer – eine Cholerainfektion war an diesem Opfer unwahrscheinlich.

»Meinst du, dass es dem Mörder nicht reicht, seine Opfer zu erstechen und zu markieren?«, fragte ich Martin. »Muss er sie sicherheitshalber noch mit der Seuche infizieren?«

»Nein, natürlich nicht absichtlich. Aber wenn er sich bei diesem von Grimm angesteckt hat, trägt er die Krankheit jetzt vielleicht weiter.«

Ich musste mich bemühen, meine folgenden Erklärungen nicht zu oberlehrerhaft wirken zu lassen.

»Martin, vergiss in diesem Fall einfach mal die Cholera. Von Grimms Umfeld ist ohne Symptome. Die Huren, die russischen Matrosen, niemand ist infiziert, der Mörder sicher auch nicht. Seit dem Mord an von Grimm sind vierzehn Tage vergangen. Der Mörder hätte inzwischen heftigste Symptome und könnte seiner unseligen Tätigkeit nicht unbeeinträchtigt nachgehen.« Martin schüttelte lächelnd den Kopf über meine Formulierung. »Und selbst wenn, wäre eine Infektion des Mordopfers noch gar nicht feststellbar. Die Inkubationszeit ist durch das Ableben des Opfers inzwischen auch unterbrochen.«

»Danke, Herr Obermedizinalattaché«, sagte Martin und fuhr ernster fort. »Aber vielleicht könntest du dir trotzdem mal die Stichwunde ansehen. Dr. Trestow behauptet, dass man nicht feststellen könne, ob es sich bei allen drei Opfern um dieselbe Tatwaffe handelt. Ich glaube aber, das liegt eher an seinen fast sechzigjährigen Augen und dem Unwillen, modernere Methoden anzuwenden.«

Ich fühlte mich geschmeichelt, hier um meinen Rat gefragt zu werden. Aber ich war weiß Gott kein Experte. Während meines Studiums hatte ich mich zwar mit Anatomie im Allgemeinen und mit Infektionen von Wunden im Besonderen beschäftigt, aber was hieß das schon? Trotzdem willigte ich ein.

Nach Dienstschluss begab ich mich also in die Leichenhalle im Hafenkrankenhaus, wo Opfer von Verbrechen zur weiteren Verwendung eingelagert wurden, um mir den Toten anzuschauen. Martin wartete bereits auf mich. Er hatte den Körper in einen kargen Untersuchungsraum bringen lassen.

Von unserem Tun sollte Kommissar Arnold Manthey möglichst nichts erfahren. Der Chef hielt große Stücke auf den alten Leichenbeschauer und war von Martins ständigen Alleingängen sowieso wenig begeistert. Erst kürzlich hatte er ihn einen kleinen Klugscheißer genannt.

Inzwischen war auch die Identität des Toten anhand einiger Dokumente, die er bei sich trug, ermittelt. Es handelte sich um den zweiundsechzigjährigen Ludwig Schilling, Besitzer mehrerer norddeutscher Aktienbrauereien. Das Bier hatte ihn reich und dick gemacht. Er wog, so hatte der Leichenbeschauer notiert, 136 Kilogramm.

Die Fettschicht war am Rücken, wo das Messer eingedrungen war, nicht so dick wie am Bauch. Dennoch musste die Klinge der Mordwaffe, um das Herz vollständig zu durchbohren, mindestens zwölf Zentimeter lang gewesen sein. Das war auch ungefähr die Klingenlänge, die der ehrenwerte Dr. Trestow beim Opfer Walter von Grimm und auch bei Bredow ins Protokoll notiert hatte. Weiter verglichen hatte er die Wunden aller Opfer nicht.

Ich konnte mich im Fall des Walter von Grimm, der bereits in der Hamburger Erde ruhte, nur auf Trestows Protokoll der Leichenschau und auf Fotografien stützen. Bei Bredow gab es keine Bilder. Deutlich war auf den drei Fotografien, die der Akte beilagen, zu sehen, dass der Einstich bei von Grimm sehr schmal war und kaum mehr als eineinhalb Zentimeter in der Höhe maß, ähnlich bei Bredow. Bei dem letzten Opfer Schilling hingegen hatte der Einstich eine Höhe von deutlich über zwei Zentimetern. Daraus auf unterschiedliche Klingen zu schließen, wäre jedoch vorschnell. Je nachdem, wie die Waffe geführt wurde und ob der Angegriffene unter dem Stich zusammensackte oder stehen blieb, konnte die Wunde ein anderes Bild haben.

Mit einem Skalpell nahm ich bei Schilling eine Gewebeprobe aus dem Innern der Stichwunde und betrachtete sie unter dem Mikroskop. Die Ausstattung in der Leichenschau des Hafenkrankenhauses lag weit unter den Möglichkeiten, die ich im Institut hatte, aber für diese Untersuchung sollte es reichen.

»Rost«, sagte ich, noch durchs Okular schauend. »Die Klinge ist rostig.«

Ich gab das Mikroskop frei und ließ Martin durchschauen. Natürlich erkannte er gar nichts. Eine Probe, die ich der Stirnwunde entnahm, ließ ebenfalls Rost erkennen.

»Und was heißt das jetzt?«, fragte er. »Verfügt der Täter nicht über das feinste Solinger Klingenmaterial? Ich glaube, du findest in Hamburg wenige Messer oder Dolche oder was auch immer ohne Rost.«

»Ja, aber wenn wir diese Rostpartikel analysieren, kennen wir das Material der Waffe genauer«, klärte ich ihn auf. »Und wenn wir das mit Proben aus von Grimms und Bredows Wunden vergleichen, wissen wir, ob es dieselbe Waffe war. Und dann ist die Wahrscheinlichkeit groß, dass es sich um denselben Täter handelt.«

»Ist das durch diese Zeichen auf der Stirn nicht sowieso klar?«, sagte Martin.

»Oh, nein«, rief ich, und nun war ich sicher ein sehr unangenehmer Oberlehrer, »denken Sie logisch, Herr Kriminalitätsminister. Das Zeichen kann ja auch eine Bande repräsentieren, die hier vereint zu Werke geht. Es ist ein Symbol für irgendetwas.«

»Ach, verdammt!« Martin stöhnte auf. »Eine Bande? Mal den Teufel bloß nicht an die Wand.«

»Was auch immer«, sagte ich. »Wir brauchen hier Herrn von Grimm und Herrn Bredow zur weiteren Befragung.«

»Mmm«, Martin schüttelte missmutig den Kopf, »die Herren stehen nicht zur Verfügung, wie du weißt.«

»Dann müssen wir sie eben wieder ausbuddeln. Der von Grimm ist ja auf jeden Fall noch recht frisch«, sagte ich und war bereit, sofort einen Spaten in die Hand zu nehmen und die Beweismittel aus ihren Gräbern zu holen.

Noch bevor Martin etwas auf diesen Vorschlag entgegnen konnte, flog die Tür zum Untersuchungsraum auf. Polizeikommissar Arnold Manthey trat ein. Er hatte einen hochroten Kopf und funkelte uns böse an. Hatte er sich tatsächlich zum Feierabend auf den Weg von der Polizeidirektion hierher gemacht, um Martin zu kontrollieren?

»Was geht denn hier vor?«, brüllte er und kam mit schnellen Schritten auf uns zu. Er baute sich vor Martin auf und fauchte ihn an. »Was fällt Ihnen ein? Was bringen Sie einfach Zivilisten hierher? Ich sollte ...«

Martin unterbrach ihn. »Ja, Chef, tut mir leid. Ich dachte, dass Herr Dr. Melcher hier auch noch mal schauen kann wegen der Cholera.«

Martin hatte mich mal schnell promoviert, vermutlich, um meinem Urteil mehr Gewicht und meiner Person mehr Respekt zu verleihen. Gleichzeitig erinnert er mich so ungewollt daran, dass meine Promotion noch darauf wartete, fertiggestellt zu werden. Genauer gesagt, musste ich überhaupt endlich damit anfangen.

Nun drehte sich Manthey zu mir und zügelte seine Aggression ein wenig, wobei er nicht weniger Furcht einflößend wirkte.

»Also, also«, stotterte er, »Sie haben uns wertvolle Dienste erwiesen, aber das hier ist nicht Ihre Aufgabe. Das ist der Wirkungsbereich von Dr. Trestow und ...«

Martin unterbrach seinen Chef schon wieder – war er denn wahnsinnig?

»Ja, Chef, ich weiß. Aber Herr Dr. Melcher hat eine Idee, wie wir feststellen können, ob Bredow, von Grimm und Schilling mit derselben Waffe und folglich vom selben Täter ermordet wurden. Dafür müssten wir die beiden Opfer aber noch mal ans Tageslicht ...«

»Eine Exhumierung?«, brüllte Manthey nun wieder Martin an. »Sie wollen zwei tragisch ums Leben gekommene, ehrenwerte Hamburger Bürger vor den Augen der Öffentlichkeit in der ewigen Ruhe stören? Haben Sie den Verstand verloren?«

»Es geht doch um drei Morde, da müssen wir ...«

»Papperlapapp«, unterbrach Manthey seinen Assistenten. Erst jetzt sah ich, dass der Kommissar eine Zeitung in der Hand hatte. Es war das ›Hamburger Abendblatt‹, das täglich ab fünf Uhr nachmittags verkauft wurde. Manthey wedelte mit der Zeitung und knallte sie auf die Beine des toten Schilling. Nun konnten wir die Schlagzeile lesen:

»Mordopfer infiziert? Kommt die Cholera zurück nach Hamburg?«

Unter der Überschrift prangte ein gezeichnetes Porträt von Walter von Grimm. Wir glotzten schweigend auf die Zeitung, auf Manthey, dann wieder auf die Zeitung. Ich beugte mich vorsichtig zu dem Zeitungstext hinunter, um ihn zu lesen. Das Blatt anzufassen wagte ich nicht. Es stand zu lesen, dass der Redaktion zu Ohren gekommen war, dass beim ermordeten von Grimm eine Cholerainfektion festgestellt worden war. Des Weiteren behauptete man, zu wissen, dass Mitarbeiter der Hamburger Polizei und des Tropeninstituts auf dem Schiff waren, mit dem von Grimm zuvor aus Russland angereist war. Die gesamte Mannschaft sei untersucht worden. Außerdem soll in diesem Zusammenhang ein Bordell geschlossen und die Huren ebenfalls untersucht worden sein. Der Artikel endete mit dem aufrührerischen Satz: »Wollte uns die Hamburger Polizei diese Sachverhalte verschweigen? Wenn wir bedroht sind, sollten wir es wissen.«

»Ich habe bereits mit ihrem Chef Nocht gesprochen, Melcher«, sagte Manthey nun etwas ruhiger, wobei er meinen von Martin verliehenen Doktortitel unterschlug. »Er hält es für unwahrscheinlich, dass jemand aus seinem Institut den Mund nicht halten kann. Und ich möchte auch für meine Dienststelle die Hand ins Feuer legen.« Nun sah er Martin mit einem kritischen Seitenblick an. »Es sei denn, ein Hitzkopf hat sich verplappert, ohne es zu merken.«

Martin wurde rot.

»Aber nein, Chef, Herr Manthey. Ich doch nicht. In der Sache waren so viele unzuverlässige Subjekte involviert. Die Huren, die

Matrosen, Fahrer und Gehilfen. Damit mussten wir doch rechnen, dass da was herumgetrascht wird.«

Manthey nickte.

»Ich habe mit Dr. Nocht besprochen, dass wir die Flucht nach vorn antreten. Wir geben noch heute Nacht eine gemeinsame Stellungnahme an Presse und Bürgerschaft heraus, in der wir versichern, dass es keine weiteren Cholerafälle gibt und die Situation unter Kontrolle ist. Morgen früh stellen wir uns den Fragen dieser gierigen Meute. Hoffen wir, dass das reicht. – Sie beide«, und nun funkelte Manthey uns wieder böse an, »halten einfach die Klappe. Wenn sie irgendjemand in der Sache anspricht, sind sie stumm.«

Wir nickten beide wie Schuljungen beim Direktor.

»Und was ist jetzt mit der Exhumierung der beiden Opfer?«, fragte Martin kleinlaut, obwohl er die Antwort bereits kannte.

»Gar nichts ist damit«, brummte Manthey. »Das untersage ich. Wir haben genug Ärger. Wenn wir den Mörder von dem einen haben, werden wir aus dem schon herausbringen, ob er die anderen auch getötet hat. Dieses komische Zeichen auf der Stirn spricht doch sowieso für sich. Also, Bucher, machen Sie Ihre Arbeit, ich zähle auf Sie.«

Während er hinausging, sagte er noch, wobei er unbestimmt mit dem Finger in den Untersuchungsraum wies: »Und räumen Sie hier gut auf. Der Trestow muss ja nicht mitkriegen, dass Sie hier in seinem Garten buddeln. Sonst geht der mir auch noch auf die Nerven.«

Beim Abendessen mit der ausnahmsweise einmal vollständigen Familie Knudsen wurde mir die Enthüllung des Abendblattes natürlich auch serviert. Über einem köstlichen Putenbraten mit Rotkohl und Kartoffeln, in den Maria wieder irgendwelche italienischen Geheimingredienzien gezaubert hatte, musste ich Rede und Antwort stehen. Mein Cousin Adolf, der bei acht von zehn Abendessen fehlte, konfrontierte mich unsanft mit dem Thema.

»Das warst doch sicher du, der da auf diesem russischen Schiff die Matrosen untersucht hat, oder, Carl-Jakob?«

»Ja«, sagte ich. »Die Leute waren alle bei bester Gesundheit.«

»Und die Huren«, setzte Adolf nach und leerte das sicher dritte Weinglas, »hast du die auch untersucht?«

»Ja.«

»Überall?« Er grinste lüstern.

»Adolf«, schritt Tante Isolde ein, »ich muss doch sehr bitten.«

»Du hast doch auch diesen von Grimm untersucht, oder? Bist du sicher, dass du uns da nicht was ins Haus schleppst?«, bohrte Adolf weiter.

Vor dieser ungeheuerlichen Frage rettete mich Onkel Wilhelm.

»Es reicht jetzt, Adolf.« An mich gewandt, sagte er: »Da habt ihr der ganzen Stadt einen gehörigen Schrecken eingejagt. Wisst ihr schon, wer da was ausgeplaudert hat?«

»Nein, Onkel, das wissen wir nicht. Das werden wir vermutlich auch nicht herausfinden. Aber ihr müsst euch wirklich keine Sorgen machen. Es gibt keine Cholera in Hamburg. Jeder, der etwas anderes behauptet, handelt verantwortungslos.« Bei den letzten Worten sah ich Adolf eindringlich an.

»Schon gut, Cousin, ich sage gar nichts mehr.«

Dienstmädchen Clara brachte Kaffee und Gebäck und eine Karaffe mit spanischem Brandy, von dem sie Adolf ein großes und Onkel Wilhelm ein kleines Glas einschenkte. Tante Isolde und ich verzichteten.

»Und dieser Polizist, mit dem du da unterwegs warst«, fragte Tante Isolde, »das war dein alter Schulfreund, wie hieß er noch gleich ...?«

»Martin. – Ja, genau. So sind wir uns nach Jahren wiederbegegnet.«

»Er war doch damals, bevor du nach Greifswald gingst, auch ein paarmal bei uns. Ein netter junger Mann«, sagte Tante Isolde freundlich. So war sie. Immer ein nettes Wort, auch wenn es gelogen war. Sie erinnerte sich keineswegs an Martin und würde ihn nicht erkennen, wenn er vor ihr stünde. Und Leute wie Martin, die nicht aus einer der ersten Familien der Stadt stammten, nicht mal aus einer der zweiten, waren für sie kein Umgang. Und für mich, in ihren Augen, auch nicht. Aber ihr Respekt mir gegenüber und sicher auch ihre Liebe zu mir verboten ihr jede abwertende Bemerkung über den Freund. Martin war der Sohn eines Dorfpfarrers aus dem Alten Land. Er hatte fünf Geschwister, in seiner Kindheit hatte es immer nur für das Nötigste gereicht. Auch wenn seine Eltern nicht wohlhabend waren, so hatte Martin doch eine gute Erziehung genossen und den Hochmut der Tante nicht verdient.

Nachdem Adolf den Brandy geleert hatte, stellte er noch eine Frage.

»Und stimmt es, dass bei dem Mord an den Landungsbrücken wieder ein Buckliger gesehen wurde? Ist da jetzt Quasimodo auf Raubzug?« Adolf schnitt eine Grimasse und verbog den Oberkörper zu einer spastischen Haltung. Dabei grunzte er animalisch. Nur er lachte über seinen Scherz.

»Wirst du je erwachsen, mein Junge?«, fragte Tante Isolde und sah ihren Sohn traurig an. Adolf hörte augenblicklich mit den Faxen auf und schaute betreten in seine Kaffeetasse.

Das Kennzeichen Buckel hatte sich also herumgesprochen. Was noch nicht die Runde gemacht hatte, war das Symbol auf der Stirn der Opfer. Die Polizei hielt diese Information zurück, bis man eine Vorstellung hatte, was das Zeichen bedeuten könnte. Nicht wenige in der Polizeidirektion zitterten vor dem nächsten Opfer mit einer IV auf der Stirn.

Kapitel 7

Die Stellungnahme, die Polizei und Tropeninstitut in der Nacht herausgegeben hatten, nutzte das Hamburger Abendblatt umgehend als Anlass für eine zweiseitige Sonderausgabe, die bereits am Vormittag verkauft wurde. Von Beruhigung der Lage keine Spur. »Trägt ein Mörder die Cholera durch Hamburg?«, stand in großen Buchstaben auf dem Blatt. Die Frage wurde am Ende des Artikels beantwortet: nein. Aber die Passanten lasen ja nur die Überschrift, die überdies von den Verkäufern unablässig durch die Straßen gerufen wurde.

Auf der zweiten Seite der Zeitung war ein Bild abgedruckt, das der Polizeizeichner angefertigt hatte und das den Buckligen zeigte, wie ihn ein paar Zeugen beschrieben hatten. Eine gedrungene, gebückte Gestalt mit einem unübersehbaren Buckel hinter dem Kopf. Die Gestalt trug einen dunklen Wettermantel, der bis zu den Waden reichte. Der Kragen war hochgeschlagen. Als Kopfbedeckung war eine unförmige Schirmmütze gezeichnet. Ein Gesicht war nicht zu erkennen, aber einer der Zeugen wollte einen Bart gesehen haben.

Ich hörte den ganzen Tag nichts mehr von Martin und seinen Mordfällen und konnte mich ganz der Arbeit widmen, die man mir eigentlich zugedacht hatte. Gerade hatten wir einige Exemplare einer bestimmten Mückenart aus den Tropen bekommen. Erst vor wenigen Jahren war bekannt geworden, dass diese kleinen Ungeheuer die Geisel Malaria über die Menschheit brachten.

Täglich kamen Seeleute und Soldaten in Hamburg an, die diese tödliche Erkrankung in sich trugen. Mein Chef Doktor Nocht wollte ein Arzneimittel, besser noch einen Impfstoff gegen die Schlafkrankheit finden. Ich sollte meinen Teil dazu beitragen und den in Alkohol konservierten Mücken ihr Geheimnis entlocken.

Bernhard Nocht unterwies Schiffsärzte regelmäßig in Vorlesungen darin, wie sie Insekten aus den Tropen unbeschädigt nach Hamburg zu bringen hatten, wenn sie ihn bei seiner Forschungsarbeit unterstützen wollten. Die Ärzte auf großer Fahrt waren uns deshalb zuverlässige Zuarbeiter.

Wir mussten nun herausfinden, ob jede Mücke diese Erreger in sich trug, wo genau die Erreger in der Mücke siedelten und wie sie auszuschalten waren. Was waren die Morde an drei Hamburger Bürgern, wenn es auf der anderen Seite um das Leben von Millionen von Menschen ging?

Über meinen Mikroskopen und Reagenzien vergaß ich die Zeit und auch das Abendessen. Hartmut, ein älterer Laborant, der mir anfangs feindselig begegnet war, mit dem ich mich inzwischen aber ganz gut verstand, hatte mir assistiert. Schweigend hatten wir Präparat um Präparat betrachtet, katalogisiert und archiviert. Es war ein sehr langwieriger Prozess, bei den Mücken genau die Veränderungen zu entdecken, die aus einer gesunden Mücke eine mit dem Malaria-Erreger infizierte machten. Wir standen noch ganz am Anfang, und mein Chef Bernhard Nocht hatte es sich sicher gut überlegt, mich zunächst den Heuhaufen wegschaufeln zu lassen, damit er selbst die Stecknadel besser erkennen konnte.

Es war fast zehn Uhr, als ich ins Haus meines Onkels kam. Das Abendessen war lange abgeräumt. Um diese Zeit hatte sich Tante Isolde für gewöhnlich bereits in ihre Räume zurückgezogen. Adolf war vermutlich ausgegangen, wie fast jede Nacht. Also begab ich mich in die Bibliothek, in der Hoffnung, Onkel Wilhelm dort anzutreffen.

Doch zu meiner großen Verwunderung saß nicht der Onkel in einem der großen Sessel zwischen den deckenhohen Bücherregalen, sondern das Dienstmädchen Clara. Sie trug ihre Dienstbotentracht und las in einem Buch. Als sie mich bemerkte, sprang sie auf und errötete.

»Entschuldigen Sie, gnädiger Herr, ich habe Sie nicht kommen hören.«

Verlegen versuchte sie, das dicke Buch hinter ihrem Rücken zu verstecken. »Ich habe nur etwas gelesen. Der gnädige Herr hatte es mir erlaubt. Wenn ich mit meiner Arbeit fertig bin und niemanden störe, hat er gesagt, dürfe ich hier in den Büchern lesen.«

»Sie lesen?«

Ich wusste gar nicht, wie ich dieser Situation begegnen sollte, und meine Frage musste für sie natürlich wie eine Gemeinheit klingen. Clara kam aus einfachen Verhältnissen, aber auch dort gingen die Kinder zur Schule – zur Volksschule – und lernten lesen und schreiben. Dass mein Onkel dieser Clara erlaubt hatte, sich hier aufzuhalten und in seiner wertvollen Bibliothek zu stöbern, war äußerst großzügig. Meine Tante war sicher nicht begeistert, wenn sie überhaupt davon wusste.

»Bitte setzen Sie sich doch wieder, Fräulein Clara, lesen Sie weiter. Was lesen sie da überhaupt?«

Sie hielt das Buch hoch, so dass ich den Titel auf dem ledernen Einband des Wälzers lesen konnte. »Deutsche Geschichte – Von Karl dem Großen bis Wilhelm II.«

»Alle Achtung«, rief ich aus. »Da haben Sie sich ja eine feine

Gute-Nacht-Lektüre ausgesucht. Also, ich wäre nach drei Seiten im Tiefschlaf. – Und was lesen Sie noch so?«

»Auch Romane«, sagte sie und lächelte verlegen. »Der Schimmelreiter, Effi Briest. Und Gedichte von Heinrich Heine.«

Ich konnte nur anerkennend nicken.

»Wissen Sie, dass Heine hier in der Nachbarschaft in der Villa der Familie Campe seinerzeit ein und aus ging?«, bemerkte ich und kam mir gleich wie ein eitler Fatzke vor, der zeigen wollte, dass er auch Bildung hatte.

Sie nickte schüchtern und setzte sich zaghaft in den Sessel. Sogleich sprang sie wieder auf.

»Entschuldigen Sie, gnädiger Herr, ich war ganz in Gedanken. Soll ich Ihnen noch etwas bringen? Haben Sie gegessen?«

»Nein, äh, ja, ich habe nicht gegessen, aber ich brauche jetzt nichts mehr. Ich …«, doch sie ließ mich nicht ausreden.

»Ich hole Ihnen noch etwas aus der Küche, einen Moment, gnädiger Herr.«

»Ja, danke, Fräulein Clara, aber eins noch: Nennen Sie mich bitte nicht immer gnädiger Herr. Das ist mir unangenehm. Nennen Sie mich Herr Melcher oder von mir aus auch Carl-Jakob. Aber nur, wenn es meine Tante nicht hört.« Sie lachte verlegen. »Aber der gnädige Herr ist mein Onkel, niemand sonst in diesem Haus.«

Sie nickte und sprang aus der Bibliothek. Ich schritt langsam durch den Raum und schenkte mir an einer Anrichte ein Glas Rotwein ein. Mein Blick blieb am Modell der »Marianne« hängen. Es war ein wunderschönes Schiff. Nicht, dass ich viel davon verstanden hätte, aber diese Viermastbark war etwas Besonderes. Der schlanke Rumpf in den Knudsen-Farben Schwarz und Rot und mit dem Wappen der Reederei glänzte im Schein der elektrischen Lampe, die eigens zur Beleuchtung des Modells aufgestellt war. Onkel Wilhelm hatte mir alles über dieses Schiff erzählt. Nicht nur mir, sondern jedem, den er kannte. Jedes Detail hatte er im Kopf. Entworfen war der Segler von einem der führenden Schiffsingenieure bei Blohm & Voss nach dem Vorbild der »Petschili«, die ein Jahr zuvor die Werft verlassen hatte. Ich hatte mir nur zwei der vielen Zahlen gemerkt, die Onkel Wilhelm mir vorgebetet hatte: 104 Meter Länge, 4500 Tonnen Ladekapazität.

Er hatte mir auch erklärt, warum in einer Zeit, in der Passagier- und Kriegsschiffe längst mit modernen Dampfmaschinen fuhren, überhaupt noch Segelschiffe gebaut wurden. Die Segler galten, so lernte ich, unter besonderen Bedingungen als schneller und wirtschaftlicher als Dampfschiffe. Im Sturm um Kap Hoorn, so der Onkel, wäre ein wendiger Segler einem schwerfälligen Dampfer haushoch überlegen. Die Reederei Knudsen besaß tatsächlich noch kein einziges Dampfschiff.

Die »Marianne« sollte möglichst bald auf Kiel gelegt werden und der Reederei Knudsen im Afrikaverkehr gute Gewinne einfahren. Onkel Wilhelm erwartete die Indienststellung ein Jahr nach Kiellegung. Das war ein strammer Zeitplan, wie er mir gesagt hatte, aber realistisch.

»Ein wunderschönes Schiff, nicht wahr?«, vernahm ich Claras Stimme hinter mir. Sie stand mitten im Raum und lächelte mich an. Sie hielt mit beiden Händen ein Tablett vor dem Bauch, darauf Brot, Butter, geräucherter Speck, Wurst, ein Stück Käse, eingelegte Gurken und Zwiebeln. Dort, wo Clara herkam, war dieses stattliche Buffet gewiss die Wochenration für eine ganze Familie.

Sie stellte das Tablett auf einen kleinen Tisch und machte einen Knicks. Ich setzte mich an den Tisch und begann sofort zu essen.

Erst jetzt, angesichts der lecken Speisen, merkte ich, wie hungrig ich war.

»Möchten Sie auch etwas, Fräulein Clara?«, fragte ich, wohl wissend, dass eine solche Einladung völlig unangemessen war. Aber wenn sie an die Bücher durfte, dachte ich mir, wieso dann nicht auch an den Speck? Sie lehnte lächelnd ab.

Sie ging zum Schiffsmodell, betrachtete es eine Weile und sagte dann versonnen: »Aber es hat so einen traurigen Namen, das schöne Schiff.«

Mir blieb fast die saure Gurke im Halse stecken. Wenn Clara auch nur mehr als fünf Minuten mit dem Schiffsmodell und meinem Onkel in einem Raum gewesen war, dann wusste sie alles über Tonnage, Segelfläche und Anzahl der Kojen. Onkel Wilhelm kannte in diesem Punkt keine Standesunterschiede. Aber nur wenigen erzählte er, warum die Bark Marianne heißen sollte. Meistens beantwortete er dahingehende Fragen nur ausweichend mit »Ist doch ein schöner Name« und dann wusste sein Gegenüber, wenn nicht völlig verblödet, dass es einen Grund für diesen Namen gab, den Knudsen aber nicht nennen wollte.

Marianne, das wusste ich und nur wenige Vertraute der Familie, war die Tochter von Onkel Wilhelm und Tante Isolde, die ihnen 1887, fünfzehn Jahre nach der Geburt des Sohnes Adolf, unverhofft geschenkt wurde. Tante Isolde war damals schon hoch in den Dreißigern. Marianne war der Stolz der Familie, doch gerade mal zwei Jahre alt, starb sie qualvoll an den Masern. Ich war damals zwölf Jahre alt und erinnere mich genau, wie die Trauer ins Haus Knudsen einzog. Tante Isolde hat sich bis heute nicht vollständig von diesem Schicksalsschlag erholt. Immer wieder verfällt sie in tiefe Melancholie. Onkel Wilhelm lässt es sich nicht so anmerken, aber auch er hat Marianne, fünfzehn Jahre nach ihrem Tod, nicht vergessen. Und schließlich war es seine Idee, dass das erste Schiff, das die Reederei Knudsen seit vielen Jahren wieder bauen ließ – die meisten Schiffe waren bei anderen Reedereien gekauft worden –, Marianne heißen sollte. Ich war nicht sicher, ob er sich und seiner Frau damit einen Gefallen tat, aber was wusste ich schon?

»Sie kennen die Geschichte?«, fragte ich Clara. Sie errötete wieder und sah auf ihre Schuhe.

»Der gnädige Herr hat sie mir erzählt, weil ich danach gefragt hatte, weil ich das Modell so schön fand und den Namen auch. Das ist schon ein paar Monate her. Inzwischen reinige ich ja auch immer ihr Zimmer.«

»Wessen Zimmer?«

»Na, Mariannes Zimmer, aber vielleicht …«

Clara errötete abermals. Sie spürte, dass sie zu viel gesagt hatte. Sie kannte offenbar nicht nur das Geheimnis um den Namen des Schiffes, sondern noch ein weiteres Geheimnis, das ich nicht kannte. Natürlich platzte ich fast vor Neugier, aber ich wollte sie nicht in Verlegenheit bringen.

»Schon gut, Fräulein Clara. – Es ist auch Zeit für mich. Vielen Dank für den köstlichen Imbiss. Gute Nacht.«

Ich leerte mein Weinglas und ließ sie in der Bibliothek zurück.

Kapitel 8

Die Mordfälle gingen mir nicht aus dem Kopf, ich konnte nichts dagegen tun. Mein Weg vom Institut nach Hause, den ich meistens mit dem Fahrrad zurücklegte, führte mich an der Polizeidirektion an der Stadthausbrücke vorbei, jedenfalls, wenn ich einen kleinen Umweg nahm. Ich lauerte Martin an einigen Abenden regelrecht auf, lud ihn zum Wein in einem nahe gelegenen Café ein und löcherte ihn mit Fragen zu seinen Ermittlungen. Deshalb durfte ich mich nicht beschweren, als Martin mich plötzlich zur Teilnahme an einer heiklen Mission berief.

Für diese Mission musste ich am verabredeten Abend an der St.-Petri-Kirche in der Altstadt erscheinen. Vom Haus meines Onkels war es bis dort nur ein Fußmarsch von einer halben Stunde, aber die eigentliche Distanz, die ich an diesem Abend zu überbrücken hatte, war ungleich größer. Mein Weg führte mich vom hellen, freundlichen und komfortablen Ambiente der Alstervillen tief in die finstere Gruft der Gängeviertel, wo Elend, Verbrechen und Laster wohnten. In dieser Kloake der Stadt wollte Martin sich nach Hinweisen umhören. Die glorreiche Idee war ihm selbst gekommen. Sein Chef Manthey hatte wohl nur unter Protest zugestimmt.

Martin hatte mich angewiesen, meinen »feinen Großbürgerzwirn«, wie er es nannte, zu Hause zu lassen und mir besser ein paar Klamotten beim Gärtner zu leihen. Ich trug folglich an diesem Abend einen groben, geflickten Anzug aus verfilzter Wolle, eine speckige Weste, an der zwei Knöpfe fehlten, und ein verblichenes Hemd ohne Kragen und Manschetten. Dazu grobe Schuhe von Johannes, die mir etwas zu groß waren.

»Du siehst aus wie ein Schwerverbrecher«, rief Martin, als er mich kommen sah. »Das ist perfekt.«

Er selbst war ähnlich gekleidet und krönte seine Erscheinung als Hilfsarbeiter mit einem verbeulten Hut mit schlaffer Krempe. Mir setzte er eine Ballonmütze mit einem schwarzen Schirm auf, die nach Kohle und Meer roch.

Mir war unwohl, nicht nur wegen der ungewöhnlichen Kleidung. Die Altstadt Hamburgs, in die wir uns nun begeben wollten und die im Volksmund Gängeviertel und von Leuten meines Standes abfällig Abruzzen genannt wurde, war ein unheimlicher Ort. Hier hatte sich meine Mutter vor zwölf Jahren mit der Cholera infiziert. In ihrer unendlichen Hilfsbereitschaft war sie damals mit einem jungen Pfarrer und ein paar Helfern durch die engen Straßen gezogen, hatte Medizin verteilt, Kranke getröstet und doch nicht viel ausgerichtet. Wenn ich daran dachte, verband ich das stets mit der Hoffnung, dass Mutter in ihrem kurzen, leidvollen Todeskampf wenigstens vom Gefühl beseelt war, als guter Mensch vor den Schöpfer zu treten. Ihr Glaube funktionierte so.

Ich glaubte an die Wissenschaft und wusste deshalb, dass die Cholera inzwischen aus diesem Viertel, aus Hamburg, ja aus dem ganzen Reich verbannt war. Dafür gab es genug andere gesundheitliche Bedrohungen in den kleinen, dunklen Wohnungen, wo man weder über Strom noch Wasser verfügte. Großfamilien mit zwölf Menschen und mehr wohnten hier in winzigen Kammern. Verzweiflung, Gewalt und Verbrechen, wohin man sah.

Als vor zwanzig Jahren mit dem Bau der Speicherstadt am Hafenrand begonnen worden war, einem Lieblingsprojekt »meines«

Kaisers, mussten die am Wandrahm und Umgebung liegenden elenden Häuser weichen. Viele der Bewohner zogen nur wenige hundert Meter weiter nördlich ins Gängeviertel, und daher wurde es hier noch elender und noch enger. Die Speicherstadt mit ihren modernen, funktionalen Lagerhäusern aus rotem Backstein war ein schönes Stück Hamburg geworden, und wenn die letzten Speicher in ein paar Jahren fertig sind, bilden sie den größten Umschlagplatz für Kolonialwaren in ganz Europa. Mein Onkel hat hier auch einige Lagerböden. Aber den Preis für den Stolz der Hansestadt zahlen die verdreckten Kinder, die uns nun mit großen Augen anstarrten. Sie erkannten in uns sofort die Fremden, die Männer aus den besseren Vierteln. Da half auch unsere Maskerade nicht.

Langsam gingen Martin und ich am Speersort entlang, bogen in den Kattreppel ein und erreichten schließlich die Niedernstraße, die Schlagader des Viertels. Es war noch recht hell, doch viel Sonnenlicht drang nicht zwischen die eng stehenden Fachwerkhäuser, deren Giebeldächer sich bedrohlich zur Straßenmitte neigten. Der von Hafen, Elbe und Alster durchfeuchtete Untergrund bot den schlampig gebauten Fachwerkhäusern kein solides Fundament. Nach rechten Winkeln konnte man hier lange suchen. Zwischen den Häusern waren Wäscheleinen gespannt, an denen Hemden, Unterwäsche und Bettlaken baumelten, die nicht wirklich sauber aussahen.

Es roch nach Urin und Kohlenfeuer, nach verkochtem Kohl und Rüben. Auf den Straßen herrschte reges Treiben. Kinder liefen barfuß hintereinanderher. Männer in der Kleidung der Werftarbeiter standen in kleinen Gruppen und rauchten. Männer und Frauen mit Handkarren boten verschrumpeltes Gemüse und Hausiererwaren feil. Pferdekarren gab es wenige, Automobile gar keine. Ein alter Soldat mit amputierten Beinen lehnte an einer Hauswand und streckte die bettelnde Hand aus. Ich war versucht, ihm ein paar Münzen hinzuwerfen, aber Martin gab mir ein Zeichen. Natürlich passte Mildtätigkeit nicht zu unserer Verkleidung. An fast jeder Ecke stand ein Schutzmann. Einer von ihnen beäugte uns misstrauisch. Martin hatte mir erklärt, dass hier, besonders nach Einbruch der Dunkelheit, jederzeit und plötzlich schlimme Dinge passieren konnten. Ein Passant wurde ausgeraubt, eine untreue Frau erstochen, ein Neugeborenes aus dem Fenster geworfen. Die Schutzmänner konnten dies nicht verhindern, aber sie konnten wenigstens jemanden verhaften. Ob es dann der Richtige war, stand auf einem anderen Blatt. Nicht selten wurden jedoch auch die Schutzmänner selbst Opfer der hier ständig schwelenden Gewalt.

Martins Mission war: sich umzuhören. Im Gespräch mit Ganoven, Hehlern und anderen Unholden wollte er Gerüchte aufspüren. Die drei Morde wurden im Untergrund sicher ebenso leidenschaftlich diskutiert wie in den Herrenzimmern der Reeder und Bankiers. Verbrecher kannten sich doch untereinander, man tauschte sich aus, prahlte mit seinen Taten.

»Und wenn es gar keine Raubmorde waren?«, fragte ich, um überhaupt etwas zu sagen und die Anspannung loszuwerden. »Vielleicht waren es auch Anarchisten. Schließlich waren alle Opfer reich und mächtig.«

»Sie waren alle reich und mächtig, weil man arme Schlucker nicht ausraubt, Herr Professor«, empörte sich Martin. »Und überhaupt: Was macht das für einen Unterschied. Anarchisten treiben sich hier auch herum. Es lässt sich ja nicht immer so genau unterscheiden, aus welchen Gründen einer ein schlechter Mensch ist.«

»Es kann ja auch sein«, spekulierte ich weiter, »dass ein wohlhabender Anarchist hier einen dieser armen Teufel für seine Mordpläne anheuert, oder?«

»Ja, wenn es wohlhabende Anarchisten gibt, dann kann auch das sein, Watson«, erwiderte Martin mit ironischem Ton und dem unterschwelligen Hinweis, dass er der geniale Sherlock Holmes war und ich nur der Gehilfe Watson.

»Sag mal, Martin«, ich blieb stehen und stellte die Frage, die ich längst hätte stellen sollen, »wieso nimmst du eigentlich mich mit und keinen Kollegen aus der Polizeidirektion oder einen Schutzmann in Gärtnerkleidung?«

»Ganz einfach, Zee-Jott, weil du dich nicht wie ein Polizist anstellst und mir dein kluger Kopf sehr hilfreich sein kann, und ...« Er machte eine Pause.

»Und?«

»Und weil keiner sonst, den ich gefragt habe, dazu bereit war.«

Nun gut, dachte ich, dann wusste ich wenigstens, woran ich war.

Martin war klug genug gewesen, sich nicht ohne erfahrenen Beistand in die Hamburger Unterwelt zu begeben. Den Beistand trafen wir in Gestalt von Hein-Sieben vor einem kleinen Kolonialwarenladen. Martin ging zielstrebig auf den vierschrötigen Kerl in einem zu engen Anzug zu, obwohl er ihn noch nie zuvor gesehen hatte. Das Merkmal, das ihn unverwechselbar machte und seinen seltsamen Namen erklärte, war die rechte Hand, die nur noch aus Daumen und Zeigefinger bestand.

Hein-Sieben, hatte Martin mich informiert, war vor Jahren im Polizeidienst gewesen, bis er bei einem blutigen Einsatz drei Finger eingebüßt hatte und, wie bei der Polizei getuschelte wurde, auch seine Hoden, was er selbst nie bestätigt hatte. Hein-Sieben war etwas über fünfzig Jahre alt, bekam eine winzige Rente und verdiente sich als Führer durch die Unterwelt etwas dazu. Er kannte eine Menge Ganoven, alle kannten ihn, und das machte ihn für alle Seiten wertvoll. Wenn Hein-Sieben mit Leuten im Schlepptau auftauchte, dann wussten seine Kontaktleute, dass es sich um Polente handelte, wie sie hier sagten. Und wenn die Polente mit Hein-Sieben kam, dann gab es nichts zu verhaften, sondern etwas zu verdienen.

Zu diesem Zweck hatte Martin einen Beutel mit Ein- und Zweimarkstücken aus der Stadtkasse in der Tasche, vielleicht in Summe dreißig Mark, zur Bezahlung von Informationen. Die Loyalität der meisten Gauner war für recht wenige Mark zu erwerben.

Die Informationsbeschaffung mit Hein-Sieben lief so: Er kannte Leute, die wiederum eine Menge Leuten kannten, die viel mitbekamen von den dunklen Machenschaften in der Stadt. Wer brauchbare Informationen hatte, bekam zwischen einer und fünf Mark. Wer log oder sich was ausdachte, nur um an das Geld zu kommen, wurde von Hein-Siebens Liste gestrichen und nie wieder angesprochen. Auf der Liste, die natürlich nicht in Papierform, sondern nur in Hein-Siebens Kopf existierte, waren nicht viele Informanten. Und es waren eher die kleinen Gauner, denen aufgrund eigener Untaten nicht gleich das Fallbeil drohte. Es waren aber auch eben die, die schon lange dabei waren und tief drin steckten im Sumpf der Kriminalität.

Den ersten Informanten, den Hein-Sieben für uns ausgesucht hatte, trafen wir in einem Frisiersalon. »Hygienisch-antiseptischer Rasier- und Frisiersalon« stand auf einem verwitterten Schild über einer schmalen Tür. Darunter der Name des Inhabers. Enrico Ballotelli.

Wir betraten den Salon. Zuerst Hein-Sieben, dann Martin, dann ich. Der Salon war eng, fasste gerade mal zwei Frisierstühle, eine schmale Wartebank und einen Tresen zum Abkassieren. Es roch nach Schweiß, billigem Eau de Cologne und Zigarrenrauch. An den Wänden hingen Fotografien von ausgefallenen Bartformen, ein Bild vom Kaiser und eines vom italienischen König Viktor Emanuel III. ... Der Friseur war in seinem Patriotismus offenbar noch unentschlossen.

Auf einem der Stühle saß ein fetter Mann mit eingeseiftem Gesicht. Von hinten über ihn gebeugt stand der Friseur und kratzte mit einem Rasiermesser an seinem Hals. Der Kunde sah nicht aus wie jemand, der in dieser Gegend lebte. Er war gekleidet wie ein Lehrer oder ein Krankenhausarzt. Vermutlich kam er zum Rasieren hierher, weil es billig war und er sich nicht davor fürchtete, ausgeraubt zu werden. Ein kleiner Junge in einem zu großen Kittel, acht Jahre alt vielleicht, fegte mit einem Besen schweigend Haare zusammen. Der Raum wurde nur schwach von Kerzen und Öllampen erleuchtet.

»Ciao, Hein-Sieben, mio amico«, krächzte der Friseur, ein dünner Mann mit strähnigen schwarzen Haaren und einem monströsen schwarzen Schnauzbart. »Du bringst Freunde mit, die eine Rasur brauchen.«

Das hatte der Fachmann gut erkannt. Ich hatte, Martins Geheiß folgend, und sehr zum Entsetzen meiner Tante, seit ein paar Tagen darauf verzichtet, meinen Bart zu stutzen und Hals und Wangen zu rasieren. Das gehörte zur Verkleidung.

»Nein, Enrico, die Herren wollen nur ein wenig plaudern«, sagte Hein-Sieben und ging, ohne dass der Friseur ihn dazu aufgefordert hatte, durch den Salon und öffnete die Tür eines Hinterzimmers. Dort war es finster. Enrico sagte irgendetwas zu seinem Kunden, kam herbeigetrippelt, entzündete eine Petroleumlampe und schloss die Tür. Der Raum war kaum mehr als eine winzige Abstellkammer, in der sich Kartons mit Haarwassern, Pomaden und Rasierseifen stapelten. In einer Ecke stand ein Korb mit schmutzigen Handtüchern.

»Und?«, fragte der Friseur und blickte uns erwartungsvoll an. Hein-Sieben sah mich an, ich sah Martin an, der wiederum Hein-Sieben ansah.

»Stellt eure Fragen, Mann«, sagte Hein-Sieben verwundert.

»Äh, ja, gut«, stammelte Martin; es war deutlich, dass er auf diesen Moment nicht vorbereitet war. Ich nutzte diese Lücke im Plan und preschte vor.

»Ist Ihnen vielleicht eine Taschenuhr zum Kauf angeboten worden? Glashütte, Gold, Gravur eines Familienwappens?«, fragte ich.

Martin schaute mich mit offenem Mund an.

»Nein«, sagte der Friseur, und jetzt bemerke ich seinen harten italienischen Akzent, »ab und zu wird mir hier was angeboten. Ich kaufe natürlich nichts, bin ja kein Hehler. Aber eine solche Uhr habe ich nicht gesehen.«

Er sah mich in Erwartung der nächsten Frage herausfordernd an.

»Hat irgendjemand über den Mord an den Landungsbrücken vor zwei Wochen oder den in der Nähe des Spielbudenplatzes vor vier Wochen gesprochen? Irgendwelche Erinnerungen?«

»Alle haben über den Toten mit der Cholera gesprochen. Überall. Aber eigentlich spricht man in meinem Salon nicht über Morde, mein Herr, hier spricht man nur über schöne Dinge. Über Frauen, die Oper ...«, sagte der Friseur.

»Ja, klar, die Oper«, raunte Martin. Aber er hatte immer noch keine Frage.

»Haben Sie irgendetwas gehört, dass Anarchisten etwas planen? Etwas Politisches? Einen Anschlag?« Ich wusste, dass das keine besonders schlaue Frage war, aber ich wollte meine Theorie von den Morden als Angriff auf die Hamburger Oberschicht noch ein wenig ausprobieren.

Der Friseur schüttelte amüsiert den Kopf.

»Wenn ich so was höre, komme ich zu euch, dann kostet das aber fünfzig, ach was hundert Mark.«

»Wo würde ich hingehen, wenn ich jemanden für einen Mord anheuern wollte?«, fragte ich nun die letzte Frage, die mir einfiel, und sah den Mann eindringlich an.

»In den Verbrecherkeller, wohin sonst?«, sagte Hein-Sieben. »Diese Information bekommt ihr von mir kostenlos.«

Nun hatte Martin doch noch eine Frage. Er zog einen Zettel aus der Tasche, auf den er das Symbol von der Stirn der Toten aufgemalt hatte. Es glich eher dem des zweiten Opfers als dem des dritten.

»Schon mal gesehen?«, fragte Martin und hielt dem Friseur den Zettel vor die Nase.

Der Italiener schaute nur kurz darauf.

»Ist doch diese Zahl, dieses Pi, hatte ich in der Schule«, sagte der Friseur.

»Nee«, entgegnete Martin. »Pi hat unten keinen Strich. Warst wohl nicht so gut in Mathematik. Also klingelt da was bei dir?« Martin war nun offenbar bemüht, wie ein harter Kerl zu wirken. Der Friseur schüttelte jedoch nur den Kopf.

Hein-Sieben gab dem Mann ein Markstück und schob uns aus dem Salon hinaus. Auf der Straße war es dunkler geworden. Die wenigen Gaslaternen, die man der Straße spendiert hatte, gaben ein spärliches Licht.

»Was wollt ihr eigentlich wissen?«, fragte Hein-Sieben sichtlich irritiert. »Ich denke, ihr sucht einen Mörder.«

»Äh, ja«, sagte Martin und sah auf den Boden. »Der Friseur war wohl nicht der Richtige. Und wofür hat der jetzt eine Mark bekommen?« Martin war klar, dass er Hein-Sieben das Geld aus seinem Budget zurückzahlen musste.

»Dafür, dass er überhaupt mit uns geredet hat. Was denkst du denn?«, sagte Hein-Sieben. »Aber dann gehen wir jetzt zu den Richtigen. Und ich stelle die Fragen, verstanden?«

Wir liefen mit Hein-Sieben ein Stück die Straße hinunter und blieben schließlich vor einem dunklen Hauseingang stehen. Die Fenster links und rechts des Eingangs waren mit Brettern vernagelt, auf denen Reste von Reklameplakaten klebten. Über dem Eingang hing schief das Emailschild einer Brauerei. Im Eingang standen ein paar Männer und rauchten. Sie sahen uns nur kurz an.

»Verbrecherkeller?«, fragte ich Martin flüsternd. Mein Freund nickte.

Die berüchtigte Kneipe hatte sicher auch mal einen normalen Namen gehabt, aber der stand nirgendwo angeschrieben, und es benutzte ihn auch niemand. Der Verbrecherkeller war in der ganzen Stadt bekannt, aber ich wusste niemanden, der ihn schon einmal aufgesucht hatte. Man traf dort genau die Menschen an, die der Name erwarten ließ, und das schreckte jeden rechtschaffenen Bürger ab. Der Verbrecherkeller war Treffpunkt, Versteck, Heiratsmarkt, Hurenhaus, Herberge und Tanzboden der Hamburger Unterwelt. Angeblich kam es auch vor, dass arglose Bürger, Besucher der Stadt zum Beispiel, von der Straße ins Lokal gelockt oder gezerrt und dort ausgeraubt wurden. Schutzmänner trauten sich alleine überhaupt nicht in die Kaschemme und zu zweit oder zu dritt auch nur selten.

Wir folgten Hein-Sieben durch einen schmalen Gang ins Dunkel. Es roch nach Erbrochenem. Auf dem unebenen Boden knirschten Glassplitter unter unseren Sohlen. Am Ende des Ganges war eine schwarze Holztür mit einer kleinen Klappe auf Augenhöhe. Hein-Sieben klopfte, und die Klappe wurde geöffnet. Ein verschwitztes Gesicht spähte durch ein kleines Stahlgitter. Der Mann schien Hein-Sieben zu kennen, er nickte nur brummend und schloss die Klappe wieder. Dann öffnete sich die Tür.

Uns schlug feuchte Wärme, der Gestank von Bier und Schweiß entgegen und ein Lärmbrei aus Musik, Gebrüll und Gelächter. Wir konnten nicht sehen, wie groß das niedrige Gewölbe war, da es nicht nur überfüllt war mit Leibern, sondern auch vom Rauch billiger Zigarren und Zigaretten vernebelt wurde. Das spärliche Licht kam von Gaslampen und Kerzen an den Wänden und einigen wenigen elektrischen Lampen unter der Decke.

Wir schoben uns langsam durch die Menschenmenge. An den Wänden waren kleine Tische aufgestellt, an denen Männer und ein paar Frauen saßen. Die meisten Leute standen. Bei den wenigen Frauen handelte es sich – dazu bedurfte es keiner ausgiebigen Recherche – fast ausschließlich um Huren. Eine sehr junge saß bei einem dicken Alten auf dem Schoß, sie hatte keine Bluse an, und der Alte drückte immer wieder prustend sein verschwitztes Gesicht zwischen ihre Brüste. Es war entwürdigend.

In einer Ecke bedrängten zwei Kerle gerade einen dritten. Sein Gesicht war schon blutig, ihm fehlte ein Schneidezahn. Niemand außer mir schien Notiz von der Misshandlung zu nehmen. Die Musik, die sich mühsam durch das Geschrei der Gäste kämpfte, kam von drei Männern auf einem kleinen Podium. Mit Gitarre, Akkordeon und Trompete spielten sie etwas ungeschickt osteuropäisch anmutende Weisen.

Hein-Sieben führte uns zu einem Tresen und rief dem Schankmann etwas zu. Der schob aus einem vorgezapften Vorrat drei Bierkrüge über den Tresen, wobei die schaumige Brühe überschwappte. Hein-Sieben gab uns ein Zeichen, dass wir trinken sollten. Das Bier war warm und schmeckte schal. Ich war ohnehin kein leidenschaftlicher Biertrinker, ein guter Wein war mir lieber, aber dieses Zeug war ungenießbar. Es wurde hier sicher nur konsumiert, weil es billig war und einen hohen Alkoholgehalt hatte. Und es gab auch nichts anderes.

Hein-Sieben reckte den Hals und ließ den Blick über die Menge schweifen. Er suchte jemanden und schien ihn auch schon gefunden zu haben. Hein-Sieben verschwand kurz in der Menge und kam dann mit einem jungen Kerl wieder, den er regelrecht am Kragen zu uns schleppte. Der Mann trug die typischen Merkmale einer Kinderlähmung, einer weiteren Geisel der Menschheit, der ich und meine Kollegen den Krieg erklärt hatten. Er stützte sich auf einen dicken Knüppel, das rechte Bein wirkte verkürzt, schien aber neben dem Stock die einzige Stütze des verkrümmten Körpers darzustellen. Das linke Bein schleifte der Mann hinter sich her wie einen störrischen Köter. Er sah uns mit schiefem Kopf an und grinste. Sein Gebiss bestand nurmehr aus ein paar Stummeln.

»Hey, Paule«, brüllte Hein-Sieben den Mann an, damit es auch Martin und ich in dem Lärm verstehen konnten, »erzähl den Kollegen mal, was du so mitkriegst, wenn du am Spielbudenplatz fechtest?«

»Fechten?«, fragte ich Martin.

»Betteln meint er«, antwortete mein Freund.

Paule sah in die Runde, sein Blick blieb an mir hängen. Offenbar hielt er mich für den Anführer unserer Gruppe.

»Das ist verdammt heiß und trocken hier«, knarzte er und grinste wieder.

»Ja, stimmt«, sagte ich und bemerkte, wie Hein-Sieben abfällig den Kopf schüttelte. Er gab dem Wirt ein Zeichen, und umgehend wanderte ein Bierkrug in Paules verkrümmte, schmutzige Finger. Gierig schlürfte er das Gebräu.

»Lass uns nach hinten gehen«, sagte Paule und humpelte vor uns her zu einem vom Hauptraum abgehenden Nebenraum. Obwohl er den meisten der im Weg Stehenden kaum bis zur Schulter reichte, bemerkten ihn alle sofort und machten Platz. Der Nebenraum war noch niedriger als der eigentliche Gastraum und zog sich sehr lang, vielleicht zehn Meter nach hinten. Dicht an dicht standen hier dilettantisch aus ungehobelten Brettern zusammengezimmerte Pritschen. Zwanzig Stück, schätzte ich. Auf einigen von ihnen waren Schlafende zu sehen. Auch auf dem Boden lagen Gestalten in löchrige Decken gehüllt. An der Wand hing ein Schild: »Boden 5 Pfennige, Bank: 10 Pfennige.«

Der Gestank war hier noch schlimmer als in der Gaststube: Urin, Schnaps, Schweiß. Aber hier war es nicht so laut, und es war dunkler. Paule war erstaunlich flink in die hinterste Ecke gehumpelt und wartete dort auf uns. Seinen Bierkrug hatte er geleert und auf einem Brett an der Wand abgestellt. Ein irre dreinblickender Kerl kam näher. Er stank erbärmlich. Langsam rückte er näher an Paule heran und stammelte etwas Unverständliches. Paule gab ihm einen Hieb mit der Krücke und schimpfte, dass er sich verpissen solle. Der Kerl huschte davon.

»Los, 'ne Anzahlung«, sagte Paule an mich gewandt, und ich sah Martin an, der wiederum Hein-Sieben anglotzte. Der hob alle verbliebenen Finger der rechten Hand: zwei. Martin gab Paule das Geld, das sofort in den Tiefen einer zerschlissenen Hose verschwand.

»Was wollt ihr wissen? Wen sucht ihr?«

»Es geht um den Toten in der Sterngasse vor vier Wochen und auch um den von den Landungsbrücken«, sagte Hein-Sieben, während Martin und ich noch nach der richtigen Frage suchten. Das erste der drei Mordopfer Rudolf Bredow erwähnte Hein-Sieben nicht. Einen so langen Zeitraum erinnerten die zerfressenen Gehirne dieser Leute hier vermutlich gar nicht.

»Ja, weiß Bescheid. Einen Buckligen sucht ihr. Da haben doch vor euch schon ein paar Schergen geschnüffelt und alle vollgesabbelt.«

»Und was hast du denen erzählt?«, fragte nun Martin, der offenbar entschlossen war, wieder die Leitung zu übernehmen.

»Nichts, mich haben sie nicht gefragt. Aber sonst hat ihnen sicher auch keiner was erzählt. Warum auch?«

»Was würdest du denn erzählen, wenn man dich fragen würde?«, wollte Martin wissen.

»Ich erzähle, dass ich mich mal umhören kann, wer da was gesehen oder gehört hat. Das war keiner von hier.« Er beschrieb mit dem Kopf einen Halbkreis, als wolle er illustrieren, dass mit »hier« der Verbrecherkeller und das ganze Gängeviertel gemeint waren.

»Ach ja?«, setzte Martin nach. »Und woher weißt du das?«

»Wüsste ich, wenn es einer von hier wäre. Das wüsste ich. – Also, das läuft so«, flüsterte er und rückte uns so nah, dass wir zur Gänze in seinem fauligen Atem standen, »ihr kommt in zwei Tagen am Mittag zum Spielbudenplatz. Vorm Ernst-Drucker-Theater findet ihr mich. Vergesst eure Märker nicht. – Und lasst diese Maskerade.« Er deutete mit seinem Stock auf Martin und mich. »Sieht sowieso jeder, dass ihr Bullen seid.«

Martin zog wieder den Zettel mit dem Symbol aus der Tasche und zeigte ihn Paule.

»Schon mal gesehen?«, fragte er.

»Ist 'ne römische zwei«, sagte Paule, »so viel habe ich behalten von der Schule. Mehr aber auch nicht.« Er kicherte. »Und was ist damit?«

»Ach nichts«, sagte Martin und schob den Zettel wieder in seine Tasche.

Paule humpelte davon und wir bewegten uns durch das Gewühl zum Ausgang. Jetzt, wo ich wusste, dass jeder erkannte, dass wir von der anderen Seite des Gesetzes kamen, war mir noch unwohler so Tuch an Tuch mit dem Abschaum der Stadt. Bei jedem Kerl, den ich streifte, rechnete ich mit einem blitzenden Messer und einem höllischen Schmerz. Aber es geschah nichts dergleichen. Ein kleiner Junge, der an der Eingangstür stand und Zigarren aus einem Bauchladen verkaufte, kreischte etwas Unverständliches und spuckte Martin an. Noch bevor Martin reagieren konnte, hatte sich der Türwächter den Burschen gepackt und ihm eine Maulschelle verpasst, dass er laut aufschrie. Seine Lippe blutete.

»Wieso will dieser Bettler mit uns reden?«, fragte ich Hein-Sieben, als uns der düstere Gang wieder auf die Straße gespült hatte. »Ich denke, die reden alle nicht mit der Polizei.«

»Ihr zahlt dafür, das tun die Schutzmänner nicht«, erwiderte Hein-Sieben, »aber vielleicht wollen die auch, dass ihr den Mörder fasst. Wenn der wirklich nicht von hier ist, bringt er nur Unruhe. Dann tut ihr ihnen noch einen Gefallen, wenn ihr den wegfangt.«

Irgendwie reichte uns das erst einmal an Informationen, und wir verabschiedeten Hein-Sieben, der natürlich auch eine Münze bekam. Zügig gingen wir weiter und suchten den kürzesten Weg hinaus aus dem Viertel. Ein Mann stellte sich uns in den Weg, verdreckt mager, er sah aus wie siebzig, war aber vermutlich kaum älter als vierzig. Er zerrte ein Mädchen hinter sich her, das nur mit einem dünnen Hemdchen bekleidet war. Die Kleine war höchstens zehn Jahre alt.

»Wollen die Herren ficken?«, fragte der Mann und deutete auf das Mädchen. »Fickt gut, ehrlich.«

Martin spürte offenbar, wie mir augenblicklich die Galle aufstieg, er zerrte mich weg. Ich rief dem Kerl nur noch zu: »Suchen Sie sich selbst Arbeit, Sie Widerling.« Und an Martin gewandt: »Kannst du so einen Kerl nicht verhaften, das ist doch ...«

»Das wird uns nicht gut bekommen, wenn wir hier Leute verhaften. Und glaub mir, wenn er die Deern nicht verkauft, dann tut es ein anderer.«

Es hatte sicher mit Martins Beruf zu tun und damit, dass er täglich mit diesem Elend konfrontiert war, dass er so zynisch war. Aber ich wollte nicht so werden. Mein Kampf gegen die Seuchen musste auch mit dem Kampf gegen solche Verhältnisse einhergehen. In diesem moralischen und hygienischen Sumpf gediehen Viren und Verbrechen um ein Vielfaches schneller.

Martin hatte uns in eine Gasse geführt, von der er offenbar annahm, dass sie uns aus dem Viertel Richtung Binnenalster führen würde. Die Gasse war eng, und die Häuser schienen noch schiefer und dunkler zu sein. Menschen waren hier kaum noch unterwegs.

Ich hatte in der belebteren Straße schon das Gefühl, dass uns jemand verfolgte. Nun war ich aber ganz sicher. Ich hörte zwar keine Schritte, aber ich nahm Bewegung wahr. Ich traute mich nicht, mich umzudrehen. Dann zischte es hinter uns.

»Hallo, gnädige Herren?«, rief eine dünne Stimme. Wer sollte uns hier, in einer Welt ohne Respekt und Anstand, so höflich ansprechen? Martin und ich blieben stehen und drehten uns um. Es war der Gehilfe des Friseurs, der kleine Junge. Barfuß, in seinem zu großen Friseurkittel stand er in der Gasse und sah uns ernst an.

»Was willst du, Kleiner?«, fragte Martin. Sein Misstrauen war mit Händen zu greifen. Man musste sich hier nicht auskennen, um sich vorstellen zu können, dass Burschen wie dieser gerne vorgeschickt wurden, um Passanten in eine Falle zu locken.

»Ich weiß was, Herr«, sagte der Kleine und kam langsam ein paar Schritte näher. Martin spannte die Muskeln an. Eine Waffe hatte er nicht dabei, das wusste ich.

»Schickt dich dein Meister?«, fragte Martin.

Der Junge schüttelte den Kopf und sagte: »Ich hab den Buckligen gesehen, den Sie suchen. Gerade.«

Nun streckte er uns die flache Hand entgegen, um seinen Lohn zu fordern.

»Welchen Buckligen? Wo?«, fragte Martin.

»Dahinten. Ich zeige euch.«

Ich wollte noch einen Moment überlegen, was zu tun sei, aber Martins Misstrauen schien wie weggeblasen. Er drückte dem Jungen ein Markstück in seine schmutzige Hand und sagte: »Los, Kleiner, geh vor.«

Der Junge lief los. Wir hatten Mühe, an ihm dranzubleiben. Es ging ein Stück zurück über die belebte Hauptstraße, doch dann bog der Junge links ab in eine enge Gasse und blieb stehen. Als wir bei ihm waren, winkte er uns zu sich hinunter und flüsterte: »Dahinten!«

Er deutete mit dem Finger in die Gasse. Ganz am Ende sahen wir im Halbdunkel vor einem Haus, vermutlich ein Schnapsausschank, eine Gruppe Männer. Einer von ihnen war etwas kleiner. Er trug eine große Kappe, einen Wettermantel und hatte – deutlich im Schein der Laterne über dem Ausschank zu sehen – einen Buckel. Er hob gerade sein Glas und rief irgendetwas, die anderen Männer grölten und hoben ebenfalls die Gläser.

Wir hatten gar nicht bemerkt, wie der Junge verschwunden war, so gebannt waren wir vom Anblick des Täters. Er sah genau aus wie auf der Polizeizeichnung. Langsam gingen wir die Gasse hinunter. Sie führte in südliche Richtung zum Hafen und wurde nach hinten enger. Unter unseren Schuhen knirschte der Dreck auf dem Pflaster. Ich trat in einen Pferdeapfel und fluchte leise. Mein Fluchen reichte, um die Gruppe auf uns aufmerksam zu machen.

Alle Männer – es mögen fünf gewesen sein – sahen in unsere Richtung. Der Bucklige zuckte zusammen, ließ sein Schnapsglas fallen, sprang zur Seite und war schon verschwunden. Offenbar ging direkt vor dem Schnapsausschank eine Gasse ab, die wir aus unserer Position nicht sehen konnten.

Wir liefen los, wobei ich kurz strauchelte, weil der schmierige Pferdeapfel noch am Schuh klebte. Martin war schon ein paar Schritte weiter. Die anderen Männer der Gruppe sahen uns entgegen, machten aber keine Anstalten, zu flüchten.

Als ich bei ihnen war, lachten sie und machten irgendwelche Scherze, die ich nicht verstand. Martin war nun schon gut dreißig Meter tiefer in der engen, unbeleuchteten Gasse. Ich sah nur das Weiß seiner Hände und sein Gesicht, als er sich nach mir umdrehte. Alles andere vereinigte sich mit der Dunkelheit. Ein Schatten huschte in ein Haus und Martin hinterher.

Die dreistöckigen Häuser in der Gasse waren noch heruntergekommener als der Rest des Viertels. Bei einigen ragten die ziegellosen Dachstühle wie verwitterte Walgerippe in den von einem fahlen Mond erleuchteten Himmel. Hinter wenigen Fenstern brannte Licht. Keine Menschen zu sehen. Nur zwei magere Katzen drückten sich an einer Hauswand entlang.

Ich ging langsam weiter. Genau konnte ich nicht ausmachen, in welches der schmalen Häuser der Schatten und Martin soeben verschwunden waren. Ich lauschte nach Schritten und glaubte, ein Poltern zu hören, wie Füße, die eine Treppe hochliefen. Es war sonst fast still in der Gasse. Nur das Gelächter der Zecher vom Schnapsausschank drang zu mir und ganz aus der Ferne das nie endende Treiben im Hafen.

Vor einem Haus blieb ich stehen und lauschte. Das Gepolter war verklungen, aber hier konnte es gewesen sein. Das Haus schien unbewohnt. Die Eingangstür hing lose in den Angeln. Direkt neben der Tür führte eine Treppe in den Keller. Am Ende des Flures vermutete ich die Treppe in die oberen Stockwerke. Ich entschied mich für den Weg nach oben. Zum einen, weil das Gepolter nicht nach Keller geklungen hatte, vor allem aber, weil ich vor dem Keller noch mehr Angst hatte als vor dem oberen Teil des Hauses. Langsam schritt ich den Flur entlang.

Es roch muffig, nach feuchtem Holz, nach verbranntem Holz und nach Urin. Immer Urin. In diesem Viertel erleichterte man sich offenbar, wo immer einem danach war. Unter meinem ersten Schritt knarrte die hölzerne Treppe bedrohlich. Wenn diese Stiege nicht unter Martin zusammengebrochen war und dem Kerl, den er verfolgte, dann würde sie auch mich aushalten. Beherzt ging ich weiter.

»Martin?«, rief ich leise in die Stille. Keine Reaktion. Ich hatte das erste Stockwerk erreicht. Mond und Sterne schienen durch den offenen Dachstuhl und ließen mich schemenhaft erkennen, dass dieses Haus ausgebrannt war. Die Balken waren verkohlt. Die Füllung des Fachwerks war nur an den wenigen Stellen erhalten, wo sie aus Ziegeln bestand. Wenige verbrannte Möbelstücke. Alles, was nach dem Brand noch halbwegs zu gebrauchen gewesen war, hatte man gewiss umgehend weggeschafft.

Die Treppe führte weiter ins nächste Geschoss. Sie war wie durch ein Wunder von den Flammen verschont geblieben. Nun hörte ich ein Geräusch über mir, vielleicht auch neben mir. Schritte? Stimmen? Oder war es ein Stöhnen?

»Martin?«, rief ich wieder.

Nichts.

»Martin, bist du hier irgendwo?«

Mein Rufen war nutzlos. Er hätte sich längst gemeldet. Ich rief eigentlich nur gegen meine Angst an. Vorsichtig ging ich in einen Bereich, der früher eine Wohnung gewesen sein musste, und sah mich im Dunkeln um. Hier war niemand. Martin und der Bucklige mussten in einem anderen Haus verschwunden sein.

Plötzlich hörte ich ein lautes Knarren der Bodendielen hinter mir. Dann spürte ich einen Luftzug und einen höllischen Schmerz an meinem Hinterkopf. Es wurde gänzlich dunkel um mich.

»Gehört der zu dir?«, vernahm ich eine Stimme, als ich wieder zu mir kam. Ich schlug die Augen auf. Ich lag auf der Seite auf staubigen Dielen. Auf dem Boden, nicht weit von mir, stand eine Petroleumlampe, die den Raum in gespenstisches Licht tauchte. Es war der Raum, in dem ich zuletzt gewesen war und in dem man mich niedergeschlagen hatte. Dieser Raum war klein, hatte aber einigermaßen intakte Wände. An denen lehnten nun drei Gestalten und eine weitere kniete. Martin.

»Ob der zu dir gehört?«, raunte die Stimme wieder, und ich sah, wie Martin nickte. Nun bemerkte ich auch, dass er eine blutige Nase hatte. Das Blut tropfte in den Staub. Sonst schien er unverletzt zu sein.

Ich richtete mich vorsichtig auf. Mein Kopf schmerzte, es fühlte sich an, als ob ich eine Wunde am Hinterkopf hatte, ich traute mich aber nicht, danach zu tasten. Die drei Männer – zwei von ihnen in unserem Alter, der andere älter – trugen dunkle, schmutzige Kleidung. Sie hatten ihre Kappen ins Gesicht gezogen. Bisher hatte nur der Ältere gesprochen. Einer der Jüngeren hatte Martin mit einer Hand am Genick gepackt.

»Was sucht ihr hier?«, fragte der Ältere.

»Nichts, gar nichts«, erwiderte Martin und versuchte offenbar, selbstbewusst zu klingen. »Wir gehen auch gleich wieder. Alles ein Missverständnis.«

Martin schrie auf, als der Mann sein Genick heftiger umklammerte.

»Quatsch nicht, Bulle. Ihr seid doch einem hinterhergerannt. Wieso? Wen sucht ihr?«, fragte der Mann.

»Niemanden, alles ein Missverständnis, wirklich«, sagte Martin wieder.

Der Ältere kam auf mich zu und zerrte mich am Kragen hoch, wobei meine alte Jacke irgendwo hörbar einriss.

»Los, sag du, wen sucht ihr?«, schnauzte er mich an. Sein Atem roch nach Schnaps, Tabak und Fäulnis.

»Äh, wir hatten gedacht, den Buckligen gesehen zu haben, den wir überall suchen. Habt ihr doch sicher gehört.« Martin sah mich ausdruckslos an. Hätte ich das nicht sagen sollen? Aber das wusste doch sowieso jeder.

»Einen Buckligen?«, rief der Mann, der mich am Kragen hatte, und drehte sich zu seinen Kumpanen um. »Hat einer von euch einen Buckel?«

»Ich hab einen mächtigen Buckel in der Hose«, sagte einer der Jüngeren und lachte dreckig. »Willste mal sehen?«

»Also, Bulle, hier ist kein Buckliger, verstanden?«, sagte der Ältere. Martin und ich nickten brav. »Und euer komisches Zeichen, was ihr überall rumzeigt, haben wir auch noch nie gesehen.« Woher wusste er das? Wie konnte diese Information so schnell durch die dunklen Gassen eilen? »Ihr verpisst euch jetzt und lasst euch nie wieder hier blicken.«

Er ließ mich los, und ich half Martin hoch. Dessen Nase blutete immer noch heftig. Ich gab ihm ein Taschentuch. Es war eines von Tante Isoldes blütenweißen Damasttaschentüchern, das ich entgegen der von Martin ausgegebenen Kleidervorschrift doch eingesteckt hatte. Nun erwies es sich als nützlich. Anschließend würde ich es wegwerfen müssen.

Im Rausgehen sah ich in einer Ecke einen dunklen Wettermantel liegen, daneben ein Bündel Lumpen. Der Buckel.

»Die haben uns doch eine Falle gestellt. Das war doch alles abgekartet«, empörte ich mich, als wir weit genug von der unseligen Gasse entfernt waren.

»Ja, du Schlaumeier, was sonst?«, sagte Martin, der weniger unter der womöglich gebrochenen Nase litt als mehr darunter, dass er hier wie ein Anfänger gehandelt hatte.

»Wozu denn, was wollten die? Und warum hat sich einer von denen als Buckliger verkleidet?«, fragte ich.

»Na, um uns eine Lektion zu erteilen. Damit wir uns vom Gängeviertel fernhalten.«

»Es hätte doch gereicht, uns zu sagen, dass sie nichts wissen. Oder?«

Eine Weile gingen wir schweigend nebeneinanderher. Martin begleitete mich noch ein Stück auf meinem Heimweg die Alster entlang. Ich betastete meinen schmerzenden Hinterkopf. Die Haare waren verklebt, an meinen Fingern haftete Blut.

»Und«, fragte ich schließlich, »was hat das jetzt gebracht, außer dass ich mal richtig Todesangst spüren durfte?« Es sollte nicht wie ein Vorwurf klingen.

»Ich weiß es nicht. Um ehrlich zu sein, habe ich zwischendurch gedacht, die Kollegen in der Dienststelle haben mich absichtlich nicht aufgehalten und insgeheim gehofft, dass man mir dort eine Abreibung verpasst.«

»Ja, Martin, dann lagen sie in dem Punkt richtig. Aber du hast auch eine Verabredung mit deinem Geheimagenten Paule für weitere Informationen.«

»Glaubst du wirklich, der Kerl wird übermorgen dort sein?«, fragte Martin und wirkte entmutigt.

»Das werden wir übermorgen wissen«, sagte ich.

Ich umarmte den Freund zum Abschied und ging meines Weges. Als ich am Nachbarhaus meines Onkels vorbeikam, stieg das dort lebende Ehepaar Lürssen gerade aus der Kutsche. Misstrauisch sahen sie den schäbig gekleideten Mann an, der da auf dem schwach beleuchteten Trottoir auf sie zukam. Erst als ich fast bei ihnen war und sie freundlich grüßte, erkannten sich mich und grüßten zurück. Wenigstens sie hatten mich kurz für einen Verbrecher gehalten. Und nun erst bemerkte ich, dass ein kräftiger Kerl aus der Einfahrt der Lürssens auf mich zukam und erst stoppte, als Herr Lürssen ihm ein Zeichen gab.

Die also auch, dachte ich. Auch mein Onkel hatte nun einen kräftigen Arbeiter aus seinen Lagerhäusern mit dickem Holzknüppel nachts in seinem Vorgarten postiert. Niemand gab es gerne zu, aber die Pfeffersäcke bekamen es langsam mit der Angst zu tun.

Im Hause Knudsen war schon alles dunkel. Ich schlich in die Küche im Souterrain. Dort wurde in einer isolierten Kiste Eis gelagert, das alle zwei Tage frisch geliefert wurde. Damit wollte ich meine Wunde kühlen. Außerdem musste dort irgendwo auch Schnaps sein, den ich für innere und äußere Desinfektion verwenden wollte.

In der Küche war es dunkel. Ich trat gegen einen Blecheimer, dessen Deckel scheppernd zu Boden fiel. Die Folgen dieser Unachtsamkeit ließen nicht lange auf sich warten. Mit einem dünnen Morgenrock, einer Schlafhaube und Filzpantoffeln bekleidet, stand Fräulein Clara in der Tür und sah mich verwundert an. Clara bewohnte die Kammer der Köchin im Souterrain unweit der Küche, da Maria nicht im Hause lebte. Levke, das zweite Dienstmädchen, hatte eine Kammer unter dem Dach.

»Kann ich helfen, gnädiger, äh, Herr Melcher?« Sie schaltete eine kleine elektrische Lampe ein.

»Entschuldigen Sie, ich wollte Sie nicht wecken, Fräulein Clara«, stammelte ich, und bevor ich mir eine Lüge ausdenken konnte, warum ich mitten in der Nacht in der Küche herumgeisterte, die ich sonst so gut wie nie betrat, hatte sie mein Problem schon entdeckt.

»O nein!«, rief sie aus. »Sie sind verletzt. Lassen Sie mich mal sehen.«

Sie zwang mich auf einen Küchenhocker und befingerte meinen Hinterkopf. Sie duftete nach frischem Brot und ein wenig nach Lavendel.

»Was ist denn da passiert? Sind Sie überfallen worden?«, fragte sie besorgt.

»Nein, Gott bewahre. Ich bin gestürzt, beim Herumtollen mit Freunden. Wir hatten getrunken. Es ist nicht schlimm.«

Clara nahm ein sauberes Küchenhandtuch, tränkte es mit Wasser und begann, meine Wunde vorsichtig zu betupfen. Meine merkwürdige Kleidung schien sie gar nicht zu bemerken.

»Oben im Hausflur ist Verbandszeug und Alkohol, das hole ich schnell«, sagte sie, doch ich hielt sie auf.

»Nein, lieber nicht. Sonst wecken Sie noch die gnädige Frau auf, und dann ist hier die Hölle los.« Ich imitierte die schrille Stimme meiner Tante. »Mein Junge, was hast du gemacht, das ist ja schrecklich. Wir müssen Doktor Schneider rufen. Hilfe, Hilfe.«

Clara kicherte wie ein kleines Mädchen über meine Albernheit.

»Zum Desinfizieren kann man auch Schnaps nehmen«, sagte ich. »Maria hat doch hier immer eine Flasche, die sie zum Kochen nimmt.«

»Zum Kochen, klar«, sagte Clara. Sie lachte, griff gezielt hinter ein Regal und brachte eine Flasche italienischen Grappa ans Licht. Sie träufelte etwas auf das Handtuch und betupfte die Wunde mit dem Alkohol. Es brannte höllisch, aber ich ließ mir nichts anmerken.

»Und jetzt noch etwas in ein Glas. Zur Beruhigung«, sagte ich.

Clara nahm ein Wasserglas aus dem Regal, die richtigen Schnapsgläser standen im Schrank im Salon, goss ein und reichte mir das Glas.

»Und Sie?«, fragte ich. »Soll ich etwa alleine trinken?«

»Ich weiß nicht, das geht doch nicht, Herr Melcher.«

»Los. Ich verrate es auch niemandem.«

Clara nahm noch ein Glas und schenkte ein. Wir stießen an und tranken in einem Schluck aus. Sie verzog keine Miene.

»Einen noch«, sagte ich und schenkte nach. »Und dann ist Feierabend.«

Wieder kippte sie den scharfen Weinbrand wie Wasser. Dann räumte Clara Flasche, Gläser und das Handtuch weg. Ich musste ihr nicht sagen, dass sie das blutige Handtuch heimlich waschen sollte, das würde sie von sich aus tun. Sie wünschte mir eine gute Nacht und schwebte in ihren Hausschuhen den Gang hinunter in ihre Kammer.

Kapitel 9

Meine Tante Isolde Knudsen ist eine kluge und selbstbewusste Frau. Sie hat das Herz am rechten Fleck, auch wenn es an diesem Fleck selten besonders warm ist. Damit will ich sagen, dass Isolde Knudsen weiß, was sich für eine Frau in ihrer Stellung gehört. Sie tut Gutes. Aber sie tut es weniger aus Leidenschaft, als mehr aus Vernunft, vielleicht manchmal aus Kalkül.

In gewisser Weise ist sie eine moderne Frau. Sie behandelt ihre Dienstboten wie Angestellte und nicht wie Sklaven. Dass Johannes, Maria, Clara und Levke einen halben Tag in der Woche freihaben, ist nicht üblich und wird von Tante Isoldes Freundinnen argwöhnisch beäugt. Auch der Lohn, den die Dienstboten im Hause Knudsen erhalten, liegt mit achtzehn Mark pro Monat etwas über dem Durchschnitt.

Was an modernen Ideen den Beginn des neuen Jahrhunderts begleitet, findet allerdings selten die Zustimmung der Tante. Frauenrechte und Frauenwahlrecht zum Beispiel, verstörende Gedanken, die seit ein paar Jahren aus den Vereinigten Staaten und England an die Elbe geweht werden, lehnt sie kategorisch ab. Die gläubige Lutheranerin Knudsen ist davon überzeugt, dass die Hierarchien in Familie und Gesellschaft gottgegeben sind und keiner Reform bedürfen.

Mehr liegt ihr am Herzen, dass Mädchen und Frauen, die auf die schiefe Bahn geraten sind – und davon gab es viele in der vom Laster durchdrungenen Hafenstadt Hamburg –, eine Chance bekamen. Deshalb hatte sie in den vergangenen Jahren häufiger Mädchen aus den dunklen Gassen St. Paulis in ihre Dienste genommen oder in andere Anstellungen vermittelt. Auch darüber rümpften die Freundinnen gerne die Nase. Die meisten von ihnen nahmen Dienstmädchen im Alter von fünfzehn oder sechzehn Jahren ins Haus, meistens kamen sie vom Land. Nach ein paar Jahren hatten die Eltern der Mädchen dann einen Bauern gefunden, dem die junge Frau mit ihren Erfahrungen im Haushalt eine gute Ehefrau sein konnte. Im Hause Knudsen waren die Dienstmädchen oft über zwanzig und hatten auch nicht das obligatorische Gesindebuch vorzuweisen, dafür aber Erfahrungen in Bereichen des Lebens, über die man lieber schwieg.

Tante Isolde besuchte gelegentlich einen Pastor auf St. Pauli, der in seiner Kirche eine kleine Krankenstation für die Mädchen des Gewerbes unterhielt. Hier bekamen die Dirnen geistlichen und medizinischen Beistand. Sehr zum Unmut mancher Zuhälter, die dem Pastor schon häufiger Hiebe verpasst hatten. Tante Isolde ließ sich deshalb immer von Johannes zu dieser Kirche fahren, dessen stattliche Erscheinung auf Angreifer einschüchternd wirkte.

Tante Isolde war aber nicht nur mildtätig. Sie war auch eine Frau, die zu leben wusste und die den Vorzügen gegenüber, die der Reichtum mit sich brachte, nicht abgeneigt war. Sie war trotz ihrer zweiundfünfzig Jahre immer noch eine stattliche und attraktive Frau. Sie kleidete sich aufwendig und im Pariser Stil, zu dem sie sich aus Modemagazinen inspirieren ließ. Nahezu wöchentlich ging sie zum Coiffeur.

Zu ihren Leidenschaften gehörte auch und vor allem: die Oper. Sie kannte die alten und neuen Stücke und konnte viele der italienischen Arien neben dem Grammophon stehend mitträllern, ohne ein Wort zu verstehen. Problematisch an Tante Isoldes

Liebe zur Oper war nur, dass sie im Hause Knudsen niemand teilte. Wilhelm Knudsen schob immer irgendwelche geschäftlichen Verabredungen vor, wenn eine Aufführung anstand. Adolf brauchte Tante Isolde gar nicht erst zu fragen. Da blieb also nur ich als Begleiter. Die Gastfreundschaft, die ich im Hause Knudsen genoss, hatte eben ihren Preis.

An einem verregneten Juniabend war es wieder so weit. »Der Fliegende Holländer« von Richard Wagner stand auf dem Programm. Wenigstens nicht in Italienisch, aber gnadenlose vier Stunden lang.

Um nicht völlig dumm dazustehen, hatte ich mir die Geschichte des verfluchten Kapitäns, der als Untoter immer und immer wieder durch den Sturm fahren muss, im Opernführer zu Gemüte geführt. So richtig verstanden hatte ich sie nicht. Ich wunderte mich nur, dass Onkel Wilhelm abgelehnt hatte, wo es doch um ein Schiff ging.

Johannes fuhr uns mit dem Automobil, das seit Kurzem sogar ein Faltdach besaß, so dass uns der Regen auf dem kurzen Weg nichts anhaben konnte. Es war schon etwas Besonderes, mit einem Automobil durch Hamburg zu fahren. Meine Gefühle schwankten dabei zwischen Genuss und Scham. Die Beachtung, die uns Passanten entgegenbrachten, war mir peinlich. Nicht so Tante Isolde, die zu allen Seiten grüßte und nickte, wie eine Königin auf Staatsbesuch.

Ich hatte meine Haare gewaschen und so über meiner Kopfverletzung drapiert, dass sie nicht zu sehen war. Clara hatte ich die Camouflage noch heimlich kontrollieren lassen. Ich konnte schließlich in der Oper nicht den Hut auflassen.

Im Opernfoyer tummelte sich die übliche Mischung aus Schwergewichten und Parvenus der Hamburger Oberschicht.

Tante Isolde kam auch hier aus dem Grüßen nicht heraus und stellte mich mit sichtlichem Stolz den Bekannten vor, die mich noch nicht kannten. Ich sah fabelhaft aus in dem Abendanzug, den mir Onkel Wilhelm extra für solche Anlässe hatte machen lassen.

Das Interessanteste an der Oper waren für mich die Pausen. Nach dem ersten Aufzug strömte das Publikum ins Foyer, wo Sekt und Canapés gereicht wurden.

Tante Isolde führte mich an einen Stehtisch, an dem schon zwei Paare standen, die sie kannte. Sie nahm zwei Gläser Sekt von einem Tablett, das herumgereicht wurde, und gab mir eins davon. Dann stellte sie mich vor. Der eine der Männer, um die fünfzig, schlank und fast militärisch in seiner Haltung, war Reinhold Rantum. Er war Fabrikant, wie Tante Isolde zusammenfasste. Seine Spezialität waren Kräne und sonstige Ladehilfen für Schiffe, aber auch Geschütze, Haubitzen und überhaupt Waffen für Kriegsschiffe. Den Namen seiner Frau hatte ich sofort vergessen, sie sprach auch kein Wort und lächelte nur milde. Martin hätte sie als doof bezeichnet. Der andere Mann war Claus von Amelung, ein rundlicher, sechzigjähriger Schnapsfabrikant, der auch ein paar Gasthäuser und Hotels sein Eigen nannte. In Hamburg, so hatte ich längst gelernt, ist man mit Schiffen oder mit geistigen Getränken am erfolgreichsten.

Frau von Amelung, die in Leibesfülle den Gatten fast übertraf, war eine lebenslustige Frau, die unentwegt plapperte und in Tante Isolde eine dankbare Zuhörerin hatte.

»Wussten Sie, dass der Fliegende Holländer in der Sage, die Wagner verwendete, gar nicht in Norwegen unterwegs war«, eröffnete Reinhold Rantum das Gespräch mit mir, »sondern am Kap der Guten Hoffnung in die Bredouille kam?«

»Nein, das wusste ich nicht«, log ich. Es hatte im Opernführer gestanden, aber ich wollte nicht altklug erscheinen. »Warum hat er das getan?«

»Es heißt, weil Wagner selbst mal in der Nordsee eine Unwettererfahrung auf einem Schiff gemacht hat. Dieser Seekrankheit wollte er wohl ein Denkmal setzen.«

»Das ist interessant«, bemerkte ich brav.

»Also ich kann mir den Holländer vor der wilden afrikanischen Küste viel besser vorstellen als im langweiligen Norwegen«, sagte Rantum. »Kennen Sie Afrika?«

»Nein. Ich hatte noch nicht die Gelegenheit.«

»Dann müssen Sie einmal auf einem Ihrer Schiffe mitfahren. Es ist aufregend. Ihr Onkel bringt doch jetzt sicher auch Truppen für den Kaiser in die Lüderitzbucht, oder? Das ist doch die Gelegenheit.«

Da hatte mich der Fabrikant im Handumdrehen vom ollen Wagner in ein Thema manövriert, in dem ich mich weder auskannte noch wohlfühlte.

Ich wusste, dass die Lüderitzbucht zur Kolonie Deutsch-Südwestafrika gehörte. Ich hätte Herrn Rantum auch ein paar hässliche Erreger aus dieser Gegend aufzählen können. Ich wusste auch, dass die Eingeborenen dort sich gerade in einem blutigen Aufstand gegen die Kolonialmacht befanden. Das stand ja in allen Zeitungen. Mir war ebenfalls nicht entgangen, dass die Hamburger Reederei Woermann, eine der größten Reedereien der Welt, seit Kurzem für den Kaiser Truppen in das Gebiet fuhr, die die Aufständischen zur Vernunft bringen sollten. Was ich nicht wusste, war, wie mein Onkel Wilhelm zu der ganzen Sache stand.

»Ja, also ich weiß nicht«, antwortete ich wahrheitsgemäß.

»Ich bin sicher, der Wilhelm Knudsen wird da auch nicht zurückstehen. Er ist doch ein Patriot. Den Hottentotten gehört jetzt mal richtig der Hintern versohlt, und dann ist Ruhe. Was meinen Sie?« Er lachte laut und sah den Schnapsbrenner an, der sich gerade noch einen Sekt von einem Tablett nahm.

»Ganz Ihrer Meinung«, entgegnete Claus von Amelung. »Die müssen schnell kapieren, wer der Herr im Haus ist. Knudsen kennt sich doch aus mit Schwarzen. Er hat doch sogar einen als Fahrer, oder? Er sah mich an.

»Ja, Johannes heißt er, er ist schon lange bei meinem Onkel.«

»Dass diese Kaffern überhaupt ein Automobil chauffieren können, da muss man sich schon wundern«, meinte von Amelung.

»Die können ja sogar schießen, wie wir gerade feststellen müssen«, rief Rantum und lachte.

»Aber nicht so gut wie unsere Jungs«, brüllte von Amelung und schüttelte sich vor Lachen.

»Da haben Sie recht«, ergänzte Rantum grinsend, »und mein Freund Generalleutnant von Trotha wird da jetzt aufräumen. Da ist ganz schnell Ruhe im Busch.«

Der Pausengong rief zum nächsten Akt und beendete diese Unterhaltung, zu der ich so gar nichts beizutragen hatte.

»Fahren Sie nach Afrika, junger Mann«, sagte Rantum noch auf dem Weg in die Logen. »Es lohnt sich, die Wildnis, einfach zauberhaft.«

Ich hätte gerne erwidert, dass ich Afrikas zauberhafte Wildnis jeden Tag unter dem Mikroskop hatte und mir das reichte, aber das verbot mir die Höflichkeit.

Kapitel 10

Zwei Tage nach der Aufführung vom »Fliegenden Holländer« im Opernhaus betrat ich das Speisezimmer zum Frühstück und wurde Zeuge einer sehr seltenen Begebenheit. Tante Isolde und Onkel Wilhelm stritten. Das war nicht auf den ersten Blick zu erkennen. Sie schrien sich nicht an, es warf niemand mit Geschirr, wie das sonst bei Paaren angeblich regelmäßig passieren soll und wie ich es auch mal bei meinen Eltern erlebt hatte. Bei dem Ehepaar Knudsen äußerte sich Streit in mit gepresster, fast flüsternder Stimme vorgetragenen Wortgefechten und bösen Blicken. Wenn ich es recht betrachte, sprachen der Onkel und die Tante im Alltag nicht viel miteinander. Jeder ging seinen Pflichten nach und sorgte für einen reibungslosen Ablauf der Reederei und des Hauses Knudsen. Ich könnte bis heute nicht mit Gewissheit sagen, ob sie sich leidenschaftlich liebten oder nur respektierten.

Da der Streit nicht gleich für mich erkennbar war, betrat ich den Raum, wünschte fröhlich einen guten Morgen und setzte mich arglos an meinen Platz. Fräulein Clara trat ein und wollte mir Tee bringen. Sie hatte gelernt, dass ich zum Frühstück einen aromatischen Darjeeling einem Kaffee vorzog. Aber Clara kam nicht so weit.

»Jetzt nicht, Clara«, ranzte die Tante sie an, und das Dienstmädchen verließ fast fluchtartig den Raum, wobei etwas Tee aus der Tülle der Kanne tropfte. Der Onkel blickte nur stumm vor sich hin.

Ich sah die beiden ratlos an auf der Suche nach einer Erklärung für die schlechte Stimmung, aber sie beachteten mich gar nicht.

»Warum sie? Das ist unangemessen, Wilhelm«, fuhr Tante Isolde ihren Mann an.

»Weil sie perfekt ist. Sie sieht ihr ähnlich, sie ist ihr wie aus dem Gesicht geschnitten. Wenn Marianne noch leben würde ...«, sagte Knudsen kleinlaut.

»Dann wäre sie siebzehn. Diese Clara ist«, sie dachte nach, »zweiundzwanzig, glaube ich.«

»Das spielt doch keine Rolle.«

»Ich möchte nicht stören. Ich frühstücke in der Küche«, sagte ich und erhob mich.

»Nein, Carl-Jakob«, befahl der Onkel. »Bleib hier. Vielleicht hast du auch eine Meinung dazu.«

»Ich weiß nicht, was Carl-Jakob damit zu tun hat«, sagte Tante Isolde, doch schon hatte Knudsen mich involviert.

»Hältst du Fräulein Clara für ein geeignetes Modell für die Galionsfigur der ›Marianne‹? Ist es angemessen, sie dafür bei einem Künstler porträtieren zu lassen?«

Auf gar keinen Fall, war mein erster Gedanke. Es wäre völlig unangemessen und würde für Spott und Hohn in der ganzen Hamburger Gesellschaft sorgen. Aber ich wusste, dass ich mit dieser Meinung zu eindeutig Tante Isoldes Position eingenommen hätte, und es schien mir unklug, mich in dieser Frage – oder in irgendeiner anderen Frage – in dieser Familie auf eine Seite zu schlagen.

»Entschuldigung, bitte«, druckste ich herum. »Da möchte ich mich gerne heraushalten.«

»Ja«, jammerte Tante Isolde, »ich würde mich auch gerne heraushalten. Aber du möchtest ja meine Erlaubnis, Wilhelm.«

»Also ich ...«, versuchte Onkel Wilhelm zu antworten, doch Tante Isolde war noch nicht fertig.

»Du hast zuerst sie gefragt, und nun fragst du mich. Was soll ich jetzt noch sagen? Es ist zu spät für meinen Einwand.«

»Ich musste doch in Erfahrung bringen, ob sie das überhaupt möchte. Es hätte ja auch ...«

»Natürlich möchte sie das«, rief Tante Isolde nun ungewöhnlich laut. »Clara ist ein junges, hübsches Ding, eitel und selbstverliebt. Natürlich will sie ein stolzes Schiff schmücken. Sie wird es mit erhobener Nase in der gesamten Dienstbotenschaft Hamburgs herumerzählen. Und alle werden über den alten Knudsen lachen und sich ihren Teil denken, was das Dienstmädchen denn sonst noch ... Ach, ich will es mir gar nicht vorstellen.«

»Sie hat mir versprochen, dass es niemand erfährt«, verteidigte sich Knudsen.

»Ja, Wilhelm, die Verschwiegenheit der Dienstboten ist wirklich legendär.«

»Entschuldigen Sie mich, ich muss los«, sagte ich und verließ hastig ohne Tee und mit nur einem halben Brötchen mit Konfitüre im Bauch den Raum.

Im Flur traf ich auf Fräulein Clara, die immer noch die Teekanne in der Hand hielt. Sie eilte nun Richtung Küche, aber es war offensichtlich, dass sie gelauscht hatte.

»Geben Sie mir in der Küche noch einen Tee?«, fragte ich.

Sie drehte sich um. »Ja, natürlich, Herr Melcher. Aber der ist kalt. Ich mache Ihnen neuen.«

In der Küche waren wir alleine. Die Köchin war einkaufen.

»Wenn ich geahnt hätte, dass das so einen Ärger gibt, hätte ich abgelehnt, als der gnädige Herr mich gefragt hat«, jammerte Clara. »Ich dachte, er hätte das mit der gnädigen Frau besprochen.

Ich wollte ihm den Gefallen tun, weil ihm das Schiff doch so wichtig ist.«

»Ich konnte mir ein Grinsen nicht verkneifen.

»Fräulein Clara, ich glaube, Sie sind eine kluge junge Frau. Sie lesen dicke Bücher. Sie hätten doch ahnen können, dass das Vorhaben meines Onkels bei meiner Tante auf großes Misstrauen stoßen würde.«

»Ja, jetzt, ist mir das auch klar. Aber was auch immer die gnädige Frau denkt, es gibt keinen Grund dafür, ich bin ... Ich bin vielleicht wirklich ein eitles, dummes Ding, wie die gnädige Frau sagt.«

»Eitel und selbstverliebt, jung und hübsch, hat sie gesagt. Von dumm war nicht die Rede«, sagte ich und sah dabei, wie Clara mich anlächelte.

»Ich werde dem gnädigen Herrn sagen, dass ich es doch nicht möchte. Er wird jemand anderen finden.«

»Tun Sie erst mal gar nichts«, sagte ich und leerte meine Teetasse. »Die beruhigen sich schon wieder. Ich glaube nämlich auch, dass Sie eine perfekte Galionsfigur für die ›Marianne‹ wären. Aber wenn ich das laut sage, wirft die Tante mich raus.«

Clara errötete und kicherte verlegen.

Der Vormittag im Institut verlief ohne besondere Höhepunkte. Am Mittag machte ich mich auf zum Spielbudenplatz, nur ein paar Minuten zu Fuß vom Institut, um Martin zu treffen und mit ihm den Bettler Paule aufzusuchen.

Es war ein warmer, aber wolkenverhangener Tag. Es war nicht ganz so viel Betrieb wie sonst um diese Zeit. Es fielen die großen Gruppen von Marinesoldaten auf, die schon reichlich betrunken in den Cafés saßen. Den Kreuzer, von dem sie kamen, die SMS Stettin, hatte ich am Tag zuvor von dem Fenster meines Arbeitszimmers aus einlaufen sehen. Ein Kriegskreuzer von Furcht einflößenden Dimensionen. Die Daten standen in der Zeitung. 127 Meter lang, 115 Kanonen, 6 Torpedorohre und über 700 Mann Besatzung. Das Schiff war erst vor Kurzem in Kiel vom Stapel gelaufen und sollte nun in Hamburg noch mit ein paar weiteren Bauten versehen werden. Die »Stettin«, so berichtete die Zeitung, gehörte zur sogenannten Braunschweig-Klasse. Die kaiserliche Marine hatte noch vier weitere Schiffe dieses Typs in Auftrag gegeben. Parallel wurden Kreuzer der Deutschland-Klasse entwickelt, die auch in den nächsten Jahren gebaut werden sollten. In Stettin, Kiel, Wilhelmshaven, aber kein einziges Schiff in Hamburg. Die Zeitung bedauerte dies und kam zu dem Schluss, dass man in der Hansestadt die Zeichen der Zeit nicht erkannt habe und Chancen verpasse. Auch wenn Blohm & Voss vor ein paar Jahren mit der »SMS Kaiser Karl der Große« bereits gezeigt habe, was man in Hamburg in dieser Richtung zu leisten imstande sei, wäre man insgesamt bei den Werften noch zu zögerlich und würde Handelsschiffen immer noch viel zu viel Kapazitäten einräumen. Ich stellte mir vor, wie Onkel Wilhelm dies in diesem Moment ebenfalls las und die Zeitung wütend auf den Boden schleuderte.

Martin saß schon am verabredeten Platz, er rauchte und trank ein Bier. Wir beschlossen, später zu essen und uns gleich auf die Suche nach Polio-Paule zu machen, wie Martin ihn nun nannte.

Das Ernst-Drucker-Theater, das seit Jahren mit Volksstücken in Hamburger Mundart sehr erfolgreich war, hatte um diese Zeit natürlich geschlossen. Nur an einem Fenster konnte man Karten für die kommenden Vorstellungen der »Zitronenjette« kaufen. Eine dicke Frau saß hinter der Scheibe und löffelte etwas aus einer blechernen Schüssel. Sie beachtete uns nicht. Von Polio-Paule war nichts zu sehen.

»Ist es nicht etwas abwegig, dass sich der Kerl hier niederlässt, wo doch direkt nebenan die Davidwache ist oder Polente, wie er sagen würde?«, fragte ich Martin.

»Vielleicht hockt er gerade deshalb hier. Betteln ist nicht verboten«, sagte Martin. »Hier beschützen ihn meine Kollegen vielleicht sogar vor seinen Widersachern.«

Wir standen eine Weile ratlos herum und traten von einem Fuß auf den anderen. Die Frau aus dem Kassenhäuschen hatte ihren Blechnapf ausgelöffelt und schaute nun misstrauisch zu uns herüber.

Endlich sahen wir Paule. Langsam kam er aus der Davidstraße und blieb direkt vor der Polizeiwache stehen. Er unterhielt sich kurz mit einem Schutzmann, der dort auf Posten stand, und eilte dann zu uns.

»Kommt«, sagte er ohne Begrüßung. »Gehen wir ein Stück. Muss uns nicht jeder sehen.«

Er humpelte wieder Richtung Davidstraße, grüßte den Polizisten noch einmal freundlich und bog in die Straße ein. Hier herrschte weniger Betrieb. Ein paar Meter weiter, an der Ecke Kastanienallee, zog er uns in eine Hofeinfahrt. Er winkte uns ganz nah zu sich heran, als ob uns irgendjemand belauschen könnte.

»Interessante Neuigkeiten, Männer«, flüsterte er und sah uns aus zusammengekniffenen Augen an. »Das Zeichen, das ihr mir gezeigt habt, diese römische Zahl oder was das war.« Er kicherte. »Dieses Zeichen werdet ihr noch öfter sehen.«

»Was?« Martin war nervöser, als ich erwartet hatte. »Wie meinst du das? Öfter?«

»Es war nicht der letzte Tote mit dem Symbol auf der Stirn. Da kommen noch mehr«, flüsterte Paule mit einer Stimme, die mich frösteln ließ.

»Wieso auf der Stirn?«, fragte Martin erschrocken. Wir hatten Paule nicht erzählt, dass es sich bei dem Zeichen um eine Markierung unserer Mordopfer handelte. Und das hatte auch noch nicht in der Zeitung gestanden.

»So was spricht sich herum, macht euch da keine Hoffnung, das weiß jeder hier«, sagte Paule.

»Dann weiß vielleicht auch jeder hier, wer der Kerl ist, der das macht«, schnauzte Martin den Bettler wütend an.

»Nicht ein Kerl«, sagte Paule völlig unbeeindruckt.

»Mehrere? Wie viele?« Martin packte Paule am Kragen. Der sah ihn mit einem drohenden Blick an, der ausdrücken wollte: Lass mich bloß los. Martin verstand.

»Bist du sicher, dass es mehrere sind?«, fragte ich.

»Man erzählt es sich so.«

»Wer?«

»Ich habe nur gehört, dass einer rumläuft und nach Revolutionären fragt, oder Anarchisten oder was«, sagte Paule zögerlich. Es war offensichtlich, dass er mit seiner anstrengenden Art den Preis für seine Informationen hochtreiben wollte. »Es soll wohl auch einen Brief geben«, fügte er an.

»Was für einen Brief? Rede, Mann!«, schnauzte Martin unseren Informanten an, für meinen Geschmack zu aggressiv.

»Das war's, Jungs, mehr habe ich heute nicht für euch. Kommt in ein paar Tagen wieder. Ich halte die Ohren offen«, sagte Paule und hielt die Hand auf. Martin legte ein Fünfmarkstück in die schwielige, schmutzige Pranke. Fünf Mark für ein paar Minuten Gerede. Dafür musste ich einen ganzen Tag Mücken auseinandernehmen.

Wir gingen zu einer Bude, an der gebackener Fisch in Papier verkauft wurde, und bestellten zwei Portionen. Langsam gehend aßen wir.

»Mehrere Täter«, sagte Martin nachdenklich, während er ein Stück glühend heißen Fisch im Mund wendete. »Das ist ja eine Katastrophe. Wenn das jetzt so weitergeht ...«

»Das erklärt auf jeden Fall, warum die Handschrift bei den Zeichen nicht die Gleiche ist«, sagte ich. »Und wenn man mich ließe, würde ich vielleicht auch bei den Tatwaffen Unterschiede feststellen.«

»Ja, ich weiß«, sagte Martin. »Aber dann wissen wir nur, was wir jetzt schon wissen, nämlich, dass es mehrere Täter sein können. Wir wissen aber nicht, wie viele es sind. Drei Opfer können maximal drei Täter sein. Aber wenn jetzt noch Opfer dazukommen, dann kann auch die Zahl der Täter ... Ich muss mit Manthey sprechen. Bis später.«

Er drückte seinen angebissenen Fisch einem Bettler in die Hand, an dem wir vorbeigingen, und lief davon. Ich sah noch, wie der Bettler den matschigen Fisch angewidert in die Gosse warf, wo sich gleich die Möwen darum stritten.

Kapitel 11

Am folgenden Sonntag begab sich die ganze Familie – wie fast jeden Sonntag – in die Kirche. Sogar Adolf war dabei. Das Wetter war herrlich, deshalb gingen wir zu Fuß. Ich bin evangelisch getauft und auch konfirmiert, aber die Kirche und Gott haben mir nie viel bedeutet. Ich bin Wissenschaftler. Ich will nicht ausschließen, dass eine höhere Instanz das Universum und seine Prozesse irgendwann in Gang gebracht hat. Was ich mir nicht vorstellen kann, ist ein lieber Gott, der unsere Geschicke vorherbestimmt, korrigiert, auf Gebete hört und uns bestraft oder belohnt. Religion, das ist meine Ansicht, die Tante Isolde nicht hören will, ist von Menschen für Menschen; sie kann uns im besten Fall in guten Gedanken miteinander verbinden. Wenn jeder im Sinne Jesu handeln würde, hätten wir eine bessere Welt. Wer will das bestreiten. Aber Religion taugt ebenso dazu, Menschen in Kriege zu führen, ganze Völker zu unterdrücken. Das war bei den Kreuzzügen so, und das ist auch jetzt so in den Kolonien. Nach den Soldaten kommen die Kaufleute, um alles Handelbare unter sich aufzuteilen. Und mit ihnen sind die Missionare zur Stelle, um aus den überrumpelten Eingeborenen fromme Christenmenschen zu machen.»Darüber sollen sie froh sein, wir sind ein Gottesgeschenk«, hatte einmal mein Verbindungsbruder Ludwig von Helsenstein in Greifswald bei einer Kneipe im Verbindungshaus gegrölt, als ich an der Humanität der Kolonialpolitik des Reiches leise Zweifel anmeldete. »Die Halbaffen werden durch uns erst zu Menschen. Sie müssen nicht mehr nackt rumlaufen und wie die Hunde ficken.« Er erntete allenthalben Applaus und Gelächter.

Jeder nutzt das Evangelium eben, wie es ihm passt. Auch der Pfarrer von St. Johannis in Harvestehude hatte seine eigene Lesart der Bibel und eckte damit gerne bei seiner betuchten Gemeinde an. So hatte er Knudsen und den anderen Pfeffersäcken schon häufiger gepredigt, dass sie eine Verantwortung hätten gegenüber dem Elend in der Stadt und in der Welt und dass es in ihrer Macht stünde, Not zu lindern und Gerechtigkeit zu fördern. Natürlich hatte er recht, aber das wollten die Herren in feinen Tuchen und die Damen mit kunstvoll besteckten Hüten vor dem Sonntagsbraten nicht hören. An diesem Sonntag hatte der Pfarrer, dessen Name mir entfallen ist, ein eigentlich unumstrittenes Gottesgebot als Thema seiner Predigt. Du sollst nicht töten. Ihm gingen die drei Morde an Herren der Gesellschaft genauso nahe wie seinem Publikum in der voll besetzten Kirche. Dann jedoch drehte er das Thema in eine verstörende Richtung.

»Drei Männer sind in den vergangenen drei Monaten getötet worden. Heimtückisch und ohne jede Chance, sich zu wehren«, rief er unheilvoll von der Kanzel hinunter. »Drei Männer, die betrauert werden, von ihren Familien, ihren Freunden und Kollegen und von uns allen, ihren Mitbürgern.« Nicken in den Reihen der Gläubigen. »Aber kennen wir überhaupt alle Toten der letzten drei Monate? Wissen wir, wer sonst noch unnatürlich und ungerecht zu Tode gekommen ist?« Nun kam vereinzelt Gemurmel auf. »Kennen wir den Namen jedes Kindes, das von seiner verzweifelten Mutter in den vergangenen drei Monaten direkt nach der Geburt getötet wurde, weil sie nicht wusste, wie sie es nähren sollte? Kennen wir die Namen aller Männer und Frauen, die in den dunklen Ecken dieser Stadt Opfer von Brutalität und Gewalt wurden und deren Mörder ungestraft bleiben werden, weil gerade kein Schutzmann in der Nähe war?«

»Warum erzählen Sie uns das, Herr Pfarrer?«, rief einer empört dazwischen, weitere stimmten ihm zu. Doch der Geistliche ließ sich nicht beirren.

»Ist nicht jedes Kind, das verhungert, jede Mutter, die im schmutzigen Kindbett stirbt, auch ein Mordopfer? Ermordet von unserer Gleichgültigkeit und unserem Geiz.«

Das Gemurmel wurde lauter.

»Den Geiz wird er gleich zu spüren bekommen«, flüsterte Onkel Wilhelm mir grinsend zu, »wenn der Klingelbeutel rumgeht.«

Der Onkel genoss diese Momente. Ich glaube, für ihn waren die Beschimpfungen des Pfarrers so etwas wie Läuterungen, heilsame Wechselbäder der Moral. Der satte Großbürger holt sich seine Abreibung, damit er sich in der Erkenntnis kurz schämen kann. Dann geht alles weiter wie bisher. Der Pfarrer ist dabei für Knudsen womöglich eine Art Hofnarr, der den Mächtigen beleidigen darf, ohne dass es für einen von beiden Folgen hat.

Für mich hatte der Kirchgang die gleiche Bedeutung wie der Besuch der Oper. Es ging mir dabei darum, der Familie Knudsen meine Ehrerbietung zu erweisen. Mehr nicht. Die Kirche war mir dabei lieber als die Oper, weil sie nicht so lange dauerte und die Musik weniger anstrengend war.

Auch an diesem Sonntag bekam der Hirte seine verärgerten Schäfchen am Ende durch ein paar ergreifende Lieder und Gebete wieder einfangen. Nur wenige verweigerten dem Gottesmann beim Rausgehen den Handschlag.

Auf dem Rückweg wäre nun eigentlich ein Vortrag von Tante Isolde über die Zumutungen des Pfarrers an der Reihe gewesen, gipfelnd in der Forderung, dass Knudsen seinen Einfluss beim Bischof geltend machen solle, damit dieser anmaßende Prediger in die Abruzzen oder in ein Siechenheim für Seeleute versetzt würde, wo er eigentlich hingehöre.

Aber Tante Isolde war nicht in Stimmung, sie hatte ein anderes Anliegen.

»Wilhelm, es besteht der Verdacht, dass Fräulein Levke stiehlt«, sagte sie zu ihrem Gatten, während wir langsam an der Alster entlangflanierten. Die Wege waren voll mit Spaziergängern in Sonntagskleidung. Die Frauen trugen Sonnenschirme, die Kinder tollten mit ihren Hunden über die Wiese. Auf dem Wasser zogen kleine Segelboote in einem leichten Wind ihre Bahn.

»Fräulein Levke?«, fragte Knudsen und sah seine Frau verwundert an.

»Ich hab's doch immer gesagt, Mutter«, mischte sich Adolf ein. »Hure bleibt Hure, das durchtriebene Wesen der Straße kriegst du auch mit Goethe und dem Katechismus nicht aus deinen gefallenen Mädchen.«

»Fräulein Levke war Schankmädchen und Putzfrau und eine Waise, keine Hure«, korrigierte Tante Isolde.

»Das kann ich mir nicht vorstellen«, sagte Onkel Wilhelm zu seiner Frau, ohne der Bemerkung seines Sohnes Beachtung zu schenken. »Wie kommst du darauf?«

»Fräulein Clara hat so einen Verdacht geäußert«, sagte die Tante. »Sie war ganz vorsichtig, wollte sie nicht falsch beschuldigen. Aber Fräulein Clara hatte wohl eine kleine Dose mit Ersparnissen, zehn oder zwölf Mark, in ihrer Kammer, und die ist nun weg.«

»Die kann doch auch die Köchin genommen haben oder der Gärtner«, sagte Knudsen. »Wieso Fräulein Levke?«

»Fräulein Clara hat sie wohl im fraglichen Zeitraum aus dem Souterrain kommen sehen, und da habe sie keine Erklärung gehabt, was sie dort suche.«

Knudsen blieb stehen, und deshalb taten wir es ihm nach.

»Ich könnte sie mal befragen«, sagte nun Adolf, »mit einer Reitgerte. Das ist die einzige Sprache, die diese Sorte versteht. Dann wird sie das Geld schon wieder rausrücken.«

Knudsen drehte sich zu Adolf herum und fauchte ihn an: »Du wirst gar nichts tun.« Und dann an Tante Isolde gewandt: »Sprich mit ihr und mach dir selbst ein Bild. Und sag Fräulein Clara, sie soll besser auf ihr Geld aufpassen. Zwölf Mark, ein Vermögen für das Mädchen. Sie soll ihre Ersparnisse dir geben, damit du sie in den Tresor einschließt. Dann passiert so etwas nicht. – Ich werde Johannes bitten, sich unauffällig bei Fräulein Levke umzusehen.«

Wir kehrten in einem Gartencafé am Alsterufer ein, wo wir an einem großen Tisch Platz nahmen, an dem schon ein paar Nachbarn der Knudsens saßen. Es wurde Champagner und Bier getrunken, und man sprach über die Dinge, die Freude machten: das Segeln, gutes Essen, ein neues Talent an der Oper und über Adolfs Kandidatur.

Das Thema brachte der Cousin natürlich selber auf. In einer solchen Runde konnte er nicht nur einen Stimmenanteil von einhundert Prozent erreichen, sondern auch ein paar Spender finden.

Adolf und seine Nationalliberalen standen für alles, was den Besitzern der Villen hier wichtig war: Stabilität, freie Wirtschaft und ein Bollwerk gegen die Bedrohung durch den Sozialismus.

»Den Reichstag haben die Roten schon übernommen«, schwadronierte Adolf mit vom Champagner gerötetem Gesicht. »Schlosser, Hafenarbeiter, Zigarrendreher und was da noch alles an niederen Existenzen für die SPD im Reichstag sitzt. Wie sollen solche Leute eine Nation führen?«

»In der Bürgerschaft werden wir bald auch ein paar Sozis mehr haben, Adolf, das werden Sie nicht verhindern können«, rief einer aus der Runde.

»Und ob ich das verhindern werde, mein Lieber, da können Sie Gift drauf nehmen. Wir werden diejenigen, die glauben, dass es ihnen mit der Sozialdemokratie besser geht, schon noch daran erinnern, wer ihnen Arbeit gibt und ihre Löhne bezahlt. Wie vielen Leuten kann dieser Karl-Herrmann Förster in seiner Hetzblatt-Druckerei denn Arbeit geben? Zehn? Zwanzig?« Gelächter.

»Vater, wie viele Leute bekommen bei uns jede Woche ihre Lohntüte?«

»So fünfhundert, vielleicht ein paar mehr«, murmelte Knudsen, dem die Rede seines Sohnes peinlich zu sein schien.

Adolf klatschte in die Hände: »Und? Muss man noch mehr sagen?«

»Na, Wilhelm«, rief Heinrich Lübbers, Knudsens Nachbar und Inhaber einer Werft für Barkassen und Schlepper, »dein Adolf ist bald Senator und irgendwann Erster Bürgermeister, kannste stolz drauf sein.«

»Der muss doch erst mal trocken hinter den Ohren werden«, sagte Knudsen eher für sich. Jeder in der Runde wusste, dass Adolf viel zu jung für einen Senatorenposten war. Den bekam man selten unter fünfzig Jahren.

»Nach der Wahl«, fuhr Adolf fort, »werden wir erst mal das Wahlrecht wieder vom Kopf auf die Füße stellen. Diejenigen, die das stolze Schiff Hamburg auf Kurs halten, müssen wieder mehr Gewicht in der Politik haben, oder?«

Einstimmiges Nicken am Tisch.

Eine kleine Kapelle hatte begonnen zu spielen, und auf einer Tanzfläche wiegten sich Paare zu einem Walzer.

»Hey, Carl-Jakob«, flüsterte Adolf, während er sich verschwörerisch zu mir hinüberbeugte. »Siehst du hinten an dem kleinen Tisch neben der Tanzfläche die kleine Blonde mit den Chrysanthemen auf dem Hut?«

»Astern«, sagte ich.

»Hä?«

»Das sind Astern, keine Chrysanthemen, die sehen ganz anders aus.«

»Ja, von mir aus. Mit der Kleinen musst du tanzen. Die Frucht ist reif und will gepflückt werden.«

»Meinst du? Wer ist das denn?«

Die junge Frau war um die zwanzig und in der Tat ausgesprochen hübsch. Blonde Locken unter einem kecken, weißen Hut. Sie scherzte mit einer anderen jungen Frau am Tisch, die ihre Freundin oder Schwester sein mochte. Ein älteres Ehepaar, vermutlich die Eltern, kam gerade von der Tanzfläche und setzte sich wieder an den Tisch. Nun konnte ich die junge Frau nur noch sehen, wenn sie sich nach hinten lehnte.

»Das, mein lieber Cousin, ist Constance Rickmers, die Tochter von Richard Rickmers und nicht nur ein Fest für die Augen, sondern auch eine gute Partie. Sie ist die letzte Hoffnung ihrer Eltern auf einen Stammhalter. Los fordere sie auf.«

»Du spinnst doch«, entfuhr es mir. Wenn Familie Knudsen zu den ersten Familien in der Stadt gehörte, dann zählte die Familie Rickmers zu den allerersten. Sie handelten weltweit mit Reis, bauten in ihren Werften Schiffe in allen Größen und waren gleichzeitig Reeder. Ein namenloser Bakteriologe, der diese Hanseprinzessin zum Tanz auffordert, würde gewiss umgehend von den Rickmer'schen Hunden in die Alster gejagt werden. Ich wusste, wo mein Platz war, und der war sicher nicht an der Seite einer Erbin dieses Kalibers. Das wusste natürlich auch Adolf. Sicher wollte er sich nur einen Spaß mit mir erlauben und mir ein weiteres Mal meinen Rang als mittelloser Gast im Hause Knudsen verdeutlichen.

»Tanz du doch mit ihr«, sagte ich.

»Na, hör mal, ich bin ein verheirateter Mann«, empörte er sich künstlich.

»Das hat dich doch noch nie gestört. Wo ist eigentlich deine Frau? Wie heißt sie noch, Trude?« Touché. Auch ich konnte gemein sein.

»Trude ist Geschichte«, sagte Adolf und schaute etwas nachdenklich. »Und wenn mein Vater endlich der Scheidung zustimmt, kann ich mich auch wieder anderweitig umschauen.«

Ja, so ist das mit der Freiheit der Reichen, dachte ich. Sogar mit dreiunddreißig Jahren braucht man noch Papas Erlaubnis für wichtige Lebensentscheidungen.

Kapitel 12

Ein paar Tage später war der Fall Levke aufgeklärt. Von Tante Isolde auf den Verdacht des Diebstahls angesprochen, wirkte Levke ertappt, verunsichert und verstrickte sich in Widersprüche. Die blasse und immer etwas kränklich wirkende junge Frau heulte sofort los und bettelte darum, dass man ihren Ausflüchten doch Glauben schenken möge. Es half ihr nicht, denn Johannes hatte nicht lange suchen müssen, um Claras Kästchen mit elf Mark und achtundvierzig Pfennigen unter der Matratze in Levkes Kammer zu finden. Es war nicht der erste Vorfall. Zu Beginn ihrer Anstellung im Hause Knudsen drei Jahre zuvor hatte Levke wohl nach einem Einkauf das Wechselgeld angeblich verloren. Tante Isolde versagte sich dieses Mal jede Gnade und warf Levke aus dem Haus. Sie bekam noch den Lohn für den ganzen Monat und musste dankbar sein, nicht bei der Polizei angezeigt zu werden. Was aus ihr wurde, weiß ich nicht.

Clara konnte sich darüber freuen, dass ihr Geld wieder da war. Weniger erfreulich war für sie, dass Levke fehlte. Ich glaube nicht, dass die beiden enge Freundinnen waren, aber die Arbeit, die Levke machte, musste nun zusätzlich von Clara erledigt werden. Dazu gehörte zum Beispiel, die Räume von Adolf Knudsen in Ordnung zu halten. Das war eine undankbare Aufgabe, da Adolf jedes Mal nur wenige Stunden benötigte, um eine saubere und aufgeräumte Umgebung in einen kompletten Saustall zu verwandeln. Kleidungsstücke wurden achtlos hingeworfen, Essensreste, halb volle oder umgestoßene Gläser klebten auf Tischen und Sitzmöbeln. Dessous und Toilettenartikel von Frauen, die Adolf nächtens heimlich ins Haus und wieder hinausgeschmuggelt hatte, verzierten das Bad. Clara hat mir dieses Chaos später einmal gezeigt, weil ich es nicht glauben wollte. Außerdem sollte ich mir ansehen, wo sich eine Zigarre tief in das Polster einer wertvollen Chaiselongue eingebrannt hatte. Es ging Clara dabei weniger um das Möbelstück selbst als vielmehr um die Gefahr, die Adolfs unverantwortliches Verhalten für uns alle bedeutete. Clara traute sich nicht, es Tante Isolde zu sagen, und so erledigte ich das. Die Szene, die die Tante ihrem Sohn daraufhin machte, musste noch auf der anderen Seite der Alster zu hören gewesen sein.

In diesen Tagen tauchte das ominöse Symbol von der Stirn der Opfer plötzlich überall auf. Steckbriefe wurden ausgehängt, Zeichnungen in den Zeitungen veröffentlicht. Es wurde allerdings verschwiegen, dass die drei Opfer dieses Zeichen mitten auf der Stirn eingeritzt hatten. Ein Polizeizeichner hatte die drei Erscheinungsformen des Symbols exakt nachgezeichnet. Auf eine Veröffentlichung von Zeichnungen der Opfer wollte man auch aus Gründen der Pietät verzichten, wie Martin mir erklärte, als wir uns auf ein Glas Wein an einem frühen Abend am Alsterpavillon trafen. Man hatte bei der Polizei die Zurückhaltung aufgegeben, weil man in diesem Symbol einen Schlüssel zur Lösung der Mordfälle sah und ohne Mithilfe der Bevölkerung nicht weiterkam.

»Wir haben auch gleich schon ein paar Hinweise erhalten«, sagte Martin und schmunzelte. »Es sind immer die Gleichen, die zur Direktion kommen, wenn wir mal wieder eine Suchmeldung veröffentlichen. Sie erzählen dann wilde Geschichten, die alle eines gemeinsam haben, sie stimmen nicht. Die, die wirklich was Interessantes mitzuteilen haben, warten ein paar Tage oder kommen gar nicht zu uns, sondern gehen zu irgendeinem Polizeiposten in ihrer Nähe.«

»Und dann rennt ein Schutzmann von dort sofort zu euch? Oder schickt er ein Telegramm oder eine Brieftaube?«, fragte ich, weil ich mir wirklich nicht vorstellen konnte, wie die Polizei in einer Stadt mit über siebenhunderttausend Einwohnern ihre Informationen zusammentrug.

»Wenn wir Glück haben, rennt sofort einer los«, schmunzelte Martin. »Noch besser ist es natürlich, wenn sie uns anrufen können. Aber es haben längst noch nicht alle Polizeiposten einen Telefonanschluss. Darüber regt sich Roscher jedes Jahr aufs Neue auf, wenn es um seine Budgets geht.«

»Also könnt ihr gar nicht sicher sein, dass jeder brauchbare Hinweis auch bei euch landet«, mutmaßte ich.

»Ja. Aber es würde auch nicht helfen, wenn überall ein Telefon wäre. Es muss dann nämlich auch überall Schutzmänner geben, die Unsinn von wichtigen Hinweisen unterscheiden können. Daran hapert es ebenfalls.«

Während der Ober die zweite Flasche Wein brachte, einen halbtrockenen Mosel, der veritable Kopfschmerzen erwarten ließ, schilderte mir Martin, wie das Rätselraten um das Zeichen des Mörders bei der Polizei und bei der Bevölkerung ausuferte. Einzelne Polizisten wetteten sogar schon über die Auflösung des Rätsels.

Römische Zahlen und mathematische Zeichen waren die häufigsten Vorschläge. Nun kamen aber auch Buchstaben anderer Alphabete ins Spiel. In der kyrillischen Schrift ähnelten die Buchstaben »s« oder »Sc« mit drei senkrechten und einem waagerechten unteren Strich dem Zeichen. Das griechische Alphabet bot das Psi an, den Buchstaben, der wie ein Dreizack geformt ist.

»Und wenn der Täter Chinese ist oder Japaner?«, fragte ich, unter der Wirkung des Weines bereit, die Verwirrung auf die Spitze zu treiben. »Habt ihr da mal nachgeschaut?«

»Unsere Schriftgelehrten sind in alle Welt ausgeschwärmt«, sagte Martin. »Wir ziehen auch altägyptische Hieroglyphen in Betracht, ebenso wie babylonische Keilschrift. Vielleicht ist unser Täter ja Altphilologe.«

Wir alberten noch eine Zeit lang weiter, einen kriminalistischen Wert hatten unsere Ideen nicht.

Auch im Hause Knudsen machte das Zeichen die Runde. Adolf wollte einen hohen Betrag auf die römische Drei setzen. Fräulein Clara sah – ganz etwas Neues – ein stilisiertes Haus in dem Symbol. Onkel Wilhelm beteiligte sich nicht an den Spekulationen. Er war nach einem Besuch seiner Bank in schlechter Stimmung. Auf meine Nachfrage antwortete er nur ausweichend und schimpfte wenig konkret über kleinkarierte Krämerseelen und Pfennigfuchser, die großen Visionen im Weg stünden.

»Die ›Marianne‹ wird gebaut«, sagte er noch, bevor er sich in sein Arbeitszimmer zurückzog, »und wenn ich selbst zum Hammer greifen muss.«

Am Abend kam der Kaufmann Ortwin Marunde zum Essen. Trotz seiner ans Fanatische grenzenden Kaisertreue war er doch einer von Wilhelm Knudsens engsten Freunden. Marunde war ein lauter und geselliger Mann. Er erzählte fortwährend Anekdoten und scheute sich auch in Tante Isoldes Beisein nicht vor schlüpfrigen Bemerkungen. Mir fiel auf, dass er Fräulein Clara unverhohlen lüstern musterte.

An diesem Abend machte sich Marunde über Knudsens Wachmann lustig, der ihm vor dem Haus begegnet war. Er selbst brauche keine Leibgarde an seinem Haus, tönte Marunde, er habe seinen Wotan, der ihn bis aufs Blut verteidigen würde. Knudsen, der den uralten Spaniel kannte, konnte darüber nur lachen.

Es war der Abend ihrer monatlichen Schachpartie. Doch nach ein paar Zügen entschuldigte sich Onkel Wilhelm, er habe Kopfschmerzen und könne sich nicht konzentrieren. Sein Glas mit dem edlen Cognac, den Marunde mitgebracht hatte, rührte Onkel Wilhelm nicht an und zog sich schließlich zurück. Marunde schien dem Freund die Unpässlichkeit nicht zu verübeln und nahm Adolfs Vorschlag gerne an, ihm bei einer Partie Schach und vor allem bei dem Cognac Gesellschaft zu leisten.

Ich folgte Tante Isoldes Wunsch, sie auf einem Spaziergang durch den Park zu begleiten. Es war ein lauer Sommerabend, und nach den saftigen Lammfilets mit Kartoffelpüree und grünen Bohnen war etwas Bewegung genau das Richtige.

Der Park hinter dem Knudsen'schen Anwesen war eher ein sehr großer Garten. An der Alster waren die Grundstücke nicht so groß wie an der Elbchaussee oder am Stadtrand. Aber dieser Garten war noch groß genug für eine ausgedehnte Umrundung und hielt auch den Gärtner Matthies Tag für Tag auf Trab. Tante Isolde hatte den Garten so anlegen lassen, dass er verschiedene Bereiche, regelrechte Inseln bot. Es gab einen fast naturbelassenen Bereich mit Wildblumen, ungemähtem Gras und einem Tümpel, auf dem jetzt im Sommer Entengrütze schwamm und in dem Frösche quakten. Dahinter lag der englische Bereich mit kunstvoll angelegten Beeten und Wegen. In der Mitte stand ein passender, aus Sandstein gefügter Pavillon, der eine verkleinerte Form eines Sommerhäuschens darstellte.

Am Ende des Gartens befand sich der japanische Bereich. Er war, so hatte die Tante mir erzählt, ein Wunsch Onkel Wilhelms. Auf einer Reise nach Japan hatte er sich sehr für die dortige Gartenkunst begeistert. Das war aber schon lange her und die Begeisterung inzwischen abgekühlt. Der Zen-Garten aus feinen Kieseln, der seinem Benutzer beim Harken von Linien und Mustern tiefe Entspannung versprach, war ungeharkt und von Unkraut durchsetzt. Das Teehäuschen im japanischen Stil, das auf einer kleinen Insel in einem Seerosenteich thronte, hatte seit Jahren niemand mehr betreten. Tante Isolde vermutete, dass Matthies diesen Teil des Gartens etwas vernachlässigte, weil er vom Haus und vom restlichen Garten gar nicht einsehbar war.

Wir setzten uns auf eine Bank und schauten auf den Vollmond, der den Garten nun in ein poetisches Licht tauchte. Tante Isolde schaute mich an, nahm meine Hand, und ich wusste: Nun kommt etwas Bedeutendes.

»Carl-Jakob, hat Wilhelm dir schon erzählt, dass er krank ist?«

Ich schluckte. So, wie sie das sagte, konnte es nicht um einen Schnupfen oder eine Magenverstimmung gehen.

»Nein. Was hat er?«

»Ich hatte ihn schon mehrfach gebeten, es dir zu sagen. Aber er wollte dich nicht belasten, meinte, das habe noch Zeit. Aber ich will, dass du es weißt. Wilhelm hat Darmkrebs.«

Ich hatte vor Jahren im Verbindungshaus in Greifswald einmal versucht, eine elektrische Leuchte zu reparieren, und weiß daher, wie sich ein Stromschlag anfühlt. Genau dieses Gefühl durchfuhr nun wieder meinen Körper von den Haarspitzen bis in die Zehen. Ich sah die Tante entsetzt an, wusste nicht, was ich sagen sollte.

»Es gibt keine Hoffnung«, sagte sie und kam so meinen Fragen zuvor. »Eine Operation würde ihn nur früher ins Grab bringen. Ich beginne, das zu akzeptieren.«

Natürlich war das Tante Isoldes Haltung. Sie war eine starke und pragmatische Frau, aber sie hatte Tränen in den Augen, die im Mondschein umso mehr glitzerten. Zu akzeptieren, dass sie bald ihren Mann verlieren würde, kostete auch ihre Seele sehr viel Kraft.

»Wie lange hat er noch?«

»Wir stellen uns darauf ein, dass er in sechs Monaten so starke Schmerzen haben wird, dass er ständig Morphium in steigender Dosis bekommen muss. Wenn er den nächsten Sommer noch erlebt, können wir Gott danken.«

»Die ›Marianne‹«, sagte ich eher leise vor mich hin.

Tante Isolde lachte und schüttelte den Kopf.

»Du denkst wie er. Die ›Marianne‹. Alles dreht sich um dieses vermaledeite Schiff. Das Schiff wird nicht an seinem Grab stehen und um ihn weinen.« Sie lehnte sich zurück und sah in den Mond. »Aber auch wenn ich kaum verstehe, warum er so versessen auf diesen Kahn ist, so werde ich doch alles tun, was in meiner Macht steht, damit er das Schiff noch auf der Elbe fahren sehen kann. Er soll glücklich sterben.«

»Was kann ich tun, Tante Isolde?«

Sie nahm wieder meine Hand und sah mich an.

»Sei einfach da und sei der, der du bist. Er liebt dich, er ist stolz auf dich, und er genießt deine Anwesenheit, deine unkomplizierte und inspirierende Art. Mag sein, dass für Adolf deswegen in Wilhelms Herzen nicht genügend Platz ist, aber dafür kannst du nichts.«

Jetzt hatte ich Tränen in den Augen. Mir war nicht bewusst, welche Bedeutung ich für den Onkel hatte. Adolf hatte das sicher längst gespürt, und das erklärte auch, warum er oft so garstig zu mir war.

Als wir wieder ins Haus gingen, waren Adolf und Marunde nicht mehr in der Bibliothek, die Cognac-Flasche und die Gläser waren auch verschwunden. Ich hörte die beiden Männer aber noch sprechen, als ich an Adolfs Räumen vorbeiging. Und ich vernahm das Klappern der amerikanischen Underwood-Schreibmaschine, eines von Adolfs liebsten Spielzeugen. Wahrscheinlich verfassten sie im Rausch schon Adolfs Antrittsrede als Erster Bürgermeister von Hamburg.

Mit dem Wissen um Onkel Wilhelms nahen, sicher qualvollen Tod ging ich zu Bett und schlief schlecht.

Kapitel 13

Über den Fortschritt der Ermittlungen in den drei Mordfällen – oder besser deren Stillstand – informierte mich Martin immer mal wieder zwischendurch, wenn wir uns trafen. Es war ihm schon peinlich, dass es so gar nichts Neues zu berichten gab. Die Polizei hatte mit der Veröffentlichung von Details wie den eingeritzten Symbolen ein paar Wochen zuvor eine solche Flut von Hinweisen ausgelöst, dass sie mit deren Überprüfungen gar nicht mehr hinterherkam. Wie zu erwarten, war der allergrößte Teil der Hinweise einzuordnen irgendwo zwischen Hirngespinst und Verleumdung.

Immer wieder wurden Verdächtige verhaftet und wieder freigelassen. Eine groß angelegte Suchaktion im Gängeviertel führte dort zwei Tage lang zu fast aufruhrähnlichen Zuständen, an deren Ende zwei tote Schutzmänner und eine nicht genaue Anzahl toter Zivilisten standen. Die Zahl der im direkten Zusammenhang mit den Tumulten getöteten Zivilisten war deshalb unklar, weil davon auszugehen war, dass im Schatten des allgemeinen Durcheinanders offene Rechnungen unter Ganoven beglichen wurden.

Die Zeitungen empörten sich täglich über die Unfähigkeit der Polizei und schürten die Angst vor allem bei den wohlhabenden Bürgern. Viele der Villenbewohner hatten sich inzwischen in ihre Sommerhäuser an Nord- und Ostsee zurückgezogen, was viele aber ohnehin jeden Sommer taten.

In der Bürgerschaft wurde Kritik an Polizeidirektor Roscher laut, der der erste Beamte in dieser neu geschaffenen Position war und entsprechend unter Beobachtung stand. Konservative Kreise schimpften Roscher einen Träumer und Sozialisten, der sich von der Ganovenschaft Hamburgs auf der Nase herumtanzen ließe.

»Roscher, ein Sozialist«, kommentierte Martin die allgemeine Stimmung, »das ist absolut lächerlich. Der hat über seinem Sessel sicher das größte Kaiserbild aller Amtsstuben in Hamburg.«

Die beste Nachricht der letzten Wochen war also die, dass keine weiteren Morde des Symbol-Mörders – wie der Unbekannte vom Volksmund inzwischen genannt wurde – zu verzeichnen waren. Die Spekulation, dass es sich um mehrere Täter handeln könnte, hatte sich gottlob noch nicht in der Berichterstattung durchgesetzt.

So war die Lage bis zum 20. Juli. In den frühen Morgenstunden des 21. Juli, als dieser später wunderschöne Sommertag noch im Nebel über der Alster verborgen lag, wurde im Schatten der Alsterarkaden nahe dem Rathaus in einem Hauseingang eine Leiche gefunden. Sofort erkannten die schockierten Straßenkehrer, die dort ihr Tagwerk begannen, das Zeichen des Mörders auf der Stirn des Opfers. Erst bei der Leichenschau zwei Stunden später wurde die Identität des alten Herrn offenbar. Es handelt sich um den Kriegshelden und Mitglied der Hamburger Bürgerschaft Admiral a.D. Friedrich von Senftleben.

Die Parallelen, so erzählte mir Martin später ausführlich, waren unübersehbar. Der Stich in den Rücken, das Zeichen auf der Stirn und das Fehlen sämtlicher Wertsachen. Befragungen im Umfeld des Opfers ergaben, dass der Admiral am Abend an einer Bürgerschaftssitzung teilgenommen hatte. Wie üblich kehrte er anschließend mit Freunden im Ratskeller ein. Es wurde feucht, fröhlich und spät. Als einer der Letzten hatte der Admiral leicht schwankend den Weg zum Jungfernstieg angetreten, wo er sich wohl eine Droschke nehmen wollte. Auf dem Weg dorthin musste der Mörder ihm aufgelauert haben.

Angesichts der Stellung des Opfers sprach Polizeidirektor Roscher hinter vorgehaltener Hand von einem Attentat. Die Raubmördertheorie geriet ins Wanken, nun kamen auch politische Motive in Betracht.

Ich wollte Martin gegenüber nicht altklug erscheinen, aber ein »Habe ich doch gleich gesagt« konnte ich mir nicht verkneifen.

Ich hatte mich wieder einmal zum Mittagessen mit Martin getroffen. Meine Neugier kam mich allmählich teuer zu stehen, da ich als der Besserverdienende meistens zahlte. Wir saßen zwei Tage nach dem Dahinscheiden des Admirals in einem Café am Spielbudenplatz. Es war ein sonniger Tag, die Terrassen der Lokale waren gut besucht. Über den Platz flanierten Kindermädchen mit Kinderwagen, Geschäftsleute im Gespräch und Kinder auf dem Heimweg von der Schule. Ich mochte diesen Ort an der Reeperbahn, der sich in den Jahren meiner Abwesenheit zu einem beliebten Treffpunkt in der Hansestadt entwickelt hatte. Wir bestellten das Tagesgericht und Bier. Nach dem Austausch der üblichen Oberflächlichkeiten kam ich auf Admiral von Senftleben zu sprechen.

»Ein Attentat«, wiederholte ich Martins Aussage.

»Ja. Roscher meint, dass die anderen Opfer vielleicht noch wegen ihrer wohlhabenden Erscheinung vom Mörder zufällig ausgewählt wurden. Aber bei von Senftleben ist eine gezielte Tötung wahrscheinlich.«

»Also ein anderer Täter?«

»Nicht unbedingt. Die anderen Opfer waren ja auch nicht unbedeutend. In der Verbindung der Personen erkennen wir vielleicht das große Ganze, das politische Programm des Täters, meint Roscher.«

»Ein politisches Programm«, wiederholte ich nachdenklich. Das erschien mir eine zynische Formulierung für eine Mordserie.

»Ja«, fuhr Martin fort, »und ich soll mich jetzt unter Sozialisten, Anarchisten und andere subversive Elemente begeben und dem aufständischen Hamburg den Puls fühlen. Wie soll ich das machen? Wie erkennt man Attentäter? Das konnte mir mein Chef Manthey auch nicht sagen. Aber Roscher hat ja nicht nur eine Verbrecherkartei mit Fotografien, sondern nun auch eine Anarchistenkartei. Die soll ich mir genau ansehen, meint Manthey. Als ob jeder Umstürzler sich noch schnell zum Fotografen begeben würde, bevor er zur Tat schreitet.«

Da konnte ich Martin auch nicht helfen, und mehr hatte er noch nicht über den Tod des Admirals zu berichten. Stattdessen überraschte er mich mit einer anderen Neuigkeit bei den Ermittlungen.

»Wir haben wahrscheinlich die Uhr des Opfers gefunden«, sagte er.

»Welche Uhr, welches Opfer?«, fragte ich. So langsam konnte man den Überblick verlieren.

»Das zweite Opfer, Walter von Grimm«, erklärte Martin betont langsam, als würde er mit einem Schwachsinnigen reden, »der mit der Cholera. Es fehlte eine goldene Taschenuhr Marke Glashütte.«

»Ja, stimmt, ich erinnere mich. Und wo habt ihr sie gefunden?«

»Bei einer Pfandleiherin in der Simon-von-Utrecht-Straße, die unsere Schutzmänner durchsucht haben«, sagte Martin. »Von

Grimms Haushälterin ist sicher, dass es sich um die Uhr ihres Herrn handelt.«

»Gut. Dann gibt es doch einen Pfandschein. Und wer den hat, der ist der Mörder oder kennt ihn wenigstens.«

Nun lachte Martin herzhaft.

»Glaubst du wirklich, Zee-Jott, dass unsere Arbeit so einfach ist? Glaubst du, dass die Kriminellen so dumm sind? – Es ist die Uhr des Opfers, das ist an einer Gravur nahezu zweifelsfrei erkennbar. Aber wer die dort abgegeben hat, weiß die Pfandleiherin natürlich nicht mehr.«

»Aber sie hat doch einen Eintrag in ihrem Pfandbuch, oder wie das heißt, was die da führen?«

»Es gibt keinen Eintrag, weil der Kerl die Uhr nie wieder einlösen wird. Er hat das Geld und ist glücklich. Was soll er mit der Uhr?«

»Dann ist die Frau aber keine Pfandleiherin, sondern eine Hehlerin«, sagte ich und schämte mich etwas, dass ich so lange gebraucht hatte, um diesen Sachverhalt zu erfassen.

»Hauptgewinn, Herr Doktor!«, jubelte Martin übertrieben. »Und selbst wenn die Alte uns den Kerl verrät, der die Uhr bei ihr eingelöst hat – was sie allerdings nie tun wird –, so hilft uns das nicht weiter. Der wird dann sagen, dass er sie gefunden oder von irgendeinem anderen gekauft oder geklaut hat. Niemand wird sagen: Ja, tut mir leid, ich habe einen Mann erstochen und ihm dann die Uhr abgenommen. Kann ja vorkommen, regt euch nicht auf.«

Die Uhr bot also keine brauchbare Spur auf der Suche nach dem Täter, und man konnte die Pfandleiherin nicht einmal wegen Hehlerei festnehmen, da sie ja nicht wissen konnte, dass es sich um Diebesgut handelte. Für schlampige Buchführung konnte man sie nicht belangen.

Als ich Martin verabschiedete, kam mir noch ein Gedanke.

»Ist bei dem toten Admiral eigentlich sein Hut gefunden worden?«

Martin dachte einen Moment nach.

»Ja, der war da. Ein Zylinder feinster Machart.«

»Untypisch, oder? Bei den anderen Opfern war der Hut jeweils verschwunden«, sagte ich.

»Vielleicht gefiel dem Täter der Hut nicht.«

»Nein. Ich glaube, dass unser Täter die Hüte als Trophäen mitnimmt. Wenn der Admiral seinen Hut noch hatte, kann es dafür nur zwei Erklärungen geben. Entweder wurde der Täter gestört und musste den Hut liegenlassen. Das würde bedeuten, dass es einen Zeugen gibt.«

»Oder«, führte Martin den Gedanken fort, »es handelt sich um einen anderen Täter.«

»Ich würde mir den toten Admiral gerne ansehen«, sagte ich und erntete das erwartete heftige Kopfschütteln.

»Ausgeschlossen, Zee-Jott. Manthey bringt mich um, wenn ich dich noch mal in die Leichenschau lasse.«

»Dann besorg mir seinen Rock, wenn euer Dr. Trestow mit seiner oberflächlichen Arbeit fertig ist. Das könnte schon reichen.«

»Ich werde sehen, was ich tun kann«, sagte Martin und lächelte mich auf eine Art an, die ich nur als Bewunderung deuten konnte.

Am Abend fand ich einen tief betrübten Adolf in der Bibliothek vor. Seine Trauer galt dem Admiral. Der Tod seines Parteifreundes hatte sich schnell im politischen Hamburg herumgesprochen.

»Zwei Stunden vorher saßen wir noch im Ratskeller zusammen«, jammerte Adolf. »Ich war zuvor als Zuschauer in der Bürgerschaft gewesen. Als ich nach Hause wollte, hatte ich ihm noch angeboten, ihn in meiner Droschke mitzunehmen. Es wäre nur ein kleiner Umweg gewesen. Aber von Senftleben konnte wieder kein Ende finden.«

»Wieso geht so einer eigentlich zu Fuß vom Rathaus zum Jungfernstieg? Er hätte sich doch vom Portier des Ratskellers eine Droschke rufen lassen können«, fragte ich.

»Ach, weil er ein alter Dickschädel ist – war. Weil er sich und allen immer beweisen wollte, wie vital er mit seinen dreiundsechzig Jahren noch war und dass er noch jede Schlacht gewinnen konnte«, erwiderte Adolf mit bebender Stimme.

»Diese Schlacht hat er verloren«, sagte ich. »Was war der Admiral für ein Mann? Kanntest du ihn gut?«

»So gut auch nicht, aber ich kann sagen, dass er ein Patriot war, wie er im Buche steht. Auf ihn konnte schon Bismarck bei der Sicherung unserer Kolonien zählen. Dafür hat er eine Menge Orden bekommen.«

»Und warum zieht sich so ein verdienter Herr dann nicht auf den Altenteil zurück und genießt das Leben, anstatt sich in der Bürgerschaft herumzustreiten?« Ich hatte mich unaufgefordert zu Adolf gesetzt. Das tat ich viel zu selten. Seine Trauer schien ihn etwas nahbarer zu machen.

»Wandern und Rosen züchten?« Adolf lachte, während er mir ungefragt einen Cognac einschenkte, was ich als herzliche Einladung auffasste. »Nicht der Admiral. Der hatte noch Aufgaben im Reich. Er fuhr regelmäßig nach Berlin und traf sich mit Leuten im Kriegsministerium. Vor ein paar Monaten war er sogar noch beim Kaiser.«

»Und was waren seine Aufgaben?«

»Na, was schon? Den Aufbau der kaiserlichen Flotte vorantreiben. Da war er ein wichtiger Mann, und ich weiß nicht, wer ihn jetzt in Hamburg ersetzen soll. Es ist doch wichtig, dass der Flottenbau bei uns angezogen wird, oder?«

Ich konnte nur mit den Schultern zucken. Mir war die kaiserliche Flotte einerlei, und die Hamburger Werften hatten, soweit ich wusste, auch mit Handels- und Passagierschiffen genug zu tun.

Adolf führte mir noch in einem langen Monolog aus, wie wichtig der Bau von Kriegsschiffen für Hamburg sei und dass auch die Reedereien darauf angewiesen seien, dass ihre Schiffe auf den Afrika-, Südamerika- und Asienrouten von bewaffneten Kreuzern beschützt wurden. Er schimpfte über die Pfeffersäcke, die nicht begreifen würden, dass wer den Frieden wolle, den Krieg vorbereiten müsse. Er redete sich regelrecht in Rage, so dass ich mich am Ende zu der Bemerkung genötigt sah: »Dann übernimm du doch den Aufbau der kaiserlichen Flotte in Hamburg.« Doch Adolf winkte nur ab.

Schließlich ließ Adolf mich allein in der Bibliothek zurück. Er müsse noch einmal das Haus verlassen. Kurz darauf hörte ich, wie in einiger Entfernung ein Automobil startete. Es war Onkel Wilhelms Mercedes. Johannes hatte das Fahrzeug offenbar, wie von der Tante angeordnet, ein Stück vom Hof rollen lassen und erst auf der Straße gestartet, um niemanden zu wecken. Ich hatte keine Ahnung, wo Adolf um diese Zeit noch hinwollte.

Während ich bei einem weiteren Cognac meinen Gedanken nachhing, kam Fräulein Clara in die Bibliothek, um aufzuräumen. Und sicher wollte sie auch lesen, aber als sie mich sah, grüßte sie nur scheu und machte Anstalten, gleich wieder zu verschwinden. Doch ich hielt sie auf.

»Bleiben Sie ruhig hier, Fräulein Clara. Und wenn Sie lesen möchten, das stört mich nicht.«

Sie ging zögerlich zum Bücherregal und ließ den Blick über die Buchrücken schweifen. Natürlich fühlte sie sich beobachtet, und tatsächlich beobachtete ich sie auch. Schließlich nahm sie ein dünnes Buch heraus, eher zufällig als gezielt.

»Und, wofür haben Sie sich entschieden?«, fragte ich.

Sie kam näher und zeigte mir den Einband. »Der kleine Herr Friedemann«. Es handelte sich um Novellen von Thomas Mann, einem Schriftsteller aus Lübeck.

»Oh«, sagte ich, ein weiteres Mal verwundert, »Sie kennen Thomas Mann?« Sie schüttelte den Kopf. »Als Nächstes müssen Sie dann ›Buddenbrooks‹ lesen. Das ist ein zentnerschwerer Wälzer. Ich bin nicht weit gekommen. Die Geschichte einer Lübecker Kaufmannsfamilie. Meine Tante liebt es, mein Onkel hasst es.«

»Warum hasst der gnädige Herr das Buch?«

»Weil es ihm nur allzu deutlich vor Augen führt, wie eine große Familie vor die Hunde gehen kann, vermute ich.«

Clara setzte sich abseits auf einen Stuhl in einer schlecht beleuchteten Ecke der Bibliothek und versuchte, in dem Buch zu lesen, aber meine Anwesenheit nahm ihr offenbar jede Konzentration.

»Setzen Sie sich doch einen Moment zu mir. Ich würde Sie gerne etwas fragen«, sagte ich.

Sie kam langsam näher und setzte sich auf die äußere Kante des Sessels neben meinem, starr und zerbrechlich wie eine Porzellanfigur.

»Bitte«, flüsterte sie fast und irgendwie ängstlich, »was möchten Sie mich fragen?«

»Nichts Schlimmes, Fräulein Clara.« Ich lachte, um ihr die Angst zu nehmen. »Und wenn Sie nicht antworten möchten, dann antworten sie nicht. Ich wollte wissen, woher ihre Liebe zu Büchern kommt. Welche Schule haben Sie besucht?«

Sie lächelte und entspannte sich ein wenig.

»Verstehe. Also ich war auf der Volksschule, wie alle. Acht Jahre. Und dann war ich noch ein Jahr auf der höheren Mädchenschule.«

»Und in diesen Institutionen lehrt man Literatur? Ich dachte immer, das gäbe es nur am Gymnasium.«

»Ja, das ist richtig. Ich hatte eine Nachbarin mit einem großen Bücherregal. Die hat mir immer wieder interessante Bücher ans Herz gelegt.«

»Und ihre Eltern?«

»Sie leben nicht mehr. Ich bin bei der Nachbarin aufgewachsen. Meine Mutter starb bei der großen Choleraepidemie.«

Das traf mich ins Mark. Diese junge Frau hatte sicher bis heute ein vollständig anderes Leben gelebt als ich. Aber hier kreuzten sich unsere Schicksale. Unsere Mütter waren der gleichen Infektion erlegen, vielleicht sogar am selben Tag. Mir waren die Regeln meines Standes nun gleichgültig, ich wollte mehr wissen. Ich löcherte Clara mit Fragen, und sie antwortete bereitwillig. Vielleicht war sie ja froh, mit einem gebildeten Menschen zu sprechen. Mit Fräulein Levke, die nun auch schon ein paar Wochen nicht mehr im Haus war, konnte sie sicher nur über Klatsch reden, und die Köchin Maria jammerte fortwährend ihrer sonnigen Heimat hinterher.

Clara erzählte von einem Leben in Armut, in dem es aber immer auch um Stolz und Würde gegangen war. Ihr Vater war Werftarbeiter, heuerte jedoch immer wieder als Matrose auf großen Handelsschiffen an, weil es dort mehr zu verdienen gab. Er war ständig auf See und ist irgendwann gar nicht mehr wiedergekommen. Ihre Mutter arbeitete als Krankenschwester in einem Krankenhaus am Hafen, nebenbei übernahm sie Näharbeiten. Geld war immer knapp, aber Clara sagte fast trotzig, dass sie nie wirklich gehungert habe. Nach dem Tod der Mutter lebte Clara bei der belesenen Nachbarin, bis zu einem denkwürdigen Tag.

»Kurz nach meinem sechzehnten Geburtstag kam Emma, so hieß meine Nachbarin, ins Gefängnis.«

»Warum – was hatte sie verbrochen?«

»Sie hatte beim Hafenarbeiterstreik für die Gewerkschaft gearbeitet, Flugblätter verteilt, Proteste organisiert. Ein Jahr hat man ihr aufgebrummt wegen Aufwiegelung oder so. Emma ist eine sehr kämpferische Frau, eine Sozialistin. Sie wollte auch immer, dass ich diese Bücher lese, von Karl Marx und solchen Leuten.« Clara kicherte unvermittelt. »Die sind so langweilig.«

»Und wo haben Sie gelebt, als diese Emma im Gefängnis war?«

»Erst bei ihrem Mann.« Sie senkte den Blick und sprach langsamer und leiser. Offenbar konzentrierte sie sich nun mehr auf das, was sie verschwieg, als auf das, was sie mir mitteilen wollte. »Aber bei ihm, Oskar, war ich nicht so lange. Er wollte sich nicht um mich kümmern. Er hatte keine Arbeit und trank sehr viel. Er hat mir dann eine Arbeit auf St. Pauli besorgt.«

Ich verkniff mir die Frage, was das denn für eine Arbeit war. Ich konnte es mir denken. Über diesen Oskar gab es sicher auch noch einiges zu berichten, was Clara lieber vergessen wollte.

»Dann lernte ich zufällig Isolde Knudsen kennen«, fuhr sie fort, »und erfuhr, dass sie viel für uns Mädchen tat. Sie mochte mich offenbar sofort. Und so bin ich vor etwas über einem Jahr hierhergekommen.« Erleichtert über den guten Ausgang ihrer traurigen Geschichte, strahlte sie mich an.

»Diese Emma, die Sozialistin ... Haben Sie noch Kontakt zu ihr?«, fragte ich.

»Nein. Schon ein paar Jahre nicht mehr. Sie wohnt inzwischen auf dem Schulterblatt. Oskar ist gestorben, kurz nachdem Emma aus dem Gefängnis entlassen wurde. Wieso?«

»Ach, mein Freund Martin hat vielleicht ein paar Fragen an sie.«

Clara lächelte mich verschwörerisch an.

»Sie sind auch hinter diesem Mörder her, dem mit den Zeichen, oder?«

»Na ja, ich helfe Martin, wo ich kann«, sagte ich und musste unwillkürlich lächeln. Ja, es machte mir etwas zu viel Freude, den Detektiv zu spielen.

»Das ist ja spannend. Aber Emma ist ganz bestimmt keine Mörderin, da bin ich sicher.«

»Nein, deswegen nicht. Aber sie könnte ...«

»Ich kann Ihnen sagen, wo Emma Neumann wohnt. Aber rechnen Sie damit, dass sie Sie rauswirft. Ich sage ja, sie ist eine kämpferische Frau.«

Nun hatte sich Clara völlig entspannt. Sie saß nicht mehr auf der vorderen Kante des Sessels, sondern hatte sich angelehnt und die Beine übereinandergeschlagen. Unter dem langen schwarzen Rock und der weißen Schürze konnte ich kurz ihre Fesseln in weißen Söckchen sehen. Wir plauderten nun angeregt, als sei sie ein Gast und nicht das Dienstmädchen.

»Was mich neugierig gemacht hat«, fuhr ich fort, »was meinten sie neulich, als sie sagten, dass sie Mariannes Zimmer reinigen würden?«

Clara errötete.

»Ja, das hätte ich nicht sagen sollen, es ist ...«

»Es ist zu spät«, unterbrach ich sie und lächelte abermals. »Raus damit: Gibt es ein Zimmer für Marianne?«

»Ja, gibt es.« Jetzt flüsterte Clara und sah sich verstohlen um. »Es ist noch so wie am Tag ihres Todes. Ich wische dort nur Staub und putze die Fenster. Und frische Blumen muss ich immer aufstellen.«

»Los«, drängte ich. »Zeigen Sie es mir. Jetzt!«

»Nein, Herr Melcher, das geht doch nicht. Die gnädige Frau wirft mich raus.« Ich brachte sie sichtlich in Bedrängnis, aber meine Neugier war unerträglich. Es war mir nicht neu, dass der Geist der Marianne überall in diesem Haus gegenwärtig war, aber nun hatte ich erfahren, dass dieser Geist sogar ein eigenes Zimmer hatte. Ich musste es sehen.

»Ich werde sie nicht verraten, und wenn Tante Isolde etwas merkt, dann habe ich sie gezwungen. Ihnen wird nichts passieren, Clara.«

Ich folgte ihr auf leisen Sohlen durch die Halle, die große Treppe hinauf ins erste Stockwerk der Villa. Ich kam mir vor wie ein Einbrecher im eigenen Haus.

Die Villa Knudsen hatte einen klassischen Grundriss. Im Erdgeschoss waren die Räume für die Familie und die Gäste, die Bibliothek und das Arbeitszimmer. Die drei Räume von Adolf nahmen den gesamten nördlichen Teil des Erdgeschosses ein. Küche, die Hauswirtschafts- und Lagerräume befanden sich im Souterrain, wo auch Clara ihre Kammer hatte. Weitere Dienstbotenräume waren im Dachgeschoss, die aber nach dem Auszug von Levke alle leer standen. Dort wurden gelegentlich Gäste von außerhalb untergebracht.

Clara und ich schlichen nun durch das Obergeschoss. Dort waren zum Garten hin die Räume von Tante Isolde, an der Westseite die von Onkel Wilhelm. Ich hatte noch nie einen dieser Räume betreten. An der Westseite des Obergeschosses war mein Raum, der über ein eigenes Bad verfügte.

Clara ging nun zu einer Tür neben meinem Raum, die mir zwar bekannt war, von der ich aber immer angenommen hatte, dass sie zu Tante Isoldes Trakt gehörte. Neben der Tür hing ein Gemälde, das eine Ahnin der Familie zeigte. Zielsicher griff Clara hinter den Rahmen des Bildes und zauberte einen Schlüssel hervor, mit dem sie sehr vorsichtig die geheimnisvolle Tür entriegelte. Wir mussten sehr leise sein. Zwei Räume weiter schlief Tante Isolde. Und auch Onkel Wilhelms Schlafzimmer war nicht weit. Es war nun fast Mitternacht. Wir durften hoffen, dass beide fest schliefen.

Clara öffnete die Tür nur so weit, dass wir ins Zimmer schlüpfen konnten, und schloss von innen ab. Es war fast dunkel im Raum. Nur der Mond warf ein schwaches Licht durch ein großes Fenster. Clara entzündete eine Kerze, die auf einer Kommode stand. Nun war der Raum ausreichend ausgeleuchtet. Das Zimmer hatte vielleicht zwölf Quadratmeter. An einer Wand stand ein weiß lackiertes Kinderbett mit Gitterstäben und einem rosafarbenen Himmel mit weißer Spitze. Gegenüber an der Wand entdeckte ich einen Kleiderschrank und daneben eine Kommode. Rechts neben dem Fenster stand eine weitere, offene Kommode, die sauber angeordnet verschiedene Spielsachen enthielt. Puppen, Stofftiere, Bauklötze und eine Anzahl von Kinderbüchern. In der Ecke neben dem Fenster war eine weitere Kommode, die vermutlich zum Windeln des Kindes diente. Darüber im Regal waren schneeweiße Tücher gestapelt, Windeln sicher, ich kannte mich da nicht so aus. Über dem Bett hing ein Mobile mit kleinen Engeln. Die blassrosa Tapete war mit kleinen Rehen, Igeln, Füchsen und anderen Tieren des Waldes bedruckt.

Ich sah mich um und war überwältigt. Ein begehbarer Schrein für die elterliche Trauer – unvorstellbar. Ich bemerkte, wie Clara mich neugierig beobachtete. Ich ging ganz nah zu ihr und flüstere ihr ins Ohr.

»Wer hält sich hier auf?«

Clara zuckte mit den Schultern.

»Ich glaube, die gnädige Frau gelegentlich«, flüsterte nun sie mir ins Ohr, wobei ich wieder ihren Brot- und Lavendelduft einatmete. Ihr Atem kitzelte meine Ohrmuschel. »Vielleicht kommt der gnädige Herr auch manchmal her. Neulich stand mal ein leeres Cognacglas dort.«

Ich ging zum Fenster und sah hinaus. Marianne hätte von hier einen schönen Blick auf die Alster und das gepflegte Grundstück des Nachbarn gehabt. Das Nachbarhaus lag dunkel, fast unheimlich da, die Fenster waren verhangen. Die Familie verbrachte mit der gesamten Entourage den Sommer in Travemünde.

Ich hatte keine Erinnerung an die kleine Marianne. Als sie noch lebte, war ich in einem Alter, in dem Kleinkinder für Jungs unsichtbar sind. Aber doch erfüllte mich hier in diesem wunderschönen Kleinmädchenzimmer eine tiefe Traurigkeit.

Ich wurde von merkwürdigen Geräuschen aus meinen Gedanken gerissen. Auch Clara zuckte zusammen. Eine Stimme? Eine Männerstimme? Oder war es ein Stöhnen? Wir sahen uns ratlos an. Es gab keine Möglichkeit, sich zu verstecken, wenn jetzt jemand käme.

Aber die Geräusche kamen nicht vom Flur vor der Tür, sondern eher von unter dem Fenster. Dort war das Gitter der Warmluftheizung montiert. Dieses alte System brachte einst warme Luft von einem Kohlebrenner im Untergeschoss in die einzelnen Räume. In den meisten Räumen waren diese briefpapiergroßen

Schächte verschlossen, weil vor ein paar Jahren in vielen Räumen eine moderne Zentralheizung eingebaut worden war. Aber die Schächte existierten noch, und in manchen Räumen waren sie auch nicht mit Brettern oder Steinen geschlossen worden.

Wir hockten uns vorsichtig vor das Gitter und lauschten. Genau unter uns war Adolfs Schlafzimmer, und die Geräusche, die wir hörten, waren eindeutig. Das Stöhnen eines Mannes, die gedämpften Schreie einer Frau. Ich selbst hatte, wie eingangs erwähnt, meine ersten Erfahrungen mit Frauen hinter mir, und über Claras sexuelle Erfahrungen muss ich hier kein Wort mehr verlieren. Wir wussten, was dort vorging. Adolf war also noch mit Johannes losgefahren, um irgendwo eine Frau abzuholen. Mir war das schrecklich peinlich Clara gegenüber. Ein verheirateter Mann, im Hause seiner Eltern.

Plötzlich rief Adolf mit gedämpfter Stimme: »Schlag mich, auf den Hintern. Los, feste!« Dann hörten wir das Klatschen. »Weiter!«, rief Adolf. »Fester!«

Ich schämte mich zu Tode, sah zaghaft Clara an. Und sie: Grinste. Nein, sie bebte förmlich unter unterdrücktem Lachen, sie hielt sich die Hand vor den Mund, um nicht vor Heiterkeit zu brüllen. Daher musste auch ich lachen – mit angehaltenem Atem. Mir liefen die Tränen über die Wangen, mein Kopf drohte zu platzen, und ich musste mich an Claras Schulter kurz festhalten, um in der schmerzenden Hockstellung nicht umzufallen.

Und dann küsste ich sie.

Kapitel 14

Am nächsten Morgen verließ ich zügig und ohne Frühstück das Haus. Ich wollte Clara nicht begegnen und lieber mit meinen wirren Gedanken und Gefühlen alleine sein. Aber ich wurde aufgehalten, denn vor dem Haus spielte sich eine unschöne Szene ab.

Johannes, der gerade mal wieder dabei war, den Lack des Mercedes-Benz auf Hochglanz zu polieren, wurde von einem wutschnaubenden Adolf angegriffen. Er packte Johannes bei den Schultern und schleuderte ihn gegen das Automobil.

»Was bist du nur für ein Trottel?«, fauchte Adolf den Chauffeur an und versuchte, dabei nicht zu laut zu sein. »Ich hatte unauffällig gesagt, du sollst sie unauffällig wegbringen. Und du Idiot weckst das ganze Haus auf.«

Johannes lehnte verkrampft am Blech und zitterte.

»Und dann erzählst du auch noch meiner Mutter, dass du eine Frau gefahren hast. Hättest du ihr nicht irgendeine Lüge auftischen können? Aber dafür bist du in deinem Hottentottenhirn zu blöd.«

Ich überlegte kurz, ob ich dem armen Johannes zu Hilfe eilen sollte, da trat schon Tante Isolde aus der Tür. Ich fummelte an der Kette meines Fahrrades herum, nur um das Folgende noch mitzubekommen. Meine Neugier wird mich irgendwann ins Grab bringen.

Tante Isolde winkte ihren Sohn zu sich und sah ihn streng an. Dann sprach sie ohne jede Aggression in der Stimme.

»Adolf, wenn du schon kein anständiger Ehemann sein kannst, sondern fortwährend herumhuren musst, dann tu dies nicht in meinem Haus. Und bitte zieh unsere Dienstboten nicht in deine Heimlichkeiten hinein. Haben wir uns verstanden?«

Adolf nickte und ging ins Haus. Johannes hatte schon wieder begonnen, das Automobil abzureiben, wohl um vorzutäuschen, dass er von der Mutter-Sohn-Standpauke nichts mitbekommen hatte. Ich war sicher, dass ich die Tante in der vergangenen Nacht noch übler hintergangen hatte als Adolf, indem ich das Marianne-Mausoleum betreten und dort das Dienstmädchen geküsst hatte. Aber das war alles gottlob nicht aufgefallen.

Auf die Gefahr hin, dass ich zu spät ins Institut kam, fuhr ich noch bei Martin in der Polizeidirektion vorbei. Ich wollte ihm die frohe Kunde bringen, dass ich mit Emma Neumann einen Zugang zu Hamburger Sozialistenkreisen gefunden hatte, aber eigentlich musste ich etwas anderes loswerden. Ich wusste nur nicht wie. Doch Martin kam von selbst darauf.

»Was ist denn mit dir passiert?«, fragte er, als er mich auf dem Gang vor seinem Büro begrüßte.

»Wieso, was soll sein?«

»Du siehst verändert aus. Irgendwie, ich weiß nicht, du leuchtest so. Du lachst, ohne den Mund zu verziehen, wenn du weißt, was ich meine.«

»Findest du?«, sagte ich und musste nun wirklich lachen.

»Na klar, ich hab's.« Er zeigte mit dem Finger auf mich. »Du bist verliebt, Zee-Jott. Total verknallt. Gib's zu.«

Ich errötete und schwieg.

»Los, ich muss alles wissen. Wie heißt sie, ist sie hübsch? Hast du sie schon geküsst? Na, das ganze Alphabet runter.«

Kommissar Manthey kam aus dem Büro und sah Martin im

Vorbeigehen kritisch an. Mein Freund jedoch ignorierte seinen Chef.

»Clara, heißt sie«, begann ich leise seine Fragen zu beantworten, »sie ist sehr schön. Gestern haben wir uns geküsst, ich glaube, ich bin verliebt und ...«

»Was und? Los, mach es nicht so spannend.«

»Und sie ist Dienstmädchen bei Familie Knudsen.«

Martins Erregung wich augenblicklich einem entsetzten oder mitleidigen Gesichtsausdruck. Ich konnte es nicht ganz einordnen.

»Bist du verrückt?«, zischte er. »In deinen Kreisen vögelt man die Dienstmädchen, aber man verliebt sich nicht in sie.«

»Die Kreise meines Onkels sind nicht meine Kreise, Martin. Wie oft soll ich dir das noch erklären? Und Clara ist nicht so eine.«

»Wirklich? Nach allem, was du mir erzählt hast, sind die Dienstmädchen deiner Tante alle so welche.«

»Ach, lass mich doch in Ruhe«, sagte ich gekränkt. Nun war ich mit meinem überlaufenden Herzen zum einzigen Menschen gegangen, dem ich davon erzählen konnte, und der verurteilte mich. Doch Martin spürte meinen Verdruss.

»Hey, Zee-Jott.« Er legte mir den Arm um die Schulter. »Tut mir leid, ich hab's nicht so gemeint. Wenn du verliebt bist, dann ist es gut. Wann lerne ich die Schöne kennen?«

»Langsam, langsam. Ich muss sie ja selbst erst mal kennenlernen. Und dann hast du natürlich recht, das passt in meinen Kreisen überhaupt nicht. Wenn die Tante das mitbekommt, jagt sie mich aus dem Haus. Und Clara noch vor mir.«

Und dann erzählte ich ihm von Claras Ziehmutter Emma Neumann und dass wir über sie vielleicht näher an die Anarchristen kommen konnten. Das gefiel ihm, und er versprach, mit Manthey darüber zu sprechen.

Am Abend aß ich allein mit Onkel Wilhelm. Tante Isolde war bei irgendeinem Treffen wohltätiger reicher Damen, Adolf war weiß Gott wo.

Clara bediente uns schweigend. Ich bemühte mich, sie nicht anzusehen. Wir hatten um ein leichtes Abendbrot gebeten. Ich musste sowieso aufpassen, dass die gute Verpflegung im Hause Knudsen nicht vor der Zeit zumindest äußerlich einen Pfeffersack aus mir machte. Die Gelegenheit war günstig, um mit Onkel Wilhelm die wirklich wichtigen Fragen zu klären.

»Tante Isolde hat mir alles erzählt, Onkel Wilhelm«, sagte ich ohne lange Vorrede, nachdem Clara den Raum verlassen hatte. »Es tut mir unendlich leid. Ich weiß gar nicht, was ich sagen soll. Ich bin traurig.«

Er lächelte mich an.

»Lass gut sein, Junge. Es ist, wie es ist. Und bis hierher habe ich ein gutes Leben gehabt. Ich kann mich nicht beschweren. Und auch an dich habe ich die gleiche Bitte wie an Isolde: Verschone mich mit deinem Mitleid und deiner Trauer. Dafür habt ihr noch genug Zeit, wenn ich nicht mehr da bin. Jetzt sind Sachen zu erledigen, wichtige Sachen.«

»Die ›Marianne‹.«

Er nickte. Vor ihm stand ein nicht einmal halb leer gegessener Teller. Fiel mir das jetzt erst auf, dass Onkel Wilhelm wenig aß? Auf jeden Fall hatte er abgenommen, in dem halben Jahr meines Aufenthalts hier. Wie er so dasaß, etwas zusammengesunken, die Wangen eingefallen, der Hals faltig, hätte mir sein Niedergang eigentlich schon früher auffallen müssen. Aber ich war ja nur mit mir selbst beschäftigt und meinen Nebensächlichkeiten.

»Die ›Marianne‹ muss vom Stapel laufen, wenigstens das. Dann kann ich in Ruhe die Augen schließen«, sagte er und sah mich an.

Für alle, die nicht in einer Hafenstadt aufgewachsen sind, hier eine kurze Erklärung zum Stapellauf. Wenn ein Schiff vom Stapel läuft, heißt das, dass es das Dock verlässt. Der Rumpf ist komplett und stabil, die Decks sind es ebenfalls. Das Schiff ist also schwimmfähig. Das heißt aber nicht, dass es fertig ist und seinen Zweck erfüllen kann. Nach dem Stapellauf wird das Schiff noch ausgerüstet. Aufbauten, eine Maschine, soweit vorgesehen, Ausbau der Kombüse und Kajüten. Auch die Takelage des Seglers wird erst nach dem Stapellauf komplettiert. Das alles kann durchaus noch ein paar Monate in Anspruch nehmen. Es wäre Verschwendung der begrenzten Dockplätze, wenn man ein Schiff dort fertigbauen würde. Es sei noch angemerkt, dass ein Stapellauf aus einem modernen Dock nicht wie früher eine dramatische Angelegenheit ist, bei der das Schiff von Stützen hinunter ins Wasser rauscht. Ein Dock wird einfach nur geflutet, das Schiff schwimmt auf und kann auf den Fluss gezogen werden.

Das erscheint mir deshalb erwähnenswert, weil mich Onkel Wilhelms Ziel, der Stapellauf, einigermaßen überraschte. Ich hatte nach meinem Gespräch mit Tante Isolde angenommen, dass er die »Marianne« wirklich im Dienst sehen wollte. Unter vollen Segeln, beladen mit welchen Gütern auch immer, Kurs Westafrika. Nun also Stapellauf. Er schätzte seine Chancen offenbar realistisch ein.

»Und wann wird die ›Marianne‹ auf Kiel gelegt?«, fragte ich.

»Von mir aus morgen. Die Zeit drängt. Das passende Dock ist bei Blohm & Voss reserviert, der Stahl für den Rumpf liegt bereit.«

»Und worauf warten sie noch bei der Werft?«

»Na, worauf schon.« Onkel Wilhelm stand auf und ging zu einer Anrichte, um Sherry und zwei Gläser zu holen. Gut, dachte ich, dass er nicht den Cognac gegriffen hat. »Sie warten auf Geld. Eine Anzahlung ist fällig über dreißig Prozent der Gesamtsumme, das sind rund zweihunderttausend Mark.«

Ich pfiff durch die Zähne, wie es Martin immer tat, wenn er beeindruckende Zahlen hörte. »Das ist viel Geld.«

»Oh, ja, mein Junge, und das habe ich nicht einfach so im Tresor liegen. Da brauche ich eine Bank, die es mir leiht, das ist der normale Vorgang.«

»Aber?«

»Ein Korinthenkacker bei meiner Hausbank zweifelt an meiner Kreditwürdigkeit. Er versucht, seinen Direktor Friedmann, ein guter Bekannter von mir, davon abzuhalten, das Geld auszuzahlen.«

»Und jetzt?«

Ich weiß es nicht. Ich habe mir den Mund fusselig geredet. Und Adolf hat es auch schon versucht.«

Er ging unruhig auf und ab. Clara steckte den Kopf durch die Tür und sah Onkel Wilhelm an. Der schüttelte nur den Kopf, und schon war sie wieder verschwunden. Der kurze Anblick der Frau, die ich keine vierundzwanzig Stunden zuvor geküsst hatte, brachte meine Gedanken und Gefühle vollends durcheinander. Der kranke Onkel, das problembeladene Schiff, die Mordopfer. Das war zu viel. In vier Jahren in Greifswald hatte ich nicht so viel erlebt wie in einem halben Jahr in Hamburg.

»Onkel Wilhelm«, fragte ich vorsichtig, »müssen Sie sich denn in Ihrer Lage noch mit so einem Schiffsbau belasten?«

Er blieb stehen und sah mich an. Einen Moment lang dachte

ich, er explodiert vor Wut. Aber dann setzte er sich wieder zu mir und sprach ganz ruhig.

»Das sagt Isolde auch immer. Doktor Schneider und Adolf stimmen ihr zu. Lebe deine letzten Monate, so gut es geht, sagen sie. Verbringe Zeit mit deinen Lieben. Alle glauben, die ›Marianne‹ wäre so eine sentimentale Laune von mir. Aber das stimmt nicht, Junge. Die ›Marianne‹ ist die Zukunft der Reederei Knudsen – und damit natürlich auch die Zukunft von Isolde und Adolf. Ohne dieses Schiff reicht unsere Gesamttonnage nicht aus, um gegen die Großreeder Laisz, Rickmers und Woermann konkurrieren zu können. Und auch mit der ›Marianne‹ wird es noch schwer genug für Adolf. Er ist nicht der talentierteste in unserem Geschäft.«

Ich verstand nichts von dem, worüber Onkel Wilhelm sprach. Ich konnte nur nicken.

»Wenn es nur noch zwei oder drei Großreeder gibt und die mittelgroßen wie wir verschwunden sind«, fuhr Knudsen fort, »dann diktieren die Großen nicht nur, was die Transporte kosten, sondern auch, was überhaupt gefahren wird. Eine Machtstellung, die sich keiner wünschen kann, dem freier Handel etwas bedeutet.«

Wieder konnte ich lediglich nicken. Es klang plausibel, was der Onkel sagte.

»Ich nehme an«, meinte ich nach einem Moment des Schweigens, »dass man das Dock bei Blohm & Voss nicht mehr lange für die ›Marianne‹ frei hält.«

»Natürlich nicht. Die Docks sind sehr begehrt. Auch der Kaiser setzt Hamburger Werften immer mehr unter Druck. Er braucht weitere Kapazitäten für seinen Flottenbau. Kiel und Stettin sind ausgelastet.«

»Davon hat Adolf mir erzählt. War nicht auch dieser Admiral von Senftleben für den Kaiser unterwegs?«

»Ja, vermutlich. Und nun ist er tot. Aber das hat sicher nichts mit seiner Mission zu tun.« Er lachte sarkastisch. »Jeder weiß, dass Berlin schnell einen neuen findet, der das Schmiergeld der Krone verteilen hilft.«

»Und was gedenken Sie jetzt zu tun?«, fragte ich.

»Ich werde die Anzahlung bekommen. Die ›Marianne‹ wird gebaut. Die Reederei Knudsen wäre nicht da, wo sie ist, wenn ich immer schnell aufgegeben hätte, mein Junge.«

»Das hört sich gut an, Onkel Wilhelm, sagen Sie mir, wenn ich irgendetwas tun kann.« Er nickte zufrieden, und deshalb stellte ich eine Frage, die mich nicht losließ. »Onkel, verstehen Sie mich nicht falsch, es geht mich eigentlich auch nichts an, aber ich wundere mich etwas über ihren Umgang mit dem Dienstmädchen Clara. Sie sind recht vertraut mit ihr, oder?«

Er sah mich an, erst streng, dann schmunzelte er.

»Hat Isolde dich gebeten, mich das zu fragen?«

»Nein, wirklich nicht«, beeilte ich mich. »Das ist mir selbst aufgefallen. Die Galionsfigur und was Clara alles über das Schiff weiß. Sie vertrauen ihr.«

»Ja, das tue ich. Aber nun denke nicht, was alle denken, wenn ein alter Fahrensmann wie ich sich mit so einem jungen Ding beschäftigt, das ist es nicht.«

»Das habe ich auch nicht angenommen.«

»Gut. Also, ja, es stimmt. Sie fasziniert mich, diese Clara. Seit meinen Kindertagen haben mich viele, sehr viele Dienstmädchen ein Stück begleitet. Keine war so klug, so einfühlsam wie diese Clara. Und das bei ihrer Herkunft und Lebensgeschichte. Ich spreche gerne mit ihr, sie denkt nach, bevor sie redet, plappert nicht. Ihre Meinung interessiert mich, weil sie einen anderen Blick auf die Dinge hat. Da ist eine gewisse Verbundenheit. Mehr nicht.«

Ich sah meinen Onkel an. Es gab für mich keinen Grund, an seinen Worten zu zweifeln und unmoralische Beweggründe zu vermuten.

»Warum willst du das wissen? Gefällt sie dir?«

Ich zuckte mit den Schultern. Das war nicht die Wendung, die ich in diesem Gespräch haben wollte.

»Sie ist ein hübsches Mädchen, mein Junge, keine Frage, aber sie ist ein Dienstmädchen.«

Ich nickte und stand auf, um mich zur Ruhe zu begeben.

»Eine Bitte noch, Onkel Wilhelm«, sagte ich, als ich ihm gegenüberstand, »nennen Sie mich doch beim Vornamen und nicht mein Junge, ich bin kein Kind mehr.« Ich hoffte, dass es nicht zu fordernd oder gar beleidigt klang.

»Natürlich, Carl-Jakob, tut mir leid, und du sagst bitte ab sofort Du zu mir.«

Wir umarmten uns, und ich musste mich zusammenreißen, um nicht loszuheulen.

Kapitel 15

Schulterblatt 52, zweite Etage, lautete die Adresse von Emma Neumann, die Clara mir gegeben hatte. Und sie hatte mir einen Brief für Frau Neumann zugesteckt, dessen Inhalt mich brennend interessierte, aber mich natürlich nichts anging. Der Umschlag war zugeklebt.

Martin hatte den Namen Emma Neumann in den Polizeiakten gefunden. Dort war verzeichnet, dass die vierundfünfzigjährige Bibliotheksangestellte 1898 nach einem längeren Prozess mit einigen Parteifreunden zu einem Jahr Gefängnis wegen Aufwiegelung während des Hafenarbeiterstreiks verurteilt worden war. Sie hatte die Strafe vollständig abgesessen. Seitdem war sie nicht mehr aufgefallen, wurde aber dennoch routinemäßig von der Polizei beobachtet. Sie arbeitete nun als Sekretärin im Parteibüro der SPD. Nach Lage der Akten lebte die kinderlose Frau allein. Der Ehemann war in der Silvesternacht 1899/1900 im Rausch von den Landungsbrücken in die Elbe gestürzt und ertrunken.

Martin und ich hatten den frühen Montagabend für unseren unangemeldeten Besuch bei Emma Neumann gewählt. Wir hielten das für die beste Zeit, um eine berufstätige Frau zu Hause anzutreffen. Wir betraten das recht ordentliche Mietshaus mit Stuckfassade und schönen Balkonen und stiegen in den zweiten Stock. Es roch nach Bohnerwachs und dem Essen der einfachen Leute.

Emma Neumann öffnete die Tür einen Spaltbreit, so weit es die Sperrkette zuließ, und blinzelte uns misstrauisch an.

»Sie wünschen?«, fragte sie unfreundlich.

Ich plapperte los. Meinen Namen, Martins Namen, Claras Name kam auch vor und natürlich das Wort Polizei. Das reichte, um die Tür sofort wieder zuschnappen zu lassen.

Ich klopfte erneut und rief: »Ganz kurz bitte, wir haben nur ein paar Fragen.«

Wieder öffnete die Frau die Tür einen Spalt.

»Hetzt Clara mir die Polente auf den Hals? Spinnt die Lütte, oder was?«

»Nein, Frau Neumann«, sagte nun Martin, »so ist es nicht. Es liegt nichts gegen Sie vor. Aber Sie können uns vielleicht bei Mordermittlungen behilflich sein. Bitte, ein paar Minuten nur.«

»Ich habe auch einen Brief von Clara«, schob ich hinterher und wedelte mit dem kleinen Umschlag.

Emma Neumann öffnete die Tür und ließ uns ein. Die Wohnung war recht groß für eine allein lebende Frau. Ich schätzte drei Zimmer, dazu eine Küche, kein Bad und der Abort im Treppenhaus. Das ist so die Art von Wohnung, wie ich sie mir auch leisten könnte, dachte ich.

Die Möbel und Teppiche waren alt und nicht besonders kunstvoll oder schön. Aber in den Zimmern, die wir durch die offenen Türen sehen konnten, war es sauber und ordentlich.

Ich sah mich um.

»In diesem Haus ist auch Clara aufgewachsen?«, fragte ich verwundert. Ich hatte mir den Ort anders vorgestellt. »Sie sagte, Sie waren ihre Nachbarin.«

»Nein«, sagte Emma Neumann und lächelte. »Damals haben wir im Gängeviertel gewohnt. Diese Wohnung hier hat mir die Partei vor ein paar Jahren besorgt.«

Frau Neumann führte uns in die Küche und bat uns, am Küchentisch Platz zu nehmen. Auf dem Tisch lagen ein Holzbrett, ein Laib Brot, ein Stück Wurst und Margarine. Daneben stand eine halb leere Flasche Bier.

Sie öffnete den Brief und begann zu lesen, begleitet von Nicken und Lächeln. Es war ein kurzer Brief. Sie faltete ihn zusammen und steckte ihn in die Tasche ihrer Schürze.

»Essen Sie ruhig weiter«, beeilte sich Martin zu sagen. »Wir wollten Sie nicht beim Abendbrot stören.«

»Jo, erzählt erst mal, was ihr wollt, Jungs. Vielleicht vergeht mir ja gleich der Appetit.«

Emma Neumann war recht klein und sehr dünn. Ihre grauen Haare waren zu einem Dutt im Nacken gebunden. Sie trug eine graue Bluse und einen langen schwarzen Rock, darüber eine hellblaue, fleckige Küchenschürze. Ihr Gesicht war blass, die Hände knochig, aus den tief liegenden Augenhöhlen funkelten wache, kluge Augen. Emma Neumann war im selben Alter wie Tante Isolde und sah so viel älter aus. Das Leben am Hafenrand verzehrt einen Körper schneller als das am Alsterufer.

»Sie haben von den Mordfällen der letzten Monate gehört, oder?«, fragte Martin.

»Ich war's nicht, wenn se das mal gleich ins Protokoll notieren wollen.«

Martin und ich mussten grinsen.

»Ja, deswegen sind wir, wie gesagt, auch nicht hier. Also von den Morden haben sie gehört?«, erkundigte sich Martin erneut.

»Sie meinen die feinen Herren mit den Zeichen auf der Stirn«, sagte sie. Also auch bis hierher war durchgedrungen, wo die Zeichen an den Opfern zu finden gewesen waren.

»Wie kommen Sie darauf, dass die Zeichen auf der Stirn waren?«, fragte ich.

»Na, wo sollen die sonst gewesen sein? Wenn einer die Opfer markieren will, machter das ja wohl kaum aufm Hintern. Ist ja viel zu viel Arbeit, oder?«

»Ja, in Ordnung«, sagte Martin und war sichtlich bemüht, sich von der Frau nicht aus dem Konzept bringen zu lassen. »Vieles bei den Fällen deutet auf Raubmord hin. Wir halten aber auch ein politisches Motiv nicht für ausgeschlossen.«

»Aaah, jetzt kapier ich«, krähte die Frau vergnügt und schlug sich mit der flachen Hand auf die Stirn, »und da habt ihr gedacht, da klopft ihr mal bei der Emma Neumann, die is ja so 'ne alte Revolutionärin.«

»Nein, so haben wir ...«, wiegelte Martin ab, aber sie unterbrach ihn.

»Schon in Ordnung, Jungs, ich nehm euch das gar nicht übel, ihr greift halt nach jedem Strohhalm, der so die Elbe runtertreibt. Aber wenn ihr meine Akte gut studiert habt, so dick kannse ja nich sein. – Wie dick isse? So?« Sie deutete mit zwei Fingern zwei Zentimeter an. Martin zuckte mit den Schultern. »Egal, auf jeden Fall habt ihr da gelesen, dass meine kriminellen Tätigkeiten sich darauf beschränken, ausgebeutete Arbeiter an ihre Rechte zu erinnern und sie aufzuwiegeln, sich nicht alles gefallen zu lassen. Ich sage keinem, dass er seinen Generaldirektor erstechen soll. Auch wenn es mich bei dem ein oder anderen durchaus juckt.« Sie grinste spöttisch. »Mal Spaß beiseite, die Herren, ich bin SPD-Mitglied, wir kämpfen um Sitze in der Bürgerschaft. Mit einem Parteiprogramm. Nicht mit Messern. Wie soll ich Ihnen helfen?«

Martin wusste nicht so richtig weiter. Irgendwie versuchten wir gerade, einer unverdächtigen Frau eine Nähe zu einem Serienmörder zu unterstellen. Das konnte nicht gut gehen. Ich versuchte es versöhnlicher.

»Gerade jetzt, wo die nächste Wahl vor der Tür steht, werden Ihre Gegner nichts unversucht lassen, Sie zu diskreditieren«, sagte ich.

»Aha, und was hat das mit den Morden zu tun?«

»Admiral von Senftleben ist eines der Opfer, und der gehört nicht zu den besten Freunden der Sozialdemokratie, oder?«, fragte ich.

»Das haben Sie schön gesagt.« Emma Neumann lachte. »Entschuldigen Sie deshalb, dass ich keinen Trauerschleier trage. Des Kaisers Zinnsoldat wird uns nicht sehr fehlen. Aber ich kenne niemanden persönlich, der ihn umbringen würde.«

»Vielleicht nicht persönlich«, bohrte ich weiter. »Aber es ist doch möglich, dass Sie von Kreisen wissen, die auf diese Weise Politik machen würden. Die stehen Ihren politischen Zielen doch sehr im Weg, oder?«

»Sie sind ja ein ganz schlauer. Sind Sie der Neffe vom Knudsen?«

Ich nickte. Das musste in Claras Brief gestanden haben.

»Da kann ich verstehen, dass die Deern sich in Sie verguckt hat.«

Auch das konnte sie nur aus dem Brief haben. Ich brauchte keinen Spiegel, um zu wissen, dass ich purpurrot anlief. Martin musste sich zusammenreißen, um nicht laut loszulachen. Er rettete sich und mich mit einer Frage.

»Wenn einer sich vorgenommen hat, honorige Bürger zu töten, wo würde er nach Mitstreitern suchen? Wo findet man zum Beispiel die Anarchisten, die zu solchen Taten fähig wären?«

Emma Neumann dachte nach. Sie trank die Bierflasche leer und stand auf. Unter dem Spülstein befanden sich noch ein paar Flaschen.

»Entschuldigt, wenn ich euch nichts anbiete, aber mein Vorrat ist begrenzt. Ihr seht auch so aus, als ob ihr euch selbst ein Bier leisten könnt, oder?«

»Ja, ja, danke. Kein Problem«, sagte Martin ungeduldig. »Also, wer ist hier der Oberanarchist?«

»Steht das nicht in Roschers Bilderbuch?«

Die Anarchistenkartei war also auch kein gut gehütetes Geheimnis.

»Und?«, fragte Martin scharf.

»Also, Herr Kommissar, um das mal klarzustellen, nur weil wir Sozialdemokraten Attentate im revolutionären Kampf ablehnen, heißt das nicht, dass wir Genossen, die etwas über die Stränge schlagen, gleich denunzieren. – Aber Ihr plietscher Freund Carl-Jakob hat es schon ganz richtig erkannt, solche Taten machen uns die Arbeit schwer. Deshalb gebe ich euch jetzt einen Namen. Es könnte sein, dass der was gehört hat. Wohlgemerkt, dieser Mann würde nie bei so etwas mitmachen, aber er hört bei den Anarchisten das Gras wachsen. Wenn ihr nicht auf die dumme Idee kommt, ihn zu verhaften, könnt ihr auch sagen, dass ich euch geschickt habe.« Sie trank einen tiefen Schluck aus der Bierflasche.

»Und?«, fragte ich.

»Was und?«

»Der Name?«

»Ach so, ja, Henry Moltke. Ist ein junger Kerl, so wir ihr. Er ist Barkassenführer an den Landungsbrücken, fährt die Arbeiter zu den Werften rüber. Fragt nach Käpt'n Henry, den kennt jeder.«

»Ist er ein Sozialdemokrat wie Sie?«, fragte ich.

»Nein, dazu konnte ich ihn nie bewegen. Wir sind ihm zu gemäßigt. Aber er ist ein aufrechter Kerl und sicher kein Mörder.«

Das war mehr, als wir erwartet hatten. Martin legte zögerlich ein Markstück auf den Tisch und schob es der Frau rüber. Sie schob das Geld zurück.

»So viel Geld habt ihr nicht, Jungs, dass ihr Emma Neumann kaufen könnt.«

Wir erhoben uns und wollten die Küche verlassen. Aber die Frau hielt uns auf.

»Moment, die Herren, jetzt habe ich noch ein paar Fragen. – Setzt euch wieder. – Also: Warum schickt der schlaue Polizeidirektor Roscher euch Leichtmatrosen zu einer solchen Mission. Sie«, sie deute auf mich, »sind ja nicht mal Bulle. Was für 'n Wissenschaftler sind Sie eigentlich?«

»Bakteriologe«, antwortete ich, »am Tropeninstitut.«

Emma Neumann nickte anerkennend.

»Wir sind keine Grünschnäbel«, sagte Martin sichtlich getroffen. »Und natürlich sind noch viele weitere Beamte mit den Ermittlungen beschäftigt.«

»Gut. Dann, Herr Bakteriologe, wie geht es Clara? So viel schreibt sie ja nicht.«

»Ihr geht es gut, soweit ich das beurteilen kann. Sie hat eine gute Stellung, ist gesund.«

»Und verliebt, ja, ja, ich weiß. – Sie ist ein sehr kluges Mädchen, die Clara. Und verdammt zäh ist sie, zäher als so mancher von euch Kerlen. Der Tod ihrer Mutter war ein harter Schlag damals. Und sie hat das erstaunlich gut weggesteckt. Lässt sich nichts gefallen. Hat 'ne Menge durchgemacht, die Deern. Schön, wenn sie jetzt zur Ruhe kommen kann.«

Ich nickte, obwohl ich keine Ahnung hatte, was Clara wirklich durchgemacht hatte.

»Und was macht Ferdi, der Nichtsnutz? Von dem schreibt sie gar nichts.«

»Ferdi?«, fragte ich.

»Na, Ferdinand, ihr Bruder. Hat sie von dem nichts erzählt?«

»Äh, nein«, sagte ich verlegen, und bevor ich mir dazu eine Erklärung ausdenken konnte, gab Emma Neumann mir eine.

»Kann ich verstehen, dass sie den aus ihrem Leben gestrichen hat. Der Kerl war noch nie gut für sie.«

»Wieso, was ist mir ihm?«, fragte ich und sah zu Martin hinüber, der sicher kein Interesse an Familiengeschichten von Menschen hatte, die er gar nicht kannte, aber er nickte mir aufmunternd zu.

»Ferdi hat sich nach dem Tod der Mutter um Clara gekümmert. Also so gekümmert, dass sie nicht verhungerte, will ich mal sagen. Ich habe aufgepasst, dass sie immer zur Schule ging, und habe ihr öfter mal die Wäsche gewaschen.«

»Und Ferdi, was hat der gemacht, also gearbeitet?«, fragte ich. Die Möglichkeit, einen dunklen Winkel in Claras Vergangenheit auszuleuchten, schien mir zu verlockend.

»Arbeit im sozialistischen Sinne würde ich das nicht nennen. Er hat dafür gesorgt, dass Geld da war. Man fragte besser nicht, woher er es hatte.«

»Ist er viel älter als Clara?«

»Acht Jahre, wenn ich mich recht erinnere. Aber dann kam er ins Gefängnis, 97 war das. Wegen Raub, Diebstahl, das Übliche halt. Da hat Clara dann ganz bei uns gewohnt. War nicht so einfach, weil mein verkommener Gatte ihr immer an die Wäsche wollte.«

»Und dann kamen Sie ins Gefängnis«, sagte ich.

»Ach, das hat sie erzählt. Da bin ich ja beruhigt. Ja, das war eine schlimme Zeit. Clara landete damals im Hurenhaus. Aber das wissen Sie ja sicher auch.«

»Als Sie aus dem Gefängnis kamen, haben Sie da nicht versucht, sie zurückzuholen?«

Emma Neumann lachte sarkastisch.

»Also, junger Mann, ich bin nich so 'ne mildtätige Pfeffersackfrau wie Ihre vornehme Frau Tante. Ich kann mich nicht um alle kümmern. Aber ja, ich habe versucht, Clara zu überreden, wieder zu mir zu ziehen und eine anständige Arbeit zu suchen. Aber sie wollte nicht. Es gab da sicher auch Kerle, die ihr dabei geholfen haben, nicht zu wollen, wenn Sie verstehen. Die war ja was wert, die Lütte.«

Mir war ganz mulmig zumute. So viel Elend in so kurzer Zeit über eine Frau zu hören, die ich – ja, was? – mochte, liebte, was auch immer, war verstörend.

»Und wo ist Ferdi jetzt?«, fragte ich.

»Keine Ahnung. Vor ein paar Wochen habe ich ihn noch irgendwo hier auf der Straße gesehen. Laut und großkotzig, wie immer. Schöner Anzug, vermutlich laufen die Geschäfte gut. Aber vielleicht sitzt er inzwischen auch schon wieder.«

Nun verabschiedeten wir uns endlich.

»Grüßen Sie Clara von mir«, sagte Emma Neumann und drückte fest meine Hand. »Sie ist ja vielleicht endlich dort, wo sie hinwollte.«

»Wie meinen Sie das?«

»Ach, einfach raus aus dem Dreck, das meine ich«, sagte sie und zischte mir dann noch verschwörerisch zu: »Weiß Ihr Herr Onkel von Ihren, äh, unangemessenen Gefühlen für Clara?«

»Nein«, sagte ich und lächelte sie an. »Und ich wäre Ihnen dankbar, wenn Sie es ihm nicht erzählen würden.«

»Witzig ist er auch noch«, sagte die Neumann an Martin gewandt, »ein echter Traummann für die Kleene.«

Wir waren schon auf halber Treppe, als Martin noch eine Frage hatte.

»Nur aus Neugier, Frau Neumann, wieso reiben Sie sich so für Ihre Partei auf? Sie dürfen doch nicht mal wählen«, fragte er, und die Neumann grinste.

»Ja, Jungs, das hört ihr jetzt sicher nicht gerne«, rief sie zu laut durchs Treppenhaus, »aber es wird nicht mehr lange dauern, dann dürfen wir nicht nur wählen, sondern auch gewählt werden. Dann ist es vorbei mit der Männerherrschaft.«

Martin lachte. »Glauben Sie wirklich?«

»Ja, dafür kämpfe ich und dafür, dass die Menschen, die wenig verdienen, wählen dürfen, und auch das wird kommen. Nehmt mich beim Wort.«

Emma Neumann hatte sich zu einer beeindruckenden Größe aufgerichtet, und es hätte jetzt durchaus eine flammende Rede folgen können, aber eine Männerstimme aus dem Obergeschoss verhinderte dies.

»Schnauze, Emma, du bist hier nicht im Reichstag.«

Kapitel 16

Das nächste Opfer mit dem Symbol auf der Stirn ließ nicht lange auf sich warten. Am Morgen berichtete mir ein Kollege, dass am Fischmarkt auf St. Pauli, keine zehn Minuten Fußweg vom Institut entfernt, eine Leiche entdeckt worden war. Der Kollege – Sebastian Möller sein Name – kam immer sehr früh zur Arbeit und war auf seinem Weg auf eine Menschenmenge gestoßen, die um einen Toten herumstand. Der Kollege berichtete mir, dass es sich um einen gut gekleideten Mann um die sechzig handelte.

»Und hatte er einen Hut auf, oder lag da einer?«, fragte ich Möller aufgeregt.

Er sah mich fassungslos an. »Wieso willst du das wissen? Ich habe keine Ahnung, das war aufregend genug. Der lag da kreidebleich, die Augen weit aufgerissen, ich hätte kotzen können«, jammerte Möller. »Und dann hat da noch einer fotografiert.«

»Von der Polizei?«, fragte ich.

»Nee. Glaube ich nicht. Ein Schutzmann hat den angeschnauzt, er soll mit seinem ganzen Kram verschwinden. Und dann kamen zwei Kerle in einem Landauer, ein junger und ein alter, das war wohl die Mordpolizei.«

»Und der Fotograf?«, bohrte ich nach. »War der noch da?«

»Nee, der hatte sich getrollt.«

»Hat er denn fotografiert?«

»Mmmh, kann sein, weiß nicht so genau.« Möller drehte sich um und ging zügig auf sein Büro zu. Ich hatte wohl etwas übertrieben mit meiner Fragerei. Aber es war schon erstaunlich, wie wenig Leute wie Möller mitbekommen von dem Geschehen, selbst wenn sie mittendrin standen. Blind mit offenen Augen.

Selbstredend stand ich in meiner Mittagspause bei Martin vor dem Büro und wollte alles wissen. Inzwischen war ich so oft in der Polizeidirektion gewesen, dass mich der Portier schon gar nicht mehr fragte, wohin ich wollte. Er nickte einfach freundlich und hielt mir die Tür auf.

»Mensch, Zee-Jott, was machst du hier?«, schimpfte Martin, als er mich sah. »Ich habe jetzt keine Zeit. Wir haben schon wieder einen Toten. Wieder mit so 'nem Zeichen auf der Stirn. Das geht jetzt Schlag auf Schlag.« Er drehte sich um, ob nicht schon wieder sein Chef hinter ihm stand.

»Ja, ich habe es gehört, und inzwischen weiß sicher halb Hamburg davon. Und bald wird es ganz Hamburg sehen«, sagte ich und hatte, wie erwartet, Martins ganze Aufmerksamkeit.

»Was, wieso, was meinst du?«

»Es war ein Fotograf da, der hat wohl fotografiert.«

»Quatsch«, entrüstete sich Martin, »ich war doch selbst dort. Da war kein Fotograf.«

»Als ihr kamt, war der schon weg. Ein Schutzmann hatte ihn verjagt, aber eine Fotografie konnte er wohl noch machen.«

»Sagt wer?«

»Mein Kollege Möller.«

»Schöner Mist!«, murmelte Martin. »Wenn der von der Zeitung war, dann ist der Hengst morgen überall groß zu sehen.«

»Und wenn er nicht von der Zeitung war, wird der Fotograf sein Bild sicher meistbietend an die Aasgeier verkaufen. – Aber was meinst du mit Hengst?«

Ertappt. Martin hatte einen Namen ausgeplaudert, den er vermutlich noch für sich behalten sollte. Nun war es auch egal.

»Ja, Stefan Hengst heißt der Mann. Sein Name war in ein Zigarettenetui graviert, das der Mörder offenbar nicht entdeckt hatte. Brieftasche und Uhr waren weg.«

»Und der Hut?«

»Der auch.«

»Und wer ist Stefan Hengst?«

»Ein Rechtsanwalt und Notar. Ganz große Nummer, macht die lukrativen Verträge, wie man hört«, flüsterte Martin.

»Wollen Sie jetzt etwa Pause machen, Bucher?«, dröhnte die Stimme von Arnold Manthey hinter mir. Martin zuckte nicht einmal zusammen. Bemerkenswert.

»Nein, Chef, bin da. Keine Sorge.« Dann flüsterte er mir zu: »Pass auf, wir haben bei dem Kerl eine Zündholzschachtel gefunden, von der ›Chamäleon Bar‹ ganz in der Nähe vom Fundort. Da soll wohl auch gespielt werden, sagen die Kollegen. Ich sehe mich heute Abend mal inkognito da um. Bist du dabei?«

Das war wieder eine von Martins Aktionen, bei denen man sich eine blutige Nase und Kopfverletzungen holen konnte. Ich sagte sofort zu.

Am Abend zog ich mich um. Für den Nachtclub musste ich nicht aussehen wie ein Ganove, sondern wie ein wohlhabender Erbe. Also zog ich in einer aufwendigen Prozedur meinen Abendanzug an. Fertig verkleidet, wollte ich versuchen, ungesehen aus dem Haus zu kommen, doch das misslang gründlich. Zuerst lief ich im oberen Flur Tante Isolde in die Arme. Die war begeistert und verwundert gleichermaßen von meinem eleganten Auftritt an einem ganz normalen Dienstagabend. Ich log ihr etwas von einem Empfang anlässlich Doktor Nochts Geburtstag im Institut vor. Die Tante glaubte mir kein Wort, lächelte aber milde. Natürlich vermutete sie eine amouröse Verabredung und wollte mich nicht in Verlegenheit bringen.

In der Halle begegnete ich Clara. Seit unserem Kuss war fast eine Woche vergangen, und ich hatte sie nur noch gesehen, wenn Familienmitglieder in der Nähe waren. Ich hatte immer den Augenkontakt zu ihr gesucht, und wenn ich ihn dann mal gefunden hatte, sah sie gleich errötend weg. Ein- oder zweimal hatte sie gelächelt. Es ging ihr sicher wie mir: Sie wusste nicht, wie sie an das Geschehene anknüpfen sollte. Es war ein Kuss gewesen, mehr nicht. Danach hatten wir uns schweigend aus Mariannes Zimmer begeben und waren jeder in seinen eigenen Raum verschwunden. Kein Wort mehr. Und nun stand sie da, sah mich an und lächelte. Mir wurde warm. Langsam ging ich auf sie zu. Sie hielt meinem Blick stand. Als ich nur noch eineinhalb Meter von ihr entfernt war, sagte ich errötend: »Das hat mir gut gefallen neulich.«

Clara, die mir immer noch in die Augen sah, lächelte weiterhin und sagte: »Mir auch.«

Ein paar Sekunden standen wir noch so. Zu gerne hätte ich sie gefragt, wieso sie mir nichts von ihrem Bruder erzählt hatte. Doch da hörten wir, wie die Tante die Treppe hinunterkam. Ich floh durch die Halle und machte mich auf den Weg zum Fischmarkt. Clara lief ins Souterrain.

Ich traf Martin in einem Café am Fischmarkt. Anerkennend hob er die Augenbrauen, als er mich im edlen Anzug sah. Auch er war aufs Feinste herausgeputzt, aber seine Kleidung hatte sicher kaum ein Viertel von dem gekostet, was der Onkel für meinen Anzug bezahlt hatte.

Martin hatte sich von einem Kollegen die Grundregeln des amerikanischen Kartenspiels Poker erklären lassen, das in diesem Nachtclub angeblich gespielt wurde. Ich bin kein Spieler. Zu einer Partie Schach oder Dame kann man mich überreden, mehr aber auch nicht. Glücksspiel war mir fremd und im Reich sowieso verboten. Beim Spiel Poker bekam jeder Spieler fünf Karten, die er im Spielverlauf irgendwie austauschen konnte, und je nach Kombination waren diese Karten dann mehr oder weniger wertvoll. Man wettete mit steigenden Einsätzen darauf, dass man bessere Karten als die Gegner hatte. Wer die Wette nicht halten konnte, passte, spielte die Runde also nicht mehr weiter. Wenn am Ende der Runde alle Karten aufgedeckt wurden, bekam von den verbliebenen Spielern der das eingesetzte Geld, der die höchsten Karten hatte. Martin erklärte mir noch, dass Bluffen der wichtigste Trick bei diesem Spiel war. Man musste einfach nur so tun, als ob man hohe Karten hätte, um die anderen Spieler zum Passen zu veranlassen. Ich hatte den Eindruck, dass Martin selbst nicht ganz verstanden hatte, wie das Spiel funktionierte.

»Aber brauchen wir nicht auch Geld, wenn wir da mitspielen wollen?«, fragte ich Martin. »Also ich habe dreiundzwanzig Mark in der Tasche. Das ist für mich viel Geld, aber für richtige Spieler wie diesen Hengst bestimmt ein Witz.«

»Ja, sicher. Ich habe mir von Manthey fünfzig Mark geben lassen.«

»Dein Chef weiß, dass du hierhergehst?«

»Ja, klar. Er rät mir nur dringend davon ab, damit er nicht verantwortlich ist, wenn mir etwas passiert.«

Mir wurde mulmig zumute.

»Was soll denn passieren?«

»Ach nichts. Mach dir keine Sorgen. Ist doch nur ein Spiel. Manthey will auch gar nicht, dass ich mitspiele. Das Geld habe ich nur, damit ich es zeigen kann. Ich soll nur zugucken und eine Gelegenheit suchen, nach Hengst zu fragen.«

Mit weichen Knien gingen wir das kurze Stück zu der »Chamäleon Bar«. Sie lag im Souterrain eines Hauses an der Hafenstraße. Über dem Eingang war ein beleuchtetes Schild mit einem bunten Chamäleon. Der Einlasser an der Tür musterte uns kurz, ließ uns eintreten und wünschte einen schönen Abend.

Nur kurz standen wir in einem Windfang, der den Gastraum vom Eingangsbereich trennte, bis eine Frau auf uns zukam. Sie mochte um die vierzig sein, das war schwer zu schätzen, da sie stark geschminkt war. Sie trug ein goldschimmerndes, enges Kleid und ein glitzerndes Diadem auf dem Kopf.

»Wenn mir die Herren bitte folgen mögen«, sagte sie freundlich und ging vor uns her durch den Saal. Es war ein großes, niedriges Gewölbe; gut dreißig kleine Tische mit weißen Tischdecken mit je vier Stühlen waren wie zufällig angeordnet. Fast alle Tische waren besetzt. Die meisten Gäste waren Männer, älter als wir, manche von ihnen waren in der Begleitung von jüngeren und auch älteren Frauen. An den Wänden des Lokals hingen auf kunstvollen Brokattapeten große Spiegel, daneben elektrische Leuchter mit kleinen Spiegeln, die alles in ein funkelndes Licht tauchten. Über einer langen Bar am Ende des Raumes hing ein riesiges Gemälde von einem Chamäleon. An der Bar lehnten ein paar Frauen und rauchten. Einige von ihnen sahen uns erwartungsvoll an.

»Huren«, flüsterte mir Martin zu.

Die Frau im goldenen Kleid wies uns einen Tisch zu. Wir bestellten jeder ein Glas Wein. Gerade begann auf einer kleinen

Bühne gegenüber der Bar eine Darbietung. Eine Frau begann zu singen. Sie stimmte irgendeinen frivolen Schlager an, den viele Gäste zu kennen schienen, denn sie quittierten bereits die ersten Takte des Pianisten mit Applaus. Die Frau trug ein langes, seidenglänzendes, kupferfarbenes Kleid und hatte eine Haube mit großen Blüten auf dem Kopf. Beim Singen machte sie kleine Tanzschritte, wobei immer wieder durch einen Schlitz im Kleid ein Bein zu sehen war. Sie trug schwarze Netzstrümpfe. Die Darbietung wurde von frivolen Rufen der Zuschauer begleitet. Die Frau war sehr schön, aber auch ungewöhnlich groß, und erst jetzt fiel mir ihre raue Stimme auf. Und nun sah ich auch Adamsapfel und Bartschatten des verkleideten Mannes. Ich empfand das als verstörend, Martin amüsierte sich köstlich über die Täuschung und über meine Verblüffung.

Die Servierein brachte den Wein, und Martin flüsterte ihr zu: »Wir würden gerne unser Glück versuchen, wenn Sie verstehen.« Er blickte die Frau erwartungsvoll an.

»Nein, ich verstehe nicht«, sagte die Frau, drehte sich affektiert um und verschwand.

»Gibt es da irgendein Geheimwort?«, fragte ich den sichtlich verwirrten Freund.

»Das war das Geheimwort, aber vielleicht haben sie es geändert.«

Etwas ratlos saßen wir eine Zeit lang auf den Stühlen, nippten an unserem Wein und sahen den Darbietungen auf der Bühne zu. Nach der Sängerin kam ein Zauberkünstler, der so ungeschickt hantierte, dass man die Geheimnisse seiner Tricks sofort entschlüsseln konnte. Martin reckte immer wieder den Hals und schaute sich im Raum um. Er suchte die Tür zum mysteriösen Spielzimmer, aber es waren nur Türen zu den Toiletten zu entdecken und eine weitere Tür, aus der ab und zu kleine Speisen getragen wurden. Das musste also die Küche sein.

»Und jetzt?«, fragte ich ungeduldig. Mir wurde langweilig und vom dritten Glas Wein schon etwas schummerig. Außerdem kostete der mittelmäßige Riesling hier 40 Pfennige, ich trank also über meine Verhältnisse und Martin erst recht.

Martin stand auf und ging an die Bar. Hinter dem Tresen polierte ein livrierter Kellner Sektgläser. Martin sagte irgendetwas, und der Mann schüttelte den Kopf. Martin blickte zu mir hinüber. Nun würde er sicher zum Aufbruch drängen.

In diesem Moment tat sich links neben der Bar die Wand auf. Aus einer Tür, die wir nicht gesehen hatten, weil sie eins war mit Wand und Tapete, kam ein Mann. Er war gut gekleidet, der Schlips war offen, und der Mann wirkte betrunken. An der Hand zog er eine kichernde Frau hinter sich her. Die Frau war sehr jung, schlank und hatte ein Kleid an, das nur bis knapp unter die Knie reichte. Der Kragen ihrer Bluse war um einige Knöpfe geöffnet. Abgelenkt von diesem Anblick erkannte ich erst mit Verzögerung, wer der Betrunkene war.

Es war niemand Geringeres als Adolf Knudsen, mein Cousin. Natürlich war ich alles andere als überrascht, ihn in einem Etablissement dieser Art zu sehen.

Er bahnte sich mit der Frau den Weg vorbei an den Tischen, wobei er immer wieder Leute anstieß. Martin stand nun neben mir.

»Was ist los? Was glotzt du den Kerl so an?«, fragte er.

»Das ist Adolf. Der ist gerade da hinten aus einer Geheimtür gekommen«, sagte ich, ohne das Duo aus den Augen zu lassen.

»Dann weiß der ja auch, wie man da reinkommt«, sagte Martin und stürmte, noch bevor ich darüber nachdenken konnte, auf

Adolf zu. Der war erst irritiert, doch als Martin auf mich zeigte, strahlte er vor Freude.

Adolf zerrte seine Begleiterin an unseren Tisch, er setzte sich auf einen Stuhl und platzierte die junge Frau auf seinem Schoß, obwohl noch ein Stuhl frei war.

»Was machst du denn hier?«, fragte er und schien regelrecht begeistert, mich an diesem Ort zu treffen.

»Ja, also ich bin mit meinem Freund Martin Bucher hier.« Ich deutete auf Martin, der Adolf freundlich zunickte.

»Ach, der Polizist«, grölte Adolf, und um uns herum drehten sich ein paar Köpfe in unsere Richtung. Die Serviererin kam an den Tisch, und Adolf flüsterte ihr etwas ins Ohr. Sie nickte vergnügt und verschwand.

»Ja, wir wollten ein bisschen Spaß haben«, sagte ich und sah Adolf an, dass er mir das nicht glaubte.

»Und wir wollten unser Glück versuchen«, schob Martin nach und blickte ebenfalls Adolf an. Mein Cousin glotzte verständnislos zurück. Dann schienen die Worte endlich durch sein vernebeltes Gehirn zum Verstand vorgedrungen zu sein. Er lachte.

»Verstehe, aber unser Glück versuchen war letzte Woche. Jetzt ist das Geheimwort ein anderes, Freund von der Polizei. Vielleicht finde ich es hier.« Er vergrub sein Gesicht im Dekolleté seiner Begleitung, die lachend aufschrie.

Auf der Bühne mühte sich eine Schlangenfrau ab, die aber wenig Beachtung fand. Unser Tisch war nun offenbar interessanter.

»Aber Carl-Jakob«, sagte Adolf nun an mich gewandt, »du willst deine mühsam verdienten Märker aufs Spiel setzen? So kenne ich dich gar nicht. Hat dein Freund von der Polizei so einen schlechten Einfluss auf dich? Was wird deine Tante Isolde dazu sagen?«

»Sie wird es nicht erfahren«, sagte ich, »wenn du es ihr nicht erzählst.«

»Ich werde schweigen wie ein Toter.«

Nun kam die Kellnerin mit einem Tablett, darauf ein Sektkühler mit einer Flasche Champagner und vier Gläser. Sie schenkte ein.

»So Leute, nun nehmen wir erst mal einen«, rief Adolf, »und dann erzählt ihr mir, was ihr wirklich hier wollt. Meine kleine Zuckerpuppe Lisa ...«

»Heidi«, korrigierte das Mädchen.

»Gut, meine kleine Zuckerpuppe Heidi verrät auch nichts.«

Wir stießen an. Der Champagner war eine ganz andere Klasse als der Riesling, den wir uns vom unteren Rand der Getränkekarte gesucht hatten. Aber mir lag nichts ferner, als mit einem betrunkenen Adolf seinen Sieg beim Poker zu feiern.

»Wir wollen da rein, Herr Knudsen«, sagte Martin. »Vielleicht können Sie uns helfen.«

»Adolf, mein Freund von der Polizei«, lallte der Cousin, »nenn mich Adolf. Und ehrlich, also wenn ich da einen von der Polente reinlasse, dann ist es aus mit mir hier. Dann brauche ich nicht mehr wiederzukommen.«

»Dann gehe nur ich«, sagte ich forsch. »Martin wartet hier.«

Martin wollte protestieren, konnte aber nicht verhehlen, dass das eine gute Idee war.

»Und was willst du da drin? Das ist nichts für dich, Kleiner.«

Das traf mich. Ich war jünger als er, einverstanden, aber in jedem Fall größer – und nicht nur körperlich. Der einfältige Trunkenbold konnte mir nicht das Wasser reichen.

»Adolf« sagte ich dramatisch, »hier in der Nähe ist vor nicht einmal vierundzwanzig Stunden ein Mann ermordet worden und es besteht Grund zu der Annahme, dass er vor seinem Tod hier gewesen ist.«

»Ja, hab davon gehört.«

»Und? Warst du gestern hier?«, fragte Martin aufgeregt und vielleicht eine Spur zu vertraulich.

»Nee, war ich nicht. Wie heißt der Kerl denn?«

»Stefan Hengst. Ein Notar«, sagte Martin.

Adolf schüttelte den Kopf. »Fragt doch das Personal hier. Die kennen doch ihre Gäste.«

»Wir wollten uns erst mal inkognito umsehen, nicht so viel Staub aufwirbeln.«

Adolf forderte Heidi etwas unhöflich auf, sich auf den freien Stuhl neben sich zu setzen, und stand auf. Er ging zum Ausgang und kam mit dem Einlasser wieder.

»Sag noch mal Martin, wie hieß der Kerl?«

»Stefan Hengst«, sagte Martin, und der Mann dachte nach. Dann schüttelte er den Kopf.

»Na ja«, sagte Adolf, »mit Namen haben sie es hier nicht so.«

Er gab dem Mann eine Münze, woraufhin der an seinen Platz zurückging.

»Also Adolf«, drängte Martin, »wie kommen wir da rein?«

»Am besten gar nicht. Da findet ihr euren Mörder nicht, glaub mir.«

»Das ist mir klar«, sagte Martin, »aber vielleicht jemanden, der uns sagen kann, ob dieser Hengst gestern hier war.«

In diesem Moment öffnete sich wieder die unsichtbare Tür. Ein Mann kam heraus, im gleichen Alter wie Adolf und ähnlich teuer gekleidet, aber nicht annähernd so betrunken wie mein Cousin. Er war allein. Zielstrebig bewegte er sich Richtung Ausgang.

»Da geht mein Geld«, jammerte Adolf.

»Wieso?«, wunderte ich mich. »Hast du nicht gewonnen?«

»Nee, heute nicht. Nur verloren, nur verloren.« Adolf sah dem Mann traurig hinterher.

»Und der Champagner und alles, was feierst du?«

»Das Leben, Kleiner, das Leben.« Er legte der Frau an seiner Seite die Hand aufs Knie. Die war eingenickt und schreckte nun hoch.

Ich sah zufällig zur Bar. An dem Mann hinter dem Tresen war irgendetwas merkwürdig. Gab er verdeckt ein Zeichen?

»Wartet hier«, sagte ich, sprang einer Eingebung folgend auf und lief Richtung Ausgang.

»Hey, wohin Zee-Jott?«, rief Martin gegen den Lärm der männlichen Sängerin an. Das Programm hatte offenbar von vorne begonnen.

Ich huschte durch die Tür ins Freie. Auf dem Trottoir stieß ich mit dem Türöffner zusammen, der offenbar kurz draußen gewesen war.

Es war dunkel geworden, und von der Elbe her wehte ein frischer Wind. Es musste zwischenzeitlich auch geregnet haben. In einiger Entfernung sah ich den Mann aus dem Spielzimmer rasch und mit eingezogenem Kopf Richtung Landungsbrücken davongehen. Vermutlich wollte er dort eine Droschke nehmen. Ich musste ihn unbedingt abpassen und befragen. Der Mann sah für mich nach einem professionellen Spieler aus. Dafür sprach schon die Tatsache, dass er nicht betrunken war. Vielleicht war dieser Spieler am Vortag in der »Chamäleon Bar« Hengst begegnet.

Ich ging schneller, doch bevor ich zu dem Mann aufschließen konnte, schob sich aus einem Hauseingang eine Gestalt zwischen uns. Ein Schatten, mehr nicht. Dieser Schatten bewegte sich rasch auf den Mann zu, war schon bei ihm und hob nun etwas hoch. Einen Knüppel?

»Halt«, rief ich und rannte los. Schon war ich bei den beiden, da sauste der Knüppel auf den Kopf des Mannes nieder, gerade, als der sich zu mir umdrehte. Er schrie auf und fiel zu Boden. Nun schlug der Angreifer mit dem Knüppel auch nach mir, verfehlte mich aber. Erneut hob er den Knüppel.

Hinter mir Schritte, schnelle Schritte. Martin. Er stürzte sich auf den Mann mit dem Knüppel und riss ihn zu Boden. Die beiden rangen auf dem Pflaster. Ich kümmerte mich um den niedergeschlagenen Spieler. Der hatte eine stattliche Platzwunde auf der Stirn, war aber bei Bewusstsein.

Der Angreifer hatte Martin inzwischen auf den Rücken gerungen und begann, ihn heftig ins Gesicht zu schlagen. Ich fühlte mich überfordert. Nie zuvor war ich in einer solchen Situation gewesen.

»Hilfe«, rief ich, »Hilfe«. Doch die einzigen Menschen, die ich in einiger Entfernung ausmachen konnte, entfernten sich nur umso schneller. Die wenigen Cafés hier hatten inzwischen geschlossen. Dann sah ich den Knüppel gleich neben mir liegen. Zitternd hob ich das Holz auf, das offenbar eine Speiche aus dem Steuerrad eines Schiffes war, und holte aus. Erst schlug ich zaghaft zu, scheute mich, den Mann zu verletzen. Der zweite Schlag war dann vom Willen getrieben, genau das zu tun. Unter heftigem Stöhnen ließ der Mann von Martin ab und kippte zur Seite.

Martin befreite sich von dem reglosen Körper und rappelte sich auf. Sein Gesicht war blutverschmiert, die vorderen Zähne waren blutig, aber noch vorhanden. Er lächelte mich an.

»Zee-Jott, alter Haudegen, gut gemacht«, sagte er und half dem Überfallenen auf. Dann zog sich Martin seinen Schlips aus dem

Kragen, griff auch meinen und fesselte dem am Boden liegenden Räuber Hände und Füße.

Zu dritt standen wir nun um das Häufchen Elend zu unseren Füßen herum. Eine Straßenlaterne beleuchtete das Gesicht des Angreifers, dessen Mütze im Kampf verloren gegangen war. Er war um die dreißig und sah krank und schmutzig aus. Nun kam er zu sich und starrte uns in einer Mischung aus Wut und Angst an.

»Haben Sie viel gewonnen heute?«, fragte Martin den Überfallenen. Der zuckte mit den Schultern.

»Also ja«, sagte Martin. »Wie viel?«

»Fünfhundert vielleicht.«

Martin pfiff durch die Zähne. Etwas Blut spritzte von seinen Lippen.

»Das muss dem Kerl da jemand gesteckt haben«, sagte ich. »Vermutlich der Mann an der Tür.«

Nun kam Adolf angelaufen, erstaunlich schnell für seinen Zustand. Seine Begleitung Heidi war ihm offenbar abhandengekommen.

»Was ist denn hier los?«, rief er. »Ich habe nach dem Schutzmann geschickt.«

»Feiner Laden ist das, in dem du da verkehrst, Adolf«, sagte ich. »Die machen mit Straßenräubern gemeinsame Sache.«

»Was geht der Blödmann auch alleine mit so viel Geld nach Hause«, raunte Adolf, und der Überfallene schüttelte empört den Kopf.

Nach einer Weile kam erst ein berittener Schutzmann, und schließlich ein großer Wagen der Polizei und lud den Räuber und uns auf. Adolf ging zu Fuß Richtung Droschkenplatz. Im Wagen gab Martin mir eine Zehnpfennigmünze.

»Was ist damit?«, fragte ich.

»Das ist dir eben aus der Tasche gefallen, als du hinter dem Spieler hergelaufen bist.«

Ich schob die Münze zurück in meine rechte Hosentasche und stellte fest, dass sie ein Loch hatte.

Nachdem Martin, der Überfallene und ich uns in der Polizeidirektion ein wenig frisch gemacht hatten, wurde zunächst das Opfer vernommen. Ich durfte dabei sein. Martins Chef, der das gewiss unterbunden hätte, war zu dieser späten Stunde nicht in der Dienststelle. Martin hatte eine aufgeplatzte Lippe, und die rechte Augenbraue war blutverschmiert. Das Auge umrahmte ein lehrbuchfähiger Bluterguss. Manthey würde am nächsten Tag Fragen haben.

Wie zu erwarten war, bestritt das Opfer namens Hein Aschenbrenner, Ingenieur bei Blohm & Voss, in der offiziellen Vernehmung die Teilnahme an illegalen Glücksspielen. Das viele Geld hatte er bei sich, weil er am Nachmittag einen Grundstückskauf hatte abwickeln wollen, der dann aber nicht zustande gekommen war.

Die »Chamäleon Bar« wurde noch in derselben Nacht von Schutzmännern durchsucht. Man fand alles, was auf einen Spielbetrieb hindeutete. Einen Spieltisch, Kartenspiele, Spielchips – nur eben keine Spieler und auch kein Geld. Man musste Ingenieur Aschenbrenner sein Geld zurückgeben und ihn ziehen lassen.

Anschließend wurde der Räuber vernommen. Der etwas verwahrloste Mann weigerte sich, seinen Namen zu nennen. Doch ein Blick in die berühmte Verbrecherkartei brachte einen eindeutigen Treffer. Es gab nicht nur Fotografien, die eindeutig sein Gesicht zeigten, sondern auch Fingerabdrücke und unveränderbare Körpermaße, die alle auf den Verhafteten passten. Die Verbrecherkartei war da sehr gründlich.

Es handelte sich um den polizeibekannten Josef Piatek, geboren 1870 in Warschau. Seit ungefähr zehn Jahren trieb er in Hamburg sein Unwesen und hatte auch schon zwei Jahre in Haft verbracht.

Piatek würde seinen Kopf nicht aus der Schlinge ziehen können, er hatte drei ehrenwerte Zeugen gegen sich. Deshalb beschäftigte uns mehr die Frage, ob er in der »Chamäleon Bar« Komplizen hatte, vor allem aber: War er unser Symbol-Mörder?

»Wer hat dir den Tipp gegeben, dass der Mann Geld in der Tasche hatte?«, fragte Martin den Mann ruhig, der in einem kargen Raum auf einem Eisenstuhl festgebunden war. Er saß uns an einem schäbigen Tisch gegenüber. Martin und ich tranken Kaffee, Piatek hatte einen Becher mit Wasser vor sich, den er aber aufgrund seiner Fesseln nicht greifen konnte.

Schweigen.

»Hast du am Abend zuvor dort bereits einen anderen Mann ausgeraubt und ermordet?«, fragte Martin immer noch ruhig.

Nun schien der Mann verunsichert, wollte etwas sagen, entschied sich aber dann, weiter zu schweigen. Martin stand auf und ging zu dem Verdächtigen. Er nahm den Becher und setzte ihn Piatek an die Lippen, der schlürfte gierig. Dann, ich vernahm es kaum, so schnell ging es, drückte Martin den Becher kräftig gegen die Lippen des Mannes. Der schrie auf. Martin knallte den Becher auf den Tisch.

»Los, du Abschaum«, brüllte Martin ihm direkt ins Ohr, »mit wem drehst du deine Dinger? Raus damit?«

Ich zuckte zusammen.

Piatek hatte nun eine blutende Lippe, und in seinem sowieso schlechten Gebiss schien ein weiterer Zahn zu fehlen. Ich wollte gegen die Misshandlung protestieren. Aber dann hätte Martin mich sicher hinausgeworfen. Und irgendwie hatte ich auch Verständnis dafür, dass mein Freund es dem Kerl heimzahlen wollte, der ihn vor zwei Stunden fast umgebracht hatte.

Das Verhör brachte keine Erkenntnisse. Sehr wahrscheinlich war, dass Piatek mit einem Angestellten der Bar zusammenarbeitete, der ihm Opfer empfahl. Aber darüber würde er nie sprechen. Wenn es sich um eine Verbrecherorganisation handelte, würde die Strafe, die ihm von dieser Seite drohte, weit schlimmer sein als alles, was die Hamburger Gerichtsbarkeit für einen Räuber wie ihn in petto hatte.

Es schien uns wenig wahrscheinlich, dass wir mit Piatek den Symbol-Mörder gefasst hatten. Er trug kein Messer bei sich, sondern nur diesen Knüppel. Er hatte keinen Buckel, und auch sonst passte nichts zu der bekannten Beschreibung. So blieb Martin nur noch eine Frage.

»Hast du da in der Gegend einen Buckligen gesehen? Weißt du was von einem, der dort auch Leute ausraubt, wie du?«

Der Pole schüttelte den Kopf.

Wir mussten nun also davon ausgehen, dass Stefan Hengst nur durch Zufall am selben Ort Opfer des Symbol-Mörders geworden war, an dem am folgenden Abend Piatek zugeschlagen hatte.

»Piateks Masche ist simpel«, sagte Martin, als wir in seinem Büro saßen und noch mehr Kaffee tranken. Es war inzwischen zwei Uhr. »Er bekommt einen Hinweis auf reiche Spieler und raubt sie aus. Er tötet sie nicht. Und wir erfahren in der Regel nichts davon, weil die Spieler nicht zur Polizei gehen. Die Masche unseres Symbol-Mörders ist komplizierter. Was haben dessen Opfer gemeinsam?«

»Sie sind reich oder zumindest wohlhabend, und das sieht man ihnen an«, sagte ich.

»Sie sind über fünfzig Jahre alt und alleine unterwegs«, ergänzte Martin.

»Sie haben schöne Hüte«, alberte ich. Und fügte ernsthafter an: »Sie sind irgendwie von Bedeutung, haben Macht.«

»Kennen sie sich?«, fragte Martin. »Von Grimm ist Mitglied in der Versammlung Eines Ehrbaren Kaufmanns«, begann er, seine Frage selbst zu beantworten. »Schilling, der Brauereibesitzer, vermutlich auch. Da kennt man sich. Admiral von Senftleben kennt jeder in den gehobenen Kreisen.«

»Mein Onkel ist ihm auch schon ein paarmal über den Weg gelaufen«, ergänzte ich. »Aber heißt das, dass Knudsen das nächste Opfer ist? Ich hoffe nicht? – Was mir auffällt: Die Abstände zwischen den Morden variieren stark. Bredow im März. Zwei Monate später von Grimm und dann nur zwei Wochen später, am 1. Juni, Ludwig Schilling. Dann plötzlich ein Abstand von sechs oder sieben Wochen bis zum Mord an dem Admiral. Und nicht mal eine Woche später nun Stefan Hengst.«

Während ich sprach, hatte Martin die Zeitabstände mit einem Bleistift auf einem Zettel skizziert und betrachtete sein Werk.

»Darin erkenne ich kein Muster. Aber es gibt bestimmt irgendein Muster«, sagte er nachdenklich.

»Wenn er willkürlich Reiche abstechen würde«, dachte ich laut nach, »könnte er es regelmäßiger und in schneller Folge tun. Es laufen jede Nacht genug Pfeffersäcke durch die Stadt. Die unterschiedlichen Abstände können bedeuten, dass er lange auf die Gelegenheit warten muss, einen ganz bestimmten Mann zu töten.«

»Da ist was dran, Watson«, sagte Martin und stand auf. Er ging in das Büro seines Chefs und fischte aus irgendeinem Aktenschrank eine Flasche. Dänischen Aquavit. Wir nahmen beide einen großen Schluck aus der Flasche und verließen beschwingt die Polizeidirektion. Das war nun mein zweiter Kampf mit Verbrechern gewesen, und, was soll ich sagen, diese Gefahr hatte auch etwas Belebendes.

»Zee-Jott, mein weißer Bruder«, sagte Martin feierlich, als wir uns verabschiedeten. Er gab mir die rechte Hand, legte mir die linke auf die Schulter und sah mir tief in die Augen. »Du hast mir das Leben gerettet. Ich und meine Nachkommen stehen auf ewig in deiner und deiner Nachkommen Schuld. Möge der große Manitu deinen Weg segnen.«

»Liest du immer noch Karl May, du Spinner?«, sagte ich und lachte. »Ein einfaches Danke hätte gereicht.«

Wir umarmten uns.

Kapitel 17

Es war der Tag nach unserer nächtlichen Eskapade vor der »Chamäleon Bar«: Mir tat jeder Knochen einzeln weh, obwohl ich beim Kampf gegen den Räuber Piatek selbst gar nicht so viel abbekommen hatte. Übermüdet schleppte ich mich über den Tag und drückte mich im Institut vor der Arbeit, wo immer es ging.

Schon wieder war ich knapp dem Tode entkommen, und wenn ich in der Nacht noch euphorisch und stolz auf mein beherztes Eingreifen gewesen war, beschlichen mich nun Zweifel. Was tat ich da? Ich war Bakteriologe. Meine Profession war es, tödliche Erreger dingfest zu machen, nicht Straßenräuber und Mörder. Dafür fehlte es mir an Kompetenz und Mut.

Ich war kein Kriminalist. Beim Aufdecken der Mordserie waren Martin und ich auch nicht wirklich erfolgreich. Aber es war aufregend, ich hatte mich noch nie so lebendig und so nah am wirklichen Leben gefühlt wie in der Detektivarbeit mit Martin. Und zu unserer Ehrenrettung sei angemerkt: Zu diesem Zeitpunkt war so gut wie jeder Polizist in Hamburg mit der Ergreifung des Symbol-Mörders beschäftigt. Sie alle zusammen, angeführt vom oberschlauen Polizeidirektor Roscher und Kommissar Manthey, waren auch noch nicht weiter in diesem Fall.

Klar war aber auch: Je näher wir in unseren Ermittlungen dem Täter kamen, umso gefährlicher konnte es werden. Hatte ich Angst? Nein, es war eher eine gesunde Vorsicht, die mich vielleicht am Ende auch vor Schlimmerem bewahrte.

In Gedanken versunken verließ ich am Abend meine Arbeitsstelle und wollte mit meinem Rad schon Richtung Alster, als ich Martin bemerkte. Er saß in der Abendsonne auf einer Bank unter einem Baum vor dem Institut. Er rauchte und grinste mich an. Seine Jacke hatte er ausgezogen, Kragen und Binder fehlten ebenfalls. Es war ein warmer Sommerabend.

»Na, Zee-Jott? Geht's dir gut?«, fragte er und kam auf mich zu.

Er sah verheerend aus. Das rechte Auge hatte sich zu einem leuchtenden Veilchen entwickelt. Die Augenbraue darüber war mit einem großen Pflaster verklebt, die Oberlippe war angeschwollen. Aber er strahlte mich an wie ein Kürbis im September.

»Ich habe nicht viel geschlafen«, jammerte ich. »Und das wollte ich nun nachholen.«

»Nichts da«, rief er. »Wir haben zu ermitteln.« Er schien vergessen zu haben, dass ich kein Kollege war, sondern ein Freund mit einem völlig anderen Beruf.

»Was denn heute, Martin?«

»Wir suchen jetzt Henry Moltke und befragen ihn.«

»Henry, wer?«

»Na, der anarchistische Barkassenführer, den uns Emma Neumann empfohlen hat. Jetzt ist sicher eine gute Zeit. Der macht bestimmt gleich seine letzte Fahrt.«

»Hat das nicht Zeit bis morgen?«

»Nein. Aber wenn der Meister der Bakterien keine Lust hat, gehe ich eben alleine.« Er drehte sich um und ging sehr langsam fort.

»Nein, warte. Ich bin dabei.« Die Vorstellung, dass Martin ein Kapitel unserer Geschichte ohne mich erleben könnte, gab mir einen Ruck. Das hatte er natürlich geahnt und lächelte mich triumphierend an. Müdigkeit und Zweifel waren augenblicklich verschwunden.

Martin setzte sich auf die Stange meines Fahrrades, und wir rasten in einem gefährlichen Ritt unter kindischem Gejohle die Helgoländer Allee zu den Landungsbrücken hinunter. Nur knapp konnten wir einem quer stehenden Brauereifuhrwerk ausweichen.

An den Landungsbrücken herrschte der um diese Zeit übliche Betrieb. Von Blohm & Voss und den anderen Betrieben auf der gegenüberliegenden Elbseite kamen die Arbeiter zurück und strömten in den Feierabend. Unablässig legten Barkassen an und ab. Ein dicker Nebel vom Rauch der Dampfboote lag über der Elbe und dem Anleger.

Gerade wurde ein großer Amerikadampfer von Schleppern elbabwärts gezogen. An der Reling des gigantischen Schiffes standen Hunderte Menschen und warfen einen letzten Blick auf die alte Heimat. Würden sich ihre Hoffnungen in der Neuen Welt erfüllen? Einhunderttausend Menschen verließen jedes Jahr über den Hamburger Hafen das alte Europa mit dem Ziel New York. Der Reeder Albert Ballin, der sich mit dem Transport der Massen eine goldene Nase verdiente, hatte auf der Veddel gerade große Hallen bauen lassen, in denen die Auswanderer auf die nächsten Passagen warteten.

Ich kannte nicht viele, die davon träumten, nach Amerika zu gehen. Das mochte daran liegen, dass die meisten Menschen in meiner Umgebung im Deutschen Reich ein gutes Leben hatten. Auch ich sah keine Veranlassung, meine Heimat für immer zu verlassen. Mir war aber auch klar, dass jemand, der hier im Dreck leben musste und seine Kinder kaum satt bekam, für die Hoffnung auf ein besseres Dasein jedes Risiko auf sich nahm.

Während ich mein Fahrrad abstellte und fasziniert auf das Treiben im Hafen blickte, befragte Martin ein paar Leute, die zu den Barkassendiensten gehörten, nach Käpt'n Henry Moltke. Als ich bei Martin angekommen war, zeigte ein alter Skipper gerade auf eine einlaufende Dampfbarkasse mit dem Namen »Windhuk«.

»Da kömmt er, der Käpt'n Henry, der Rotbart«, sagte der Mann, und wir gingen zu der Stelle, an der das Boot anlegte. Ein Bootsjunge sprang von Bord und legte einen Tampen um einen Poller. Dann verließen die Fahrgäste das Schiff. Es waren vielleicht dreißig Werftarbeiter. Müde und verschwitzt traten sie ihren Heimweg an.

Als das Boot leer war, kam auch der Bootsführer auf den Anleger. Martin passte ihn ab.

»Henry Moltke?«, fragte er den Mann, der fast einen Kopf größer als Martin war. Auf seiner feuerroten Mähne saß eine speckige Skippermütze. Feuerrot auch sein wilder Vollbart. Er trug einen dunkelblauen Pullover, unter dem sich beeindruckende Muskeln spannten. Den rechten Unterarm schmückte eine dunkelblaue Tätowierung, die einen großen Anker darstellte, an dem eine leicht bekleidete Frau lehnte.

Käpt'n Henry war, anders als Emma Neumann behauptet hatte, nicht in unserem Alter, sondern mindestens fünfunddreißig. In einer Theateraufführung über den Piraten Störtebeker müsste dieser Kerl unbedingt die Hauptrolle bekommen.

»Und wer bist du?«, fragte er Martin von oben herab.

So viel hatte ich in meiner kurzen Zeit als Freizeitpolizist gelernt: Von der richtigen Vorstellung hängt viel ab. Wir hatten da bisher nicht immer ein glückliches Händchen.

»Wir haben da ein paar Fragen«, sagte Martin, und am Gesicht des Käpt'n war zu erkennen, dass dies eindeutig der falsche Einstieg war.

»Polizei, oder was?«, sagte Moltke in breitem Hamburger Zungenschlag und wandte sich wieder seinem Boot zu.

»Hey, Kalle, schütt noch ein paar Kohlen nach«, rief er seinem Heizer zu. Der verdreckte Junge an Bord der Barkasse machte sich gleich daran, den Feuerraum unter dem kleinen Kessel der Barkasse zu befüllen.

»Emma Neumann schickt uns«, sprach ich Käpt'n Henry nun an und lag damit offenbar richtig. Er drehte sich zu mir und musterte mich von oben bis unten. Ich war vergleichsweise gut gekleidet, hatte sogar einen Hut auf. Jacke, Kragen und Binder hatte ich im Gegensatz zu Martin noch nicht abgelegt.

»Emma, die alte Fregatte, was hat die denn mit euch Bullen zu schaffen?«, bellte er hinaus, und sein Bootsführer, der gerade neue Passagiere auf die Barkasse ließ, sah uns irritiert an.

»Emma sagt, Sie könnten uns vielleicht helfen. Wir ermitteln in den Mordfällen der letzten Monate an ehrbaren Hamburger Bürgern«, sagte nun Martin und erntete gleich wieder einen skeptischen Blick des Käpt'n.

»Ehrbare Bürger, aha«, sagte Moltke und zog geringschätzig die Nase hoch. »Bin ich auch ein ehrbarer Bürger, oder ist man das erst ab zwölfhundert Mark im Jahr?«

Moltke spielte damit auf das Hamburger Wahlrecht an, das nur den Bürgern Stimmrecht gab, die mehr als diesen Betrag im Jahr verdienten – und das waren nicht viele.

»Sie wissen schon, welche Morde Herr Bucher meint. Die an Geschäftsleuten und Abgeordneten«, sagte ich.

»Haha, und Emma sagt, dass ich was damit zu tun hätte? Das glaube ich nicht.«

»Das hat sie auch nicht gesagt«, beeilte sich Martin, den Mann zu besänftigen. »Sie könnten uns aber vielleicht einen Hinweis geben. Wir halten es für möglich, dass es politische Attentate sind.«

»Verstehe. Und wenn ich nicht mit euch spreche, mache ich mich verdächtig.«

»Nein, so ist das nicht ...«, sagte Martin, doch Moltke unterbrach ihn. Es wiederholte sich auf merkwürdige Art das Gespräch, das wir auch schon mit Emma Neumann hatten.

»Ich muss los. Kommt an Bord. Wir sprechen drüben«, sagte der Käpt'n und sprang auf sein Boot. Wir kletterten vorsichtig hinterher. Das Boot war halb voll. An Bord waren außer uns ein Dutzend Männer, die nun ihre Arbeit beginnen würden. In der Spätschicht waren auf den Werften nicht mehr so viele Arbeiter beschäftigt.

Käpt'n Henry drehte die Maschine auf und setzte das Boot in Bewegung. Dichter schwarzer Rauch drang aus dem kurzen Kamin und verbreitete einen beißenden Gestank. Langsam schaukelte die »Windhuk« über die von kleinen Wellen gekräuselte Elbe. Ich wollte das Gespräch mit dem Skipper gleich wieder aufnehmen, aber er gab mir ein Zeichen, dass ich still sein sollte.

Martin und ich setzten uns auf eine Bank und sahen schweigend auf die Elbe, wie die anderen Männer auch. Der Lärm der Dampfmaschine machte Gespräche ohnehin schwierig. In einiger Entfernung beobachteten wir, wie der riesige Amerikadampfer im Dunst verschwand. Achthundert Herzen voller Hoffnung, die in acht Tagen die Freiheitsstatue erblicken würden.

Am Anleger bei Blohm & Voss vertäute der Bootsmann die »Windhuk«, und Käpt'n Henry gab uns ein Zeichen, dass wir ihm folgen sollten. Er leitete uns zu einer windschiefen Bretterbude am Rande des Anlegers. Aus einem kleinen Blechschornstein auf dem Dach der Bude quoll dichter Rauch. Aus der Bude selbst schlug uns ein kräftiger, würziger Duft entgegen, der mir augenblicklich das Wasser im Mund zusammenlaufen ließ.

»Ich nehm ein Bier und ein Rundstück«, sagte Moltke zu mir und ließ somit keinen Zweifel, wer bestellen und bezahlen sollte.

Ich musterte die Speisen, die hier über eine schmierige Theke gereicht wurden. Der Koch in der kleinen Bude erwärmte in einer Pfanne Scheiben eines Bratens und steckte sie in ein aufgeschnittenes Rundstück, dann goss er aus einer Schüssel braune Sauce darüber. Ich bestellte drei dieser Brötchen und drei Flaschen Bier. An der Bude waren Tische und Bänke aufgestellt. Um diese Zeit, wo die meisten Arbeiter nach einem Zehnstundentag Feierabend hatten, war hier nicht viel los.

Wir setzten uns etwas abseits und bissen in die dampfenden Brötchen. Ich verbrannte mir die Lippen an der heißen Bratenscheibe, und die braune Sauce lief mir am Kinn herunter. Aber es war köstlich. Ich, der ich schon zu lange Marias feine Küche genoss, war verwöhnt und stand den einfachen Speisen inzwischen etwas skeptisch gegenüber. Dieses Bratenbrötchen für fünfundzwanzig Pfennige zerstörte meine Vorurteile auf das Angenehmste.

»Gut, wa?«, murmelte Käpt'n Henry genüsslich kauend. Wir nickten. Als er sein Brötchen aufgegessen hatte, trank er seine Bierflasche in einem Zug halb leer und sah uns erwartungsvoll an.

»Ja, also«, begann Martin, sichtlich unsicher, »mal angenommen, es gibt politische Kräfte in der Stadt, die zu solchen Morden fähig sind, wo wären die dann zu finden?«

Moltke dachte nach, während er noch einen Schluck Bier trank.

»Also ich verstehe nicht ganz«, sagte er schließlich und dachte dabei offensichtlich weiter nach, »was daran politisch sein soll, wahllos irgendwelche Pfeffersäcke abzustechen. Bei diesem Admiral verstehe ich das noch, aber die anderen Herren ...«

»Vielleicht gibt es eine Verbindung, die wir nicht sehen«, sagte ich.

Henry Moltke leerte seine Bierflasche, griff wortlos zu meiner und nahm einen tiefen Schluck. Er wischte sich den Schaum aus dem Bart. Es war offensichtlich, dass er etwas wusste, nur noch nicht entschieden hatte, es uns zu erzählen. Schließlich fasste er sich ein Herz.

»Es gab da einen Brief«, sagte er und schwieg gleich wieder. Genoss er es, wie wir an seinen Lippen hingen?

»Was für einen Brief?«, fragten Martin und ich unisono. Natürlich dachten wir an den Brief, von dem Polio-Paule gesprochen hatte.

»Ein merkwürdiger Brief von einem Unbekannten, der dazu aufrief, sich an der spürbaren Dezimierung der Hamburger Oberschicht zu beteiligen.«

»Bitte was?«, fragte ich.

»Ja, so muss es da wohl gestanden haben. Es war ein revolutionärer Aufruf, habe ich gehört.«

Moltke schilderte, dass der Brief irgendwann Anfang Juni an der Tür eines geheimen Büros der anarchistischen Brigade Hamburg geklebt hatte. Er selbst habe den Brief nicht gesehen, da er mit diesen Leuten nichts mehr zu tun habe und nur ab und zu noch etwas höre. In dem handgeschriebenen Brief musste wohl auch das Zeichen gewesen sein, das als Symbol der Bewegung dienen sollte.

»Wo ist dieses Büro?«, fragte Martin.

»Es ist, wie gesagt, ein geheimes Büro.« Henry sah Martin mitleidig an.

»Und sind Leute dem Aufruf gefolgt?«, fragte ich.

»Nicht, dass ich wüsste.« Moltke zündete sich eine kurze Pfeife an. »So funktioniert die Revolution nicht. Irgendein Unbekannter fängt an zu morden und alle machen mit? Da dreht sich Karl Marx im Grabe herum und Bakunin auch.«

»Bakunin?«, fragte Martin.

Wir hatten zusammen Abitur gemacht, Martin war nicht ungebildet, aber russische Anarchisten standen auf dem Wilhelm-Gymnasium nicht auf dem Lehrplan. Ich hatte den Namen in Greifswald bei radikalen Studenten aufgeschnappt und etwas über den Mann gelesen.

»Russischer Anarchist«, sagte ich und kam mir vor wie eine Enzyklopädie, »hat Mitte des letzten Jahrhunderts Gewalt als Mittel der Revolution gepredigt.«

»Aha«, sagte Martin.

»So kann man das aber nicht sagen«, wandte Käpt'n Henry ein, während er mein Bier leerte. Der nun zu erwartende Vortrag blieb gottlob aus.

»Und wo ist der Brief jetzt?«, fragte ich.

»Das weiß ich nicht, und ich bin nicht mal sicher, ob es sich nur um einen Brief handelt. Ich habe nämlich noch mal von dem Brief gehört, und da hing er nicht an diesem Büro, sondern soll bei einem Fleischer aufgetaucht sein, der früher mal als Anarchist bekannt war.«

»Der Name?«, fragte Martin und schaute finster.

»Keine Ahnung, wirklich nicht.«

»Warum sind Sie nicht zur Polizei gegangen, wenn Sie von diesem Zeichen gehört haben?«, fragte Martin. »Es konnte Ihnen doch nicht entgangen sein, dass wir nach diesem Zeichen suchen.«

Käpt'n Henry grinste. »War mir nicht so klar. Und ich komme so selten zur Polizei, weiß auch nicht.«

Auf der Rückfahrt war die Barkasse voll. Nun waren nicht nur Arbeiter in ihren typischen blauen Arbeitsanzügen an Bord, sondern auch zwei Männer in Straßenkleidung. Mir waren sie schon aufgefallen, als wir an der Rundstück-Bude gestanden hatten. Ich bemerkte, dass Käpt'n Henry die beiden musterte.

An den Landungsbrücken angekommen, bedankten wir uns bei Moltke. Das Markstück, das Martin ihm gab, steckte er mit der Bemerkung: »Fahrgeld« ein. Die Barkassen wurden von den Werften bezahlt und waren für die Passagiere kostenlos, das wusste jeder. Aber so konnte Käpt'n Henry sich wenigstens selbst einreden, von der Polente nicht bezahlt worden zu sein.

Langsam verließen wir über die Stahlrampen die Landungsbrücken. Wir hatten nicht viel von Käpt'n Henry erfahren, aber er hatte die Andeutungen von Polio-Paule bestätigt. Es war jemand unterwegs, der revolutionäre Mittäter für seine Morde suchte. Und: Dieser Jemand schien auf der Suche nicht besonders erfolgreich zu sein. Wir mussten als Nächstes nach einem anarchistischen Fleischer Ausschau halten.

»Hast du die beiden Kerle auf dem Boot bemerkt?«, fragte mich Martin leise. »Die verfolgen uns, glaube ich.«

»Klar. Wer ist das?«

»Keine Ahnung.«

Wir bestiegen eine Tram Richtung Innenstadt. Das war für Martin die falsche Richtung, aber wir wollten überprüfen, ob uns die beiden Männer weiter folgten. Vielleicht waren wir ja inzwischen auch paranoid. Mein Fahrrad musste ich später holen.

Die Tram war vollgestopft mit Arbeitern. Es roch nach Schweiß, Öl und Tabak. Die Straßenbahn in Hamburg hatte sich in den Jahren meiner Abwesenheit zu einem modernen Transportmittel entwickelt. Gab es Ende des Jahrhunderts noch viele Pferdebahnen, so waren inzwischen fast alle Strecken elektrisch.

Wir bestiegen die Tram vorne und hatten unsere Verfolger im Gewimmel kurz aus den Augen verloren. Doch als sich die Bahn in Bewegung setzte, sahen wir, wie die beiden auf die kleine Plattform am Ende des Wagens sprangen. Dann waren sie nicht mehr zu sehen, weil zwischen ihnen und uns ungefähr dreißig Menschen dicht an dicht gedrängt standen.

Während Martin für uns die Billetts löste, flüsterte ich ihm zu: »Du springst gleich beim Hafentor raus, und ich fahre weiter. Mal gucken, was passiert.«

Martin nickte. Die Bahn rumpelte gemächlich über die Schienen.

An der Haltestelle drängte Martin mit anderen Fahrgästen aus der Bahn hinaus. Ich hielt mich an einer Stange fest, um nicht mitgerissen zu werden. Doch irgendjemand löste mit Gewalt meine Hand von der Stange und schob mich blitzschnell aus der Tram. Draußen stieß ich mit Martin zusammen, der von einem Kerl festgehalten wurde.

Wir waren nun zwischen den beiden Männern eingekeilt, und jeder von ihnen hatte einen von uns untergehakt. Zügig schoben sie uns in den Schatten eines Brückenpfeilers, wobei mir der Mann an meiner Seite so heftig den Oberarm drückte, dass ich vor Schmerz stöhnte. Niemand der vielen Passanten um uns herum, nahm Notiz davon. Martins empörte Fragen, was das denn solle und wer die Herren denn seien, blieben unbeantwortet.

Sie pressten uns nun so dicht an den stählernen Pfeiler, dass wir kaum noch atmen konnten. So schnell und unauffällig, wie das Ganze vonstattengegangen war, hatten die Kerle das nicht zum ersten Mal gemacht.

»Sie sind Kriminalassistent Bucher, korrekt?«, sagte der eine Mann zu Martin. Er war über vierzig, dick und schwitzte wie ein Schwein in seinem viel zu dicken dreiteiligen Anzug.

»Korrekt«, stöhnte Martin. »Und wer sind Sie?«

Keine Antwort. Stattdessen die gleiche Frage an mich.

»Und wer sind Sie?«

»Ich beantworte gar keine Fragen, wenn Sie mir nicht sagen, wer Sie sind«, presste ich heraus. Der Mann vor mir, ein dünner Schlacks um die dreißig, boxte mir heftig in die Rippen.

»Der Bootsführer, mit dem Sie da vorhin gesprochen haben, war das Henry Moltke?«, fragte nun der Dicke wieder.

Wir antworteten nicht.

»Los, raus damit. Was hat er gesagt?«

Wir schwiegen weiter. Die Männer sahen sich kurz an. Dann ließen sie etwas locker.

»Polizeiliche Spionageabwehrstelle Sektion Hamburg, wir sind die Beamten Nemetz und Krohl«, sagte der Dicke, »Sie sind verpflichtet, uns Auskunft zu geben.«

»Spionageabwehr.« Martin pfiff leise.

»Wer sind Sie?«, fragte der Jüngere mich, und da ich nun seinen Namen kannte, durfte ich meinen nicht mehr verschweigen.

»Carl-Jakob Melcher«, sagte ich, »ein Freund von Herrn Bucher.«

Nun ließen uns die beiden endlich los und kamen zu einer etwas weniger gewalttätigen Gesprächsführung.

Der Dicke erklärte, dass sie im Auftrag der kaiserlichen Marine auf den Spuren des ermordeten Admirals seien. Eine höchst geheime Aktion und wir sollten ihnen nun mitteilen, was der Anarchist Moltke uns verraten hatte.

»Nichts hat er uns verraten«, log Martin. »Was soll er uns verraten haben?«

»Und die Anarchistin Emma Neumann?«, fragte nun der andere. »Was hat die mit der Sache zu tun?«

»Mit welcher Sache?«, fragte ich betont naiv. »Und seit wann ist Frau Neumann eine Anarchistin?«

»Das haben nicht Sie zu beurteilen.« Der Dicke sah mich böse an. »Was machen Sie überhaupt in dem Fall?«

»Was für ein Fall? Ich habe nur mit meinem Freund Bucher eine Bootsfahrt unternommen. Auf der anderen Seite gibt es ganz delikate Rundstücke.«

Nun quetschte mich der jüngere, vermutlich Krohl, wieder an die Wand.

»Red keinen Blödsinn, Mann«, schnauzte er mich an. Sein Mundgeruch war bestialisch.

Nun kam auch Martin wieder in körperliche Bedrängnis.

»Bucher, als Beamter sind Sie verpflichtet, uns an Ihren Ermittlungsergebnissen teilhaben zu lassen. Also?«, zischte Nemetz ihn an.

»Das weiß ich«, sagte Martin. Er klang überraschend selbstbewusst. »Aber ich habe keine Ergebnisse. Moltke hat keinen Kontakt mehr zu den subversiven Kreisen und konnte uns nicht helfen. Das ist alles.«

Ich war etwas verwundert, dass Martin den Beamten jede Auskunft verweigerte. Auch wenn sie unsanft und anmaßend vorgingen, so waren sie doch auf der gleichen Seite. Warum also nicht kooperieren?

Nachdem uns die Männer endlich hatten ziehen lassen, erklärte Martin mir sein Verhalten. Nemetz und Krohl waren keine Polizeibeamten. Sie waren Nachrichtenoffiziere der Spionageabwehr, also Soldaten, und waren direkt dem Kriegsministerium in Berlin unterstellt. Die Aufgabe dieser Leute war Spionageabwehr, wie der Name sagte, aber der Begriff war weit gefasst. Der Mord an einem Admiral a.D., der zudem noch irgendwelche kaiserlichen Aufträge erfüllte, weckte auf jeden Fall das Interesse dieser Leute. Der Dienstweg war ihnen einerlei. Sicher wussten weder Roscher noch Manthey, dass die Spionageabwehr in den Fall des Symbolmörders eingegriffen hatte. Martin hatte daher kein Interesse an einer Zusammenarbeit.

»Die suchen keinen Mörder, die suchen Zellen und Geheimbünde, die wittern Verschwörung in allen Ecken. Die suchen an den falschen Stellen und bringen alles durcheinander. Am Ende warnen sie unseren Täter noch.«

»Ganz so falsch suchen sie vielleicht nicht«, sagte ich, »wenn sie auch bei Emma Neumann waren.«

»Das ist leicht zu erklären. Frau Neumann steht wahrscheinlich auf vielen Listen der politischen Polizei. Da klopfen sie schon gewohnheitsmäßig an.«

Wir fühlten uns verpflichtet, nach Emma Neumann zu sehen. Wenn Nemetz und Krohl uns gegenüber schon so grob waren, wie mussten sie dann bei der vermeintlichen Revolutionärin erst aufgetreten sein.

Unser Verdacht bestätigte sich. Frau Neumann hatte eine Blessur an der Wange, einen Kratzer an der Hand und einen Riss in der Bluse. An Kampfgeist hatte sie nichts eingebüßt. Sie fluchte wie ein Schlepperkapitän über die Offiziere. Wir rieten ihr zur Anzeige. Aber sie winkte ab. Ihr würde niemand glauben.

Natürlich fragten wir sie, warum sie den Offizieren Henry Moltke genannt hatte und ob die Kerle auch nach uns gefragt hätten. Aber sie beteuerte, keine Namen genannt zu haben, und es würde sie nicht wundern, wenn Käpt'n Henry beim Geheimdienst des Kaisers bekannt war.

»Kennen Sie einen Fleischer in Hamburg, der den Anarchisten nahesteht?«, fragte Martin unvermittelt.

Emma Neumann war anzusehen, dass sie die Frage überraschte oder verunsicherte. »Nee«, antwortete sie schließlich, »hat der anarchistische Würste?«

Wir suchten auch noch unseren alten Bekannten Polio-Paule auf, den wir am gewohnten Platz am Theater fanden. Er dachte lange nach, machte es sehr spannend, aber er wusste nichts. Von einem anarchistischen Fleischer hatte er noch nie etwas gehört.

Als ich kurz darauf mit meinem Fahrrad die Einfahrt der Knudsen-Villa hinauffuhr, hatte Johannes gerade die drei Pferde aus dem Stall hinter dem Haus geholt. Neben dem Automobil besaß Onkel Wilhelm noch einen kleinen einspännigen Wagen und einen zweispännigen Landauer, dazu zwei dunkelbraune Rösser und einen Schimmel. Den Pferden hatte Tante Isolde in Anlehnung an Wagners Nibelungen die Namen Brünhilde, Sigfried und Hagen gegeben. Die kleine Kutsche fuhr Adolf häufig selbst, in der großen ließ sich Tante Isolde gerne fahren, wenn ihr das Automobil zu protzig erschien.

Johannes ist seit ungefähr zwanzig Jahren im Hause Knudsen. Die Bekanntschaft von Wilhelm Knudsen machte er durch einen tragischen Unglücksfall im Hafen von Lüderitzbucht, kurz nachdem die westafrikanische Region deutsche Kolonie geworden war. Beim Beladen eines Schiffes der Reederei Knudsen mit

Gummi arabicum riss ein Ladegeschirr. Die herabfallende tonnenschwere Ladung begrub zwei Männer unter sich. Bei den Opfern handelte sich um den Vater von Johannes und seinen älteren Bruder Simon, sie waren sofort tot. Der schätzungsweise dreizehnjährige Johannes, der ebenfalls im Hafen arbeitete, musste den Unfall mitansehen. Wilhelm Knudsen beobachtete die Beladung seines Schiffes von der Reling aus und wurde Zeuge, wie der Junge verzweifelt und laut weinend über den Kai lief. Er ließ ihn zu sich rufen. Der Junge sprach bereits etwas Deutsch und ließ sich kaum beruhigen. Knudsen erfuhr, dass Johannes erst wenige Wochen zuvor seine Mutter bei einem Unfall verloren hatte. Spontan entschloss sich Knudsen, den Jungen mit nach Europa zu nehmen.

Zuerst besuchte Johannes eine Volksschule in Hamburg, doch dort wurde er wegen seiner schwarzen Hautfarbe nur gehänselt, kam fast jeden Tag mit Blessuren nach Hause. Also ließ Knudsen ihm von einem Hauslehrer Lesen, Schreiben und Rechnen beibringen. Der Junge erwies sich als klug, lernte schnell. Von Anfang an arbeitete er in Knudsens Lagerhäusern und wohnte auch dort in einer Arbeiterunterkunft. Später machte Knudsen ihn zum Kutscher und ließ ihn im Kutscherhaus wohnen. Tante Isolde hatte einmal die Bemerkung gemacht, dass Wilhelm einen richtigen Narren an dem Jungen gefressen hatte. Vermutlich, weil er so viel fleißiger und klüger war als sein eigener Sohn.

Adolf hatte vor Jahren mal gemeint, dass Vater sich vom schwarzen Kontinent seinen persönlichen Haussklaven mitgebracht habe. Er war immer eifersüchtig auf Johannes und ließ keine Gelegenheit aus, ihn zu maßregeln. Johannes war alles andere als ein Sklave. Er wurde gut behandelt und angemessen bezahlt. Da er nie ausging, keine Bekanntschaften hatte und auch sonst kaum

Bedürfnisse, gab er sein Geld nicht aus. Onkel Wilhelm hatte ein Sparkonto angelegt, auf dem inzwischen sicher eine Summe lag, auf die ich neidisch werden konnte. Vor langer Zeit hatte sich Johannes eine Gitarre gekauft und sich selbst beigebracht, sie zu spielen. Oft hörte man ihn abends in seinem Häuschen klimpern. Mehrfach hatte ich ihn schon gebeten, mir etwas vorzuspielen, aber er winkte immer ab. Er sei noch nicht gut genug. Knudsen hatte Johannes immer wieder aufgefordert, einmal woanders sein Glück zu versuchen, er könne jederzeit wiederkommen, doch er war offenbar zufrieden mit seinem Leben und blieb. Johannes war nicht umfassend gebildet, so wie ich es für mich oder für meinen Onkel in Anspruch nehmen würde. Er lernte aus Zeitungen und Büchern die Welt kennen, bekam also immer eher beliebige Ausschnitte zu sehen und versuchte, sich seinen Reim darauf zu machen. Mit Mitte dreißig betrachtete er die Welt immer noch mit großen Kinderaugen. Er war ein Zaungast seiner eigenen Wirklichkeit.

Ich stellte mein Fahrrad in den Schuppen, setzte mich auf eine Mauer und sah Johannes dabei zu, wie er die Pferde striegelte und ihnen die Hufe auskratzte. Er trug nicht die übliche Chauffeuruniform, sondern eine alte Hose, ein Arbeitshemd und eine lederne Schürze. Es war regelrecht entspannend, dem großen, schwarzen Mann bei der Arbeit zuzusehen. Sicher und behutsam ging er mit den schönen Tieren um. Onkel Wilhelm war der Meinung, dass es irgendwann nur noch Automobile geben würde. Wenn er recht behalten sollte, werden mir die wunderbaren Tiere fehlen.

»Geht es dir gut, Johannes?«, fragte ich.

»Ja, danke. Und Ihnen, Herr Carl?« So hatte er mich schon genannt, als ich noch ein Kind gewesen war.

Eines der Pferde hatte eine kleine Verletzung an einem hinteren Lauf. Ich half Johannes bei der Versorgung der Wunde. Das Pferd wurde unruhig unter den schmerzhaften Arzneien. Johannes, der um einiges größer und kräftiger war als ich, hielt das Pferd fest, während ich Alkohol und Jod auftrug.

Wir plauderten noch eine Weile. Johannes hatte zu vielen Dingen, die so passierten in der Welt, eine Meinung oder auch Fragen. Er las Onkel Wilhelms alte Zeitungen, bevor er sie zum Ofenanzünden verwendete.

»Dann wird der junge Herr bald ein wichtiger Mann in der Bürgerschaft, nicht wahr?«, sagte er. Sein Deutsch war wirklich gut, aber er hatte immer noch den Akzent seines Heimatkontinents.

»Dafür muss er erst mal gewählt werden«, sagte ich. »Du darfst ihn nicht wählen, und ich werde ihn nicht wählen. Verrate das aber niemandem.«

Johannes lachte; weiße Zähne leuchteten in seinem schwarz glänzenden Gesicht.

Kapitel 18

Als ich am nächsten Morgen ins Institut kam, hatte der Pförtner schon eine Nachricht von Martin für mich. Auf einem Zettel stand nur: »Heute Mittag treffen wir den Fleischer. Ich hole dich ab.«

Entsprechend unkonzentriert war ich den ganzen Vormittag bei der Arbeit. Wie konnte Martin in so kurzer Zeit aus den vagen Andeutungen von Käpt'n Henry einen konkreten Namen ermitteln? Die Antwort auf diese Frage gab er mir, als er am Mittag vor dem Institut stand. In der Anarchistenkartei in der Polizeidirektion waren Hunderte von Menschen mit zweifelhaften politischen Absichten verzeichnet. Name, Alter, Wohnort, Aktivitäten und natürlich der Beruf. Es gab nur zwei Fleischer in dieser Kartei, und einer von den beiden war tot. Also musste es sich bei dem von Henry Genannten um Fleischermeister Gernot Buntenbruch handeln, der eine Fleischerei in der Schanzenstraße unterhielt. Sollten wir bei ihm den ominösen Brief finden?

Wir fuhren mit der Tram nach Eimsbüttel, stiegen am Pferdemarkt aus und waren schon fast am Ziel, als uns auffiel, dass wir Begleitung hatten. In einiger Entfernung folgten uns unsere Freunde Nemetz und Krohl. Sie gaben sich nicht viel Mühe, unentdeckt zu bleiben.

»Werden wir die gar nicht mehr los?«, fluchte Martin.

Sollten die Geheimoffiziere tatsächlich zu der Einsicht gelangt sein, dass wir ihnen immer eine Nasenlänge voraus waren? Sollte ihr Weg zum Erfolg einfach über unsere Fußstapfen führen?

Martin hatte seinem Chef von der Attacke der beiden Geheimoffiziere berichtet, worauf Manthey außer sich geraten war. Er lehnte es ab, mit »diesen Parasiten des Kaisers«, wie er sie nannte, zusammenzuarbeiten. Die Hamburger Polizei würde den oder die Mörder stellen. Wenn die Geheimniskrämer aus Berlin dann noch Fragen hätten, könnten sie sich gerne melden, hatte der Kommissar Martin als Marschorder auf den Weg gegeben. Und das bedeutete: Wir durften unsere Verfolger nicht leichtfertig zu Fleischermeister Buntenbruch führen, wir mussten einfallsreicher sein. Wir gingen an der Fleischerei vorbei, sahen sie gar nicht an und berieten das weitere Vorgehen.

Mein spontaner und wenig durchdachter Vorschlag fand sofort Martins Zustimmung. Clara sollte zum Fleischer gehen. Was ist unauffälliger als ein Dienstmädchen beim Einkauf? Sie würde dem Fleischer einen Brief zustecken, den wir noch formulieren mussten. Der Brief sollte den Fleischer dazu veranlassen, uns den revolutionären Aufruf, so er ihn dann hatte, auszuhändigen. Wir brauchten nun also nur noch einen überzeugenden Text und Claras Zustimmung zu der Aktion.

Den Text verfassten wir in einem Café am Pferdemarkt. Ich wollte ihn am Abend mit Adolfs Schreibmaschine ins Reine schreiben.

Die Formulierung machte uns einige Schwierigkeiten. Als was sollten wir auftreten? Als Polizei? Als Geheimpolizei? Als anarchistische Genossen? Sollten wir bestechen, drohen, einschüchtern, überzeugen? Wir wussten nichts über unseren Adressaten, außer, dass er Fleischer war und mehr oder weniger revolutionär motiviert.

Schließlich hatten wir uns fürs Einschüchtern entschieden. Aus den polizeilichen Unterlagen und Roschers Anarchistenkartei ging hervor, dass Meister Buntenbruch seit ein paar Jahren nicht mehr auffällig geworden war. Und auch davor waren nur kleinere Vergehen aktenkundig geworden. Es war also durchaus wahrscheinlich, dass Buntenbruchs Anarchismus schlummerte und der Fleischer nur zufällig in den Besitz des revolutionären Aufrufs gekommen war. Da konnte er doch nur dankbar sein, ein so kompromittierendes Dokument loszuwerden.

»Und wenn er den Brief nicht mehr hat?«, fragte ich Martin.

»Dann kann er Clara eine Nachricht mitgeben.«

»Und wenn er den Brief nicht in der Fleischerei hat, sondern woanders?« Ich wollte einfach alles durchdenken und war inzwischen auch unsicher, ob ich Clara nicht in Gefahr brachte.

»Dann kann er das ebenso Clara mitteilen, und wir machen wiederum über Clara einen neuen Vorschlag, wo er den Brief zum Beispiel deponieren kann. Deine Clara wird immer unbeobachtet sein. Nemetz und Krohl werden nicht mal in der Nähe sein, da sie nichts von dem Fleischer wissen.«

Deine Clara, das klang sehr merkwürdig in meinen Ohren.

Wir schrieben:

Lieber Genosse Buntenbruch,

wie uns gemeinsame Freunde zutragen, sind Sie im Besitz eines in Hamburg kursierenden revolutionären Aufrufs. Wir vermuten hinter diesem Aufruf eine Aktion der Geheimpolizei zur Überführung revolutionärer Kräfte, weshalb das Dokument für Sie eine Gefahr darstellt. Wir sind dabei, alle Exemplare dieses Aufrufs einzusammeln, um ihre Herkunft zu ermitteln und Genossen vor Verfolgung zu bewahren.

Sie schützen sich und Ihre Familie, wenn Sie uns das Dokument aushändigen. Legen Sie dem Dienstmädchen, das Ihnen dieses Schreiben übergeben hat, das Dokument zu der gekauften Ware und Sie hören nie wieder von uns.

Hochachtungsvoll,
Freunde, die es gut mit Ihnen meinen

Wir waren recht stolz auf den Entwurf, würden aber nicht hoch darauf wetten, dass es funktionierte.

Am Abend verging einige Zeit, bis ich Clara alleine und unbeobachtet sprechen konnte. Ich verfolgte sie auf ihrem Weg in die Küche, als sie das Abendessen abräumte. In der Küche begann sie mit dem Abwasch. Die Köchin Maria war bereits nach Hause gegangen.

Clara kochte in einem Kessel Wasser auf dem Herd und goss es in den Spülstein. Dann begann sie, die feinen Meissener Teller mit dem Rosenmuster abzuwaschen und auf eine Abtropffläche zu stellen. Langsam trat ich zu ihr. Ich nahm ein Küchenhandtuch von einem Haken. Sicher war es das erste Mal überhaupt in diesem Haus, dass sich ein Familienmitglied anschickte, beim Abwasch zu helfen. Clara wies diesen Versuch auch lächelnd und kopfschüttelnd zurück.

Noch hatte keiner von uns ein Wort gesagt. Wie sollte ich sie überhaupt ansprechen? Wir hatten uns geküsst, das veränderte doch etwas.

»Wie geht es dir, Clara?«, fragte ich sanft. Sie reinigte die Teller mit einer Spülbürste in langsamen, kreisenden Bewegungen. Ich stand gut zwei Meter hinter ihr und konnte nur einen kleinen Teil ihres hübschen Gesichts sehen. »Ich denke viel an dich.«

Sie hielt inne. Langsam drehte sich zu mir um. Dann lächelte sie.

»Ich denke auch viel an dich, Carl-Jakob.« Sie sah mich unsicher an. Es wäre zu schwach, zu sagen, dass mein Herz ein Sprung machte. Mein Herz zerbarst förmlich vor Glück. Ich hatte eine Grenze überschritten, ich hatte die Dienstmagd wie eine Freundin angesprochen, und sie war mir bei dieser Grenzüberschreitung gefolgt. Nun standen wir beide im Niemandsland gesellschaftlicher Übereinkünfte. Für das, was nun zwischen uns war, gab es keine Regeln, jedenfalls keine, die ich kannte. Wir waren Komplizen, und wir waren hier im Halbdunkel der Küche für einen kurzen Moment frei. Ich tat einen Schritt auf sie zu, fasste sie an den Hüften und küsste sie. Diesmal war es kein flüchtiger, unfallartiger Kuss wie in Mariannes Kinderstube, sondern ein bewusster und leidenschaftlicher Kuss, den sie ebenso leidenschaftlich erwiderte. Ich hatte ihre schmale Taille mit den Händen gefasst und spürte, wie sie leicht zitterte.

Nach einer intensiven Ewigkeit lösten wir uns voneinander, und sie wandte sich errötet wieder dem Abwasch zu.

Sicher erwartete sie nun eine Bemerkung von mir, wie das mit uns weitergehen würde, was ich mir als der Höherstehende bei dieser Küsserei überhaupt dachte, aber dazu hatte ich in diesem Moment, wo mein Herz aus dem Gleichtakt zu geraten drohte, keine Idee. Stattdessen überfiel ich sie mit meinem Anliegen hinsichtlich der Ermittlungen bei Fleischer Buntenbruch. Während ich Clara meinen und Martins Plan unterbreitete, kam mir der Gedanke, dass das in dieser Verkettung gründlich falsch verstanden werden konnte. Erst küsste ich sie, und dann kam ich mit einem höchst ungewöhnlichen Anliegen. Sie musste sich benutzt vorkommen. Was war ich nur für ein unsensibler Trottel!

Clara stellte langsam den letzten Teller aufs Abtropfbrett und sah mich an.

»Wirklich?«, sagte sie mit einem Leuchten in den Augen, das sonst nur Kindern vorbehalten ist, die ein italienisches Eis geschenkt bekommen. »Ich darf mit euch Räuber und Gendarm spielen?«

Keine Frage, Clara war genauso unvernünftig und abenteuerlustig wie ich. Wir küssten uns erneut, und diesmal zog sie mich so fest an sich, dass ihr die peinliche Veränderung an meinem Unterleib nicht entgehen konnte.

Am nächsten Vormittag – ich musste im Institut erscheinen, ein freier Tag stand mir im Moment nicht zu – organisierte Clara ihren Gang zum Fleischer selbstständig. Sie bot Maria an, die Einkäufe für den Tag zu erledigen, was diese gerne annahm. Maria war um die fünfzig, und von ihrer guten Küche war mit den Jahren viel an ihr haften geblieben. Sie bewegte sich nicht so gerne.

Was dann geschah, schilderte Clara Martin und mir, als wir uns in der Mittagspause an einer vereinbarten Stelle im Park nahe dem Holstenwall trafen. Wir hatten darauf geachtet, dass Nemetz und Krohl uns nicht gefolgt waren. Martin und ich kamen gleichzeitig an. Clara winkte uns aufgeregt zu. Ich stellte die beiden einander vor, und Martins Blick verriet mir, dass auch er spontan verliebt war in meine Clara.

Sie erzählte, dass sie mit dem Fahrrad in die Schanzenstraße gefahren war. Vorher hatte sie noch Gemüse, Eier und Milch in anderen Geschäften gekauft. Ein Dienstmädchen, wie hundert andere, die um diese Zeit die Einkäufe für ihre Herrschaften erledigten.

Vor der Fleischerei, so erzählte sie weiter, war sie einen Moment unsicher. Es war nicht die Art von Geschäft, von dem Isolde Knudsen ihr Fleisch beziehen würde. Der Laden war klein, schien nicht besonders sauber zu sein; zudem ließ die Qualität des Angebotes zu wünschen übrig. An Haken hinter der Theke hingen gräuliche Speckschwarten neben mit Sehnen durchzogenen Hammelkeulen. Auf Kreidetafeln wurde billiges Pferdefleisch angepriesen, etwas, was bei Knudsens nicht einmal die Hunde bekämen, wenn es welche im Haus gäbe. Der Verkaufsraum war erfüllt von Fliegen, die sich zu Hunderten auf dem Fleisch niederließen. Clara hatte Zweifel, ob man ein Dienstmädchen aus sehr gutem Hause, als das sie zweifellos zu erkennen war, hier nicht argwöhnisch beäugen würde.

Schließlich fasste sie sich ein Herz und betrat den Laden. Hinter dem Tresen stand der Mann, den ich ihr beschrieben hatte: Gernot Buntenbruch. Außerdem war ein Lehrjunge im Raum. Kundschaft war in diesem Moment keine da, daher ging Clara unverzüglich zum Angriff über. Wie verabredet, verlangte sie einen Kalbskopf. Außerdem, so sagte sie flüsternd zu Buntenbruch, habe sie eine wichtige Botschaft, und übergab unseren Brief.

Der Fleischer musste sie wohl mit einer Mischung aus Unverständnis und Misstrauen angesehen haben. Er schickte den Lehrjungen aus dem Laden, nach dem Kalbskopf zu sehen. Dann öffnete er den Brief und las. Es dauerte eine Weile, und er führte das Blatt sehr nah an seine blutunterlaufenen Augen. Clara schilderte dies ausführlich und sichtlich amüsiert. Als er den Brief gelesen hatte, sah er Clara an, dann aus dem Fenster. Schließlich rief er nach dem Lehrjungen. Der Mann schien zutiefst irritiert, ja panisch. Ich hatte Clara darauf vorbereitet, dass Buntenbruch möglicherweise gar nicht wusste, was wir von ihm wollten. Sie sollte sich nicht wundern, wenn er sie kopfschüttelnd hinauswerfen würde. Aber das geschah nicht. Clara nahm sich Zeit für ihre Geschichte, sie genoss unsere Aufmerksamkeit.

Buntenbruch musste noch eine Zeit nach Luft geschnappt haben, um dann endlich etwas zu stammeln. Ehe er weitersprechen konnte, kam der Lehrjunge mit dem Kalbskopf. Der Fleischer brüllte den Jungen an, er solle wieder verschwinden und einen frischen holen. Dann sprach er weiter. Ob er sich darauf verlassen könne, dass er nie wieder was von denen höre, fragte er und meinte die Verfasser des Briefes. Clara versicherte ihm das, und er öffnete in einer Kommode eine verschlossene Schublade und holte ein Blatt Papier ohne Umschlag hervor. Dieses Papier zog Clara nun aus ihrer prall gefüllten Einkaufstasche und hielt es uns vor die Augen wie eine Trophäe.

Ich griff danach. Sie zog es weg.

»Erst Danke sagen«, rief sie und lachte.

»Danke«, deklamierten Martin und ich.

»Danke, liebe Clara, du bist die Beste«, sagte Clara und schickte sich an, mit dem Dokument wegzulaufen. Ich lief ihr hinterher, Martin auch, irgendwann hatten wir sie in die Enge getrieben, und sie fiel mir lachend in die Arme.

Wir waren in einem Bereich des Parks, in dem nicht viel Betrieb herrschte, und unter der dichten Kastanie war es schattig. Dennoch: Ein paar Passanten sahen neugierig zu uns herüber. Es war nicht üblich, dass ein Dienstmädchen in aller Öffentlichkeit mit zwei Männern herumtollte.

Clara gab mir den Brief.

Es war ein einfaches, grobes Papier. Am Rand waren Fingerabdrücke, es konnte Blut von den Fingern des Fleischers sein.

Der Text war mit einer geübten Handschrift verfasst.

Revolutionäre,

ich habe begonnen, die Hamburger Oberschicht zu dezimieren. Es werden noch mehr Pfeffersäcke und Kaisertreue sterben müssen, bis das Land den Arbeitern und Bauern gehört.

Beteiligt euch. Seid dabei. Tötet die Unterdrücker. Je mehr wir sind, umso schneller geht es.

Benutzt dieses Symbol als Zeichen für den gemeinsamen Kampf.

Dann war sorgfältig das Symbol gezeichnet, das wir in den vergangenen Monaten bereits bei fünf Mordopfern gesehen hatten. Es war eine römische Drei. Es war also keine Nummerierung, sondern ein feststehendes Symbol, das wir noch nie gesehen hatten und auf das wir uns keinen Reim machen konnten.

Das Bemerkenswerteste an dem Brief waren aber die letzten beiden Worte: *Luigi Lucheni.* Der Verfasser hatte mit seinem Namen unterzeichnet.

Martin und ich waren wir elektrisiert. Dass Attentäter sich nicht verstecken, klärte mich Martin auf, ist nicht ungewöhnlich. Sie wollen Helden sein und in die Geschichte eingehen. Ihre Enttarnung und ihr Tod sind Teil ihres Plans.

Wir mussten dringend ins Stadthaus, um in den Verzeichnissen nach Lucheni zu suchen. Clara verabschiedete ich mit einem flüchtigen Kuss, als seien wir seit Jahren verheiratet.

Eigentlich fühlte ich mich als galanter Herr verpflichtet, sie nach Hause zu begleiten, aber dazu war nicht die Zeit, und außerdem war sie immer noch ein Dienstmädchen.

»Ein Italiener?«, empörte sich Martin, als wir durch den Park Richtung Stadthaus liefen. »Kann der nicht die Reichen in Rom oder Florenz umbringen? Da gibt es doch sicher auch genug.«

»Und wie viele von diesen Schreiben hat er verfasst?«, fragte ich Martin.

»Wer kann das wissen? Aber viel Erfolg kann er damit nicht haben, sonst hätten wir mehr Opfer.«

Die Verbrecherkarteien im Stadthaus sind in großen, hölzernen Schränken mit Tausenden von Böden und Fächern untergebracht. Akribisch sortiert werden sie von peniblen Archivaren, die auf das Kommando von Josef Lauterbach hören. Lauterbach war ein hagerer grauer Mensch kurz vor der Pensionierung. Seine Halbglatze bedeckte er mit wenigen grauen Strähnen, die er von der Seite über den Kopf kämmte. Martin bereitete mich auf die Begegnung mit dem Chef des Personenregisters vor, indem er ihn als so humorvoll wie eine Muschelvergiftung beschrieb.

Umso verwunderter war ich, als ich nämlichen Lauterbach in schallendes Gelächter ausbrechen sah, nachdem wir ihm unseren Verdächtigen genannt und nach Aufenthaltsort und allen sonstigen im Archiv vorhandenen Informationen fragten.

»Luigi Lucheni sucht ihr?«, rief Lauterbach aus und rang nach Fassung. »Den haben wir hier nicht in den Akten.« Dann rief er einen Untergebenen, um ihn an dem Spaß teilhaben zu lassen. Auch der hielt den italienischen Namen für einen grandiosen Witz.

»Was ist daran so lustig, Lauterbach?«, fragte Martin schmallippig.

»Ihr wisst nicht, wer Luigi Lucheni ist?«

Wir schüttelten den Kopf.

»Hauke, sag du es ihnen.«

Der Untergebene trat vor. Der Mann stand – wie Lauterbach – kurz vor der Pensionierung, und die graue Haut und die kleinen

Augen des kleinen, dicken Mannes ließen vermuten, dass er seit Jahren kein Tageslicht gesehen hatte.

»Luigi Lucheni«, sagte Hauke mit Fistelstimme und lehrerhaftem Tonfall, »ist ein berühmter Anarchist und Attentäter. Er ist in die Geschichte eingegangen, als er«, Hauke dachte nach, »1898, also vor sechs Jahren, in Genf die österreichische Kaiserin Elisabeth ermordet hat.«

»Sissi«, stöhnte Martin unter der Last der Erkenntnis, und auch ich erinnerte mich. Das Attentat hatte in allen Zeitungen gestanden und für internationale Verwicklungen gesorgt.

»Ja, genau«, fuhr Hauke fort, »die Sissi.«

»Und was ist aus diesem Lucheni geworden?«, fragte ich.

»Wenn er nicht inzwischen um einen Kopf kürzer zur Hölle gefahren ist«, sagte nun Lauterbach, »dann sitzt er noch irgendwo auf seinem nutzlosen Arsch in einer dunklen Zelle.«

»Und wenn er ausgebrochen ist und nun in Hamburg …«, begann Martin einen Versuch, unseren Verdächtigen zu retten.

»Das kann natürlich sein«, sagte Lauterbach in einem Ton, der die Idee komplett lächerlich erscheinen ließ.

Mit dem Wissen aus dem Archiv um den Namen des Unterzeichners stürmten Martin und ich in das Büro von Arnold Manthey. Der Kommissar schien sich über meine Anwesenheit gar nicht mehr zu wundern. Vermutlich hielt er mich auch schon für einen seiner Leute.

»Kann es nicht sein«, mutmaßte Martin, »dass er vom Gefängnis aus diese Briefe verschickt?«

»Verfasst von seiner Vorzimmerdame, überbracht von seinen reitenden Boten?«, fragte Manthey und grinste. »Soweit ich mich erinnere, war dieser Kerl ein Kretin, der kaum seinen eigenen Namen buchstabieren konnte.«

»Dann benutzt jemand seinen Namen, um an die glorreichen Taten des Attentäters anzuknüpfen«, warf ich ein.

»Oder er ist wirklich ausgebrochen«, sagte Manthey, »möglich ist alles.«

Der Kommissar ordnete an, herauszufinden, wo Lucheni einsaß, und dann dort per Telegramm weitere Informationen anzufordern.

Das würde jedoch ein paar Tage dauern.

Kapitel 19

Es war einer dieser unendlich langen, langweiligen Sonntage. Nach Kirchgang und Mittagessen hatten sich die Eheleute Knudsen zurückgezogen. »Siesta« nannte Onkel Wilhelm diese lange Mittagsruhe, dieses Wort und diesen Brauch hatte er von ein paar Spanienreisen mitgebracht.

Adolf war mit der kleinen Kutsche zum Galopprennen auf der Horner Rennbahn aufgebrochen, wo er mit ein paar Freunden verabredet war. An einem regnerischen Tag wie diesem sicher ein zweifelhaftes Vergnügen. Adolf hatte seinem Vater beim Mittagessen noch in den Ohren gelegen, dass der Familie Knudsen ein bis zwei edle Rennpferde, die beim Derby Siege holten, gut zu Gesicht ständen. Bestimmt kannte er Leute, die sich mit ihren Pferde wichtigmachten, und wollte mithalten. Onkel Wilhelm tat den Vorschlag als Firlefanz ab.

Nun war es ruhig im Haus, und ich wusste nicht so recht, was ich anfangen sollte. Es war mir in meinem halben Jahr in Hamburg noch nicht gelungen, einen neuen Freundeskreis aufzubauen oder alte Freundschaften wiederzubeleben. Meine knappe Freizeit verbrachte ich mit Martin und seinen Mordfällen, ansonsten las ich und suchte nach Gelegenheiten, kurze Zärtlichkeiten mit Clara auszutauschen. Irgendwann würde die Tante uns erwischen, und der Sturm ihrer Entrüstung würde uns hinwegfegen, aber bis dahin wollte ich die Zeit genießen.

Es war totenstill im Haus. Ich hatte mir in der Bibliothek ein

Buch geholt. Meine Wahl war auf »The Adventures of Tom Sawyer« von Mark Twain gefallen. Ich wollte mein eigentlich recht gutes Englisch lebendig halten.

Langsam ging ich durch die Halle, als ich auf dem Hof Stimmen vernahm. Zwei Männer sprachen miteinander, einer war unverkennbar Johannes, die andere Stimme war mir unbekannt. Ich ging näher an die Eingangstür und lauschte. Offenbar stritten die Männer. Vorsichtig öffnete ich die Tür einen Spalt und sah nach draußen. Auf der Auffahrt standen Johannes und ein fremder Mann im Nieselregen. Der Mann war vielleicht Anfang dreißig, trug einen hellen, schlecht sitzenden Anzug, der vom Regen durchgeweicht war. Unter einen Strohhut schauten dunkle Haarsträhnen hervor. Ein großer, ungestutzer Schnauzbart beherrschte sein Gesicht. Die groben Schnürstiefel des Mannes waren abgetragen und schmutzig.

»Ich will nur kurz mit ihr sprechen«, sagte der Mann, doch Johannes entgegnete, dass er sofort verschwinden solle, sonst würde er ihm Beine machen. Es gehörte auch zu den zahlreichen Aufgaben des Chauffeurs, ungebetene Gäste zum Teufel zu jagen. Der Lagerarbeiter, den Onkel Wilhelm seit der Mordreihe am Haus postiert hatte, kam erst nach Einbruch der Dunkelheit.

Ich trat aus der Tür, blieb aber unter dem Portal, um nicht auch noch nass zu werden.

»Was gibt's, Johannes?«, rief ich.

Johannes kam näher, der Fremde folgte ihm.

»Dieser Mann möchte zu Fräulein Clara. Ich habe ihm gesagt, dass er verschwinden soll«, und mit Blick auf den Mann ergänzte er, »sonst sorge ich dafür.«

Nun trat der Fremde auf mich zu, nahm den Hut ab und drehte ihn nervös in beiden Händen.

»Mein Name ist Ferdinand Lüttge, gnädiger Herr«, stammelte er. »Meine Schwester Clara ist hier in Diensten. Ob ich sie vielleicht sprechen könnte.«

»Und wie kommen Sie darauf, dass Ihre Schwester hier ist?«, fragte ich, obwohl ich die Antwort wusste. Emma Neumann musste es ihm gesagt haben. Das von Frau Neumann beschriebene Großmaul hatte ich mir anders vorgestellt. Hier stand ein Häufchen Elend vor mir.

»Eine Bekannte hat es mir erzählt. Bitte, gnädiger Herr Knudsen, ein paar Minuten nur, es ist wichtig.«

Johannes stand hinter dem Mann mit voller Körperspannung. Ein Zeichen von mir und er hätte diesen Ferdi mit heftigen Fußtritten vom Hof expediert. Aber ich war viel zu neugierig, was der Kerl von Clara wollte.

»Johannes«, sagte ich, »holst du kurz Clara. Sag, ihr Bruder ist da.« Und an Ferdi gewandt: »Fünf Minuten, dann verschwinden Sie und lassen sich hier nie wieder blicken.«

Er nickte wortlos.

Johannes lief ins Haus, ich blieb unter dem Torbogen stehen und musterte Ferdi. Minuten vergingen. Ich hatte keine Neigung, mit dem Mann zu plaudern. Er sah verwahrlost aus und hatte etwas Verschlagenes in seinem Blick.

Clara kam angelaufen. Sie blieb neben mir stehen und sah ihren Bruder fassungslos an.

»Was machst du denn hier? Wie kannst du es wagen, hier aufzutauchen?«

Ich bat Johannes, sich zu entfernen. Er würde von seinem Kutscherhäuschen aus den Fremden im Blick behalten, darum musste ich ihn nicht bitten.

Ich selbst ging ins Haus, drückte mich aber unmittelbar hinter der Tür an die Wand. Man mag mich meiner Neugier wegen verurteilen, aber hier ging es einzig und allein um Claras Schutz. Ich wollte wissen, was dieser Ganove vorhatte. Ich verstand auch jedes Wort, was die beiden sprachen, obwohl sie fast flüsterten. Ich schämte mich nicht dafür, redete mir sogar ein, dass Clara von meiner Indiskretion wusste und diese billigte.

»Was willst du hier, Ferdi?«, zischte Clara ihren Bruder an. »Ich kann hier keine Schereeien gebrauchen.«

»Da hast du dir ja ein hübsches Nest gesucht, kleines Clara-Vögelchen«, flüsterte Ferdi mit einer unangenehm hohen Stimme. »Hier gibt es doch bestimmt eine Menge zu holen, oder?«

»Für dich gibt es hier gar nichts zu holen. Verschwinde, oder Johannes ruft die Polizei.« Clara klang verzweifelt.

Doch der Bruder ließ nicht locker. Er unterbreitete ihr seinen Plan. Clara solle ihm einen Hinweis geben, wenn alle Bewohner der Villa fort seien, dann würde er mit ein paar Freunden vorbeikommen. Noch bevor Clara diesen Vorschlag zurückweisen konnte, hatte er einen noch perfideren.

»Dieser alte Knudsen, dieser Pfeffersack, der will dir doch sicher ständig an die Wäsche. Wie wäre es, wenn du ihn einfach lässt. Du bereitest dem alten Herrn ein paar schöne Stunden, und dann haben wir ihn in der Hand. Wenn nicht ganz Hamburg von seinen Schweinereien erfahren soll, muss er zahlen. Und dann hauen wir ab – nach Amerika.«

Es dauerte einen Moment, bis Clara für diesen Vorschlag die richtigen Worte der Entgegnung gefunden hatte.

»Ferdi, du bist der gleiche Verbrecher, der du immer warst, du hast dich überhaupt nicht verändert. Was bist du nur für ein Mensch, dass du auf solche Ideen kommst? Isolde Knudsen ist eine großzügige und warmherzige Frau, die mich aus dem Dreck geholt hat, in den ich deinetwegen geraten bin. Und der gnädige Herr ist der erste Mann, ja, Ferdi, der allererste Mann in meinem Leben, der mir nicht an die Wäsche will.«

Einen Moment war Ruhe. Ferdi musste das Gehörte sicher erst verarbeiten. Ich bekam eine Gänsehaut, als ich Clara über ihre Herrschaft sprechen hörte.

»Aber Clara, du musst doch …«, mühte sich Ferdi ab. Doch Clara unterbrach ihn.

»Verschwinde«, zischte sie voller Hass und Verachtung, und dann rief sie lauter über die Auffahrt: »Johannes, würdest du Herrn Lüttge auf die Straße begleiten.«

»Schon gut, schon gut«, jammerte Ferdi, »ich gehe ja schon. Der Schwarze soll mich bloß nicht anpacken.«

Dann war das Knirschen seiner Sohlen auf dem Pflaster zu hören.

Clara stürzte zu Tür hinein und knallte sie zu. Es ging so schnell, dass ich mich gar nicht verstecken konnte. Aber sie sah mich nicht, während sie schluchzend durch die Halle ins Souterrain stürzte.

Einen Moment stand ich ratlos in meiner Ecke, dann ging ich ihr langsam hinterher. Vor der niedrigen Tür ihrer Kammer blieb ich stehen. Durch das dünne Holz hörte ich sie schluchzen. Nach ein paar Minuten fasste ich mir ein Herz und klopfte. Nichts. Ich klopfte etwas lauter. Durch die Tür drang ein leises: »Bitte?«

Langsam öffnete ich die Tür und sah in die Kammer. Nie zuvor hatte ich diesen Raum gesehen. Er war sehr klein, enthielt nur ein schmales Bett, einen kleinen Tisch mit Waschschüssel und Wasserkanne und einen eingebauten Kleiderschrank. Durch ein Oberlicht fiel etwas Tageslicht auf Claras Bett. Sie lag dort auf der Seite, wie ein Embryo im Mutterleib, und weinte.

»Darf ich reinkommen?«, fragte ich und schloss sogleich die Tür. Clara antwortete nicht. Ich setzte mich zu ihr auf das Bett und legte ihr die Hand auf die Schulter. Ich hatte keine Erfahrung in solchen Situationen. Wie tröstete man eine weinende Frau? Schweigen schien mir für den Moment das Beste.

»Wieso kommt der hierher? Warum lässt der mich nicht einfach in Ruhe?«, sagte sie unter Schluchzen. »Ferdi bringt immer Chaos in mein Leben, immer. Ich will, dass er verschwindet.«

»Er wird nicht mehr wiederkommen«, sagte ich ruhig. »Der hat viel zu viel Angst vor Johannes.«

Ich spürte, wie sie lachte. Nun drehte sie sich zu mir.

»Er ist mein Bruder, er ist ein Teil von mir, wie ein Organ«, sagte sie, während sie sich aufsetzte, »aber dieses Organ hat Krebs, es schmerzt und wird nicht besser.«

Dann erzählte sie mir davon, wie sie mit ihrem Bruder nach dem Tod der Mutter alleine war. Ohne Emma Neumann wäre sie noch früher im Hurenhaus gelandet und hätte die Schule nie beendet.

»Er wollte immer gut für mich sein«, sagte sie, »er hat sich Mühe gegeben, aber dann ist immer etwas schiefgegangen. Wenn er mal Arbeit hatte, hat er sie schnell wieder verloren, weil er stahl oder jemanden verprügelte. Manchmal war er tagelang fort, und ich wusste nicht, ob er jemals wiederkommen würde. Wie mein Vater.«

Clara schmiegte sich an mich. Ich streichelte ihr über den Kopf. Erst jetzt bemerkte ich, dass sie keine Haube trug. Nie zuvor hatte ich sie ohne Kopfbedeckung gesehen. Ihr schwarzes, glänzendes Haar fiel ihr auf die Schulter. Ich sah sie an. Ihre rot geweinten Augen, die trocknenden Tränen auf den Wangen, sie war das Schönste, was ich je gesehen hatte. Wir küssten uns lange.

Was dann geschah, möchte ich aus Gründen des Anstands und der Diskretion nicht en détail ausführen. Nur so viel: Es hat sich richtig angefühlt, weder sündig noch unanständig. Ich weiß, dass Tante Isolde und der Pfarrer in ihrer Kirche und auch die feine Hamburger Gesellschaft das anders sehen. Aber falls es einen Gott gibt, der uns beobachtet und bewertet, dann wird er an dem, was Clara und ich an diesem verregneten Sonntagnachmittag taten und in den folgenden Wochen viele weitere Male tun sollten, keinen Anstoß gefunden haben.

Neben vielen Zärtlichkeiten, die Clara mir an diesem Nachmittag in ihrer Kammer ins Ohr flüsterte, sagte sie in erstaunlicher Offenheit: »Nie zuvor habe ich diese Sache aus Liebe getan, nie zuvor habe ich das empfunden, was ich heute empfunden habe.«

Kapitel 20

Zehn Tage nachdem Admiral von Senftleben auf dem Tisch des Leichenbeschauers untersucht worden war, bekam ich endlich den Rock des Verblichenen. Es war ein hochwertiges, maßgefertigtes Kleidungsstück, das nur einen Makel hatte, ein Loch im Rücken. Das Loch, eher ein Schlitz, durch den das Messer ins Herz des Admirals gedrungen war, wies ein paar getrocknete Blutreste auf. Durch die Wunde war nicht viel Blut ausgetreten. Bemerkenswert war, dass der Stoff nicht so ausgefranst war wie bei den anderen Opfern. Der Schnitt war etwas schmaler und sauberer. Das konnte für ein schärferes Messer sprechen oder auch mit dem Stoff zusammenhängen.

Ich legte Stoffreste und Blutproben unter das Mikroskop und sah sehr genau hin. Ich fand nichts. Keine Metallpartikel, kein Rost. Das machte mich fast sicher, dass der Admiral von einem anderen Messer getötet worden war als Ludwig Schilling, dessen Stichwunde ich zwei Monate zuvor untersucht hatte und in der ich erhebliche Rostspuren gefunden hatte. Also gab es eine zweite Tatwaffe, vielleicht sogar einen zweiten Täter.

Als ich Martin den Rock zurückbrachte und ihm meine Erkenntnisse mitteilte, war er dankbar, aber wegen der Möglichkeit eines zweiten Täters auch beunruhigt.

Zu Hause angekommen, hielt Adolf eine Überraschung für mich bereit. Schon vor längerer Zeit hatte ich ihn gebeten, mich einmal mitzunehmen, wenn er als Gast einer Sitzung der Hamburger Bürgerschaft beiwohnte. Er hatte versprochen, das einzurichten, wie es so seine Art war, und es dann, so vermutete ich, vergessen. Doch an jenem Abend, als ich in Gedanken noch in der Stichwunde des Admirals stocherte, überfiel mich Adolf mit der Nachricht, dass es nun so weit sei. Er sei unmittelbar auf dem Weg zu einer Sitzung, und ich dürfe ihn begleiten, wenn ich mich beeilen würde. Ich freute mich auf diese neue Erfahrung, auch wenn mich vielmehr beschäftigte, wann ich das nächste Mal in Claras Kammer schlüpfen konnte.

Wir fuhren mit der kleinen Kutsche zum Rathaus. Die meisten Mitglieder der Hamburger Bürgerschaft gingen ihren eigentlichen Professionen nach und bekleideten dieses Amt nur nebenbei. Deshalb fanden die Sitzungen in der Regel abends statt.

Das neue Hamburger Rathaus war erst wenige Jahre zuvor eröffnet worden. Es war ein prächtiger Bau mit einem hohen Turm in der Mitte und vielen Verzierungen an der Fassade. Das Gebäude war einem Schloss nicht unähnlich, aber mit der Balance zwischen Pracht und Bescheidenheit gestaltet, die der Kaufmannsstadt Hamburg angemessen war. Als wir mit der Kutsche vorfuhren, strömten bereits die Mitglieder der Bürgerschaft, einhundertsechzig an der Zahl, ins Gebäude. Zwischen ihnen sah man die Senatoren, die mit ihren weißen, gefalteten Krägen an Pastoren denken ließen.

Das Hamburger Regierungssystem ist kompliziert und unterscheidet sich von dem der Reichsregierung in Berlin. Die Bürgerschaft hat 160 Abgeordnete, die von den Hamburger Bürgern gewählt werden, genauer: von Männern über 25 Jahre, die über ein gewisses Einkommen verfügen. Die Regierung bildet der Senat, bestehend aus 16 Senatoren, die auf Lebenszeit von der Bürgerschaft gewählt werden. Die Senatoren bestimmen nach einem komplizierten Wechselverfahren aus ihren Reihen jährlich den Ersten und den Zweiten Bürgermeister.

Senatoren sind ausschließlich wohlhabende Persönlichkeiten der Stadt. Eine gewisse Anzahl muss überdies eine juristische Ausbildung haben. Die Aussichten für meinen Cousin Adolf, eine solche Position zu erlangen, lagen also noch in weiter Ferne.

In den zwei Jahren zwischen meinem Besuch in der Bürgerschaft, den ich hier schildern möchte, und dem Tag, an dem ich diese Geschichte zu Papier bringe, hat sich das Wahlrecht in der Hansestadt noch mal sehr verändert. Das ist deshalb von Bedeutung, weil es an meinem Abend auf der Gästebank unter anderem genau um dieses Thema ging.

Wir nahmen auf einer Empore des riesigen Sitzungssaales Platz, von wo aus wir auf die Abgeordneten und Senatoren hinabblickten. Außer uns waren nur wenige Gäste anwesend.

Nachdem alle Geschäftsordnungsformalitäten abgeschlossen waren, betrat der erste Redner das Rednerpodest. Es war, wie Adolf mir zuflüsterte, ein Fabrikant, dessen Namen er nicht kannte und der der Fraktion der Rechten angehörte. Der vielleicht fünfzigjährige Mann verteidigte einen Vorschlag seiner Fraktion zur sofortigen Änderung des Wahlrechts.

»Wir müssen Zustände wie in Berlin, wo die Sozialisten allmählich die Regierung übernehmen und das Deutsche Reich in die falsche Richtung manövrieren, unbedingt verhindern. Wir brauchen in Hamburg keine Regierung, die Streiks unterstützt und Arbeiter aufwiegelt. Wir brauchen klare Verhältnisse. Wer in Hamburg für Arbeit und Wohlstand sorgt, muss auch am Ruder sitzen. Wir können die Geschicke der Stadt nicht ungebildeten Arbeitern, Matrosen und Zuhältern überlassen.«

So ging das eine ganze Zeit weiter. Adolf nickte häufig zu dem, was der Mann am Rednerpult sagte, ich konnte nicht ganz folgen, weil ich in den Feinheiten des Wahlrechts nicht bewandert war. Klar war: Die Berechtigung zu wählen sollte noch stärker als ohnehin schon vom Einkommen des Bürgers abhängen. Die Mächtigen sollten noch mehr Macht bekommen und die kleinen Leute möglichst ganz aus den politischen Prozessen ausgeschlossen werden. Der Grund dafür leuchtete ein. Das Erstarken der SPD hatte dazu geführt, dass inzwischen alle der drei Hamburger Sitze im Berliner Reichstag von SPD-Abgeordneten besetzt waren. Sicher würde die Arbeiterpartei in der nächsten Hamburger Bürgerschaft weit mehr Sitze bekommen als den einen, den sie zu diesem Zeitpunkt innehatte. Folgerichtig ging dieser einzige SPD-Abgeordnete – Otto Stolten sein Name – in seiner Rede heftig gegen den Vorschlag vor. Er beklagte feudale Strukturen, die einer modernen Stadt nicht würdig seien. Er verwies auf das Wahlrecht in Amerika, wo alle Bürger wählen durften. Dafür erntete er Zwischenrufe wie »Ja, sogar die Sklaven und bald noch die Frauen«, die für Gelächter sorgten. Der SPD-Mann stand auf verlorenem Posten, und Adolf amüsierte sich köstlich.

Der Wortwechsel war ein Scheingefecht, wie sich bald herausstellte. Eine Wahlrechtsänderung wenige Wochen vor der Bürgerschaftswahl sah die Hamburger Verfassung nicht vor, und so verliefen alle dahingehenden Bemühungen vorläufig im Sande. Vorläufig, denn inzwischen ist das Wahlrecht, wie geschildert, im Sinne der Fraktion der Rechten geändert. Das nur nebenbei.

Einige langweilige Tagesordnungspunkte später trat der Abgeordnete Ortwin Marunde ans Rednerpult und wollte seine Meinung zu den Morden an Hamburger Bürgern loswerden.

»Fünf verdiente Bürger«, rief er pathetisch in den Saal, »fünf

Männer, die Stützpfeiler unseres Gemeinwesens waren, heimtückisch hingemeuchelt. Und was tut die Polizei?« Er machte eine rhetorische Pause. »Die Polizei sucht nach einem Raubmörder. Nach einem Raubmörder mit einem Hang zu geheimnisvollen Zeichen. Dabei wissen wir doch, wer hinter den Morden steckt.«

Rufe der Zustimmung aus dem Saal.

»Die Sozialisten und ihre anarchistischen Helfer haben die Axt an die Wurzel von Recht, Ordnung und Wohlstand in dieser Stadt gelegt.«

Ein empörter Zwischenruf des Abgeordneten Otto Stolten ging im aufbrausenden Applaus unter.

»Ich fordere Polizeidirektor Roscher und seine weiß Gott gut ausgestattete Behörde auf, endlich den Sumpf auszuheben, auf dem diese Verbrechen gedeihen. Schützen Sie die Bürger dieser Stadt, Herr Roscher, schützen Sie uns und unsere Familien.«

Ich hatte Marunde bereits im kleinen Kreis beim Toasten auf den Kaiser erlebt, aber hier auf der großen Bühne ging ihm das Pathos noch leichter über die Lippen.

»Die Beweise liegen doch auf der Hand, meine Herren. Hier sind Männer getötet worden, die für eine gesunde Entwicklung in unserer Stadt stehen. Admiral von Senftleben, der Herr sei seiner Seele gnädig, wollte Hamburg an die Spitze der Städte führen, die sich mit Herz und Verstand für die Verteidigung des Reiches einsetzen. Das ist den Sozialisten und Anarchisten natürlich ein Graus. Herr Stolten«, rief er nun laut in Richtung des kopfschüttelnden Abgeordneten, »mit Streiks gewinnt man keine Kriege, mit fortwährenden Lohnerhöhungen sichert man keinen Wohlstand, und mit Müßiggang und endlosen Diskussionen erschafft man kein Weltreich.«

Donnernder Applaus.

Auch Adolf applaudierte. Mir fehlte bei Marundes Attacke die politische Forderung. Was wollte Marunde? Aber vielleicht ging es gar nicht darum. Vielleicht ging es darum, ein Meinungsklima zu schaffen, indem man die eigenen Positionen so oft wiederholte, bis sie jeder verinnerlicht hatte.

Nach der Sitzung gingen viele der Abgeordneten in den Ratskeller, wo die politischen Streitereien bei Bier und Speisen fortgesetzt wurden. Mit der Zeit wichen die Sachthemen dann Zoten und Anekdoten.

Ortwin Marunde quetschte seine Leibesfülle zu mir und Adolf an einen langen, eigentlich voll besetzten Tisch. Er winkte dem Ober, dass er Bier bringe.

Marunde plauderte zunächst mit Adolf. Ich fand es erstaunlich, wie vertraut die beiden miteinander waren. Marunde war im Alter von Onkel Wilhelm und hatte eine viel höhere Stellung in der Gesellschaft als Adolf. Er war Abgeordneter der Bürgerschaft und sicher nicht weit von einem Senatorenposten entfernt. Und doch behandelte er Adolf wie seinesgleichen, duzte ihn und machte allerlei Späße.

»Und, wie hat Ihnen der Ausflug ins Zentrum der Macht gefallen?«, sprach er mich schließlich an und klopfte mir jovial auf die Schulter. Ich sagte ein paar Nettigkeiten, die er gar nicht hörte, denn ihm brannte offenbar eine Frage auf der Zunge.

»Adolf hat mir erzählt, dass Sie auf der Jagd nach diesem Mörder dabei sind. Das ist ja hochinteressant. Sie sind doch gar kein Polizist. Was ist noch gleich ihr Beruf?«

»Bakteriologe«, sagte ich. Es war klar, worauf das hinauslief. Marunde sammelte Munition für seine Attacken gegen Polizeidirektor Roscher. Und da kam ein fachfremder Ermittler gerade recht.

»Was kann denn ein Bakteriologe beitragen zu den Ermittlungen? Das verstehe ich nicht ganz«, sagte er und lächelte hintergründig.

Ich erklärte ihm, dass ich in den Fall involviert wurde, nachdem bei einem der Opfer eine Cholerainfektion festgestellt worden war, und dass ich seitdem nichts mehr damit zu tun hatte. Was ging Marunde meine Freundschaft zu Martin Bucher an und unsere kleinen Ausflüge?

»Aber die Cholera sind wir wieder los«, sagte Marunde. »Darauf können wir uns verlassen, oder, Herr Bakteriologe?«

»Ja, Herr Marunde, das können Sie. Dieser eine Fall liegt nun fast drei Monate zurück, und es ist kein weiterer Fall der Seuche aufgetreten.«

»Das ist gut«, erklärte Marunde nachdenklich. »Bleibt uns nur noch die Seuche des Sozialismus und der Anarchie. Können Sie dagegen nicht ein Serum oder irgendeinen Impfstoff entwickeln?«

»Der beste Impfstoff gegen Widerstände der Bürger«, begann ich und erschrak, während ich sprach, davor, dass ich meinen Gedanken einem hohen Herrn gegenüber so freimütig aussprach, »sind Gerechtigkeit und Bildung für alle.«

Marunde sah mich kurz völlig verblüfft an, hatte sich aber schnell wieder gefangen.

»Sie sind ein junger Kerl, Sie dürfen solche Sachen sagen. Wenn Sie mal Verantwortung haben für eine Familie oder gar für eine Menge Arbeiter, dann werden Sie sehen, was wirklich die Welt im Innersten zusammenhält.«

Als ich mit Adolf den Ratskeller durch einen schmalen Gewölbegang verließ, fiel mein Blick zufällig an eine lange Holztafel, die dort an der Wand hing. Die Tafel war fünf oder sechs Meter lang und einen Meter hoch. Sie war etwas verwittert. Die vielen kleinen beschrifteten Holztäfelchen, die auf der Tafel angebracht waren, konnte man kaum erkennen. Oben auf der Tafel stand in großen Buchstaben »Für ihre Unterstützung beim großen Brand von Hamburg 1842 danken wir folgenden Bürgern und Companien«.

»Was ist das?«, fragte ich Adolf und zeigte auf die Tafel. Er sah sie nur flüchtig an.

»Keine Ahnung. Ist sicher aus dem alten Rathaus. In dem neuen Rathaus wollten sie das hässliche Ding vermutlich nicht haben.«

Ich trat näher heran. Auf jedem der Täfelchen war ein Name oder das Symbol eines Unternehmens eingraviert oder aufgemalt. Sie waren alle vertreten: die großen Reeder, die Handelshäuser, die Werften. Alle hatten ihren Teil zum Wiederaufbau der Stadt beigetragen, nach dem großen Brand vor sechzig Jahren, der ein Viertel Hamburgs dem Erdboden gleichgemacht hatte. Wie durch ein Wunder waren damals nur fünfzig Menschen ums Leben gekommen.

Die Tafel, die mein Interesse geweckt hatte, war mitten unter den anderen auf Augenhöhe, und sie trug ein Zeichen, das ich kannte. Es war das Zeichen der Mordopfer. Hier war es sorgfältig, vermutlich mit einem Pinsel oder einer Feder, ausgeführt, mit den Jahren allerdings etwas verblichen. Ein waagerechter, nach oben geöffneter Bogen, darunter drei senkrechte Striche, darunter der gleiche Bogen wie oben, nur nach unten geöffnet. Unter dem Symbol stand in altertümlicher Schrift: »Dreyfuss & Consorten, Handelsgesellschaft«.

Ich starrte die kleine Tafel an, strich vorsichtig mit dem Finger darüber. Adolf, der schon ein paar Schritte weitergegangen war, drehte sich um.

»Was hast du?«, fragte er. »Was ist da?«

Er trat zu mir.

»Dreyfuss & Consorten, schon mal gehört?«, fragte ich.

»Nein«, sagte er, »aber potzblitz, das ist ja das Zeichen, das Zeichen von deinen Leichen.«

»Das sind nicht meine Leichen«, empörte ich mich. »Aber es ist das Zeichen, keine Frage. – Komm, Adolf, du kennst doch alle Pfeffersäcke, wer ist Dreyfuss?«

»Erst mal kenne ich nicht alle, und dann kann es ja sein, dass dieser Dreyfuss kein Pfeffersack war, sondern nur ein ganz kleiner Pfefferstreuer, der sich mit seiner Spende so übernommen hat, dass es ihn nun nicht mehr gibt. Ich kenne nur diesen Offizier da in Frankreich, um den es so einen Wirbel gibt. Aber der schreibt sich nur mit einem S.«

In diesem Moment kam Ortwin Marunde den Gang hinunter. Er war recht angetrunken und wurde von seinem Fahrer begleitet.

»Ortwin«, stürzte Adolf auf ihn zu, »komm mal her.« Er zerrte den schweren Mann zu der Tafel. »Kennst du einen Dreyfuss?«

Marunde ging nah an die Tafel.

»Nein, wer soll das sein?«

»Hier, das ist doch das Zeichen, nach dem die Polizei sucht. Erkennst du das nicht, Ortwin?« Adolf war fast so aufgeregt wie ich.

Marunde musterte die Inschrift und schüttelte den Kopf.

»Das ist eine römische Drei, weil dieser Kerl Dreyfuss heißt. Das bedeutet gar nichts. Euer Mörder«, und nun sah er mich an, »kann tausend Gründe haben, warum er eine Drei in seine Opfer ritzt. Vielleicht meint er die heilige Dreifaltigkeit.« Marunde lachte.

»Kennst du denn dieses Handelshaus?«, ließ Adolf nicht locker, »Dreyfuss & Consorten?«

»Nein. Nie gehört. Gute Nacht, die Herren.« Marunde ging zügig weiter.

Ich wäre am liebsten gleich zu Martin geeilt, um ihm meine Entdeckung mitzuteilen, aber es war bereits elf Uhr; wahrscheinlich schlief er tief und fest. Auch Clara wollte ich so spät mit meiner Sensation nicht behelligen. Ihr Tag begann jeden Morgen um fünf Uhr.

Kapitel 21

Am nächsten Tag ließ mir Martin, den ich aller Frühe noch vor meinem Dienstbeginn in der Polizeidirektion aufsuchte, keine Zeit, meine Sensation loszuwerden. Er hatte selbst Neuigkeiten. Nach tagelangem Telegraphenverkehr zwischen Genf und Hamburg war nun alles über den Kaiserinnenmörder bekannt. Luigi Lucheni war nicht ausgebrochen, sondern schmorte nach wie vor im Gefängnis in Genf. Er war ein schwieriger Gefangener, der immer wieder für Streit sorgte und oft Wochen in Einzelhaft verbrachte. Er forderte unablässig, in sein Heimatland Italien ausgeliefert zu werden. Es war nicht anzunehmen, dass die Gefängnisse in Italien angenehmer waren als in der Schweiz. Der Grund für das Ansinnen des Attentäters war ein anderer: Im Gegensatz zur Schweiz drohte Verbrechern wie Lucheni in Italien das Fallbeil. Er hoffte wohl, erklärte mir Martin, bei seiner Hinrichtung einen letzten, theatralischen Auftritt haben zu können und als Märtyrer zu enden. Was für ein verkommener Geist!

Unsere Vermutung, Lucheni hätte von der Zelle aus die Attentate in Hamburg organisiert haben können, wurde aus Genf als absurd zurückgewiesen. Der Italiener hatte dazu weder die Intelligenz noch die Möglichkeiten. Und Freunde, die ihn bei seinem Vorhaben hätten unterstützen können, hatte Lucheni auch nicht.

Martin hatte sich in Zeitungsarchiven noch weiter über den Attentäter informiert. Lucheni war schon ein merkwürdiger Vogel. Ungebildet und so arm, dass er sich nicht mal ein Messer für die Tat hatte leisten können, sondern ein altes Werkzeug hatte zurechtschleifen müssen.

Er hatte es damals eigentlich gar nicht auf Kaiserin Elisabeth abgesehen, sondern wollte zunächst den italienischen König Umberto I. töten. Für eine Reise von Genf nach Italien fehlte ihm aber das Geld, wie er in seiner Vernehmung freimütig erzählte. In Genf wollte er dann einen französischen Prinzen ermorden, der seine Reise in die Schweiz jedoch kurzfristig absagte. Da kam es dem selbst ernannten Anarchisten gerade recht, dass die österreichische Kaiserin die Stadt besuchte. Und so erstach er sie.

»Es war diesem Kerl völlig egal, wen er ermordete«, endete Martin seinen Bericht. »Wenn es nur eine Person von Rang war.«

»Und das verbindet ihn vielleicht mit unserem Symbol-Mörder. Der nimmt auch wahllos jeden Pfeffersack«, sagte ich.

»Ja«, setzte Martin den Gedanken fort, »und wie Lucheni versucht auch unser Täter, andere zur Nachahmung zu bewegen.«

Bevor ich mit meiner Entschlüsselung des Zeichens auftrumpfen konnte, musste ich noch einen Gedanken loswerden.

»Alles, was du über Lucheni weißt«, fragte ich Martin, »hast du das aus Zeitungen? Oder sind da auch irgendwelche geheimen Informationen dabei?«

»Nein«, sagte Martin, »über den Mann und seine Aussagen ist damals überall ausführlich berichtet worden.«

»Gut, dann kann das auch unser Täter gelesen und sich den verrückten Italiener zum Vorbild genommen haben.«

»Dann wollen wir hoffen«, sagte Martin, »dass er auch in einem weiteren wichtigen Punkt mit seinem Vorbild übereinstimmt.«

»Was meinst du?«

»Dass er keine Freunde hat, die es ihm gleichtun.«

Mit meiner Geschichte über die Plakette von Dreyfuss & Consorten im Hamburger Ratskeller hatte ich Martins uneingeschränkte Bewunderung. Er versprach, bis zum Abend alles über dieses Unternehmen in Erfahrung zu bringen.

Selbstredend stand ich am Abend vor der Polizeidirektion und wartete auf den Freund, um ihn zu Labskaus und Bier in einem nahe gelegenen Lokal einzuladen. Er konnte sein Versprechen halten.

»Dreyfuss & Consorten war ein Handelshaus am Hafen«, berichtete Martin, »das sich auf den Handel mit Fleisch, Gemüse und Obst im ganzen Reich spezialisiert hatte. Gepökeltes, Geräuchertes, Gesäuertes, Sülze, Trockenfisch. Die verschifften und karrten ihr Zeug bis nach Dänemark und Schweden und kauften alles zusammen, was man essen kann.«

»Seit wann gab es das Geschäft?«, fragte ich.

»Seit siebzehnhundertirgendwas, also seit Generation.«

»Und gibt es sie noch?«

»Nein«, Martin las von einem Zettel ab, »in der Handelskammer, wo ich alle diese Informationen herhabe, wurde der Eintrag im November 1897 gelöscht.«

»Warum?«

»Konkurs. Mehr ist in der Handelskammer nicht bekannt. Mir sagte einer, dass es zu der Zeit viele Konkurse gab. Da war der Streik der Hafenarbeiter, das haben einige nicht gepackt.«

»Wer hat das Unternehmen zuletzt geleitet?«

Martin sah auf seinen Zettel.

»Ein Salomon Dreyfuss, geboren 1837 in Hamburg.«

»Vielleicht kann uns jemand, der den Streik hautnah miterlebt hat, mehr erzählen«, sagte ich, und Martin wusste natürlich sofort, wen ich meinte.

»Emma Neumann.«

Es war nun das dritte Mal, dass wir Emma Neumann in ihrer Wohnung in der Schanzenstraße aufsuchten, und sie war nicht gerade begeistert.

»Ihr seid ja anhänglich. Bin ich nicht viel zu alt für euch? Und der Herr Biologe hat doch auch die schöne Clara ...«

»Bakteriologe.«

»Ja, von mir aus, was wollt ihr?«

Als wir Dreyfuss & Consorten erwähnten, blitzte bei ihr eine Erkenntnis auf, die sie erst noch einordnen musste.

»Ah, genau«, rief sie nach einem großen Schluck aus der Bierflasche, »das war der mit der Suppenküche. Der Streik war ja im Winter 96/97. Drei Monate lief nichts mehr im Hafen. Vierzigtausend Arbeiter im Ausstand, und den Gewerkschaften ging das Geld aus. Irgendwann, als es so kalt wurde und die Familien der streikenden Arbeiter hungerten, hat dieser Dreyfuss in seinem Lager eine Suppenküche eingerichtet.«

»Das war ja sehr nett von ihm«, sagte Martin, »aber wurde sein Geschäft nicht auch bestreikt?«

»Ja, sicher, doch er war wohl eher auf der Seite seiner Arbeiter.«

»Ungewöhnlich, oder?«, sagte ich.

»Ja, an diesem Streik war so einiges ungewöhnlich.« Emma schien regelrecht in Erinnerungen zu schwelgen. »Die verschiedenen Seiten waren nicht eindeutig besetzt. Da waren nicht einfach Unternehmer gegen Arbeiter. Es gab über achtzig Gewerkschaften, die gegeneinander und teilweise gegen die Arbeiter agiert haben. Erst spät hat sich meine Partei eingemischt und versucht zu schlichten. Da war die Sache schon völlig verfahren. Bemerkenswert war auch, dass die Verbände der kleineren Kaufleute recht schnell bereit waren, auf unsere Forderungen einzugehen. Aber die großen Reeder und Werftbesitzer sahen das ganz anders.« Sie lachte. »Die hatten auch viel mehr zu verlieren. Die haben jede Einigung blockiert und Druck ausgeübt, wo sie nur konnten.«

»Und Dreyfuss?«, fragte Martin.

»Wie gesagt, Dreyfuss hat Suppe ausgeschenkt und ist kurzzeitig zu einem Helden der Streikenden geworden.«

»Und hat sich den Hass der Pfeffersäcke zugezogen«, sagte ich.

»Vermutlich.«

»Wie ging es dann weiter?«

»Anfang 97 war der Streik zu Ende, und alles lief weiter wie gehabt.«

»Und Dreyfuss?«, fragte Martin.

»Wenn ich mich recht erinnere, ist sein Lager irgendwann abgebrannt. Ob während des Streiks oder danach, weiß ich nicht mehr. Aber das müsstet ihr bei der Polizei doch wissen. Ich habe das nicht mitbekommen, ich stand vor Gericht.«

Als wir bei Emma Neumann aus der Tür traten, sahen wir auf der gegenüberliegenden Straßenseite Nemetz und Krohl stehen. Sie zogen an ihren Zigaretten und grinsten uns an. Wir gingen schnell weiter, doch schon hatten sie uns eingeholt.

»Wart ihr schon wieder bei Emma Neumann?«, sagte Nemetz. »Das muss ja die ganz große Liebe sein.«

»Raus damit«, sagte nun Krohl und stellte sich uns in den Weg, »was hat die Alte zu erzählen?« Er packte Martin am Kragen.

»Nichts, was euch interessieren könnte«, sagte Martin herablassend und wischte Kohls Hand wie eine hässliche Fluse weg.

»Wir entscheiden, was uns interessiert«, sagte Nemetz.

»Gut«, ergriff ich nun das Wort, »es ist wirklich nicht von Bedeutung. Eine alte Bekannte von Frau Neumann ist Dienstmädchen bei meinem Onkel. Wir haben ihr Grüße ausgerichtet.«

»Und das sollen wir euch glauben?«

»Ihr sollt uns vor allem in Ruhe lassen.« Martin fuhr Nemetz nun ungewohnt scharf an. »Wenn eure Arbeit sich darauf beschränkt, dass ihr uns hinterherschleicht, ist das ganz schön erbärmlich. Wir haben nichts für euch. Basta.«

»Wir sehen uns, Kollegen«, sagte Nemetz und zog Krohl fort. Auch er schien vergessen zu haben, dass ich kein Kollege war.

Natürlich musste ich als Nächstes Onkel Wilhelm sein Wissen über Dreyfuss & Consorten entlocken, doch das gestaltete sich zunächst schwierig. Als ich kurz vor acht – es dämmerte bereits – vor der Villa vorradelte, kam Onkel Wilhelm aus dem Haus und wollte den Mercedes-Benz besteigen, der mit laufendem Motor bereitstand. Johannes half ihm auf den Rücksitz.

Ich bremste das Fahrrad direkt neben Onkel Wilhelm, so dass er erschrocken zurückzuckte.

»Willst du mich umbringen, Junge?«, rief er mit gespielter Empörung. Er schien bester Laune zu sein.

Außer Atem schilderte ich ihm die neuen Erkenntnisse rund um Dreyfuss & Consorten. Wilhelm Knudsen bestieg das Fahrzeug und sah mich nachdenklich an.

»Der Name sagt mir nichts. Und dieses Zeichen kenne ich, wie gesagt, auch nicht. Ich habe jetzt keine Zeit. Ich bin mit meinem Bankier zum Essen verabredet, da bekomme ich hoffentlich endlich die Zusage für die Anzahlung. Wenn ich zurück bin, können wir sprechen. Kann aber spät werden.«

»Gut, ich warte auf dich.«

Dann fuhren sie mit Lärm los und hinterließen eine nach Benzin stinkende Rauchwolke über der Auffahrt.

Ein Essen – vermutlich in einem der feinen Restaurants der Stadt, die ich nur vom Hörensagen kannte – dauerte sicher ein paar Stunden. Ich musste also viel Zeit herumbringen. Geduld gehörte nicht zu meinen Stärken. Ich spazierte durchs Haus und traf Tante Isolde in der Bibliothek, wo sie mit ein paar Freundinnen offenbar einen kleinen Literaturkreis abhielt. Sie bat mich dazu, doch ich lehnte dankend ab. Sechs ältere Damen und Goethes Wahlverwandtschaften waren nicht das, was ich an diesem Abend brauchte.

Im Salon trank ich ein Glas Sherry und ging kurz in mein Zimmer, um schließlich das Ziel anzusteuern, das ich in Wirklichkeit von Anfang an anvisiert hatte: die Küche. Wie erwartet, traf ich Clara beim Abwasch. Die Damen vom Literaturkreis waren offenbar bereits zum Essen zu Gast gewesen und entsprechend viele Teller, Schüsseln und Gläser waren zu spülen. Diese ungeliebte Arbeit blieb meistens an Clara hängen. Köchin Maria verabschiedete sich in der Regel, wenn die Nachspeise auf dem Tisch stand. Sie wusste schon, warum sie sich den Luxus einer kleinen Mansardenwohnung im Haus von Verwandten in Wandsbek leistete.

Ich schlich mich von hinten an Clara heran, flüsterte »Vorsicht, hier gibt's Vampire« und biss ihr zärtlich in den Nacken. Sie kreischte erschrocken auf und lachte. Clara drehte sich in meinen Armen um und küsste mich. Umschlungen standen wir eine Zeit da, ich streichelte sie überall. Rückblickend muss ich heute sagen: In dieser Zeit war ich wie von Sinnen, liebeskrank. Und ich genoss es.

»Hör auf«, kicherte Clara, »wenn jemand kommt.«

»Die sind alle beschäftigt«, beruhigte ich sie und küsste sie erneut.

»Nicht alle«, kam plötzlich eine Stimme von der Tür. Wir erstarrten. Ich brauchte mich nicht umzudrehen, um zu wissen, wer da stand: Adolf. Und ich musste ihn nicht ansehen, um zu wissen, dass er grinste wie ein Vollmond.

Clara löste sich von mir und drehte sich zum Spülstein. Mit einer ans Blaue grenzenden Gesichtsfarbe, am ganze Leib zitternd, setzte sie ihre Arbeit fort. Ich rechnete damit, dass sie jederzeit in Ohnmacht fiel, und war bereit, sie aufzufangen.

Adolf kam näher, ging zum Vorratsschrank und nahm eine Flasche Bier heraus.

»Auch eins, Cousin?«, fragte er.

Ich schüttelte nur den Kopf.

»Glotz mich nicht so an«, sagte Adolf. »Ich werde dich nicht verraten. Was glaubst du, wie viele Dienstmädchen ich schon gevögelt habe. Wobei ich sagen muss, dass die holländischen besser sind als die deutschen.«

Ich schämte mich in Grund und Boden, dass Clara diese rüde Rede anhören musste.

»Nein, Adolf, so ist das nicht. Ich, wir ...«

Er ließ mich nicht ausreden. »Es ist mir völlig egal, wie das ist, Carl-Jakob. Lasst euch nicht von Isolde erwischen, das rate ich euch.«

Es klang respektlos, wie er seine Mutter beim Vornamen nannte. Dann verschwand er irgendein Lied summend aus der Küche.

Clara sah mich an. Ihr Gesicht hatte inzwischen wieder fast die normale Farbe, und sie zitterte kaum noch, aber sie hatte Tränen in den Augen.

»Keine Sorge, Clara«, sagte ich, mein Gesicht ganz nah an ihrem. Sie ihn den Arm zu nehmen, traute ich mich nicht. »Er wird uns nicht verraten. Er hat selbst viel zu viele und viel schmutzigere Geheimnisse. Glaub mir.«

»Und wenn doch? Ich werde keine andere Anstellung finden, wenn die gnädige Frau mich hinauswirft.«

»Wenn meine Tante dich hinauswirft, wirft sie auch mich hinaus, und dann gehen wir dahin, wo das alles keine Rolle spielt: nach Amerika.«

Sie lächelte mich an, und ich war sicher, wenn ich sie in diesem Moment zum Hafen getragen und mit ihr auf dem Arm ein Schiff nach Amerika bestiegen hätte, hätte sie sich nicht gewehrt.

Es war fast Mitternacht, als Onkel Wilhelm heimkehrte. Von seiner guten Laune schien nicht mehr so viel übrig, an ihre Stelle war ein mittelschwerer Rausch getreten. Ich wollte ihn nun nicht mit meinem Anliegen behelligen, aber er kam selbst darauf zu sprechen, als er mich in der Bibliothek sah. Das Damenkränzchen war längst beendet.

»Ja, Carl-Jakob, Dreyfuss & Consorten, ich habe darüber nachgedacht. Mir ist nichts dazu eingefallen. Gibt es den Laden noch?«

»Nein«, sagte ich. »Das Lagerhaus ist Anfang 97 abgebrannt. Mehr wissen wir nicht.«

Er goss sich und mir an einer Anrichte einen Cognac ein und setzte sich zu mir.

»Onkel, es geht mich ja nichts an, aber solltest du in deinem Zustand nicht weniger trinken. Ich meine, deine Krankheit …«

Er lachte.

»In meinem Zustand kann man gar nicht genug trinken. Was soll mir denn noch Schlimmeres passieren? – Also, abgebrannt, sagst du. 1897, da war der große Streik.« Onkel Wilhelm sah nachdenklich an die Decke, als hoffte er, dort Erinnerungen zu finden. »Das waren ein paar harte Wochen, für uns alle. Bestimmt auch für diesen Dreyfuss.«

Ich musste mir selbst eingestehen, dass ich an den Streik keine Erinnerung hatte. Ich war damals neunzehn Jahre alt gewesen, hatte kurz zuvor meinen Vater verloren, war bei Knudsens eingezogen und steckte im Abitur. Für Hafenarbeiter und ihre Probleme hatte ich keinen Blick.

Ich erzählte dem Onkel alles, was ich von Emma Neumann über Dreyfuss und seine Suppenküche gefunden hatte, aber er hatte von diesen Vorgängen damals offenbar nichts mitbekommen.

»Du musst dir vorstellen, was hier los war. Der Hafen stand voll mit Schiffen, die keiner be- oder entlud. Lebensmittel verrotteten, Teppiche und Tuche verfaulten, es war ein Elend. In unserer Verzweiflung haben wir Leute aus Polen und Holland herbeigeschafft, unsere Schiffe zu löschen.«

»Streikbrecher«, sagte ich.

Der Onkel verzog verächtlich das Gesicht. »Es musste vorangehen. Wir hatten keine Wahl. Was weiß ich, ob da irgendwo in der Ecke des Hafens ein barmherziger Samariter Suppe ausgeschenkt hat. Freunde hat er sich damit auf unserer Seite sicher nicht gemacht. Solche Aktionen haben den Streik nur unnötig in die Länge gezogen. Am Ende hat es auch alles nichts genützt. Sie mussten aufgeben. Der ganze Unsinn hat die Unternehmen, die Gewerkschaft und die Stadt nur viel Geld gekostet.«

Kapitel 22

Die folgenden Tage verliefen ruhiger und ich hatte Gelegenheit, meine Gefühle und Gedanken etwas zu sortieren.

Meine Erkenntnisse über das Symbol und das Handelshaus Dreyfuss & Consorten wurden bei der Polizei ernst genommen, und ich wurde sogar von Kommissar Arnold Manthey ausdrücklich gelobt. Gleichzeitig konnte er sich die Bemerkung nicht verkneifen, dass ich die Polizeiarbeit doch ab sofort bitte der Polizei überlassen solle.

Nach einigem Suchen fand man im Archiv den Bericht vom Brand des Lagerhauses. Es war dokumentiert, dass in der Nacht vom 16. auf den 17. Januar 1897 das Lagerhaus von Dreyfuss ausbrannte. Es gab keine Verletzten. Brandstiftung wurde nicht ausgeschlossen, konnte allerdings auch nicht nachgewiesen werden.

Einen Schritt weiter kamen die Ermittler bei der Versicherung des Lagerhauses, die im Protokoll angegeben war. Dort hatte Dreyfuss seinerzeit zur Schadensabwicklung eine neue Adresse angegeben. In Stettin. Dorthin hatte die Versicherung im Dezember 1897, also fast ein Jahr nach dem Brand, einen ersten und letzten Brief gesandt mit dem Inhalt, dass der Schaden aufgrund der ungeklärten Schadensursache nicht übernommen werden könnte. Für Salomon Dreyfuss und seine Familie sicher ein weiterer, harter Schicksalsschlag.

Einen Zusammenhang zwischen Dreyfuss & Consorten und den Opfern mit dem Symbol auf der Stirn war nicht auszumachen. Wenn hier jemand Jahre später Rache nahm – was konnten dann der Admiral, von Grimm, Schilling, Hengst oder Bredow damit zu tun haben?

Onkel Wilhelm klärte mich auf Nachfrage auf, warum er so gut gelaunt zum Abendessen mit seinem Bankier aufgebrochen und so niedergeschlagen heimgekommen war. Der Bankier hatte immer noch keine gute Nachricht. Auch keine schlechte. Er musste seinen Partner noch überzeugen, der die Kreditzusage an Knudsen kritisch sah. Nun sollte Adolf als Wilhelms Nachfolger noch einmal vorsprechen, und die Villa als Sicherheit war auch noch gewünscht. Das waren beides Auflagen, die Onkel Wilhelm ganz und gar nicht behagten, die er aber erfüllen musste, wenn es mit der »Marianne« vorangehen sollte.

Ich selbst erlegte mir in diesen Tagen eine Pause von den Ermittlungen auf, kümmerte mich um meine Arbeit im Institut und dachte viel – oder genauer ununterbrochen – an Clara.

Mir ging nicht aus dem Kopf, was Adolf gesagt hatte. War es völlig normal für einen Mann in meiner Stellung, ein Dienstmädchen sexuell zu benutzen, ohne weitere Gefühle oder Folgen? Machte ich mir etwas vor? Befriedigte ich nur meine niederen Bedürfnisse? Tatsächlich war ich in den letzten Tagen fast jede Nacht in Claras Kammer geschlüpft. Und sie hatte mich jedes Mal mit offenen Armen empfangen. Wir mussten dabei sehr leise sein, was die Spannung der Begegnungen aber eher steigerte als dämpfte. Worauf lief das hinaus?

Liebte ich Clara? Ich war nicht erfahren genug, um die Gefühle Verliebtheit, Begierde und Liebe voneinander zu unterscheiden. Und wen hätte ich dazu befragen sollen? Adolf sicher nicht, und auch Martin schien mir selbst zu unerfahren und vielleicht auch zu oberflächlich. Onkel Wilhelm und Tante Isolde fielen ebenfalls aus. Und so kam ich auf eine völlig verrückte Idee, die ich vor allen, auch vor Clara, geheim halten musste.

Noch am selben Abend stand ich ein weiteres Mal vor der Tür von Emma Neumann und sah in ihr erstauntes Gesicht. Die Revolutionärin erschien mir als Beraterin geeignet, weil sie weit genug entfernt von meiner Villenwelt und ihren Konventionen war, weil sie das Leben und auch Clara kannte und weil sie sicher nicht herumtratschen würde, dass ich bei ihr war.

Noch im Türrahmen stehend erklärte ich Emma Neumann, dass ich nicht als Hilfspolizist kam, sondern als ein in seinen Gefühlen verwirrter Mann, der des Rates einer mütterlichen Person bedurfte.

»Ich bin keine Mutter, hat sich nie ergeben«, sagte sie barsch. Aber vier eiskalte Bierflaschen, die ich in der Hand hielt, reichten als Eintrittskarte.

Wir saßen in ihrer Küche, tranken Bier, irgendwann stellte sie Brot und gepökelten Hering auf den Tisch, und wir redeten.

»Wie kommst du darauf, mich in Liebesdingen zu befragen? Ich war mit Oskar Neumann verheiratet, dem größten Säufer und Versager, den das Viertel je gesehen hat. Was weiß ich schon von der Liebe?«

Aber wie ich erwartet hatte, wusste sie sehr viel vom Leben. Nach etwas Geplänkel kam sie gleich zur Sache.

»Wenn du fertig bist mit deiner Liebsten, du weißt schon, was ich meine, und dann nur raus willst aus dem Bett, dann ist es Wollust. Es ist nichts Schlechtes an Wollust, das ist meine Meinung, nicht die der Pfaffen. Aber du solltest dann auch nicht mehr daraus machen oder mehr erwarten.«

Ich bin sicher, dass Emma – nach dem zweiten Glas Bier waren wir endgültig beim Du – über das »Du weißt schon, was ich meine« viel grober und deutlicher sprechen konnte. Ich war ihr dankbar, dass sie es mir gegenüber nicht tat.

»Wenn du aber noch länger bei der Liebsten liegen willst, plaudern, dann einschläfst, um mit ihr aufzuwachen, dann wird es kompliziert. Es kann nämlich lange dauern, bis du den Unterschied herausfindest zwischen Verliebtheit und echter Liebe.«

»Und worin besteht der nun, Emma? Hast du ihn je selbst erlebt?«, fragte ich ungeduldig.

»Ja, vielleicht habe ich ihn vor langer Zeit einmal erlebt, aber die Liebe ist der Revolution nur im Weg, man muss sich entscheiden. Du, mein Junge, musst dich fragen: Will ich, dass die Geliebte Teil meines Lebens wird? Dafür reicht Verliebtheit. Wenn du dir allerdings vorstellen kannst, mit der Geliebten ein völlig neues Leben aufzubauen, weg von allem Gewohnten. Wenn du keine Angst davor hast, eine neue Welt zu betreten, weil ja die Geliebte an deiner Seite ist, dann ist es Liebe.«

Emma hatte Tränen in den Augen, als sie mich ansah. Natürlich trauerte sie genau dieser Liebe nach, und es handelte sich sicher nicht um Oskar Neumann. Es stand mir jedoch nicht zu, danach zu fragen.

»Dann bin ich wohl in der Situation«, sagte ich nachdenklich, »dass ich ohne echte Liebe gar nicht weiterkomme. Es ist nicht vorstellbar, dass Clara Teil meines jetzigen Lebens wird.«

Emma Neumann nickte. Wir machten uns nun an ihren Biervorrat, meiner war aufgebraucht. Es war ein billigeres Bier und auch recht warm, aber ich trank wacker weiter.

»Du musst aber auch noch etwas über Clara wissen«, sagte sie schließlich und legte ihre faltige Hand auf meine.

Ich war gespannt. Kam nun ein dunkles Geheimnis?

»Clara ist ein schönes und kluges Mädchen, eine junge Frau inzwischen. Sie ist herzlich, kann sehr witzig sein und einfühlsam. Aber das weißt du sicher alles. Dafür liebst du sie.«

Ich nickte.

»Aber Clara hat auch eine andere Seite, eine harte Seite. Wenn es darauf ankommt, lässt Clara sich nichts gefallen, sie wehrt sich. Ohne diese Eigenschaft wäre sie keine zweiundzwanzig Jahre alt geworden. – Hat sie dir erzählt, wie sie deine Tante kennengelernt hat?«

»Sie hatte davon gehört, dass sich Isolde Knudsen mit diesem Pastor um Mädchen kümmert ...«

Emma unterbrach mich. »Ja, das ist die sanfte Version der Geschichte. Die wahre Geschichte geht so: Clara hatte einen Freier, der immer nur zu ihr wollte. Er war ein versoffener Hurenbock, schlimmer als alle anderen, die dort ein und aus gingen. Er bekam erst einen hoch, wenn er einer Frau wehtun konnte. Clara ließ sich das wohl eine Zeit lang gefallen. Er zahlte gut, und im Hurenhaus wollte man keine Scherereien. Doch der Kerl wurde immer schlimmer. Ich habe keine Ahnung, was er alles mit ihr angestellt hat.«

»Hat sie dir das alles erzählt?«

»Nein. Eine andere Hure. Ich habe Clara, seit sie im Hurenhaus gelandet ist, nur einmal gesehen. – Also irgendwann wurde es so schlimm, mit Zigaretten und einer Peitsche, ich will es gar nicht beschreiben, dass Clara der Kragen geplatzt ist. Mit einem Schürhaken hat sie den Kerl malträtiert, hat auf seinen verblödeten Schädel eingedroschen. Der hat sich natürlich gewehrt und sie verprügelt. Die Zuhälter haben lange gebraucht, bis sie merkten, dass der Lärm in dem Zimmer nicht der normale Mist war, den der Freier gerne veranstaltete, sondern dass es da auf Leben und Tod ging. Sie haben die beiden getrennt. Der Freier kam ins Krankenhaus und Clara auf die Krankenstation des Pastors. Da hat sie ein paar Wochen verbracht und schließlich deine Tante kennengelernt.«

Ich atmete tief durch. Hätte Clara mir diese Details erzählen müssen?

»Was wurde aus dem Freier?«, fragte ich, obwohl mich sein Schicksal wenig sorgte.

»Der war nie wieder der Alte. Ich sehe ihn noch manchmal, wenn er über die Reeperbahn schlurft und bettelt. Er hatte vorher ein Droschkenunternehmen mit mehreren Kutschen. Heute kann er kaum noch alleine Suppe essen.«

Ich nahm einen tiefen Schluck Bier.

»Versteh mich nicht falsch, Carl-Jakob, du musst jetzt keine Angst vor Clara haben. Du sollst nur wissen, Clara lässt sich nichts gefallen. Und sie kümmert sich um ihr Wohlergehen zuerst. Ich bin sicher, dass sie sich die Aufmerksamkeit und dann die Zuneigung deiner Tante sehr bewusst erarbeitet hat. Das war ein Plan. Und es zeigt sich ja, dass es ein guter Plan war.«

Wir schwiegen einen Moment. Es sah so aus, als ob Emma überlegte, was sie mir noch unbedingt auf den Weg geben musste über Clara.

»Clara ist eine Egoistin«, fuhr Emma fort. »Sie kümmert sich, wie gesagt, zuerst um sich selbst. Das hat sich in ihrem kurzen Leben als erfolgreich erwiesen. Und wenn ich als Revolutionärin den Egoismus als wichtigste Triebfeder des Kapitalismus verdamme, so halte ich ihn als Frau in einer von Männern beherrschten Welt doch für sehr hilfreich.«

Ich schluckte ein weiteres Mal. Wollte Emma Clara nun zur Suffragette stilisieren?

»Wenn du in Clara eine hübsche Begleiterin siehst, die deine Kinder großzieht, deine Wäsche wäscht und dein Bett belebt, dann sieh noch mal genauer hin. Clara hat einen eigenen Kopf, und sie will nicht für den Rest ihres Lebens Dienstmädchen sein. Weder das deiner Tante noch deines.«

»Dann geht sie eben studieren«, sagte ich und meinte das als Scherz, das Bier tat seine Wirkung.

»Warum nicht? Seit Jahren schummeln sich Frauen als Gasthörerinnen in die Universitäten, und die ersten machen Examen. In ein paar Jahren werden Frauen ganz offiziell studieren können. Warum soll Clara nicht eine von ihnen sein? Du kannst ihr das ermöglichen.«

Das wurde mir jetzt zu viel. Das Bier hatte in Emma die leidenschaftliche Kämpferin geweckt.

»Das ist ein Missverständnis, Emma, nicht ich bin reich, sondern mein Onkel. Und der wird Clara bestimmt kein Studium bezahlen.«

Emma umarmte mich zum Abschied und bat mich, Clara von ihr zu grüßen.

Mit noch mehr verwirrenden Gedanken, aber auch um ein gutes Stück klüger machte ich mich auf den Heimweg. Ich war froh, dass es noch einen Menschen gab, der Clara liebte: Emma Neumann.

Aus dem Augenwinkel sah ich Spionageabwehroffizier Krohl an der Ecke stehen, den Blick starr auf Emmas Haus gerichtet. Kurz war ich versucht, zu ihm zu gehen und ihm mein Mitleid über sein trauriges Leben auszusprechen. Aber dann ging ich lieber von dannen.

Kapitel 23

Über eine Woche, nachdem ich das ominöse Symbol des Mörders mit dem Handelshaus Dreyfuss & Consorten in Verbindung hatte bringen können, war immer noch nicht mehr über die früheren Geschäftsbeziehungen der Firma in Hamburg bekannt. Die Hoffnung der Polizei, auf diesem Wege ein Motiv und gar einen Täter auszumachen, erfüllte sich also nicht. Etwas erfolgreicher waren ein paar Telegramme und ein Telefonanruf nach Stettin. Dort hatte es tatsächlich von 1898 bis 1900 eine Firma mit dem Namen Dreyfuss gegeben, die von einem Salomon Dreyfuss eingetragen worden war. Eine Polizeiakte in Stettin dokumentierte den Freitod des Salomon Dreyfuss im Herbst 1900. Über den Verbleib seiner Frau Sarah und des Sohnes war nichts dokumentiert. Das musste aber nichts bedeuten, erfuhr man aus dem Stettiner Rathaus, da die Bevölkerungsakten nicht immer auf dem neuesten Stand waren. Der nächste Schritt konnte also nur sein, dass jemand in die pommersche Hafenstadt reiste.

Die Wahl fiel auf Martin Bucher. Er selbst war stolz, für diesen wichtigen Auftrag ausgewählt worden zu sein. Ich hingegen hielt es zumindest für möglich, dass man sich von der Spur der Familie Dreyfuss nicht so viel versprach und gerade deshalb den Assistenten auf die beschwerliche Reise schickte. Ich behelligte Martin aber nicht mit diesem defätistischen Gedanken. Der Auftrag sah vor, dass Martin allein reiste. Für einen weiteren Beamten wollte Manthey die Reisekosten nicht freigeben.

Als ich Onkel Wilhelm von Martins bevorstehender Reise erzählte, sah er mich an und meinte: »Und du würdest deinen Freund gerne begleiten, nicht wahr?«

Dieser Gedanke war mir natürlich auch schon gekommen, aber ich hatte ihn verworfen, da ich mindestens zwei Tage frei nehmen müsste und überdies die Kosten nicht aus meinen kargen Ersparnissen bestreiten wollte.

»Wenn es um die Reisekosten geht«, fuhr der Onkel fort, »dann übernehme ich die.«

Ich muss ziemlich dumm geschaut haben, denn Onkel Wilhelm lächelte und begründete seinen großzügigen Vorschlag.

»Dir liegt ja offenbar sehr viel an deinem Detektivspiel, und mich interessiert die Geschichte von diesem Dreyfuss auch. Nimm es als Geburtstagsgeschenk.«

Mein Geburtstag war zwar erst im Dezember, aber was machte das schon?

Direktor Nocht erzählte ich von der Hochzeit eines alten Freundes in Greifswald, bei der ich als Trauzeuge meine Pflicht tun musste, und bekam zwei Tage frei. Die Wahrheit, dass ich wieder als Detektiv unterwegs war, hätte er kaum akzeptiert.

Und so machten wir uns in aller Frühe an einem Mittwochmorgen im August vom Bahnhof in Altona auf nach Stettin. Die Reise würde etwas mehr als zehn Stunden dauern und uns über Berlin führen. Das war der bequemste Weg, weil wir nur einmal umsteigen mussten. Wenn ich früher zwei- bis dreimal im Jahr vom viel näheren Greifswald nach Hamburg reiste, dauerte die Fahrt fast genauso lang, und ich musste dreimal umsteigen. Damals fuhr ich immer in der zweiten Wagenklasse, aber nun ließ Martins Budget nur die dritte Klasse zu. Das bedeutete keine

Polster, mehr Menschen als Sitzplätze und – besonders an einem warmen Sommertag – alle Gerüche und Geräusche der menschlichen Rasse. Aber ich hatte mich nicht zu beklagen, mich zwang ja niemand zu diesem Abenteuer.

Ich hatte ein paar Bücher im Gepäck und ein Proviantpaket von Maria, mit dem wir spielend bis Nowosibirsk gekommen wären. Kaltes Brathähnchen, ein Stück holländischen Käse, Brot, Gurke, gekochte Eier, eine Dose Fisch – es nahm kein Ende. Die neidischen Blicke der Mitreisenden ignorierten wir und ließen es uns schmecken.

In Berlin, wo wir am Mittag eine Stunde am Bahnhof auf den Zug nach Stettin warten mussten, zerrte mich Martin in einen Bierausschank. Die zwei Krüge, die mir der aufgekratzte Freund aufzwang, ließen mich dann bis Stettin famos schlafen. Wir kamen am frühen Abend an und fanden gleich in Bahnhofsnähe eine günstige Pension.

Das Abendessen nahmen wir in einem Wirtshaus am Marktplatz ein, wo man uns als Spezialität gebratenen Räucheraal mit Rührei und Kartoffeln auftischte. Dazu bestellte Martin Bier und Schnaps. Auf dem Weg zur Pension fiel mir wieder eine Münze durchs Hosenbein. Als ich sie aufheben wollte, fiel ich fast hin. Martin hob die Münze auf und bog sich vor Lachen.

»Ich verstehe, Zee-Jott«, sagte er. »Du läufst lieber mit einem Loch in der Hose herum, als deine süße Clara anzuweisen, sie zu flicken. Wenn ich aber immer dein Geld aufheben muss, dann bekomme ich zehn Prozent von dir.«

Um halb zehn sanken wir völlig ermattet in die Kissen. Aal und Bier stritten sich die ganze Nacht in meinen Eingeweiden mit dem Schnaps. Um vier Uhr musste ich raus auf den Gang zum Abort, um alles von mir zu geben.

Entsprechend angeschlagen begann ich den nächsten Tag. Nicht so Martin, der nach dem Frühstück, von dem ich nur Tee und ein trockenes Stück Brot nahm, voller Tatendrang war.

Unser erstes Ziel war die Adresse, unter der die Firma Dreyfuss zuletzt eingetragen gewesen war. Wir gingen schnurstracks durch die Innenstadt. Gepflegte Häuser, nicht so groß wie in Hamburg, gut gekleidete Menschen, Arbeiter, Straßenhändler, ein sympathisches Städtchen, das mich an Greifswald erinnerte.

Das Lagerhaus lag nur zehn Minuten vom Marktplatz entfernt in einer Reihe ähnlicher Häuser. Es war recht schmal, hatte drei Lagerböden und im Erdgeschoss ein Kontor. Die Fassade war gepflegt, die großen Fenster des Kontors waren sauber. In geschwungenen goldenen Buchstaben war der Firmenname auf das Glas gemalt: Willy Glatzeder. Kolonialwaren.

Wir betraten das Kontor und vernahmen sofort den wunderbaren Duft der Waren, die hier umgeschlagen wurden: Kaffee, Tee und Tabak. An Pulten standen drei Männer und machten Einträge in dicken Büchern. Der älteste von ihnen sah auf, als wir den Raum betraten, und sprach uns an.

»Guten Tag, die Herren, was kann ich für Sie tun?«

Der freundliche Mann um die fünfzig mit einem Backenbart, der ihm fast bis auf die Schlüsselbeine reichte, war der Inhaber des Geschäftes, Willy Glatzeder. Er bot uns Plätze an, servierte einen ausgezeichneten Kaffee und beantwortete freimütig unsere Fragen.

»Ich wollte das Haus erst gar nicht haben«, erinnerte er sich an seinen Einzug vier Jahre zuvor. »Oben auf dem dritten Boden hing ja an einem Balken noch der Strick, von dem sie den Herrn Dreyfuss abgeschnitten hatten. Da denkt man ja gleich, dass das Gebäude irgendwie verflucht ist.«

»Und?«, fragte ich. »Hat sich Ihre Befürchtung bewahrheitet?«

»Nein«, sagte Glatzeder lachend. »Bis heute nicht, die Geschäfte laufen gut. Aber es kann ja noch kommen.«

Er erzählte, dass er damals das Lagerhaus von Grund auf ausräumen und reinigen musste. Dreyfuss hatte sich in Stettin im Handel mit Pelzen, Fellen und Leder aus Russland und Schweden versucht. Aber das Geschäft kam wohl nie so richtig in Gang.

»Als der alte Dreyfuss tot war, hat der Sohn Hals über Kopf die Restbestände verkauft und sicher großen Verlust gemacht. Vieles von der Ware war verschimmelt und daher gar nicht mehr zu verkaufen. Es stank hier wie die Pest. Wir haben versucht, den Sohn zur Reinigung zu drängen, haben sogar einen Anwalt eingeschaltet, aber der junge Mann hat uns nur ausgelacht und beschimpft.«

»Wissen Sie noch, wie er hieß?«, fragte Martin.

Glatzeder dachte nach.

»David oder Daniel, glaube ich.«

»Und was war mit Frau Dreyfuss?«, wollte ich wissen.

»Von der weiß ich nichts. – Aber Moment, da war noch eine Kiste, die wir gefunden haben.« Glatzeder dachte nach. »Das muss ein paar Monate nach unserem Einzug gewesen sein. Eine Holzkiste, nicht besonders groß, die auf dem Dachboden stand. Es waren Briefe darin, alle möglichen Dokumente, auch Fotografien und alte Zeitungen.«

Martin und ich platzten vor Ungeduld.

»Und wo ist die Kiste jetzt?«

»Ich habe sie zur Polizei bringen lassen. Ich wusste ja nicht, wo ich den jungen Herrn Dreyfuss finde.«

»Was genau waren das für Dokumente?«

Glatzeder lächelte. »Ich bin wirklich nicht neugierig, das waren persönliche Sachen, die mich nichts angingen. Ich habe die Kiste zugenagelt und weggeschickt.«

Willy Glatzeder erklärte uns den Weg zur Hauptwache, unserer nächsten Station. In Erwartung unseres Besuches hatten die Schutzmänner sich noch mal tief in ihr Archiv vergraben und tatsächlich noch ein paar Akten zur Familie Dreyfuss zutage gefördert.

Daraus ging hervor, dass Salomon Dreyfuss am 26. April 1900 von seinem Sohn Daniel auf dem dritten Lagerboden am Balken hängend gefunden worden war. Der Vater musste dort aber schon seit mindestens drei Tagen gehangen haben. In dieser Zeit hatte der Sohn ihn überall gesucht. Kein Abschiedsbrief, keine Lebensversicherung, nur viele Schulden. Die Mutter des jungen Mannes, der zu dieser Zeit zwanzig Jahre alt war, lebte schon nicht mehr in Stettin. Sie war im Jahr zuvor nach Amerika ausgewandert. Sicher nicht allein, wie einer der Beamten süffisant anmerkte.

Die Wohnung der Familie fiel an die Bank. Wo Daniel Dreyfuss dann gewohnt hat, wusste man nicht, wohl aber, was er tat. Es gab bis zum Ende des Jahres 1901 mehrere Festnahmen wegen Randalierens, aufrührerischer Reden und Belästigung von Bürgern. In einem Protokoll stand zum Beispiel, dass Dreyfuss eine Zeit lang jeden Morgen auf dem Marktplatz erschien, wo er sich auf eine Bierkiste stellte und Reden hielt. Weil er nicht nur zum Umsturz aufrief, sondern ausdrücklich zur Tötung von Ratsherren und Geschäftsleuten, wurde er mehrfach inhaftiert.

»Der war wohl nicht ganz richtig im Kopf, steht hier«, sagte der Schutzmann und fixierte durch sein Monokel eine verknitterte

Akte. »Er wurde dann wohl vom Richter in eine Nervenheilanstalt geschickt.«

»Wohin genau?«

»Pölitz, steht hier«, sagte der Polizist, »das ist nicht weit. Zwanzig Kilometer nördlich ungefähr.«

»Hat er sich irgendwelchen revolutionären Gruppen angeschlossen?«, fragte ich im Rausgehen.

»Das kann ich Ihnen nicht sagen, aber da fragen Sie vielleicht mal den Wirt von der Goldenen Gans am Markt.« Das Gesicht des Beamten verzog sich zu einer angewiderten Grimasse. »Der ist Vorsitzender der SPD hier im Ort.«

Blieb die Frage nach der Kiste.

»Ach, die Kiste, ja«, sagte der Polizist, und es schien ihm peinlich zu sein. »Die hat ein Kollege Ende letzten Jahres gefunden, als er den Schuppen hinter der Polizeiwache aufgeräumt hat. Es gab wohl die Jahre zuvor mehrere Versuche, Dreyfuss diese Kiste zu übergeben, aber er hat sie nie abgeholt. Wir haben sie dann in die Klapse nach Pölitz geschickt, soweit ich mich erinnere.«

Rudi Czerny, der Wirt der Goldenen Gans, konnte sich dunkel an Dreyfuss erinnern. Er war einer von den Spinnern, wie er sich ausdrückte, die an nur einem Wochenende mit Mord und Totschlag die Welt auf den Kopf stellen wollten und glaubten, dass sie dafür bei den Sozialisten Verbündete finden würden. An irgendwelche Attentatsversuche in der fraglichen Zeit konnte sich Czerny nicht erinnern. Er hatte von Dreyfuss auch länger nichts mehr gehört und konnte auf dessen Gesellschaft durchaus verzichten.

Wir aßen in Czernys Wirtshaus hastig zu Mittag und nahmen dann eine Droschke zur Nervenheilanstalt nach Pölitz. Um die Erstattung der hohen Kosten für diese Fahrt würde Martin noch kämpfen müssen, aber es war notwendig. Der Droschkenkutscher machte bei Nennung des Fahrtziels die üblichen Witze.

»Dann passen se mal auf, dat man se nicht dabehält. Ist alles schon vorjekommen.«

Weil wir nicht lachten, verkniff er sich jede weitere Bemerkung, und wir hatten eine ruhige Fahrt. Zu unserer Linken goldgelbe Weizenfelder und weidende Kühe, zu unserer Rechten die Oder mit kleinen und großen Handelsschiffen. Von Weitem sahen wir im Dock einer Werft einen großen, grauen Kreuzer liegen, der schon das schwarz-weiß-rote Zeichen der kaiserlichen Marine am Bug trug.

Die Nervenheilanstalt lag am Rand des kleinen Ortes in einem ungepflegten Park. Der Rotklinkerbau mit einem Mittelhaus und zwei Seitenflügeln war im Obergeschoss mit Holz vertäfelt, von dem die weiße Farbe abblätterte. »Nervenheilanstalt Maria Hilf – Pölitz« stand in rostigen, schmiedeeisernen Buchstaben über dem Eingang.

Wir wiesen den Kutscher an, auf uns zu warten. Es war sicher nicht leicht, hier am Ende der Welt eine neue Droschke zu bekommen.

Der Vorplatz lag in der Hitze des Nachmittags. Es war kein Mensch zu sehen. Langsam gingen wir die kurze Treppe hoch. Die Tür war weit geöffnet, in der kühlen Halle war ebenfalls kein Mensch. Aus dem Innern des Gebäudes vernahmen wir Geräusche. Das Klappern von Geschirr, Rufe von Menschen drangen durch. Schmerzensschreie, aber auch Lachen, irres Lachen.

Wir standen kurz in der Halle, sahen uns ratlos um, als sich eine Tür öffnete. Eine junge Schwester mit langer Tracht und Haube trat auf uns zu.

»Kann ich Ihnen helfen?«, fragte sie und musterte uns.

Wir stellten uns als Polizisten aus Hamburg vor und fragten nach dem Patienten – oder sagte man Insassen? – Daniel Dreyfuss.

Nun wich der letzte Rest Freundlichkeit aus dem Gesicht der Schwester. Sie sah uns feindselig an.

»Einen Moment bitte.«

Die Schwester stürmte durch eine Schwingtür, hinter der wir für einen Moment einen langen Gang erblickten. Wir hörten, wie das Klacken ihrer Absätze sich schnell entfernte. Dann geschah eine ganze Weile nichts.

Schließlich kam die Schwester wieder durch die Flügeltür.

»Folgen Sie mir bitte«, kommandierte sie und drehte sich gleich wieder um.

In hohem Tempo ging es den Flur hinunter, dann bogen wir in einen anderen Flur ab und gelangten in eine Halle, der Eingangshalle nicht unähnlich, aber viel kleiner. In der Halle standen Stühle und Tische. Es roch nach Urin und Lysol. Männer und Frauen saßen oder liefen umher. Eine Frau wippte auf einem Stuhl immer vor und zurück, ein Mann sprach leise mit sich selbst oder einem imaginären Partner. In einer Ecke sahen wir einen jungen Mann, der immer wieder langsam seinen Kopf gegen die Wand schlug. Eine ältere Schwester lief zu ihm und redete auf ihn ein.

»Wir sind alle verloren«, rief ein alter Mann, der auf einem Stuhl saß und sich offenbar gerade eingenässt hatte. Unter dem Stuhl hatte sich eine Pfütze gebildet. »Wir sind alle verloren. Der Herr wird uns vernichten.«

Wir verließen die Halle und kamen wieder in einen Flur. Hier blieb die Schwester vor einer Tür stehen, klopfte an und öffnete, ohne auf eine Antwort zu warten.

»Die Herrschaften sind nun da, Herr Professor«, sagte die Schwester und hielt uns die Tür auf. Auf dem Schild neben der Tür las ich im Vorbeigehen einen Namen: »Prof. Dr. Siegfried Mensing, Anstaltsleitung«.

Ein älterer Herr in einem weißen Kittel erhob sich hinter dem Eichenschreibtisch und schritt durch das große Arbeitszimmer auf uns zu. Der Mann war schlank, hatte eine Glatze und einen dichten, weißen Vollbart.

»Haben Sie ihn?«, fragte der Mann ohne Vorrede. »Ist er in Hamburg? Was hat er angestellt?«

Wir waren verwirrt. Die Schwester hatte unser Anliegen offenbar nicht vollständig übermittelt.

»Wen sollen wir haben?«, fragte Martin.

»Na, Daniel Dreyfuss, deswegen sind Sie doch hier.«

»Ja, aber wir hofften, den Mann bei Ihnen zu finden«, sagte ich.

Augenblicklich verlor der Professor an Spannung. Er setzte sich in den Sessel einer Sitzgarnitur und schüttelte niedergeschlagen den Kopf.

»Nein, hier ist er nicht. Er ist weg, ausgebrochen.«

»Ausbrechen muss man hier ja nicht«, sagte Martin. »Wie es aussieht, muss man hier einfach nur hinausspazieren.«

»Nein, nein«, sagte der Professor. »Wir haben einen geschlossenen Trakt mit dicken Türen, Schlössern und vergitterten Fenstern. Aber Dreyfuss ist clever. Er hat einem Wärter irgendwie den Schlüssel stibitzt. Wir wissen gar nicht, wie lange er weg war, als wir sein Verschwinden bemerkten. Es können ein paar Stunden gewesen sein.«

Er sah die Schwester an, die betreten ihre Fußspitzen fokussierte. Man schämte sich offenbar kollektiv für diesen Ausbruch.

»Wann ist das passiert?«, fragte Martin.

»Am achten März«, murmelte der Professor verlegen, weil er nun von uns sicher ein anklagendes »Was? So lange schon?« erwartete. Aber das kam nicht. Wir waren nicht verwundert, es musste um diese Zeit herum gewesen sein. Am 22. März war Rudolf Bredow ermordet worden. Es passte alles zusammen.

Wir erzählten dem Nervenarzt von unseren Mordfällen, und er hielt es für wahrscheinlich, dass Dreyfuss dahintersteckte.

»Das passt zu ihm. Das ist seine Revolution. Darüber hat er hier immer gepredigt, aber es hat ihn natürlich niemand ernst genommen.«

»Aber hat er, bevor er hierherkam, nicht auch in Stettin immer schon zu Attentaten aufgerufen?«, fragte ich. »Deshalb hat man ihn doch eingewiesen.«

»Ja, aber er hatte ja niemandem etwas Ernsthaftes angetan. Und seine politischen Reden, die hat, wie Sie richtig sagen, keiner ernst genommen.«

»Ist Dreyfuss wahnsinnig, irre?«, fragte Martin vorsichtig. »Was hat er für eine Art Nervenkrankheit?«

Der Professor sah nachdenklich auf den Tisch vor sich.

»Nein, irre ist Daniel nicht. Keineswegs. Er ist sehr intelligent und sogar sympathisch. Er hatte hier viele Freunde. In den Gesprächen, die ich mit ihm hatte, war er sehr redselig, wenn es um seine Zukunftspläne ging. Er wollte eine bessere, eine gerechtere Welt schaffen.«

»Ganz alleine?«, fragte ich.

»Nein«, der Professor lächelte, »er war nicht naiv. Er wollte andere für seinen Weg begeistern.«

»Und der war, alle Reichen und Mächtigen aus dem Weg zu schaffen?«, fragte Martin.

»Wenn wir auf seine Vergangenheit zu sprechen kamen, dann wurde er in der Tat aggressiv. Daniel war von einem tiefen Hass getrieben auf die Menschen, die er Pfeffersäcke und Hofschranzen nannte.«

»Haben Sie erfahren, woher dieser Hass kam?«

»Nicht im Detail. Ihm und seiner Familie muss wohl Unrecht widerfahren sein. Jedenfalls sah er das so. Wir wissen in der Forschung noch nicht viel über seelische Verletzungen, die Menschen in einem erheblichen Maße verändern können, aber ich vermute, dass Daniel unter solcher Art Verletzungen litt. Nach außen hin ein freundlicher, kluger Mensch, aber unter der Oberfläche kommen immer wieder dunkle Erinnerungen hoch. Das kann den Betroffenen zu irrationalen und grausamen Handlungen treiben.«

»Wenn Daniel Dreyfuss also unser Symbol-Mörder ist«, fragte ich, »und vieles spricht dafür, dann ist das Motiv für seine Taten in seiner Kindheit oder Jugend zu suchen? Er wurde verletzt, und darum mordet er. Verstehe ich das richtig?«

»Ja, so muss es wohl sein«, sagte der Professor. »Und das gepaart mit einem nach außen hin freundlichen Wesen und einem schwachen Selbstbewusstsein. Menschen wie Dreyfuss kennen keine moralischen Leitlinien, keine Skrupel, keine Reue, keine Religion, egal, was sie tun. Dreyfuss litt außerdem unter seinem missgestalteten Körper.«

»Was war mit seinem Körper?«, fragte Martin.

»In seiner Jugend hatte sich ein auffälliger Buckel gebildet. Wohl infolge einer nicht behandelten Fehlbildung der Wirbelsäule. Das kommt recht häufig vor, muss aber nicht in so einem Buckel enden, wie Daniel ihn hat.«

Der Professor gab uns ein Foto von Daniel Dreyfuss, das zwei

Jahre zuvor bei seiner Einlieferung gemacht worden war. Es zeigte einen jungen Mann mit einem Kindergesicht, kaum Bartwuchs, kluge, dunkle Augen und ein freundliches Lächeln. Ich sah einmal mehr als bewiesen an, dass man Verbrecher nicht an ihrem Äußeren erkennt. Die Bemühungen einiger Kriminologen in den letzten Jahren, durch Vermessung und Katalogisierung von Merkmalen das typische Gesicht eines Kriminellen erforschen zu können, ist aus meiner Sicht wissenschaftlich betrachtet Humbug.

Schließlich kamen wir wieder auf die Kiste zu sprechen.

»Ach ja, die Kiste. Die hat schon für einige Aufregung gesorgt«, sagte der Professor und sah die Schwester an, die wieder auf den Boden blickte.

»Was ist drin in der Kiste? Wo ist sie?«, fragte Martin.

»Wir wissen nicht genau, was drin war. Dokumente, Briefe, Fotografien.«

»Ein paar Zeitungen«, ergänzte die Schwester, die bisher geschwiegen hatte.

»Aber Sie wissen nicht, was das für Dokumente waren? Warum haben Sie sich die Sachen nicht angesehen?«

»Die Kiste kam an einem Tag an, an dem hier viel los war«, druckste der Professor herum. »Drei Neuzugänge, ein Patient drehte durch. Auf jeden Fall hatten wir Daniel mit der Kiste einen Moment alleine gelassen. Und da hat er sie angezündet.«

»Angezündet?«, riefen Martin und ich gleichzeitig. Es war eine gruselige Vorstellung, dass in einem Haus wie diesem Patienten Zugang zu Feuer hatten.

»Na ja, es war Winter, die Öfen waren alle befeuert. Daniel hat nie Unfug in dieser Richtung gemacht.«

»Er hat alle Dokumente verbrannt?«, fragte Martin.

»Ja, das ging sehr schnell.«

»Sind Sie sicher«, setzte ich nach, »dass er alles verbrannt hat? Kann es nicht auch sein, dass er ein oder zwei Dokumente oder Fotografien an sich genommen hat?«

Der Professor zuckte mit den Schultern und sah die Schwester an, die ebenfalls mit dieser Geste der Ratlosigkeit reagierte.

»Wir konnten uns in diesem Moment nicht um die Dokumente kümmern«, sagte die Schwester schließlich. »Wir mussten zusehen, dass nicht das ganze Gebäude in Brand geriet. Daniel hat die Kiste mitten im Speisesaal angezündet.«

»Nach diesem Ereignis«, ergriff nun wieder der Professor das Wort, »war Daniel verändert. Eigentlich hatte er hier etwas zur Ruhe gefunden, aber nun war er unruhig, rastlos, abgelenkt. Gespräche wurden schwieriger. Den Schwestern und Wärtern gegenüber war er oft aufbrausend. Rückblickend muss ich vermuten, dass er zu diesem Zeitpunkt bereits seine Flucht plante. Ich hätte es vielleicht sehen müssen.«

Wir ließen den Professor mit seinen Selbstzweifeln allein. Nun mussten wir davon ausgehen, dass Daniel Dreyfuss in der Kiste vom Dachboden des väterlichen Lagerhauses, die mit drei Jahren Verspätung den Weg zu ihm gefunden hatte, etwas entdeckt hatte, was ihn nach Hamburg trieb. Gerne hätten wir uns sofort auf den Heimweg gemacht, doch wir mussten noch eine Nacht in Stettin verbringen, da erst am nächsten Morgen ein Zug nach Berlin ging. Wir verbrachten den Abend auf mein Drängen hin ohne Räucheraal und Schnaps.

Auf der Rückfahrt gönnten wir uns dann doch die zweite Wagenklasse, was Martin Komfort genug bot, um fast ununterbrochen zu schlafen. Als wir in Berlin umstiegen, nutzte ich diesen wachen Moment, um einen Gedanken loszuwerden, der mich schon länger beschäftigte.

»Wenn nun das Lagerhaus von Dreyfuss während des Streiks angezündet wurde, ist es dann nicht möglich, dass es weitere Verbrechen dieser Art gegeben hat?«

»Möglich«, sagte Martin, der sich im selben Bierausschank wie auf der Hinfahrt den zweiten Krug bestellte. »Aber was willst du damit sagen?«

»Es ist doch möglich, dass bei einer anderen Brandstiftung oder Sabotage während des Streiks ein Täter dingfest gemacht wurde, der auch für den Brand bei Dreyfuss & Consorten verantwortlich ist.«

»Das hätten die Kollegen doch damals schon herausgefunden, oder?«, fragte Martin.

»Es war ein ziemliches Durcheinander in diesen Monaten, nach allem, was ich weiß.«

Kapitel 24

Es dämmerte und regnete recht heftig, als Martin und ich aus Berlin kommend am Bahnhof in Altona eintrafen. Wir teilten uns eine Droschke nach Hause. Nachdem ich Martin abgesetzt hatte, konnte ich kaum still sitzen vor Aufregung. Ich freute mich wie verrückt auf Clara. Gleichzeitig wusste ich, dass ich nicht einfach ins Haus stürzen und sie in die Arme schließen konnte. Sicher war sie gerade dabei, den Tisch nach dem Abendessen abzuräumen. Ich würde mich gedulden müssen, bis alles ruhig war in der Villa Knudsen.

Und von Ruhe konnte weiß Gott keine Rede sein, als ich in der Villa ankam. Im Speisezimmer saßen Wilhelm und Adolf vor leer gegessenen Tellern und vollen Weingläsern. Onkel Wilhelm redete energisch auf seinen Sohn ein, er brüllte fast.

»Dann musst du ihm die Pistole auf die Brust setzen. Die Reederei Knudsen macht seit vier Generationen Geschäfte mit seinem Haus. Wir sind noch nie einen Heller schuldig geblieben.«

Adolf ertrug die Tirade seines Vaters, indem er in großen Schlucken sein Glas leerte und aus einer vollen Karaffe wieder auffüllte, die Clara gerade servierte. Mein Puls stieg in einen kritischen Bereich, als ich sie sah. Sie vermied es, mich anzusehen. Ihre Dienstbotentracht erschien mir jetzt, wo ich Clara auch schon ganz anders gesehen hatte, wie die Verpackung eines wertvollen Geschenks.

»Ja, Vater, Salomon ist ja auch bereit, aber er kann das nicht ohne seinen Vize entscheiden, und der ...«, stammelte Adolf.

»Wer führt denn diesen Laden? Salomon oder wer?«

Tante Isolde sprang auf, als sie mich sah, und lief mir entgegen. Sie schob mich aus dem Raum. Clara folgte uns und schloss die Tür. Tante Isolde schlug vor, dass ich mir von Clara das Essen in die Bibliothek bringen lassen solle, was ich für eine ausgezeichnete Idee hielt.

»Die Stimmung da drin ist nicht besonders appetitanregend«, sagte Tante Isolde.

»Worum geht es?«, fragte ich.

»Na, worum wohl, um das Schiff, die Arche Wilhelm, die uns alle retten wird.« Sie verdrehte die Augen.

In der Bibliothek kam ich kaum zum Essen, weil ich Clara ausführlich von unserer Reise erzählen musste. Tante Isolde hatte sich zurückgezogen, daher hatten Clara und ich den Moment ganz für uns. Aus dem Speisezimmer drang ab und zu Onkel Wilhelms laute Stimme.

Wir küssten und streichelten uns unter der großen Gefahr, überrascht zu werden. Das konnte nicht ewig so weitergehen.

Später erzählte mir Onkel Wilhelm, worum es in dem Gespräch mit Adolf gegangen war. Er erwartete von seinem Sohn, dass er alles unternahm, um die Bank von der Kreditwürdigkeit der Reederei Knudsen zu überzeugen, damit sie endlich die Anzahlung für die »Marianne« freigab. Adolf repräsentiert die nächste Generation Knudsen, und eine Bank denkt in großen Zeiträumen und will wissen, wie es weitergeht, wenn der alte Knudsen mal nicht mehr ist.

Ich konnte mich an diesem Abend nicht so richtig auf die Sorgen meines Onkels konzentrieren, da ich nur einen Gedanken hatte: Wann kann ich mich unbemerkt ins Souterrain schleichen?

Später in der Nacht, als ich neben Clara lag und sie meine Brust streichelte, dachte ich über das nach, was Emma Neumann gesagt hatte. Ich war fertig mit der Geliebten, wie sie es ausgedrückt hatte, aber ich wollte nicht von ihr gehen. Ich hätte in diesem Moment bis ans Ende der Zeit neben Clara liegen können. Würde Emma das schon Liebe nennen oder noch Verliebtheit?

Als ich am nächsten Morgen das Haus verließ, stand Martin an der Straße und wartete auf mich. Das hatte es auch noch nicht gegeben. Er war in den letzten Monaten nie an der Villa Knudsen aufgetaucht. Martin hätte an die Tür kommen können und wäre höflich empfangen worden, da war ich sicher, aber es kam für ihn nicht infrage. Ich ging zu ihm. Es hatte aufgehört zu regnen.

»Während wir uns in Stettin vergnügt haben«, begann er ohne Gruß, »war Herr Dreyfuss nicht untätig.«

»Oh«, sagte ich nur und erwartete mehr Informationen.

»Diesmal hat er in einer voll besetzten Tram zugeschlagen. Am Jungfernstieg, gestern, am späten Nachmittag.«

Wir gingen die Alster entlang Richtung Innenstadt, ich schob mein Fahrrad.

»In einer Tram? Und es hat ihn niemand gesehen und festgehalten?«, rief ich empört.

»Gesehen schon, aber nicht festgehalten. Es muss wohl alles sehr schnell gegangen sein. Kurz vor der Haltestelle ist ein Mann zusammengebrochen, die anderen Fahrgäste haben sich um ihn gekümmert, und ein Kerl in dunkler Kleidung mit Mütze oder Kappe sprang raus und war weg.«

»Hatte er einen Buckel?«, fragte ich.

»Darüber gibt es unterschiedliche Aussagen. Genau wie über Größe, Gesicht, Bart. Alle Zeugen sind sich wenigstens einig, dass er einen Regenmantel trug. Aber das traf auf die meisten Fahrgäste zu, bei dem Schietwetter.«

»Und das Zeichen? Der kann doch unmöglich seinem Opfer das Zeichen in die Stirn geritzt haben.«

»Sollte man meinen«, sagte Martin, blieb stehen und sah mich an, »aber er hat es wenigstens versucht. – Drei senkrechte Kratzer hat der Ärmste auf der Stirn. – Wenigstens hat Dreyfuss diesmal den Hut des Opfers zurückgelassen. Das wurde ihm dann wohl doch zu knapp.«

Es war einfach unglaublich. Während das Opfer zusammensackte, hatte der Täter noch die Skrupellosigkeit, seine Markierung zu setzen und dann zu fliehen.

»Will dieser Dreyfuss um jeden Preis gefasst werden?«, fragte ich Martin.

»Irgendwann vielleicht. Mag sein, dass er am Schluss büßen will. Aber wenn er eine Liste mit Namen hat, dann wird er die noch zu Ende bringen wollen.«

Das Opfer war wieder ein reicher, wenn auch nicht ganz so bedeutender Bürger der Stadt. John Montgomery, ein aus England stammender Bankier, siebenundvierzig Jahre alt, verheiratet, saß in der Leitung einer Hamburger Privatbank.

Das sechste Mordopfer aus der Oberschicht innerhalb von fünf Monaten brachte den Kessel nun endgültig zum Überkochen. Zeitungen, Politiker, alle möglichen Vereinigungen und Verbände bombardierten die Polizei mit Forderungen und Vorwürfen.

Entsprechend fiel die Reaktion aus. Polizeidirektor Roscher

ließ so ziemlich jeden verhaften, der in seiner Anarchistenkartei registriert war und sich zurzeit auf freiem Fuß und in der Stadt befand. Das waren viele.

Roscher und Manthey waren mit unseren Erkenntnissen aus Stettin durchaus zufrieden. Sie konnten unserer Theorie folgen, dass Daniel Dreyfuss sich seit seiner Flucht aus der Heilanstalt auf einem Rachefeldzug durch Hamburg befand. Aber sie wollten sich nicht auf Dreyfuss allein beschränken. Der junge Mann hatte bereits in Stettin versucht, Mitstreiter für Attentate zu finden. Das konnte ihm in Hamburg gelungen sein. Der Brief, den wir dem Fleischer Buntenbruch abgeluchst hatten, wurde in der Polizeidirektion ernst genommen. Wer konnte wissen, wie viele dieser Briefe in Umlauf waren und ob nicht doch der ein oder andere auf fruchtbaren Boden gefallen war.

Als ich am Abend auf dem Nachhauseweg durch die Innenstadt fuhr, sah ich, wie Schutzmänner aus mehreren Häusern Menschen hinauszerrten. Später sagte mir Martin, dass in diesen Tagen über zweihundert Verdächtige auf die Polizeidirektion und in andere Dienststellen gebracht und verhört wurden. Wie bereits bei der ersten Verhaftungswelle sorgte auch diese Aktion für Tumulte. Nur war die Polizei diesmal nicht im Gängeviertel auf der Suche nach Raubmördern unterwegs, sondern in St. Pauli, Eimsbüttel, Eppendorf und den anderen Stadtteilen der Arbeiter und Handwerker auf der Suche nach politisch fragwürdigen Elementen. Die Empörung darüber fand deshalb nicht auf der Straße ihren Ausdruck, sondern in den Zeitungen und in der Bürgerschaft.

Man konnte der Polizei nicht Untätigkeit vorwerfen. Das Problem war, dass das Handeln zu keinen Ergebnissen führte.

Kapitel 25

In der Nacht von Samstag auf Sonntag kam ich nicht recht in den Schlaf. Erst störte der Lärm einer Gartengesellschaft mit Tanzkapelle auf der anderen Alsterseite, der bis zu uns herüberschallte. Dann war es warm, schwül, in der Ferne donnerte es, aber ein reinigendes Gewitter wollte sich nicht einstellen.

Ich sah aus dem Fenster in die Nacht und hing meinen Gedanken nach. Ein fast voller Mond stieg gerade über die Gipfel der alten Kastanienbäume im Garten und sorgte für eine gespenstische Beleuchtung.

Plötzlich sah ich eine Bewegung im Garten, ein größeres Etwas. Es gab hier gelegentlich Kaninchen, es hatte sich auch schon ein Schwan von der Alster in den Garten verlaufen. Aber dieses Etwas war größer. Ein Mensch, dunkel gekleidet, bewegte sich vom Haus schnell zum hinteren Teil des Gartens. Das Gesicht war nicht zu erkennen, aber ich erkannte den Gang, die typischen Bewegungen: Clara. Was machte sie um diese Zeit im Garten und was hatte sie in dem Korb, den sie unter dem Arm trug? Ich zog mich an und schlich ihr hinterher. Ich hatte einen Verdacht, welchen Grund Claras heimlicher Ausflug in die Nacht haben könnte, und der wurde bestätigt, als ich am japanischen Teehaus ankam.

Vor dem Haus auf der kleinen Bank saß ein Mann, der sich gerade an Brot, Käse und Bier aus dem Korb bediente. Es war Ferdi, Claras Bruder. Neben ihm hockte Clara und flüsterte erregt auf ihn ein.

Im Nähertreten muss ich mich so vor den Mond bewegt haben, dass mein Schatten auf die beiden fiel. Sie schreckten hoch, sahen mich an. Clara senkte sogleich ertappt und beschämt den Blick. Ferdi funkelte mich trotzig, fast angriffslustig an. Er trug wieder den hellen Anzug, in dem ich ihn bereits zwei Wochen zuvor gesehen hatte. Im Mondschein sah der Anzug schmutzig aus, auch Haare und Bart des Mannes wirkten noch ungepflegter. Ich stand nun auf der kleinen Brücke, die zum Teehaus führte, und fauchte die beiden an.

»Was geht hier vor, Clara? Was macht der Kerl hier? Ich rufe die Polizei.«

»Nein, Carl-Jakob, bitte nicht, ich kann dir das erklären«, jammerte Clara.

Ferdi sah irritiert zwischen Clara und mir hin und her, dann grinste er. Er hatte genug schmutzige Phantasie, um aus Claras vertraulicher Anrede seine Schlüsse zu ziehen.

Clara richtete sich auf, kam zu mir auf die Brücke und fasste mich bei der Hand. Sie zog mich etwas weg vom Häuschen ins Dunkel einer Baumgruppe. Sie hatte Tränen in den Augen, ihre Lippen beten.

»Es tut mir leid, Liebster«, sagte sie, »aber ich konnte nicht anders.«

»Was macht dein Bruder hier?«, schimpfte ich. »Er muss weg, das geht nicht.«

Dann erzählte Clara mir in knappen Worten die Geschichte. Ferdi musste ihr am Tag zuvor in der Nähe aufgelauert haben. Als sie dann das Haus verließ, um irgendwelche Besorgungen zu machen, hatte er sie angesprochen. Die Verhaftungswelle nach der Ermordung von John Montgomery sollte auch Ferdinand Lüttge erfassen. Die Polizei war schon bei seiner Vermieterin, einer

Pfandleiherin, als er nach Hause kam. Es gelang ihm, sich zu verstecken. Später, als die Schutzmänner weg waren, konnte er die Vermieterin noch kurz sprechen. In ihrer Pfandleihe war vier Wochen zuvor die Taschenuhr des Opfers von Grimm aufgetaucht. Und Ferdis Name stand in der Anarchistenkartei. Für die Polizei kein zufälliges Zusammentreffen, Ferdi war höchst verdächtig.

»Und«, sagte ich und musterte Clara aufmerksam, »hat dein Bruder etwas mit den Morden zu tun?«

»Nein«, rief Clara entsetzt und zu laut. »Ferdi ist ein Nichtsnutz, ein Dieb und Betrüger. Ich traue ihm vieles Schlechte zu, aber keinen Mord.«

»Und warum steht sein Name in dieser Anarchistenkartei?«

»Er sagt, er habe irgendwann mal Flugblätter verteilt, für einen Fremden. Er hat gar nicht gewusst, was da drinstand, und sie haben ihn verhaftet. Ferdi ist kein Anarchist, Carl-Jakob. Er ist viel zu dumm für Politik.«

»Dann kann er sich doch einfach der Polizei stellen, und es wird sich aufklären«, sagte ich.

»Ach, bitte, Carl-Jakob. Die sind doch froh, wenn sie einen haben, den sie ins Gefängnis werfen können. Einem wie Ferdi glaubt man kein Wort.«

Da hatte Clara sicher recht. Aber was sollte Ferdi im Teehaus? Es würde nicht lange dauern, bis der Gärtner ihn hier entdeckte, und dann würde es Ärger geben, und Claras Zeit bei Knudsens wäre auch beendet. Natürlich war es ein Fehler, aber ich beschloss, mich der Sache anzunehmen.

Ich setzte mich mit Ferdi und Clara in das enge Teehaus. Der Kerl roch, als hätte er seit Monaten keine Seife gesehen. Langsam und konzentriert breitete ich den beiden meinen Plan aus, der gerade erst entstanden war.

Ferdi sollte zunächst im Teehaus bleiben und nicht mal den Kopf herausstrecken. Vierundzwanzig Stunden, höchstens achtundvierzig. Clara sollte ihn in dieser Zeit auf keinen Fall besuchen. Brot und Käse hatte er, Wasser war im Teich. Ich füllte eine Kanne, die ich im Teehaus fand. Ferdi roch daran und verzog das Gesicht. Ich ignorierte das. Er war nicht in der Position, Ansprüche zu stellen.

Ich versprach, mit Martins Hilfe bei der Polizei in Erfahrung zu bringen, was man Ferdi überhaupt vorwarf. Danach würden wir überlegen, wie wir ihn entlasten konnten.

Ferdi kaute mit offenem Mund Käse und Brot und spülte mit Bier nach. Er folgte meinen Worten mit trübem Blick und sah zwischendurch immer wieder zu Clara, die ihre Hand auf mein Knie gelegt hatte.

»Gibt's noch Bier?«, fragte er leise rülpsend, als ich fertig war.

Bevor ich darauf eine passende Antwort geben konnte, tat es seine Schwester.

»Es gibt gar nichts, Ferdi. Du tust jetzt, was wir dir sagen, sonst kannst du dich alleine um deinen Mist kümmern. Hast du mich verstanden?«

Er nickte, und ich gab ihm noch eine wichtige Anweisung mit.

»Wenn Sie vom Gärtner oder wem auch immer hier entdeckt werden«, ich versuchte, so streng zu schauen wie möglich, »dann sagen Sie auf keinen Fall, dass Sie Claras Bruder sind. Sagen Sie, dass Sie sich den Garten und das Teehaus zufällig ausgesucht haben. Verstanden?«

Er nickte. Ich konnte nur hoffen, dass Johannes Ferdi nicht finden würde, denn der wusste ja, wer dieser schräge Vogel war.

Ich hätte mich ohrfeigen können dafür, dass ich diesem Kriminellen Unterschlupf und Hilfe bot. Aber ich tat es natürlich nicht für ihn, sondern für Clara. Ihre von Problemen und falschen Menschen geprägte Lebensgeschichte würde sie vermutlich bis ans Ende ihrer Tage begleiten. Das musste ich berücksichtigen, wenn ich über eine gemeinsame Zukunft nachdachte.

Auf dem Weg zum Haus zog Clara mich wieder in die dunkle Baumgruppe und küsste mich.

»Das werde ich dir nie vergessen, Carl-Jakob«, flüsterte sie mir ins Ohr.

Ich sah sie an. Sie war so schön. Aber eine Frage hatte ich noch.

»Wie bist du mit deinem Bruder eigentlich am Zerberus vorbei in den Garten gekommen?«

»Zerberus?«, fragte sie.

»Der dreiköpfige Hund aus der griechischen Mythologie, der die Unterwelt bewacht.«

»Ach, du meinst Kurt, den Wachmann.«

Sie lächelte schelmisch.

»Der geht immer die gleiche Runde, im gleichen Tempo, in den gleichen Abständen. Wenn man den eine Stunde beobachtet hat, weiß man, wie man an ihm vorbeikommt. Dann sind wir einfach über das Nachbargrundstück gehuscht. Da ist ja zurzeit niemand.«

Ich konnte nur lächelnd den Kopf schütteln. Sie war clever, meine Clara, auch wenn sie nicht wusste, was der Zerberus war.

Clara versuchte, mich in ihre Kammer zu locken, was unter anderen Umständen für sie ein Leichtes gewesen wäre. Aber diese Nacht war jetzt schon aufregend genug für mich gewesen. Ich zog es vor, alleine zu schlafen oder besser wach zu liegen. Denn an Schlaf war nicht zu denken, solange ich einen Ganoven im Teehaus versteckte.

Kapitel 26

Aus den höchstens achtundvierzig Stunden, die ich Ferdi im Teehaus zugestanden hatte, waren schnell ein paar Tage geworden. Ich hatte ihm selbst noch einmal Proviant gebracht und eine Schaufel, mit der er seine Notdurft im Gebüsch vergraben konnte. Ich kam mir selbst schon vor wie ein Verbrecher.

Ich hatte Martin von Claras Bruder erzählt und davon, dass er gesucht würde. Verschwiegen hatte ich, dass ich wusste, wo er war. Ich versprach Martin, dass ich ihm Bescheid geben würde, wenn sich Ferdi bei Clara meldete. Dafür wollte Martin sich umhören, aus welchem Grund Ferdi gesucht wurde.

Als Martin endlich ein paar Informationen beisammen hatte, brach für Ferdi bereits die fünfte Nacht im Teehaus an. Die Ermittlungsakte Ferdinand Lüttge ergab, dass er dringend verdächtig war, die Taschenuhr des Opfers Walter von Grimm bei seiner Vermieterin, der Pfandleiherin Käthe Schmidt, versilbert zu haben. Die Schmidt war sich nicht hundertprozentig sicher, dass sie die Uhr von Lüttge hatte, hielt es aber für möglich. Dazu passte, dass Ferdi schon häufiger wegen Diebstahls auffällig geworden war. Bei der Durchsuchung des Zimmers von Ferdi Lüttge stießen die Schutzmänner auf eine Jacke und eine Hose, die mit Blut befleckt waren. Deshalb lag nun auch eine Mordtat im Bereich des Möglichen. Ich sprach nur kurz mit Ferdi über die Vorwürfe, die er vehement bestritt. Er behauptete, auf seinen Kleidern könne durchaus Blut sein, aber das stamme nicht von einem

Menschen. Er habe vielmehr einem Bekannten dabei geholfen, drei Kaninchen zu schlachten, wobei der Anzug etwas abbekommen habe. Den Freund wolle er nicht nennen, weil der nicht rechtmäßig in den Besitz der Tiere gekommen sei. Mir schien das wenig glaubwürdig, und so würde es auch die Polizei sehen.

Ich bat Martin, mir irgendwie die blutigen Kleider zu beschaffen, damit ich sie näher untersuchen konnte. Der gute Dr. Trestow würde hier sicher wieder an seine Grenzen stoßen.

Am Donnerstag verabschiedete ich mich früher aus dem Institut und radelte guten Mutes nach Hause. Ich hatte mir vorgenommen, Ferdi in dieser Nacht endlich hinauszuwerfen. Auch Clara würde mich nicht daran hindern können, es reichte. Er konnte sich ja woanders verstecken, bis wir entlastende Informationen hatten. Mich hatte in den letzten Tagen zu oft die Befürchtung gequält, dass es gar nichts Entlastendes gab und Ferdi viel tiefer drinsteckte, als er zugab. Wenn Ferdi aus irgendeinem Grund diesem Dreyfuss bei seinem mörderischen Feldzug folgte, dann wäre auch ich nicht mehr vor dem Gefängnis sicher.

Als ich ankam, brach Onkel Wilhelm soeben auf zu Blohm & Voss. Er war bester Laune. Endlich war seine Anzahlung genehmigt, und die Kiellegung konnte beginnen. Er lud mich ein, das am Abend gebührend mit ihm zu feiern. Wenigstens einmal eine gute Nachricht.

»Dann ist hier auch wieder Ruhe«, rief er lachend im Weggehen, und als ich hinaus in den Garten traf, wurde mir klar, was er meinte.

Der große Rasen im Garten war bevölkert mit sieben oder acht Damen, bekleidet mit Strohhüten und im leichten Wind wehenden Sommerkleidern. Mittendrin Tante Isolde, ausgelassen wie selten. Die Damen spielten Krocket, dieses Spiel, bei dem man mit einem Schläger Holzkugeln durch einen Parcours enger Tore spielen muss. Wer mit seiner Kugel zuerst den Zielpflock berührt, hat gewonnen. Das Spiel der Damen wurde begleitet von Lachen und Geschrei. Die Pfirsichbowle, die Clara auf der Terrasse aus einer großen Glasschüssel ausschenkte, hatte sicher ihren Anteil an der großartigen Stimmung. Ich grüßte freundlich in die Runde.

»Spiel mit, Carl-Jakob«, rief Tante Isolde, doch ich lehnte ab. Ein Glas Bowle, das Clara mir reichte, nahm ich gerne an, und ich erkannte, wie nervös sie war. Immer wieder ging ihr Blick in die Richtung, in der hinter einer kleinen Baumgruppe das Teehäuschen stand. Die Krocket-Damen konnten das Häuschen jedoch nicht sehen.

Plötzlich schrie eine der Frauen auf und lachte schrill.

»Oh, das war wohl zu fest«, rief sie.

Die rote Holzkugel schoss gerade unter hohem Tempo an dem anvisierten Tor vorbei, sprang über einen Grashügel, flog ein Stück und rollte kurz vor der Baumgruppe aus.

Die Frau lief lachend los, ihre Kugel zu holen. Ich beobachtete sie, und auch Clara starrte gebannt. Plötzlich schrie die Frau auf.

»Da steht einer, da steht ein Mann«, kreischte sie und rannte panisch zurück zu den anderen Frauen. »Er erleichtert sich«, rief sie.

Tante Isolde eilte in Richtung Baumgruppe, doch ich holte sie mit ein paar schnellen Schritten ein.

»Lass mich, Tante, geh du mit deinen Gästen ins Haus«, sagte ich beruhigend, »und schick Johannes her.«

»Der ist nicht da, der fährt Wilhelm«, sagte Tante Isolde. Sie zitterte. »Und Matthies ist auch nicht da. Pass auf, Carl-Jakob.«

Tante Isolde trieb die Frauen ins Haus, Clara stand wie versteinert an der Bowleschüssel. Ich nahm mir einen Krocketschläger und lief hinter die Baumgruppe zum Teehaus. Ich wusste natürlich, dass mir keine Gefahr drohte, hatte aber große Lust, Ferdi mit dem Schläger zu verdreschen. Als ich ankam, wollte er gerade wieder ins Haus kriechen.

»Nein«, flüsterte ich. »Du haust jetzt ab, du Idiot, sofort!« Ich wedelte mit dem Schläger.

»Tut mir leid, ich musste so dringend pinkeln«, winselte Ferdi.

Ich konnte nur fassungslos den Kopf schütteln. Dann erhob ich meine Stimme, dass man sie bis zum Haus hören konnte.

»Wer sind Sie, was machen Sie hier?«, brüllte ich. »Bleiben Sie stehen! Ich rufe die Polizei.«

Offensichtlich verwirrte es Ferdi, dass ich ihn leise aufforderte, zu verschwinden, um dann laut »Stehen bleiben!« zu rufen. Irgendwann hatte er es kapiert und lief in großen Schritten in Richtung der mannshohen Gartenmauer, die er erstaunlich flink hochhangelte. Nach einem beherzten Sprung von der Mauer war er im angrenzenden Garten verschwunden.

Inzwischen war Clara bei mir angekommen. Sie war außer Atem, mehr von der Aufregung als vom Laufen.

»Ist er weg?«, fragte sie.

»Ja«, sagte ich, »und zwar für immer.«

Ich ging schnell Richtung Haus. Clara trippelte mir hinterher. So wütend hatte sie mich noch nicht erlebt. Ich grollte nicht ihr oder diesem Hohlkopf Ferdi, sondern mir selbst, dass ich mich überhaupt auf die Sache eingelassen hatte.

Im Haus wollte ich die Damen beruhigen, sie hatten diese Aufgabe aber schon einem dänischen Kümmel anvertraut, den Tante Isolde eigenhändig ausschenkte. Ich berichtete, dass sich offenbar in dem abgelegenen Teehaus ein Landstreicher eingenistet hatte, der nun über alle Berge sei. Es bestehe keine Gefahr.

Tante Isolde, die sich nach der Aufregung erstaunlich schnell wieder im Griff hatte, wies Clara an, erst beim Polizeiposten nach einem Schutzmann zu rufen und dann mit dem Fahrrad nach Eimsbüttel zu fahren, um den Gärtner Matthies zu holen. Er solle das nun völlig verfluchte Teehaus noch heute dem Erdboden gleichmachen. Ich bot an, den Abriss zu übernehmen und Clara die Fahrt zu ersparen.

Ich zog mich um und begann sofort damit, das Gartenhaus mit einer großen Axt zu zerlegen. Ich schwitzte wie ein Preisboxer, aber es war eine herrliche Arbeit. In jeden Schlag mit der Axt konnte ich meine Wut legen. Die Splitter flogen nur so durch die Luft. Nach einer halben Stunde war das Kleinod fernöstlicher Baukunst nur noch ein Haufen Brennholz. Gleichzeitig konnte ich die Gegenstände aus dem Haushalt, die zu Ferdis Versorgung im Teehaus gelandet waren – ein Teller, eine Tasse, ein Tablet, ein Löffel, eine Zeitung –, verschwinden lassen. Nichts durfte auf unsere Kenntnis von dem ungebetenen Gast hinweisen. Gerne wäre ich Ferdi auf weniger spektakuläre Weise losgeworden, aber gottlob war er jetzt weg.

Als Onkel Wilhelm nach Hause kam, war der Schutzmann noch da. Ich war gerade dabei, den Eindringling zu beschreiben, wobei ich eine Person erfand, die wenig Ähnlichkeit mit Ferdi hatte. Alt, dick, grauhaarig.

Onkel Wilhelm schäumte vor Wut, nachdem ihm Tante Isolde kurz den Vorfall geschildert hatte. Die angekündigte Feier würde sicher ausfallen. Onkel Wilhelm würde dem Wachmann die Leviten lesen, wenn er bei Einbruch der Dunkelheit seinen Dienst begann. Der Landstreicher musste ja in der Nacht unbemerkt aufs Grundstück gelangt sein. Und auch, wenn dieser Kerl harmlos war, so konnte der nächste Eindringling der seit Monaten gesuchte Mörder sein. Tante Isolde erbleichte, als Onkel Wilhelm das sagte. So hatte sie die Situation noch gar nicht betrachtet.

Als ich Clara später in der Nacht in ihrer Kammer besuchte, war sie untröstlich. Es tat ihr aufrichtig leid, dass Ferdi mir solche Scherereien machte.

»Vergiss ihn einfach, Liebster«, sagte sie, »er hat es nicht verdient, dass man ihm hilft. Dann muss er eben ins Gefängnis. Er hat in seinem Leben so viel angestellt, für das er nicht bestraft wurde, da ist es irgendwie gerecht, wenn er nun für etwas büßen muss, was er nicht getan hat.«

»Wenn man ihm einen Mord anhängt«, sagte ich, »ist es nicht das Gefängnis, das auf ihn wartet.«

Clara sah mich entsetzt an. Vermutlich sah sie gerade ihren Bruder unter dem Fallbeil vor sich.

»Oh, Gott!«

»Keine Sorge, Clara. Wenn er keinen Mord begangen hat, werden wir das beweisen.«

Während ich dies sagte, fiel mir auf, wie verrückt dieser Gedanke war. Musste es nicht umgekehrt laufen? Mussten nicht Manthey und seine Leute Ferdi einen Mord eindeutig nachweisen, bevor sie ihn anklagten? Aber diese Stufe der Gerechtigkeit war wohl nur für Leute reserviert, die sich einen Anwalt leisten konnten. Ein Berufsverbrecher wie Ferdi durfte vor dem Richter keine Gnade erwarten.

Kapitel 27

Die Aufregung von Ferdis gespenstischem Auftritt im Garten der Knudsens hatte ich noch nicht ganz verdaut, als mich Martin am nächsten Tag aufsuchte, um mich wieder in seinen Fall zu ziehen. Er kam zum Feierabend ins Institut mit einem dicken, zusammengeschnürten Paket unter dem Arm. Er schlug vor, dass wir in seine Wohnung gehen, um uns damit zu beschäftigen. Auf meine Frage, was denn in dem Paket sei, meinte er nur: Akten.

Ich war nie zuvor in Martins Wohnung gewesen. Als ich 1899 zum Studium nach Greifswald ging, wohnte er noch bei einer alten Dame in St. Pauli, die ihn bewachte und drangsalierte wie eine Gouvernante. Damenbesuch war verboten und Herrenbesuch erst recht. Die Dame hatte einen Sohn, den es wohl eher zu den Männern zog, und darunter litt sie ganz fürchterlich.

Inzwischen konnte Martin sich eine eigene Wohnung in Eppendorf leisten. Zwei Zimmer unter dem Dach mit kleiner Küche, in der er sich auch wusch. Die Toilette war auf halber Treppe. Einmal die Woche schleppte Martin eine Zinkwanne vom Keller in den vierten Stock, um zu baden. Manchmal ging er auch ins Badhaus. An diese Art der Badekultur würde ich mich ebenfalls gewöhnen müssen, wenn ich die Villa Knudsen mit ihren komfortablen Badezimmern einmal verlassen würde.

Was sich Martin nicht leisten konnte, war ein Dienstmädchen oder eine Zugehfrau. Entsprechend unordentlich war seine Wohnung. Das Bett war nicht gemacht, schmutzige Wäsche lag herum, in der Küche stapelte sich ungespültes Geschirr, hier und da bemerkte ich eine Staubschicht. Ich sah darüber hinweg. Wer wie ich im unverdienten Luxus lebte, hatte über andere nicht die Nase zu rümpfen.

Martin setzte Tee auf. Ich hatte damit gerechnet, dass er eine Flasche Wein öffnete, aber er meinte es offenbar ernst mit dem Aktenstudium. Wie ich erwartet hatte, handelte es sich bei den Akten um Fälle aus Dezember und Januar 1896/97, also aus der Zeit, als der Hafenarbeiterstreik auf dem Höhepunkt war. Martin legte das Paket auf den Küchentisch, schnitt die Kordel durch und entfernte das Zeitungspapier, in das der Dokumentenstapel eingewickelt war. Einzelne Blätter und blassgrüne, dünne Aktenmappen rutschten auseinander und breiteten sich über den ganzen Tisch aus. Es waren handschriftliche Dokumente dabei, maschinengeschriebene und ausgefüllte Formulare. Einer besonderen Ordnung schien die Sammlung nicht zu folgen.

»Wonach suchen wir?«, fragte ich und strich mit den Fingern ratlos über die Papiere.

»Manthey hat alle Fälle aus den zwei Monaten heraussuchen lassen«, sagte Martin, während er Tee einschenkte. »Fälle von Diebstahl oder Gewalt, die nicht rund um den Hafen stattgefunden haben oder auch sonst nicht mit den Streiks in Verbindung gebracht werden können, sind aussortiert. Morde hat es in der Zeit keine gegeben. Wir suchen also nach Brandstiftung, nach sonstigen Gewalttaten gegen Streikende oder gegen Menschen, die den Streik unterstützten.«

»Mmmh«, brummte ich nur und nahm vorsichtig das erste Blatt. Es war das Protokoll einer Anzeige, die eine Händlerin gestellt hatte, weil eine Bande Halbwüchsiger ihr den halben Gemüsekarren geplündert hatte. Sie hatte an den Landungsbrücken gestanden, als vier oder fünf Jungs angerannt kamen, mehrere Kohlköpfe, acht bis zehn Äpfel und einen ganzen Sack Kartoffeln zusammenklaubten und in der Menge verschwanden. Die Frau konnte den Dieben nicht folgen, weil sie auf ihren Karren aufpassen musste. Von den vielen Passanten, die an diesem Winternachmittag dort umherliefen, kam keine Hilfe. Der ganze Vorgang war detailreich mit der Schreibmaschine niedergeschrieben. Ich stellte mir vor, wie ein Wachtmeister, die verärgerte Frau vor sich sitzend, mit einem Finger den Text erfasst hatte. Die Akte war vom 12. Dezember. Handschriftlich war vermerkt: geschlossen 17. Dezember. Was der Wachtmeister und seine Kollegen in diesen fünf Tagen in der Sache unternommen hatten, konnte ich mir vorstellen: nichts.

Weitere Akten handelten von einem gestohlenen Fuhrwerk mit zwei Pferden, einer Schlägerei zwischen zwei Barkassenführern, die am Anleger in Streit geraten waren. Aus diesen Akten sprach die ganze Banalität des Alltags.

Mir war schon fast die Lust vergangen, als Martin plötzlich mit einer der grünen Aktenmappen wedelte.

»Das könnte interessant sein«, sagte er mit Blick auf das erste von vielleicht zehn oder fünfzehn Blättern. »Da meldet ein Funktionär irgendeiner Gewerkschaft den Überfall auf Streikposten.«

Martin gab mir die Hälfte der Blätter, und ich begann, sie durchzuarbeiten. Das war nicht einfach, denn der Beamte hatte eine erbärmliche Handschrift. Eine Viertelstunde später hatten wir uns ein Bild gemacht.

Am Neujahrstag waren die Streikposten vor der Hummelwerft auf der Veddel von einer Gruppe Männer angegriffen worden. Die Männer waren mit Knüppeln und Eisenstangen auf die Streikposten losgegangen und hatten sie zum Teil schwer verletzt. Die Gewerkschafter konnten sich kaum wehren, weil alles so schnell ging. Die Angreifer, so sagte der Gewerkschaftsfunktionär aus, seien ausgesprochen abgestimmt und zielsicher vorgegangen. Sie haben nur wenig miteinander gesprochen, aber der Zeuge war sicher, eine fremde Sprache gehört zu haben. Vermutlich Polnisch. Ein Ermittlungsergebnis war nirgendwo vermerkt.

»Ich vermute, dass die Kollegen solche Fälle gar nicht verfolgt haben«, sagte Martin, »weil sie wussten, dass sie niemanden finden werden.«

Einige unwichtige Fälle später stieß ich auf das Protokoll einer Brandstiftung. Dort war der Versuch beschrieben, mittels einer Kanne Petroleum eine Barkasse in Brand zu setzen, die für den Austausch der Streikposten eingesetzt wurde. Das las sich zunächst recht harmlos, das Grauen stand eher in einem Nebensatz: »Die zwölf Passagiere der Barkasse konnten sich nur mit einem Sprung ins Wasser retten.«

Auch wenn das Feuer schließlich von selbst ausging und kein größerer Schaden entstand, würde ich das doch nicht Brandstiftung, sondern einen Anschlag nennen. Wie viele der Passagiere in Folge des Bades in der eiskalten Elbe eine Lungenentzündung davon trugen, war nicht dokumentiert.

Auch die Akte zur Brandstiftung bei Dreyfuss & Consorten war unter den Dokumenten. Sie bestand nur aus drei Blättern und enthielt nichts, was wir nicht schon wussten, bis auf ein bedeutendes Detail. Nicht Dreyfuss selber oder einer seiner Leute hatte den Brand angezeigt, sondern ein Arbeiter namens Ludwig Krohn, der zufällig zugegen war, als der Speicher in Flammen aufging. Das Feuer muss auch mit Petroleum oder Ähnlichem gelegt worden sein, denn das Gebäude stand im Nu in Flammen. Das war gegen Mitternacht passiert; niemand kam zu Schaden.

Bemerkenswert war ein Satz des Zeugen, ebenfalls Funktionär einer der zahllosen am Streik beteiligten Gewerkschaften, den der Schutzmann notiert hatte: »Der Zeuge äußerte eine Vermutung zu Hintermännern der Brandstiftung, die wenig glaubhaft erschien.«

»Warum schreibt dein Kollege das auf und geht nicht ins Detail? Warum stehen hier nicht die Namen der Verdächtigten?«, fragte ich Martin. »Wenn es den Verdacht auf organisierte Störer gibt, muss man dem doch nachgehen, oder?«

»Eigentlich schon. Aber wie wir wissen, war die Hamburger Polizei im Streik nicht ganz unparteiisch. Vielleicht wollte man es nicht so genau wissen.«

Aber wir wollten es genau wissen. Gleich am nächsten Morgen suchte Martin diesen Ludwig Krohn unter der im Protokoll angegebenen Adresse auf. Er wohnte tatsächlich noch dort und verdingte sich inzwischen als Dienstmann am Bahnhof. Der Mann erinnerte sich gut an den Brand und alles, was damit zusammenhing. Er zeigte sich überrascht darüber, dass der Verdacht, den er seinerzeit geäußert hatte, nicht ausführlich dokumentiert worden war. Schließlich hatte er gegenüber der Polizei einen Namen genannt: Rudolf Bredow. Krohn hatte es nicht als ungewöhnlich wahrgenommen, dass genau dieser Bredow, den er sieben Jahre zuvor als einen der Hintermänner hinter der Brandstiftung bei Dreyfuss & Consorten beschuldigt hatte, nun einem Mord zum Opfer gefallen war. Er sah darin einen Zufall. Aber er konnte Martin eine weitere wichtige Information mitgeben: Den Namen Bredow hatte Ludwig Krohn im Zusammenhang mit einer Versammlung in einem Lokal am Großneumarkt gehört. Dort sollten sich irgendwann im Dezember 1896 Bredow und weitere Männer zu einer Allianz gegen den Streik verabredet haben. Mehr wusste er nicht, er kannte auch keine weiteren Namen, nur der Name des Lokals fiel ihm noch ein: Schank- und Speisewirtschaft Helmut Möller. Warum die Polizei diesen Hinweis nicht protokolliert hatte und ihm nicht nachgegangen war, würde wohl ewig ein Geheimnis bleiben. Martin versuchte, das Versagen seiner Kollegen damit zu entschuldigen, dass Polizeidirektor Roscher mit dem Aufbau der Kriminalpolizei damals erst begonnen hatte.

Noch am selben Tag lauerte mir Martin vor dem Institut auf, um mich in die nämliche Wirtschaft zu zerren. Er musste mich wirklich zerren, denn ich war müde und hatte keine Lust auf das Detektivspiel. Es wurde kompliziert, und wir sprachen mit zu vielen Leuten, die nichts wussten, und wenn sie sich doch mal an etwas erinnerten, nicht besonders glaubwürdig waren.

Nicht so Gastwirt Helmut Möller. Er konnte sich sehr gut an seinen Stammgast Rudolf Bredow erinnern und seinen tragischen Tod vor nunmehr fünf Monaten. Und Möller erinnerte sich auch an den Winter 1896.

Als wir in der Wirtschaft ankamen, stand Möller hinter dem Tresen seines großen Lokals und kommandierte inmitten des Lärms seine Schankleute und Kellner. Aus der Küche wurden dampfende Teller mit riesigen Portionen getragen, Tabletts mit überschwappenden Bierkrügen schwebten zu voll besetzten Tischen. Ein Freitagabend Ende des Monats, da hatten viele ihre Lohntüten in der Tasche und wollten das gebührend feiern. Martin sprach den Wirt an und wurde gebeten, an einem kleinen Tisch neben dem Tresen Platz zu nehmen und einen Moment zu warten.

Wir bestellten Bier und Schweinshaxe und warteten. Das Bier kam und wurde geleert, die Schweinshaxen kamen, sie schmeckten köstlich und zogen mir die letzte Kraft aus den Organen. Ich wollte nur noch nach Hause und schlafen. Endlich trat Helmut Möller an unseren Tisch.

»Kann die Polizei nicht kommen, wenn hier weniger los ist?«, fragte er missmutig.

»Ich habe gehört, das sei nur Weihnachten der Fall. So lange wollten wir nicht warten«, entgegnete Martin.

Wir mussten uns alle zur Tischmitte beugen, um uns im Lärm der Gaststätte verständigen zu können.

»Ja, da können Sie recht haben. Also was wollen Sie zu Bredow wissen? Schreckliche Sache. Und ihr habt den Mörder immer noch nicht?«

Martin sah betreten auf den Tisch.

»Sie kannten Rudolf Bredow?«, fragte ich.

»Ja, in etwa so, wie man einen langjährigen Stammgast kennt. Er wohnte nicht weit von hier und kam häufig.«

»Auch schon vor sieben Jahren?«, fragte nun Martin.

»Ja, schon ewig. Was soll denn vor sieben Jahren gewesen sein?«, fragte Möller. Ein Schankmädchen stellte ihm unaufgefordert ein Bier vor die Nase. Er gab ihr ein Zeichen, und sie stellte auch uns frische Getränke hin.

»Vor sieben Jahren muss es hier im Dezember eine Versammlung gegeben haben, an der auch Bredow teilgenommen hat«, sagte Martin.

Der Wirt dachte nach. »Hier sind viele Versammlungen, ich habe einen großen Raum für solche Sachen. Aber Bredow ... Moment, Bredow hatte eine Zeit lang hier monatlich ein Treffen seiner Segelfreunde, das war eine muntere Truppe.«

»Zu dieser Zeit auch?« Martin hatte seinen Bierkrug schon halb leer, während ich noch gar nicht getrunken hatte. »Damals war der Hafenarbeiterstreik.«

»Ja, ich erinnere mich.« Möller sah nachdenklich an die mit kunstvollen Stuckelementen verzierte Decke. »Da waren auch oft Gewerkschafter und Streikführer hier. Die gerieten dann mit den Bürgern aneinander.« Er lachte. »Das ging manchmal hoch her.«

»Hatte Bredow auch Streit?«, fragte ich.

»Der war eigentlich ein friedlicher Zeitgenosse.«

»Gab es eine Versammlung seiner Segelfreunde zu der Zeit?«, fragte ich weiter.

»Das weiß ich nicht mehr. Aber es kann sein, dass da dieser Leichenschmaus war, zu dem Bredow eingeladen hatte. Das war an einem Nachmittag, nach der Beerdigung. Das dauerte dann bis in den Abend. Ich erinnere mich daran, weil Bredow an diesem Nachmittag viel mehr Gäste als sonst hatte. Und einige von denen kamen dann mit Gewerkschaftsleuten in Streit. Ich musste sogar einen Schutzmann rufen.«

»Wer wurde beerdigt?«, fragte Martin.

»Einer von den Segelfreunden, glaube ich«, sagte der Wirt.

»Erinnern Sie sich an Namen?«

Der Wirt schüttelte den Kopf.

»Oder erinnern Sie sich, worüber geredet wurde?«

Der Wirt zuckte mit den Schultern. »Worüber schon. Über den Verblichenen. Und über den Streik. Es gab ja kein anderes Thema damals. – Aber es war ein Fotograf da. Cornelius Krosanke. Den bestelle ich immer, wenn hier Versammlungen sind. Die Leute haben dann gerne Fotografien. Vielleicht hat der ja noch Bilder aus der Zeit.«

Es dauerte auch nur einen Tag, bis der alte Fotograf, den Martin gleich am nächsten Morgen aufgesucht hatte, mehrere Fotografien vom Leichenschmaus in der Speisewirtschaft Möller hervorgekramt hatte. Der Fotograf, so berichtete mir Martin später, hatte in einem fort geplappert und sich selbst gerühmt, wie schlau es doch sei, Fotografien jahrelang zu archivieren. Es kämen immer wieder noch Jahre später Kunden mit Wünschen zu Nachbestellungen, und so verdiene er immer noch gut mit lange vergessenen Ereignissen.

Vom Leichenschmaus hatte Martin drei Fotografien. Eine zeigte alle vierundzwanzig Teilnehmer der Beerdigung am vierten Dezember. Die zwanzig schwarz gekleideten Männer und vier Frauen hatten sich alle an der Wand aufgestellt. Eine Reihe stand, die andere saß auf Stühlen davor. Die Gesichter waren so klein, dass man kaum jemanden erkennen konnte. Das zweite Bild zeigte eine kleinere Gruppe, sieben Männer in einer Reihe mit ernsten Gesichtern, die schon besser zu erkennen waren. Das waren vermutlich die Segelfreunde. Die Fotografie muss später am Abend entstanden sein, da die elektrischen Lampen eingeschaltet waren. Hier erkannten wir neben Bredow auch unsere Opfer Walter von Grimm, Ludwig Schilling und Stefan Hengst. Auf der dritten Fotografie ließen sich die sieben Herren noch besser erkennen. Sie saßen an einem Tisch mit vielen Gläsern und vollen Aschenbechern, führten ihre Gläser an ausgestreckten Armen zusammen und lächelten in die Kamera.

Vier der sieben Männer waren also dem Symbol-Mörder zum Opfer gefallen, das war kein Zufall. Wer fehlte, waren die Opfer Admiral von Senftleben und John Montgomery. Und drei der Männer auf der Fotografie waren uns und dem Fotografen unbekannt. Sollte der ehemalige Gewerkschaftsfunktionär richtigliegen, dann hatten die Segelfreunde in dieser Nacht tatsächlich einen Pakt zur Sabotage des Hafenarbeiterstreiks geschlossen.

Und das wurde ihnen nun zum Verhängnis. Wir mussten schnell herausfinden, wer die übrigen drei waren.

»Diese drei sind unsere nächsten Opfer«, sagte Martin.

»Vielleicht nur zwei von ihnen«, sagte ich, und Martin sah mich erwartungsvoll an. »Einer dieser Männer hat offenbar jemandem, vielleicht unserem Täter, von diesem Treffen berichtet und ihm die Namen zugespielt. Wer sonst sollte Kenntnis davon gehabt haben?«

Martin nickte nachdenklich.

Wir würden die Fotografie weiter herumzeigen müssen. Martin hatte sich vom Fotografen drei Abzüge machen lassen, von denen er einen mir gab. Es dauerte nicht lange, bis die drei Unbekannten identifiziert waren. Einer von ihnen war seit drei Jahren tot. In einem anderen erkannte mein Onkel Wilhelm den Kaufmann und Schiffsmakler Jens Hartung, der seit zwei oder drei Jahren einen Handelsposten der Deutschen Kolonialgesellschaft in Deutsch-Südwestafrika leitete und seitdem nicht mehr in Hamburg gewesen war. Blieb also nur einer aus der Trauerfeier in der Gaststätte Möller, der um sein Leben fürchten musste: Meinhard Lang, ein Reeder aus Övelgönne. Der inzwischen fast fünfzigjährige Herr erinnerte sich lebhaft an seine Segelfreunde und an Bredow, aber nur dunkel an diese Trauergesellschaft. An den Namen des Verblichenen erinnerte er sich ebenfalls nicht mehr. Jeden Verdacht einer Verschwörung gegen Streikende, zu der es in dieser Runde gekommen sein soll, wies er von sich. Und bisher war es ihm angeblich auch noch nicht aufgefallen, dass drei der Segelfreunde von damals in den vergangenen Monaten ermordet worden waren. Er war nach einer langen Reise erst seit vier Wochen in der Stadt und hatte nicht viel mitbekommen von den schockierenden Ereignissen. Folglich hielt Meinhard Lang die von Kommissar Manthey geäußerte Befürchtung, er könne ebenfalls auf der Liste des Mörders stehen, für ein Hirngespinst und stimmte nur widerwillig einer verstärkten Bewachung durch die Polizei zu.

Martin hatte Manthey vorgeschlagen, den Reeder Lang nur heimlich, durch getarnte Kräfte bewachen zu lassen, um den Täter nicht abzuschrecken. Der Kommissar weigerte sich jedoch den honorigen Bürger als Lockvogel zu benutzen.

»Den können wir bis zum Sankt-Nimmerleins-Tag bewachen«, schimpfte Martin, musste sich aber der Entscheidung seines Vorgesetzten fügen und sogar selbst Wachschichten in Övelgönne und am Kontor des Reeders am Hafen übernehmen.

Kapitel 28

Gut eine Woche nach seiner Flucht aus dem Teehaus war Ferdi immer noch nicht wieder aufgetaucht. Clara hatte nichts von ihrem Bruder gehört, und auch der Polizei war der Ganove nicht in die Hände gefallen. Ferdi hatte offenbar ein besseres Versteck gefunden als das Teehaus.

Clara wirkte bedrückt, und ich vermutete, dass sie sich zu viele Sorgen um den Taugenichts Ferdi machte. Doch es gab einen anderen Grund für ihre Verstimmung, den sie mir nannte, als wir ein paar unbeobachtete Sekunden im Salon hatten.

»Der gnädige Herr stellt mir nach«, flüsterte sie und sah prüfend zur Tür. »Er fasst mich an, sagt eindeutige Sachen.«

»Onkel Wilhelm?«, fragte ich entsetzt und zu laut.

»Nein, natürlich nicht. Der junge Herr.«

»Adolf. Was macht er?«

»Er sagt: Wenn ich ...« Sie zögerte.

»Clara, raus damit. Was hat er zu dir gesagt?«

»Wenn ich es dir besorge, dann kann ich doch auch mal zu ihm kommen.«

Mir stockte der Atem. Ich suchte nach Worten, meine Empörung zu beschreiben.

»Er weiß, wo ich herkomme, Carl-Jakob«, sagte Clara. »Er glaubt, dass das für mich nichts Besonderes ist. Er sieht in mir nur die Hure.« Sie begann zu weinen. »Ich bin aber keine Hure mehr, eigentlich bin ich nie eine gewesen. Das war nicht ich, die das alles gemacht hat. Ich liebe dich. Niemand sonst soll mich je wieder berühren.«

Ich hätte sie gerne in den Arm genommen, aber dazu war die Situation zu unsicher.

»Diesem Mistkerl werde ich Bescheid geben. Dieser miese Lüstling!« Ich hätte mir Adolf gerne gleich vorgeknöpft, aber er war nicht im Haus.

»Nein, Carl-Jakob, bitte nicht. Er wird mir Schwierigkeiten machen, mich bei der gnädigen Frau anschwärzen. Beim nächsten Mal sage ich ihm, dass er mich in Ruhe lassen soll. Er wird damit aufhören.«

Das konnte ich mir schlecht vorstellen, aber ich wollte Claras Wunsch folgen. Bevor ich noch etwas sagen konnte, näherten sich Schritte der Tür, und Clara und ich liefen auseinander. Als Tante Isolde den Raum betrat, saß ich mit einer Zeitung im Sessel und Clara polierte einen Tisch.

Ein weiterer Schatten legte sich auf die gleichzeitig so harmonische wie ihrer Heimlichkeit wegen aufregende Zeit mit Clara, als ich ihr wenige Tage später von Ferdis Verhaftung berichten musste. Martin hatte mir die Nachricht mit unverhohlener Häme übermittelt. Ich konnte es ihm nicht verdenken.

Ferdinand Lüttge, polizeilich gesucht, inzwischen sogar mit Steckbrief, war es gelungen, nach seinem Aufenthalt im Teehaus der Knudsens ganze zehn Tage unentdeckt zu bleiben. Der Teufel weiß wo. Doch anstatt dass er die Stadt verließ, ins Ausland floh oder gleich auf einem portugiesischen Seelenverkäufer nach Brasilien anheuerte, ging er nach Hause. Er hatte wohl in seiner Kammer noch ein paar Mark versteckt, die er holen wollte. Es war nicht so, dass ständig ein Schutzmann das Haus im Blick gehabt hätte. Das war gar nicht nötig, da Ferdis Vermieterin, die

Pfandleiherin, von der Polizei dergestalt unter Druck gesetzt worden war, dass sie den Mieter sofort verpfiff. Als sie Ferdi erblickte, rannte sie zum nächsten Schutzmann, der den Dummkopf dann nur noch festhalten musste.

In meinem Bericht Clara gegenüber verkniff ich mir jede Häme; trotzdem traf mich ihr Zorn.

»Du hast gesagt, dass du ihm helfen willst, und jetzt ist es zu spät«, jammerte sie.

»Nein, ist es nicht«, versicherte ich. »Er kommt ja nicht gleich morgen unters Fallbeil, das dauert …«

Ich konnte den Satz nicht zu Ende sprechen, da sie mir weinend auf den Mund schlug und mich aus dem Zimmer warf. Auch in der folgenden Nacht verwehrte sie mir den Zutritt. Es verwundete mich, dass sie das Schicksal des ungeliebten, fast verhassten Bruders plötzlich so leidenschaftlich berührte. Aber vermutlich ist im Angesicht des Fallbeils jeder alte Schmerz verflogen, und es zählt nur noch das familiäre Band.

Martin wusste so gut wie ich, dass Ferdi nicht als Symbol-Mörder infrage kam. Er hatte kein Motiv – nicht einmal ein wirres politisches – und auch keinen Buckel. Ganz zu schweigen von der Tatsache, dass er viel zu dumm war. Aber Manthey und Roscher klammerten sich an ihn und an ein paar weitere Verdächtige, die gewissermaßen als Lückenbüßer im Untersuchungsgefängnis schmorten, bis endlich der oder die wahren Mörder gefasst waren.

Ich drängte Martin, mein Liebesglück zu retten und Ferdis Unschuld zweifelsfrei zu beweisen.

»Ist es um dein Liebesglück nicht besser bestellt«, sagte Martin und grinste, »wenn du den lästigen Schwager mittels Fallbeil loswirst?«

Das war nicht von der Hand zu weisen, aber Clara war da gewiss anderer Meinung. Ich bat Martin, mir die blutige Kleidung zu beschaffen, die man in Ferdis Kammer gefunden hatte und die eines der Indizien für seine Schuld darstellte. Diese blutige Kleidung, die bei der Vermieterin und Pfandleiherin gefundene Taschenuhr des Opfers und die Aussage eines Droschkenkutschers, der Ferdi zur Stunde der Ermordung des cholerakranken Walter von Grimm in der Nähe gesehen haben wollte, waren die einzigen Indizien, an denen sich die Anklage festhalten konnte. Der Zeuge war erst lange nach der Tat aufgetaucht, und Martin erklärte mir, wie manche Schutzmänner an solche Zeugenaussagen kamen. Wenn jemand aussagte, dass er einen Unbekannten gesehen habe, wurden ihm so lange und so eindringlich Fotografien von möglichen Tätern gezeigt, dass er irgendwann ganz sicher war, den Gesehenen vor sich zu haben. Vermutlich hatte man diesem Droschkenkutscher, als man Ferdi bereits unter Verdacht hatte, ausschließlich Ferdis Bild gezeigt und so eine eindeutige Aussage herbeigeführt.

»Das ist Polizeiarbeit aus dem vorigen Jahrhundert«, hatte Martin angemerkt, »aber viele meiner Kollegen beherrschen nichts anderes.«

Zu Martins Werdegang möchte ich in diesem Zusammenhang ein paar der Anmerkungen machen, mit denen ich zu Beginn dieser Geschichte nicht ablenken wollte. Der Polizistenberuf ist dem Pfarrerssohn Martin nicht in die Wiege gelegt worden. Natürlich hatte sein Vater auch für ihn die Stellung eines Dieners Gottes vorgesehen. Und ganz gehorsamer Sohn hatte sich Martin nach dem Abitur auch ein paar Semester durchs Theologiestudium gequält. Aber es mangelte ihm an Disziplin und Frömmigkeit gleichermaßen. Schon während unserer gemeinsamen Schulzeit war Martin häufiger vor der Mädchenschule zu finden gewesen als in der Kirche, und für eine Flasche Wein und ein paar Zigaretten in unserem Versteck hinter dem Schulgarten schwänzte er gerne die Bibelstunde. Martin war vielseitig interessiert, neugierig, vielleicht ein Forscher wie ich. Aber für die Wissenschaft fehlte ihm wahrlich der Ehrgeiz und die Unterstützung des Elternhauses. Martins Vater, der Dorfpfarrer, war sowieso der Meinung, dass mit Charles Darwin der Gipfel der Brüskierung von Gottes Schöpfung erreicht und die Welt nicht mit Theorien und Zweifeln zu erklären sei, sondern allein durch den Glauben. Nach ein paar Jahren als Faktotum und mittelmäßiger Organist an der Kirche seines Vaters bewarb sich Martin schließlich 1899 bei der Hamburger Polizei. Waren Beamte früherer Generation wie Martins Chef Manthey in der Regel von militärischen Laufbahnen gleichsam in den Polizeiberuf geglitten, so gehörte Martin zu den Ersten, die den Beruf von der Pike auf lernen sollten. Nach einem Jahr auf der Polizeischule begann er als Kriminalassistent in der Polizeidirektion, und wenn ihm keine gröberen Fehler unterlaufen sollten, dann war ihm im Anschluss eine Stelle als Kriminalsekretär sicher. Erst dann folgte nach einigen Jahren der Rang des Kriminalkommissars.

Polizeiarbeit aus dem vorigen Jahrhundert, wie Martin es nannte, bedeutete in erster Linie: Verbrecher ermitteln, fangen und möglichst lange hinter Schloss und Riegel bringen. So, glaubte man, verhindere man gleichzeitig viele weitere Verbrechen, da es ja doch immer dieselben verkommenen Subjekte seien, die sich nicht an die Gesetze hielten.

Martin hing wie auch Polizeidirektor Roscher, der ein studierter Jurist war, eher der Überzeugung an, dass Verbrecher nicht als solche auf die Welt kommen, sondern von äußeren Umständen geprägt werden. Verbrecher erkennt man nicht an ihren Gesichtszügen, wie viele glaubten, und auch nicht an dem Strafregister ihrer Väter.

Kurz: Martin wollte Verbrechen nicht nur aufklären, sondern verstehen. Er wollte Straftaten verhindern, indem er die Gründe herausfand, aus denen jemand zum Verbrecher wurde. Ob er mit dieser Berufsauffassung bei der Kriminalpolizei richtig war, möchte ich infrage stellen. Es ging doch – wie in unserem Fall des seit Monaten umtriebigen Symbol-Mörders – auch darum, die Bevölkerung zu beruhigen. Und zu diesem Zweck steckte man lieber den Falschen ins Gefängnis als niemanden.

Kapitel 29

Mit der Versicherung, nun bald im Besitz von Ferdis angeblich blutiger Kleidung zu sein, weshalb er in Kürze freikomme, konnte ich mir wieder eine Nacht voller Glück mit Clara sichern. Die Zuneigung der Liebsten war mir natürlich nur auf Bewährung erteilt, und ich musste nun auch Entlastendes liefern.

Am Abend übergab mir Martin heimlich Ferdis abgetragenen und verdreckten Anzug mit der Auflage, ihn sehr früh am nächsten Tag wieder zurückzugeben. Wir hatten gelernt, dass meine forensische Arbeit bei Kommissar Manthey und Leichenbeschauer Dr. Trestow nicht gefragt war.

Zur Analyse der Verschmutzungen auf Jacke und Hose konnte ich ein Verfahren anwenden, das mein Greifswalder Lehrer Uhlenhuth entwickelt hatte. Ich hatte als Student viele Tests zur Überprüfung dieses Uhlenhuth-Probe genannten Verfahrens durchzuführen und wusste deshalb, wie ich vorzugehen hatte. Das Problem: Mit den mir vorliegenden Möglichkeiten würde ich mehrere Wochen für die Probe brauchen. Ich musste nämlich zur Herstellung eines Testserums zunächst menschliches Blut einem lebenden Kaninchen injizieren und drei bis vier Wochen warten, bis sich Antikörper für ein bestimmtes Eiweiß im Blut des Tieres gebildet hatten. Anschließend könnte ich aus dem Blut des Kaninchens ein Testserum gewinnen, dem ich eine Probe vom Blut auf Ferdis Jacke beigeben würde. An der Art der Ausklumpung des Eiweißes im Testserum könnte ich dann zweifelsfrei erkennen, ob es sich um menschliches oder tierisches Blut handelte. Ich hoffe, das Verfahren dem Laien einigermaßen verständlich dargestellt zu haben. Für eine wissenschaftlich exakte Beschreibung empfehle ich die Schriften von Professor Uhlenhuth.

Um Ferdi vor weiteren Wochen im Gefängnis und mich selbst vor Claras latenter Missstimmung zu bewahren, musste ich schneller an das Serum kommen. Im Tropeninstitut hatten wir es nicht, ich wusste auch nicht, wo ich es sonst in Hamburg bekommen konnte, also telegraphierte ich einem früheren Kommilitonen, der inzwischen in Greifswald eine Stelle an der Universität innehatte. Er rief mich noch am selben Tag auf dem Telefon des Instituts an und versprach, mir das Serum per Eilpost zu schicken.

Zwei Tage später hatte ich das Serum und kurz darauf die Gewissheit: Das Blut auf Ferdis Kleidung war mit absoluter Sicherheit kein Menschenblut.

Damit hatte ich meine Pflicht getan und ließ mich von Clara dafür belohnen. Bis Ferdi wieder den Duft der Freiheit schnuppern konnte, musste Martin allerdings Kommissar Manthey noch erklären, wie Ferdis Kleidung ins Labor des Tropeninstituts gelangt war, um dort von mir untersucht zu werden. Anschließend würde Martin dem Staatsanwalt darlegen müssen, was die Uhlenhuth-Probe war und warum sie als Beweismittel unbedingt glaubwürdig sei. Das war eine Hürde, die ich Clara gegenüber möglicherweise nicht ganz so hoch beschrieben hatte, wie sie in Wirklichkeit war.

Es dauerte noch zwei Wochen, bis Ferdi endlich das Gefängnis verlassen konnte. Ihm war zur Auflage gemacht, sich täglich auf dem Polizeiposten zu melden. Ich war sicher, dass er das nicht hinbekommen würde.

Kapitel 30

Seitdem wir auf der Fotografie aus der Gastwirtschaft Möller den Reeder Meinhard Lang als mögliches nächstes Opfer identifiziert hatten, waren fast drei Wochen vergangen. Sehr zu ihrem eigenen Missfallen wurden der feine Herr Lang und seine Gemahlin tatsächlich rund um die Uhr bewacht. Ein Polizist in Uniform war ständig an ihrer Seite. Ein weiterer Beamter folgte auf einem Fahrrad überallhin. Das Haus des kinderlosen Paares wurde tagsüber von einem, nachts von bis zu drei Wachtmeistern beschützt. Martin hatte wohl auch die Spionageabwehroffiziere Nemetz und Krohl in der Nähe von Langs Haus gesehen, was immer sie sich auch davon versprachen. Selbst der dümmste Verbrecher würde auf zehn Meilen erkennen, dass Lang unmöglich zu töten war, und sich fernhalten.

»Der wird irgendwann von einem der Schutzmänner aus Versehen erschossen«, scherzte Martin, als ich ihn mal wieder zu einem abendlichen Glas in einem Café am Hafen traf, in dem ich noch nie gewesen war.

Der Freund berichtete mir, dass auch Manthey bereits über die Schutzmaßnahmen für Meinhard Lang fluchte und über die Kosten, die damit verbunden waren. Doch Roscher hatte wohl nur entgegnet, dass Manthey der Stadtkasse die Kosten ersparen könne, wenn er einfach den Symbol-Mörder fasse. Diesen Druck hatte Manthey an Martin und seine Kollegen ungedämpft weitergegeben.

»Was wissen wir Schlaumeier eigentlich über das Lagerhaus von Dreyfuss & Consorten?«, fragte Martin und ich konnte ihm ansehen, dass er es spannend machen wollte.

»Was gibt es da zu wissen? Das ist vor sieben Jahren abgebrannt.«

»Und was ist dann mit der Ruine passiert?«, fragte Martin weiter.

»Was weiß ich? Da wird man in unserer baufreudigen Stadt schnell wieder etwas hingesetzt haben.«

»Sicher? In einem der Dokumente, die ich von Manthey bekommen hatte, stand, dass das Lagerhaus nach dem Konkurs an die Gläubigerbank gefallen ist. Bankhaus Prediger.« Nun leuchtete Martin vor Stolz über das anstehende Finale. »Und ich habe im Kataster nachgesehen: Das Grundstück gehört noch heute der Bank, und ich würde mich nicht wundern, wenn da noch nichts Neues steht.«

»Warum nicht? Die Bank kann doch auch etwas dahin bauen.«

»Nein, die würde das Grundstück jemandem verkaufen, der da bauen will. Aber das hat sie noch nicht getan.«

»Und warum? Los, sag schon!« Ich musste jetzt endlich wissen, worauf er hinauswollte.

»Ich habe mir das auf dem Plan angesehen. Das Grundstück liegt in einem Winkel des Baakenhafens nahe der Gasanstalt, der erst demnächst von der Erneuerung der Hafenbebauung erfasst wird. Die Jahre zuvor war dieser Bereich noch uninteressant.«

»Und jetzt steigen die Preise«, setzte ich den Gedanken fort.

»Genau. Wenn die Bank jetzt verkauft, hat sich das Warten gelohnt, und die Verluste, die sie durch Dreyfuss' Konkurs erlitten hat, sind mehr als ausgeglichen«, sagte Martin und strahlte mich an.

»Ja, ganz famos, Herr Oberökonomierat, aber was hat das mit Daniel Dreyfuss zu tun? Der bekommt bestimmt keinen Anteil von dem Reibach der Bank.«

»Nein, natürlich nicht.« Martin stöhnte und sah mich an, als sei ich beschränkt. »Darum geht es nicht. Es geht darum, dass das Lagerhaus noch steht. Da kann ja nicht alles abgebrannt sein. Da gibt es bestimmt noch irgendwelche Mauern, vielleicht einen Keller.«

»Und du meinst nun, dass Dreyfuss dorthin ...«

»Genau, zu Hause ist es doch am schönsten.«

»Aber die Familie hat doch früher nicht dort gewohnt«, sagte ich.

»Nein, das nicht. Aber der Ort ist Dreyfuss sicher vertraut. Und gejagt, ängstlich, durcheinander, wie er jetzt sicher ist, versteckt er sich dort, wo er sich auskennt.«

»Guter Gedanke, Sherlock, aber wir wissen nicht, ob da noch was steht. Wir vermuten es nur.«

Nun griff Martin unter seinen Stuhl und zog zwei Petroleumlampen hervor, die er vermutlich von seiner Dienststelle hatte.

»Wir sollen jetzt ...?«, fragte ich und er unterbrach mich.

»Hast du Angst?« Das war natürlich eine Frage, auf die ein richtiger Mann nur mit Nein antworten konnte.

So ergab für mich nun auch die Wahl des uns bisher unbekannten Cafés einen Sinn. Von hier aus war es nicht besonders weit zum Baakenhafen und dem Standort des Hauses Dreyfuss & Consorten oder dem, was noch davon übrig war.

Es war fast dunkel, als wir das Café verließen und uns auf den Weg machten. Wir gingen den Vorsetzen hinunter über die Niederbaumbrücke zum Kehrwieder und zum Sandtorhafen. Es herrschte hier nicht mehr viel Betrieb. Obwohl im Hafen, in den

Lagerhäusern und auf den Schiffen rund um die Uhr gearbeitet wurde, kehrte bei Dunkelheit doch meistens etwas Ruhe ein.

In den Hafenbecken lagen dicht an dicht die Schuten, die die Waren von den größeren Schiffen, die auf der Elbe entladen wurden, zu den Lagern brachten. Wir gingen entlang der neuen Speichergebäude am Sandtorkai. Am Kaiserkai schließlich waren Speichergebäude noch im Bau, und man konnte sich vorstellen, wie die Lagerflächen Jahr um Jahr größer und größer wurden. Am Grasbrookhafen standen zwischen älteren Lagerhäusern noch ein paar heruntergekommene Wohnhäuser, in vielen Fenster brannte Licht. Hier wohnten noch Menschen, die sicher auch bald dem modernen Hafen weichen mussten.

Am Hübenerkai am Grasbrookhafen, kurz vor den Passagierhallen für die Linienschiffe und gegenüber der Gasanstalt trafen wir auf einen Bereich fast ohne Bebauung. Auf großen Flächen wurden Güter im Freien gelagert. Es war nun so dunkel, dass wir nicht sehen konnten, was dort lag. Maschinen vermutlich, irgendwo erkannte ich auch gestapelte Holzstämme. Am Ende des Kais, wie angelehnt an ein halb verfallenes anderes Haus, stand die Ruine von Dreyfuss & Consorten. Wir erkannten das nicht, sondern wussten es aus der Katasterkarte, die Martin bei sich trug.

»Für eine Ruine noch ganz gut in Schuss«, sagte Martin, als wir uns dem Gerippe näherten. Das Haus war kleiner, als ich erwartet hatte. Vielleicht sechs Meter breit, ebenso tief und früher schätzungsweise fünf Böden hoch. Bis zum dritten Boden war das Gebäude gemauert. Darüber war vermutlich alles aus Holz gewesen und verbrannt.

Wir zündeten unsere Lampen an und gingen langsam eine kurze Treppe hoch und durch das Loch im Gemäuer, das früher einmal den Eingang dargestellt hatte.

Es war, als beträten wir den hohlen Zahn eines Riesen. Düster ragten die Wände um uns herum auf. Es stank nach Vogeldreck, vermodertem Holz und Öl. Über unseren Köpfen schwirrten Fledermäuse durchs Gemäuer. Wir befanden uns im Untergeschoss, wo vermutlich das Kontor und die Empfangsräume gelegen hatten. Es standen noch ein paar Grundmauern. Treppen, die die Böden mal miteinander verbunden hatten, waren keine mehr da. Der Fußboden bestand aus einer undefinierbaren Schicht aus Unrat. Man konnte kaum einen Fuß vor den anderen setzen. Wir konnten nur hoffen, dass der Fußboden massiv war und wir nicht irgendwann in den Keller durchbrachen, sofern es überhaupt einen gab.

Wir gingen langsam weiter und sahen hinter jede Mauer, in jeden Winkel, der vor dem Brand ein Raum gewesen war. Ich versuchte, mir vorzustellen, wie hier duftendes Obst und bunt leuchtendes Gemüse aus dem Alten Land mit Karren hineinundhinausgefahren wurden. Irgendwo da oben konnten geräucherte Schinken aus Holstein aufgereiht gehangen haben, einen Boden darunter stapelten sich goldgelbe Käseräder aus Holland. Meine Phantasie versagte jedoch rasch. Es war einfach nur noch ein Dreckloch.

Nachdem wir in alle Ecken geleuchtet hatten, sahen wir uns an und zuckten mit den Schultern. Wo sollte sich hier jemand verstecken?

»Gibt's einen Keller?«, fragte ich Martin, der es natürlich genauso wenig wusste wie ich. Was ich wusste: Es gab Speicher und Lagerhäuser mit Keller. Aber da sich die Kaianlagen zum größten Teil auf dicke Holzpfähle stützten, die im Elbschlamm steckten, war ein Keller ein aufwendiges Detail, das man sich gerne sparte.

Etwas ziellos liefen wir noch einmal die Fläche ab, leuchteten jeden Abschnitt des Fußbodens aus, fanden aber keine Luke oder Treppe.

Plötzlich ein Geräusch. Ein Rascheln, dann ein Klappern. Leise, aber nicht weit weg von uns. Wir horchten in die Stille. Nun vernahmen wir jedes winzige Geräusch. Der leichte Wind, der irgendetwas gegen eine Mauer schlug. Das Gurren der Tauben, die Geräusche der Schiffe und ihrer Besatzungen in den benachbarten Hafenbecken. Es war gewiss eine Ratte, was wir gehört hatten. Ein höheres Lebewesen würde sich hier auch nicht länger aufhalten.

Wir löschten die Petroleumlampen und gingen langsam davon. Wir hatten uns geirrt. Den Täter zog es nicht nach Hause. Wir verließen den Grasbrook. Vor uns zeichneten sich die gewaltigen Gebäude der Gasanstalt gegen den Nachthimmel ab, die dünnen Schornsteine ragten wie die Fühler eines dämonischen Insekts in die Höhe. Irgendwo im Gaswerk brannte Licht. Es hatte aber nicht die Kraft, unsere Umgebung zu beleuchten.

Wir schritten schweigend voran. Die Lampen ließen wir dunkel. Deshalb hatte uns die Gestalt vermutlich noch nicht bemerkt, die sich plötzlich auf der gegenüberliegenden Straßenseite an einem düsteren Gebäude entlangdrückte. Die Gestalt ging, nein, sie huschte eher in Richtung Hübenerkai. Am Ende des Gebäudes musste die Gestalt ein Stück über die freie Straße laufen, keine Mauern zum Verstecken, und da konnten wir mehr von ihr sehen. Die Gestalt trug einen wehenden dunklen Mantel, eine unförmige Mütze und hatte – wir stießen uns gegenseitig mit den Ellenbogen an – einen unübersehbaren Buckel unterhalb des Nackens.

Wir standen einfach da und starrten der Gestalt hinterher. Keiner von uns rührte sich, es kam mir vor, als würden wir minutenlang nicht einmal atmen.

Bald war die Gestalt nicht mehr zu sehen, und wir gingen ein Stück des Weges zurück, den wir gekommen waren. Dann sahen wir den Mann wieder. Er näherte sich der Ruine, in der wir vor Minuten noch umhergeirrt waren, und war auch schon darin verschwunden. Vorsichtig gingen wir näher. Schwer zu beschreibende Geräusche drangen wenig später aus der Ruine, ein Knarren vielleicht, ein Quietschen. Dann ein dumpfer Knall – und Ruhe.

Nun sahen wir plötzlich am Fuß des Gebäudes einen schwachen sehr dünnen Lichtschein. Ein Kellerfenster. Das Gebäude hatte also doch einen Keller, und unser Mörder saß nun dort, vielleicht bei einer Tasse Tee, und genoss den Feierabend. Wir zitterten vor Aufregung. So kurz vor dem Ziel durften wir keinen Fehler machen. Ein Fehler wäre in diesem Moment zum Beispiel, den Keller zu stürmen und »Stehen bleiben, Polizei!« zu rufen. Im besten Falle hatte der Verdächtige einen Fluchtweg vorbereitet und würde uns entwischen. Im ungünstigsten Fall würde der Mann mit seinem Dolch auf uns losgehen und mindestens einen von uns töten. Vielleicht hatte er auch eine Schusswaffe und konnte uns gleich beide ... Nein, so weit wollte ich gar nicht denken.

Wir entfernten uns rückwärts von der Ruine. Dicht an die Kaimauer gedrängt schlichen wir die Straße hinunter, ohne den Lichtschein aus den Augen zu lassen. Als wir genug Abstand hatten, konnten wir endlich sprechen.

»Das ist er, Zee-Jott«, flüsterte Martin. Sein Gesichtsausdruck erschien in der Dunkelheit wie irre. »Das ist er, wir haben ihn. Dreyfuss.«

»Ja, das ist er, aber wir haben ihn noch nicht. Was tun wir jetzt?«, sagte ich und sah vermutlich genauso irre aus wie mein Freund.

»Pass auf, das ist mein Plan«, sagte Martin, fest entschlossen, das Kommando zu übernehmen. »Du läufst jetzt so schnell du kannst, zum nächsten Polizeiposten. Der ist dahinten ..., nein« unterbrach er sich. »Da sind zur Nachtschicht nur alte Leute und Trinker, mit denen können wir nichts anfangen. – Lauf schnurstracks zur Polizeidirektion. Da hat jetzt Kriminalsekretär Ganske Dienst. Erklär dem, was los ist. Er soll mit ein paar Männern herkommen, leise, unauffällig, verstehst du? Und er soll Manthey aus dem Bett werfen lassen.«

Ich sah ihn an, unsicher, ob ich etwas gegen seinen Plan haben durfte.

»Ein guter Plan, Martin, aber lass es uns umgekehrt machen. Dein Kriminalsekretär glaubt mir kein Wort, wenn ich ihm mitten in der Nacht eine solche Geschichte erzähle. Geh du, dich kennt er. Ich behalte das Versteck im Auge.«

»Und wenn er abhaut?«, fragte Martin.

»Dann verfolge ich ihn vorsichtig und gebe euch ein Zeichen, wenn ihr kommt. – Aber der haut nicht ab. Der schläft jetzt«, sagte ich und lächelte Martin aufmunternd an.

»Du bleibst genau hier«, kommandierte er und zeigte mit dem Finger auf den Boden unter uns. »Keine Alleingänge.«

»Aye, aye, Käpt'n«, flüsterte ich und legte die Hand zum militärischen Gruß an die Stirn, während Martin gebückt in der Dunkelheit verschwand.

Ich habe bereits erwähnt, dass ich nicht besonders mutig bin. Diese überaus wichtige Selbsteinschätzung war mir in dem Moment, als ich Martin den Vorschlag gemacht hatte, wohl abhandengekommen. Nun, als ich alleine und nur von Dunkelheit und undefinierbaren Geräuschen umgeben war, schwand mein Mut schlagartig.

Es wäre zweifellos leichter gewesen, durch den Hafen zum Stadthaus zu rennen. Zwanzig Minuten, höchstens eine halbe Stunde, und dann wäre ich inmitten kompetenter Polizisten, die wussten, wie es weitergehen sollte. Stattdessen hatte ich mich fürs Warten im Dunkeln entschieden. Von diesem Moment an kämpften in mir Angst gegen Ungeduld und Langeweile.

Ich weiß nicht, wie lange ich auf meinem Posten gehockt hatte, zwanzig Minuten, kaum mehr, als ich es nicht mehr aushielt. Meine Angst hatte sich schlafen gelegt, und die Neugier war hellwach. Wo ein Lichtschein ist, da gibt es auch etwas zu sehen, dachte ich mir und schlich zur Ruine.

Gerade wurde auf der Elbe eine große Fregatte der Marine von einem Hafenschlepper vorbeigezogen. Beide Schiffe hatten die Maschinen auf geringer Kraft laufen, waren aber laut genug, um meine Geräusche zu überdecken. Schnell war ich an dem Lichtstreifen, auf den ich zuvor so lange gestarrt hatte. Es handelte sich tatsächlich um ein Kellerfenster. Es war nicht ganz so klein, wie vermutet, aber mit Pappe oder Stoff so abgedeckt, dass kaum Licht nach außen drang.

Ich hockte mich vor den Spalt und blinzelte hindurch. Zunächst erkannte ich nicht viel, doch als meine Augen sich an die Helligkeit gewöhnt hatten, konnte ich einen Teil eines Kellerraumes ausmachen. Der Raum war nur schwach erleuchtet. Eine Kerze konnte ich sehen, aber es musste irgendwo mindestens noch eine zweite stehen. Der Raum war niedrig; wie groß er war, konnte ich nicht sehen. An einer Wand lag eine dünne Matratze, darauf ein paar Decken. Ein Schlaflager. Neben der

Matratze standen eine Bierflasche und ein Teller mit einem angebissenen Stück Brot. Ich sah aus allen Richtungen durch den Schlitz, um möglichst viel von dem Raum zu erfassen. Was waren das für schwarze Flecken da an der Wand? Das waren ... das waren Hüte. Sauber aufgereiht hingen sie dort wie im Schaufenster eines Hutmachers. Ich zählte vier. Zwei Zylinder, eine Melone, ein Homburg. Das deckte sich mit unseren Zahlen: sechs Opfer, von denen zwei ihren Hut noch bei sich hatten, als man sie fand. Dreyfuss – oder wer immer hier hauste – sah ich nicht, aber ich hörte ihn rumoren.

Mir schmerzten in der Hocke die Knie, und ich wollte aufstehen, da vernahm ich eine raue Stimme direkt neben meinem Ohr.

»Und, hast du gefunden, was du suchst, Scheißkerl?«

Gleichzeitig spürte ich einen stechenden Druck im Rücken, eine Handbreit unter dem linken Schulterblatt.

Kapitel 31

Was Martin erlebte, während ich mich am Graasbrookhafen ohne jede Notwendigkeit in Todesgefahr begab, konnte er mir natürlich erst später erzählen. Der Chronologie halber nehme ich es aber an dieser Stelle vorweg.

Martin war gerannt, so schnell er konnte. Das war langsamer, als ich es vermocht hätte, aber das nur nebenbei. Anfangs lief er noch, dann ging er zügig, zum Schluss nur noch langsam. Völlig außer Atem und nassgeschwitzt kam er nach ungefähr dreißig Minuten am Stadthaus an.

Er hatte eine dunkle Station erwartet, in der sich wenige Beamte mit Mühe wach hielten. Stattdessen war im Gebäude und davor der helle Aufruhr. Kutschen wurden bereitgestellt, ein Automobil mit einem Laderaum, Beamte liefen durcheinander. Arnold Manthey musste nicht aus dem Bett geworfen werden, sondern war bereits vor Ort und befehligte den Aufruhr.

Der Kommissar ließ Martin gar nicht zu Wort kommen, sondern schob ihn in einen der Wagen, der auch gleich losfuhr. Der Symbol-Mörder habe wieder zugeschlagen, erfuhr Martin von Kollegen im selben Wagen, und nun werde man ihn fangen.

In seiner Erschöpfung und Verwirrung dachte Martin zunächst, man habe in der Station aus anderer Quelle Kenntnis vom Auftauchen des Buckligen bekommen und sei nun auf dem Weg zum Graasbrookhafen. Erst nach ein paar Minuten wurde

Martin gewahr, dass der Tross in die entgegengesetzte Richtung unterwegs war.

Am Ostufer der Alster war am späten Abend ein Mann mit dem bekannten Zeichen auf der Stirn gefunden worden. Martin hatte zunächst an Onkel Wilhelm gedacht, aber der wohnte am Westufer.

Am Fundort der Leichen fand sich ein großes Polizeiaufgebot zusammen. Auch Reporter waren anwesend. Offenbar versuchte Kommissar Manthey auf diese Weise öffentlich kundzutun, dass es der Polizei ernst war mit der Ergreifung des Täters. Aus diesem Grunde wurde das Gebiet weiträumig abgesperrt. So viele Schutzleute waren schon lange nicht mehr an einem Einsatz beteiligt. Man vermutete den Täter noch in der Nähe und wollte ihn regelrecht einkreisen. Freilich hatte zu diesem Zeitpunkt niemand eine Ahnung, wann genau die Tat stattgefunden hatte. Der Täter konnte längst über alle Berge sein – oder eben im Graasbrookhafen. Nach einer Ewigkeit, in der Kommissare und Schutzmänner am Alsterufer und um die Villa des Opfers herumliefen, konnte sich Martin endlich bei seinem Chef Gehör verschaffen und ihm die Sichtung des Buckligen und die Lage an der Ruine von Dreyfuss & Consorten schildern.

Eine weitere Ewigkeit dauerte es, bis Martin mit einem Automobil und drei Polizisten endlich zum Hafen aufbrach. Eine Kutsche mit weiteren Beamten folgte. Der Freund hatte zu diesem Zeitpunkt mir gegenüber lediglich ein schlechtes Gewissen, weil ich so lange auf meinem Wachposten warten musste. Hätte er gewusst, in welcher Gefahr ich tatsächlich schwebte, wäre er gewiss schneller gekommen.

Kapitel 32

Ich war für einen Moment unfähig, irgendeinen Gedanken zu fassen, nachdem ich die Frage des Mannes hinter mir vernommen und den Dolch im Rücken gespürt hatte. Der erste Gedanke, der dann schließlich wieder durch meinen Kopf blitzte: Das war's.

Aber das war's nicht.

»Steh auf«, sagte der Mann und befahl mir somit, was ich sowieso im Begriff war zu tun, als er aufgetaucht war. Ich sah den Mann dicht vor mir. Der Lichtschein vom Kellerfenster ließ das Gesicht als dämonische, bleiche Fratze erscheinen. Meine Angst war in diesem Moment so groß, dass ich sie gar nicht mehr als ein Gefühl wahrnahm. Ich bestand nur noch aus Angst. und mein Verstand schien ganz sachlich anzumerken: Du hast Angst, Carl-Jakob.

Was die Angst mit mir anrichtete, spürte ich erst, als der Mann mir befahl, vorzugehen, und mich nur leicht anstieß. Meine Beine versagten den Dienst, ich knickte ein und wäre fast gestrauchelt. Doch dann fing ich mich und ging langsam los.

»Schneller, vorwärts«, brummte es hinter mir.

Ich ging in die Ruine des Lagerhauses und setzte vorsichtig einen Fuß vor den anderen. Ich konnte im Dunkeln kaum sehen, was vor meinen Füßen lag, und wollte nicht noch mal stolpern. Langsam konnte ich wieder etwas klarer denken und wog kurz meine Fluchtchancen ab. Ich müsste sehr schnell laufen, ohne zu wissen, wie schnell mein Widersacher war. Er war dünn, das war ein Vorteil für ihn, aber er sah auch krank und schwächlich aus. Vor der Flucht durch den Ausgang des Gebäudes musste ich mich auf jeden Fall herumdrehen, und dabei konnte der Plan schon scheitern. Er war hinter mir und konnte mich direkt in sein Messer laufen lassen.

»Los, stell dich da an die Wand!«, befahl der Mann, der immer noch dicht hinter mir war. Sein rechter Arm schnellte neben mir nach vorne. In der Hand blitzte ein langer Dolch. Die Tatwaffe, dachte ich, als ob das jetzt wichtig wäre.

Mehr als die bleiche Fratze und eine dunkle Gestalt in einem Wettermantel hatte ich noch nicht erkennen können. Die Gestalt bückte sich nun und zog aus dem Unrat auf dem Boden ein kurzes Seil hervor, mit dem sie nun eine Klappe öffnete, ungefähr so groß wie eine Tür. Aus der geöffneten Luke drang ein schwacher Lichtschein.

»Los, runter da!«, befahl die Gestalt und deutete in die Luke. Ich gehorchte. Über eine aus Latten ungeschickt zusammengehämmerte Leiter stieg ich in einen Keller hinab.

»Halt«, sagte der Mann, als ich unten angekommen war, und kam selbst die Leiter hinunter. Im Gegensatz zu mir nahm er die Leiter mit dem Rücken zu den Sprossen, damit er mich im Auge behalten konnte. Das Messer hatte er für einen Moment zwischen den Zähnen wie ein Pirat in einem Kinderbuch.

Er schob mich durch einen kleinen Vorraum, der von einer Kerze erhellt wurde, in einen größeren Raum. Hier erkannte ich Details wieder, die ich bereits durch das Kellerfenster gesehen hatte: die Schlafstelle, die Hüte. Nun sah ich mehr von dem langen, schmalen Raum. In jeder Ecke stand mindestens eine Kerze, daher war der Raum hell erleuchtet.

Es gab eine Kiste, in der Gemüse und Obst lagen, auf einer anderen Kiste standen unterschiedliche Konservendosen. Gemüse, Fisch, Corned Beef. Ich sah einen großen Blechkanister, sicher mit Wasser gefüllt, daneben mehrere Flaschen Wodka. So hauste der Mann hier vermutlich seit März, seit einem halben Jahr. Ich fragte mich, wie er in dieser langen Zeit hier ein und aus gehen konnte, ohne gesehen zu werden. Wahrscheinlich jedoch war er nur im Schutze der Nacht unterwegs.

An einer Wand entdeckte ich nun Zeitungsausschnitte. Ich musste nicht genauer hinsehen, um zu wissen, was sie zum Thema hatten: die Taten des Symbol-Mörders. Dort hing auch ein Brief, der das Symbol von Dreyfuss & Consorten trug. Es war ein ähnlicher Brief, wie wir ihn von dem Fleischer Buntenbruch bekommen hatten, in dem Dreyfuss unter den Anarchisten um Mittäter geworben hatte. Schließlich sah ich auch die Fotografie der Segelfreunde aus der Gaststätte Möller. Die Gesichter der Männer, die Dreyfuss bereits getötet hatte, waren jeweils mit einem schwarzen Fleck markiert.

»Setz dich«, sagte der Mann und deutete auf ein kleines, ölverschmiertes Blechfass. Er selbst ließ den Wettermantel von den Schultern gleiten, wobei er sich in einer wohl oft geübten Bewegung so herunterbeugte, dass die Joppe fast elegant über den Buckel glitt.

Nun setzte sich der Mann auf die Schlafstelle und zündete sich eine Zigarette an. Es war Daniel Dreyfuss, ohne Zweifel. Ich erkannte ihn von der Fotografie wieder, die uns der Professor in der Nervenheilanstalt gegeben hatte. In den drei Jahren, die seit der Aufnahme in Pölitz verstrichen waren, war der mittlerweile vierundzwanzigjährige Mann erschreckend gealtert. Er sah aus wie vierzig. Das Gesicht schmal, die Wangen eingefallen, viele Zähne fehlten. Die Haare waren fast grau, ungepflegt und mittellang; vermutlich hatte er sie in den letzten Monaten selbst geschnitten.

»Wer bist du?«, fragte er, und erst jetzt fiel mir seine dünne, kraftlose Stimme auf.

»Ich heiße Carl-Jakob Melcher. Ich bin Bakteriologe«, sagte ich und beschloss, auf alle Fragen zu antworten und ein möglichst normales Gespräch in Gang zu halten. Nur so konnte ich Zeit gewinnen.

»Aha«, sagte Dreyfuss und schien über diese Informationen nachzudenken. »Und was willst du hier?«

»Ich möchte Sie gerne daran hindern, weitere Morde zu begehen«, sagte ich so forsch, wie ich vermochte, doch immer noch von Angst beherrscht. Nun nahm ich den Hauch eines Lächelns um seine schmalen Lippen wahr.

»Warum kümmerst du dich darum? Du bist nicht von der Polizei«, sagte Dreyfuss.

»Ich weiß nicht. Hat sich so ergeben. Mein Freund Bucher ist bei der Polizei. Der wird auch gleich hier sein …« Ich stockte. War das schlau, das baldige Eintreffen der Polizei anzukündigen? Ich hatte einfach keine Erfahrung im Umgang mit wahnsinnigen Mördern. Nun musste er doch flüchten. Das ging nur, wenn er mich vorher tötete. Mein Angstpegel stieg wieder rasant an. Aber nein, beruhigte ich mich. Der Mann ist sehr intelligent, hatte der Professor gesagt. Er weiß sicher, dass er keine Chance mehr hat. Der Professor sagte auch, dass er sehr sympathisch sein könne. Würde seine Sympathie ausreichen, mich als letzten Akt seines Dramas nicht zu töten?

»Wie habt ihr mich gefunden?«, fragte der Mann und drückte seine Zigarette auf der Scherbe eines Dachziegels aus.

»Das war ein weiter Weg«, sagte ich. Mir fehlte jede Lust, die

Irrungen und Wirrungen unserer Recherchen hier in diesem muffigen Keller vor Dreyfuss Revue passieren zu lassen. »Am Ende hat uns das Symbol geholfen und eine Reise nach Stettin.«

Dreyfuss nickte. Lag Anerkennung in dieser Bewegung?

»Was tun Sie hier, Dreyfuss?«, erlaubte ich mir eine Frage. »Wen wollen Sie noch töten? Und warum, zum Teufel?«

Er beugte sich etwas vor.

»Die Welt ist besser dran ohne diese Parasiten«, sagte er mit hasserfülltem Gesicht. »Sie müssen alle ausgelöscht werden.« Die Kerze neben ihm flackerte kurz und veränderte die Schatten auf seinem Antlitz. Kurz sah er aus wie der nette junge Mann von der Fotografie, dann wieder wie der Dämon, der er war.

»Haben sich Leute auf ihren Aufruf gemeldet? Haben Sie Mitstreiter beim Auslöschen der Parasiten gefunden, wie Sie sie nennen?«

Er zuckte mit den Schultern.

»Weiß nicht, glaub schon. Die müssen sich ja nicht bei mir melden, die können einfach loslegen. Die Revolution hat gerade erst begonnen.«

»Was soll das denn für eine Revolution sein, bei der man wahllos mordet?«

»Nicht wahllos, Mann. Nur Parasiten. Die Kerle, die uns das Blut aussaugen. Wir müssen viele von ihnen töten. Wenn sie alle weg sind, sind wir frei.« Er grinste angsteinflößend. Ich stellte mir vor, wie in seinem Kopf Vernunft und Klugheit immer wieder von Besessenheit und Aggression besiegt wurden.

»Sie haben sich nur um die Widersacher Ihrer Familie gekümmert. Ist das nicht ziemlich egoistisch und wenig revolutionär?«, fragte ich. Das interessierte mich wirklich.

»Das war ich meinem Vater schuldig. Er hatte ja nicht den Mut dazu. Hat sich lieber aufgehängt.« Dreyfuss sah einen Moment betreten vor sich hin. »Der Brief mit der Fotografie kam wenige Wochen vor seinem Tod. Er hätte sich also noch selbst darum kümmern können, wenn er gewollt hätte, der Feigling.«

»Was stand in dem Brief?«, fragte ich.

»Da stand, dass diese Leute allesamt eine Verschwörung gegen friedlich streikende Arbeiter gebildet und Verbrecher für Sabotageakte bezahlt hatten. Aber das wissen Sie ja sicher, wenn Sie die Fotografie kennen.«

»Was ich aber nicht weiß – und Sie sicher auch nicht –, ob es noch mehr Verschwörer gab.«

Dreyfuss zuckte wieder mit den Schultern.

»Das wissen vielleicht andere. Sie hängen doch alle mit drin.«

Er stand auf, ging zur Ecke mit den Vorräten und nahm eine Wodkaflasche. Er setzte sich wieder und trank einen großen Schluck. Wenn er sich nun betrinkt, dachte ich, kann das dazu führen, dass er noch verrückter und aggressiver wird oder dass er einschläft. Ich musste auf jeden Fall wach bleiben. Hellwach.

»Wie soll das jetzt hier weitergehen?«, fragte ich. »Mein Freund von der Polizei und seine Leute werden gleich hier sein. Dann ist es zu Ende mit Ihnen.«

»Zuerst mit dir«, sagte er ohne jede Regung. Wenn es einer Erinnerung bedurft hatte, dass ich in Lebensgefahr war, dann hatte ich sie nun.

Zwischen den gleichbleibenden Geräuschen, die von den Hafenbecken in den Keller drangen, war nun der Motor eines schnell fahrenden Automobils zu hören. Das Geräusch kam näher.

»Du machst keinen Laut«, sagte Dreyfuss und sprang auf. Schnell hatte er alle Kerzen bis auf eine gelöscht. Er zerrte mich von dem Fass in eine Ecke.

»Bleib da stehen!«

Dreyfuss hantierte an den Mauersteinen in der Wand. Es löste sich ein Stück der Mauer, vielleicht ein mal ein Meter. Er stellte das Mauerstück vorsichtig an die Seite und leuchtete in das Loch, das sich nun auftat. Ich sah in einen anderen Raum. Wie groß er war, konnte ich nicht erkennen.

»Rein da. Und leise«, befahl Dreyfuss.

Ich schlüpfte durch das Loch in die totale Finsternis. Um mich zu vergewissern, ob ich mich aufrichten konnte, streckte ich den Arm vorsichtig nach oben aus. Ich konnte aufrecht stehen. Der Raum schien etwas mehr als mannshoch zu sein. Nun kam Dreyfuss mit der Kerze durch das Loch in der Mauer.

»Stell dich da in die Ecke«, flüsterte er, und ich gehorchte.

Er zog das lose Mauerstück vorsichtig wieder in die Öffnung. Dafür waren extra so etwas wie Griffe an dem Stück angebracht. Es fügte sich nahtlos in die bestehende Mauer. Ich hatte diesen Geheimeingang vorher nicht gesehen, also würde ihn auch sonst niemand entdecken.

Ich stand in der mir zugewiesenen Ecke und zitterte. Es war hier kühler als in dem von Kerzen erwärmten Raum zuvor. Ich sah mich um. Der Raum war früher ein Kohlenkeller gewesen, der Boden und die Wände waren schwarz. Aber der Raum war sicher von den Bewohnern in der Umgebung in den vergangenen Wintern bis auf den letzten Krümel Kohle geleert worden. An der anderen Seite des Raumes entdeckte ich eine Stahltür, die mit einem großen Riegel versperrt war. Der Riegel war mit einem verrosteten Schloss gesichert. Selbst wenn Dreyfuss einen Schlüssel für dieses Schloss hätte, wovon ich nicht ausging, würde es sich sicher nicht öffnen lassen. Unter der Decke, an der Wand, die vermutlich zur Straße lag, entdeckte ich eine stählerne

Klappe, einen Meter breit und hoch, hinter der sich vermutlich die Luke zum Einfüllen der Kohle befand.

Es gab also zwei Ausgänge aus diesem Verlies. Zurück durch die Mauer in Dreyfuss' Behausung oder über die Kohlenrutsche, falls man diese erklimmen konnte. Ich hatte keine Idee, wie der nächste Schritt des Mörders aussehen konnte, und ich traute mich nicht zu fragen.

Dreyfuss hockte nun in der Ecke mir gegenüber und schaute konzentriert. Er lauschte. Die Geräusche von draußen waren gut zu hören. Sie drangen durch die Kohleklappe, die vermutlich nur aus dem dünnen Blech bestand. Ein Automobil war nun vor der Ruine vorgefahren, es folgten die Geräusche von Pferdehufen und Kutschrädern auf dem Pflaster. Dann Stimmen von Männern, die sich flüsternd Anweisungen gaben. Warum flüstern die?, fragte ich mich, wo sie doch mit solchem Lärm angekommen waren.

Mittlerweile war es auf der Straße ruhig geworden. Stattdessen vernahmen wir Geräusche über uns. Die Männer – ich vermutete Martin, Manthey und weitere Beamte – suchten im Unrat des Erdgeschosses nach einem Kellerzugang. Es dauerte eine Ewigkeit. Schließlich vernahm ich durch die Mauer Geräusche im Raum neben mir. Stimmen.

Dreyfuss schlich flink in meine Ecke, stellte sich neben mich und bohrte mir die Spitze des Dolches an den Hals. Ich spürte, wie mir der Schweiß die Stirn hinunterrann.

»Das ist sein Versteck«, hörte ich Manthey sagen, »da sind die Hüte.«

»Ja, aber wo ist er? Und wo ist Carl-Jakob?«, meinte Martin.

Eine Zeit lang rumorte es in dem Raum. Sie durchwühlten alles, suchten nach Hinweisen. Dann war es plötzlich still. Flüsterten sie?

»Die Vögelchen sind ausgeflogen«, hörte ich Manthey schließlich sagen.

Dann folgten Kommandos. Martin sollte mit einem anderen rund um die Gasanstalt suchen, er selbst wolle mit dem Automobil zur Hafenpolizei fahren und von dort aus mit einem Boot Elbe und Hafenbecken absuchen.

»Hier finden wir ihn ganz bestimmt nicht mehr«, erklärte Manthey.

»Und Carl-Jakob? Was ist mit ihm?«, fragte Martin besorgt.

»Wenn Ihr Freund nicht längst wieder zu Hause in seinem Lavendelbettchen liegt, hat dieser Dreyfuss ihn mitgenommen.« Nach einer kurzen Pause fügte Manthey an: »Oder umgebracht und in die Elbe geworfen.«

Es folgten Schritte, das Automobil startete, Kutschen setzten sich in Bewegung. Nach ein paar Minuten herrschte wieder Stille.

»Sie haben dich aufgegeben«, sagte Dreyfuss und grinste. Er ließ das Messer sinken, das während der letzten Ewigkeit an meinen Hals gedrückt war und dort sicher eine Wunde hinterlassen hatte. Dreyfuss schlich wieder in seine Ecke und lauschte, den Blick fest auf den Mauerdurchbruch gerichtet.

Fünfzehn Minuten verharrten wir so, vielleicht weniger, mein Zeitgefühl war aus den Fugen geraten in dieser Nacht. Dann öffnete Dreyfuss den Mauerdurchbruch und gab mir ein Zeichen, dass ich durchschlüpfen solle. Ich betrat den bekannten Raum, der nun völlig dunkel war, und horchte in die Stille. Sollten Martin und seine Kollegen die Suche hier so schnell aufgegeben haben? Das war enttäuschend, passte aber zu dem Eindruck, den ich in den vergangenen Monaten von der Polizeiarbeit gewonnen hatte.

Fast nüchtern schätzte ich meine Lage ein. Dreyfuss, der wieder Kerzen entzündet hatte und damit begann, ein paar Sachen in eine Tasche zu stopfen, konnte nun unbehelligt fliehen. Er hatte sicher eine Route ausbaldowert, auf die die Polizei nicht so schnell kommen würde. Vermutlich lag an einer Kaimauer ein kleines Boot, oder er hatte ein zweites Versteck in der Nähe. Es war auch nicht auszuschließen, dass er doch Komplizen gefunden hatte, die ihm nun helfen würden. Der Mann war Martin und Manthey überlegen und mir sowieso, das hatte er in den letzten Monaten bewiesen.

»Deine Leute halten mich für blöd«, sagte Dreyfuss schließlich ruhig und sah mich an. »Ihr wart ja in dieser Heilanstalt bei dem Professor, da müsst ihr das denken. Aber ich bin nicht blöd.«

»Der Professor hält Sie nicht für dumm, Dreyfuss«, sagte ich. »Er glaubt, dass Sie verletzt sind, verwundet irgendwie.«

»Wen kümmert's, was der sagt? – Ich weiß, dass da oben überall noch Bullen warten.«

Er nahm die Briefe und Fotografien von der Wand und steckte sie in seine Tasche. Er würde nun irgendwie verschwinden. Und ich? Todesangst erfasste mich wie eine gigantische Flutwelle, für einen Moment war ich wieder unfähig zu denken oder zu handeln.

»Ich lass dich hier«, sagte Dreyfuss, während er in das Loch in der Mauer kroch, aus dem wir gerade erst gekommen waren. »Du kannst mir nicht von Nutzen sein. Und schaden kannst du mir auch nicht.«

Dann verschwand er im Kohlenkeller. Kurz darauf wurde es laut. Ich hörte ein infernalisches, metallenes Krachen und Scheppern. Das konnte nicht die Kohlenklappe sein, das war etwas Schwereres. Mit einer Kerze leuchtete ich in den Kohlenkeller und sah, dass die gesamte Stahltür aus dem Mauerwerk gerissen war und am Boden lag. Staub hing in der Luft. Die Tür war also tatsächlich gut verschlossen gewesen, aber sie lehnte nur locker in der Wand. Dreyfuss hatte sie mit der Einfassung aus der Wand gerissen. Dahinter herrschte nur Dunkelheit.

Hinter meinem Rücken polterten nun Schritte über die Treppe und die Tür zu Dreyfuss' Raum flog auf. Manthey, gefolgt von Martin und zwei Männern in Uniformen standen im Raum. Jeder hatte eine Petroleumlampe in der Hand. Wie Dreyfuss erwartet hatte, waren sie nicht abgezogen, sondern hatten den Abzug nur vorgetäuscht. Sicher standen auch Männer an der Kohlenklappe, um den Flüchtenden dort in Empfang zu nehmen.

»Dahinten ist er durch«, rief ich und schlüpfte in den Kohlenkeller. Die Kerze, die ich in der Hand hielt, erlosch. »Los, Martin! Ich brauche Licht.«

Martin kam mit seiner Petroleumlampe hinter mir her.

»Wo geht es hier hin?«, fragte er, als wir den Gang hinter der Stahltür entlangliefen.

»Woher soll ich das wissen?«

Wir kamen an zwei Stahltüren vorbei, die beide verschlossen waren. Wir liefen weiter den Gang entlang. Er wurde schmaler, war nur noch einen Meter breit und auch niedriger. Wir mussten den Kopf einziehen. Irgendwann war dieser Gang wahrscheinlich als geheimer Weg angelegt worden, vielleicht für Schmuggler.

»Wir sind doch jetzt schon nicht mehr unter der Ruine«, rief Martin japsend hinter mir. »Einer muss zurück und Manthey Bescheid sagen, dass die anderen sich draußen umsehen.«

»Du bleibst jetzt hier, verdammt«, rief ich und rannte weiter. Der Boden, der vorher noch festgestampft war, wurde uneben und glitschig. Irgendwo drang hier Wasser ein. Weiter hinter uns hörten wir Stimmen. Wenn jetzt alle diesen Gang entlangliefen, dachte ich, würde das gar nichts nützen. Ich hoffte, dass Manthey auch ohne uns auf die Idee käme, draußen nach dem Flüchtenden zu suchen.

Die Luft wurde kühler, feuchter, und es drangen nun auch Geräusche vom anderen Ende des Ganges zu uns. Plötzlich endete der Gang in einem Loch in einer Mauer. Ich wollte schon hindurch springen, als ich in letzter Sekunde von Martin an der Jacke festgehalten wurde. Direkt unter mir ging es vier, fünf Meter steil hinunter in die Elbe. Es lagen zwei kleine Boote dort. Gerade machte ein kleines Boot los. Dreyfuss ergriff die Ruder und pullte, was das Zeug hielt.

»Los, hinterher«, rief ich völlig besessen und sprang in das zweite kleine Boot. Wo mein Verstand in diesen Sekunden gerade ein Nickerchen hielt, weiß ich nicht. Ich hörte nur Martin von oben rufen.

»Bist du wahnsinnig?«

Bei meiner Landung geriet das Boot bedrohlich ins Schwanken, kenterte aber nicht. Mein Knöchel schmerzte teuflisch, vermutlich hatte ich ihn mir verstaucht. Zum Rudern brauchte ich aber nur meine Arme.

Dreyfuss war noch nicht weit gekommen. Rudern gehörte offenbar nicht zu seinen Stärken – aber zu meinen. Fünf Jahre Training in Greifswald erwiesen sich als nützlich. Der Abstand zwischen mir und dem Flüchtenden wurde kleiner. Ich war allerdings bessere Boote gewöhnt. Jetzt saß ich in einem kleinen Nachen, breit, schwerfällig, mit zu kurzen Riemen, die mir Splitter in die Hände bohrten.

Es war immer noch finster, aber der Hafen und der Mond boten genug Licht, um Dreyfuss im Auge zu behalten. Weil ich mit dem Rücken zur Fahrtrichtung ruderte, musste ich mich immer wieder zu ihm umdrehen. Wo wollte er hin? Gegenüber lagen das Amerikahöft und der Grasbrook. Vierhundert Meter vielleicht bis dort. Diese Regatta würde Dreyfuss gegen mich verlieren. Aber was wollte ich tun, wenn ich bei ihm war?

Doch diese Frage musste ich zurückstellen. Ich hatte ein dringenderes Problem. Mein Boot, das vermutlich seit Jahren dort vergessen an der Kaimauer gelegen hatte, war leck. Unter meinen Füßen spürte ich, wie die Elbe schluckweise Besitz von der Schaluppe ergriff. Sehen konnte ich es in der Dunkelheit nicht. Der Abstand zu Dreyfuss wurde wieder größer, weil mein Boot schwerer und langsamer wurde. Wenn der Mörder erst das Ufer erreicht hatte, konnte er sich in den Kai- und Werftanlagen bestens verstecken.

Das Wasser stand mir mittlerweile bis zu den Waden, und es stellte sich nicht mehr die Frage, ob ich Dreyfuss einholen konnte, sondern, wann ich absaufen würde.

»Bleib stehen du Scheißkerl«, rief ich hinter Dreyfuss her. »Wir haben dich.« Es war lächerlich.

Als das Wasser die Bordwand erreicht hatte und sich meine Nussschale von einem Boot in ein Stück Treibholz verwandelte, sah ich Lichter auftauchen und vernahm das vertraute Geräusch einer Dampfmaschine. Eine Polizeibarkasse kam mit hoher Geschwindigkeit auf mich zu. Ein Scheinwerfer suchte die Wasseroberfläche ab und erfasste schließlich Dreyfuss, der immer noch hundert Meter vom Ufer entfernt schien.

Ich war nun ohne Boot und schwamm in der trotz der warmen Nacht kalten Elbe. Mein Anzug wurde bleischwer. Um mich besser über Wasser halten zu können, entledigte ich mich der Jacke, ohne weiter über den Verlust des guten Kleidungsstücks nachzudenken.

Das Polizeiboot hielt weiter direkt auf Dreyfuss zu. Das Problem: Ich schwamm direkt auf der Route des Bootes, und mein Kopf war in der Dunkelheit offenbar noch niemandem aufgefallen. In letzter Sekunde gelang es mir, dem Schiff auszuweichen. In der Bugwelle schluckte ich Wasser und wusste kurz nicht mehr, wo unten und oben war.

Plötzlich traf mich etwas am Kopf. Der dumpfe Schmerz war gleich verflogen, als ich das etwas als Rettungsring erkannte. Ich klammerte mich mit beiden Armen an das glitschige Ding und spürte, wie ich durch das Wasser gezogen wurde.

Wenig später saß ich, in eine Wolldecke gewickelt, an Bord der Polizeibarkasse und trank heißen Tee. Mir gegenüber saß Martin und grinste sein überheblichstes Grinsen – ich war überglücklich, es sehen zu dürfen.

»Gib's zu, Zee-Jott«, sagte Martin, »du bist ein Idiot. Nur ein Idiot springt zehn Meter tief in einen Schrottkahn und rudert los.«

»Es waren höchstens drei Meter«, sagte ich.

Währenddessen wurde auf der anderen Seite der Barkasse gerade Dreyfuss an Bord genommen. Er hatte verloren.

»Woher wusstet Ihr, dass wir noch im Keller waren?«, fragte ich Martin, als wir später in der Polizeidirektion saßen, Brote aßen und Kaffee tranken. Durch die Fenster sahen wir über Hafenkränen die Sonne aufgehen.

Martin zog eine Zehnpfennigmünze aus der Tasche und hielt sie mir hin.

»Hast du wieder die Hose mit dem Loch an?«

Ich wollte fühlen, aber meine nasse Hose hing irgendwo auf der Leine. Ich hatte eine Uniformhose bekommen, die mir zu groß war. Mein verstauchter Fuß war in kühlende Lappen gewickelt.

»Kann sein, dass ich die anhatte. Wieso?«

»Die Münze lag direkt dort an der Wand, wo der Durchbruch war. Sie muss dir dort wieder durchs Hosenbein gerutscht sein. Es lag dort auch etwas Mörtel, und wenn man genau hinsah, erkannte man, dass die Mauer dort lose war.«

»Wenn du wusstest, dass ich hinter der Mauer war«, fragte ich etwas verärgert, »wieso bist du dann nicht sofort da rein?«

Martin lachte. »Gut, dass du nicht bei der Polizei bist. Dreyfuss hätte dich sofort getötet. Ich hatte doch keine Ahnung, was ich dort vorfinde. Ich glaube, wir haben das ziemlich gut gemacht, mein Lieber. Bis auf die Verfolgung mit dem Boot zum Schluss.« Er grinste. »Aber lassen wir das.«

Dann erzählte er mir von dem Einsatz, der ihn davon abgehalten hatte, gleich zum Lagerhaus zurückzukommen. Es sah so aus, als ob Dreyfuss unmittelbar nach dieser Tat zum Lagerhaus geflüchtet war, wo wir ihn dann gesehen hatten. Martin wusste allerdings noch nicht, wen es diesmal aus der Runde der Dreyfuss-Opfer erwischt hatte. Meinhard Lang konnte es nicht sein, da der in Övelgönne lebte und dort besser bewacht war als der Kaiser in Berlin. Jens Hartung, der Letzte der Segelfreunde, war, soweit wir wussten, in Afrika.

Martin ging kurz fort und kam leichenblass zurück. Er wusste nun den Namen des Opfers vom Alsterufer: Ortwin Marunde.

Kapitel 33

Ich hatte nun also Onkel Wilhelm die Kunde vom Tod seines besten Freundes schonend zu überbringen. Als ich nach einer aufregenden und schlaflosen Nacht von der Polizeidirektion nach Hause kam, saß die Familie beim Frühstück. Ich ignorierte alle Fragen nach meinem desolaten Äußeren – und wo ich denn die ganze Nacht gewesen sei – und kam direkt mit der schlechtesten Nachricht.

»Ortwin Marunde ist letzte Nacht ermordet worden.«

Onkel Wilhelm ließ die Zeitung sinken und starrte mich an. Fassungslos. Ich sah aus wie ein Gespenst, vielleicht war es ein Tagtraum, mag er gedacht haben, ausgelöst von Schmerzmitteln, die er seiner Krankheit wegen nahm. Noch bevor der Onkel Worte gefunden hatte, brüllte Adolf los.

»Was? Darf das denn wahr sein? Was macht ihr Idioten bei der Polizei eigentlich den ganzen Tag?«

»Ich bin nicht bei der Polizei, Adolf«, sagte ich leise.

»Ortwin?«, stammelte Onkel Wilhelm. »Warum Ortwin? Was ist das für ein Irrer, was soll das?«

Clara kam herein, um frischen Tee zu bringen. Als sie mich sah, stutzte sie, und alles in ihrem Gesicht verlangte stumm nach einer Erklärung, die ich ihr in dieser Situation nicht geben konnte.

»Die Polizei hat diesen Irren heute Nacht gefasst«, sagte ich. »Marunde war sein letztes Opfer, so viel steht fest.« Ich wollte meinen Anteil an der Festsetzung des Mörders jetzt nicht ausbreiten. Und ich verschwieg auch unseren Zweifel daran, dass Dreyfuss Marunde getötet hatte. Der Kaufmann gehörte nicht zum Kreis der Segelfreunde auf der Fotografie. Außerdem passte es vom vermuteten Todeszeitpunkt her nicht. So schnell wäre Dreyfuss ohne Pferd nicht vom Tatort zum Lagerhaus gekommen. Aber um das genauer zu wissen, musste ich Marunde untersuchen. Manthey, der inzwischen auch Zweifel an der Unfehlbarkeit seines Leichenschauers Trestow hegte, hatte mir offiziell die Erlaubnis dazu erteilt.

Doch zunächst musste ich mit Onkel Wilhelms Trauer und Adolfs Wut umgehen. Der alte Knudsen hatte sich in die Bibliothek zurückgezogen, wo er trübe vor sich hinstarrend ein Glas Rum nach dem anderen leerte. Er trank sonst nie tagsüber.

»Warum Marunde?«, fragte er, als ich zu ihm trat.

»Ich weiß es nicht, Onkel Wilhelm«, sagte ich. »Und der Täter weiß es offenbar selbst nicht genau. Reichtum und Macht sind vermutlich Eigenschaften, die bei diesem Menschen die Mordlust wecken.«

Ich hatte immer noch nicht von meinen Stunden unter der Gewalt des Mörders berichtet. Das würde dieses Haus nur noch mehr in Aufruhr versetzen.

»Aber man stößt doch mitten in der Nacht nicht zufällig auf Marunde? Wer weiß denn, dass der alte Narr um diese Zeit immer alleine mit seinem Hund da spazieren geht?«, klagte Onkel Wilhelm.

Ich zuckte mit den Schultern.

»Es tut mir sehr leid«, sagte ich, um Worte des Trostes ringend. »Ich weiß, dass Marunde ein guter Freund von dir war. Das ist sicher ein schwerer Verlust.«

»Ich verliere nicht nur einen Freund, Carl-Jakob«, sagte Knudsen erregt. »Ich verliere auch meinen wichtigsten Fürsprecher für die ›Marianne‹. Er wollte seinen Einfluss bei Blohm & Voss noch mal in die Waagschale werfen, damit das endlich losgeht.«

»Ich denke, es wäre alles geklärt?«

»Blohm war noch zögerlich«, sagte Onkel Wilhelm, »aber Marunde hätte es ein Abendessen gekostet, um ihn zu überzeugen. Dazu ist es nun zu spät.«

Adolf, der nach meinem Eindruck mit Ortwin Marunde mindestens so gut befreundet gewesen war wie sein Vater, setzte seine Wut in politische Energie um.

Als ich in seine unordentlichen Räume trat, saß er an seinem Schreibtisch und hackte einen Text in die Schreibmaschine. Er wolle, so erklärte er mir, in den vier Wochen bis zur Wahl alles dafür tun, dass wieder Recht und Ordnung in der Stadt einkehrten. Das bedeutete für ihn, dass die Fraktion der Rechten deutlich an Stimmen gewinnen müsse und dass die Sozialisten am besten ganz aus dem Stadtparlament verbannt würden. Er forderte, so schrieb er es nieder, kurzen Prozess mit allen Straftätern, Inhaftierung von aufrührerischem Gesindel. Er konnte gar nicht so schnell schreiben, wie es aus seiner wütenden Seele strömte.

»Man ist ja seines Lebens nicht mehr sicher«, seufzte er. »Erst der Admiral, dann Montgomery, nun Marunde ...« Ich wunderte mich über die wahllose Aufzählung.

»Du hast noch ein paar Opfer vergessen«, sagte ich.

»Ja, ja, klar. Alle eben«, sagte Adolf, und ich spürte unter seiner Wut noch etwas anderes: nackte Angst.

Kapitel 34

Als ich in der Nacht bei Clara lag, spekulierte ich mit ihr darüber, was denn Marunde mit den anderen Opfern verband. Martin und ich hatten geglaubt, mit der Fotografie der Segelfreunde und ihrer Verschwörung gegen die Streikenden einen Zipfel der Lösung in Händen zu halten, da brachten die Opfer Montgomery und Marunde alles wieder durcheinander. Und der Admiral passte da auch nicht rein.

»Ihr könnt doch jetzt den Täter selber fragen«, sagte Clara.

»Ich habe ihn ja schon gefragt«, sagte ich. Clara hatte ich mein Abenteuer mit Dreyfuss in allen Einzelheiten geschildert, wobei ich meine Tatkraft und meinen Mut vielleicht etwas größer und meine Angst etwas kleiner dargestellt hatte, als sie in Wirklichkeit waren. Clara war ausgesprochen beeindruckt.

»Können die Opfer, die nicht zu diesen Segelfreunden gehörten«, beteiligte sich Clara an meinen Spekulationen, »nicht auf anderem Wege Teil dieser Verschwörung gegen den Streik geworden sein? Vielleicht haben sie Geld gegeben.«

»Das kann sein, mein Schatz.« Ich liebte sie für ihre Schönheit, aber ich bewunderte sie für ihre Klugheit. »Doch woher weiß der Täter davon? Wenn Dreyfuss die Wahrheit sagt, hatte er nur diese Fotografie und die Namen dazu. Nichts weiter.«

»Dann ist es ihm offenbar doch gelungen, andere zur Nachahmung seiner Taten zu bewegen. Da hat dein Freund Martin noch viel zu tun.« Sie lächelte mich an. Für sie war das offenbar alles nur ein Spiel, aber sie hatte ja auch niemanden durch diese Mörder verloren. Ich erwischte mich kurz bei dem Verdacht, dass Menschen von Claras Stand und damit auch sie selbst ein wenig heimliche Genugtuung empfanden, wenn reihenweise mächtige Männer, ihre Unterdrücker, getötet wurden. Aber so dachte Clara nicht – und so durfte ich auch nicht denken.

Bei der Vernehmung von Daniel Dreyfuss zwei Tage nach seiner Festnahme durfte ich anwesend sein. Manthey wollte die Aussagen des Mörders mit seinen Angaben mir gegenüber in der Nacht im Keller vergleichen.

So saßen also drei Männer, Manthey, Martin und ich, dem Täter im kargen Vernehmungszimmer in der Polizeidirektion gegenüber. Dreyfuss war an Händen und Füßen mit Ketten gefesselt. Er hatte sich waschen können und trug saubere Sträflingskleidung.

Dreyfuss blieb dabei, dass er vier der sieben Morde begangen hatte. Die Hüte der Opfer hatte er jeweils als Trophäe mitgenommen. Er hatte die Opfer aus einem einfachen Grund ausgeraubt: Er brauchte das Geld, um in den Monaten im Kellerversteck zu überleben. Er kaufte meist im Dunkeln in kleinen Geschäften im Gängeviertel ein, damit er nicht erkannt wurde.

»Wenn du arm und hässlich bist«, sagte Dreyfuss, »schauen die Leute dich gar nicht so genau an. Sie sind froh, wenn sie dich schnell wieder los sind.«

Die Taschenuhr von Walter von Grimm hatte er nicht mitgenommen und versetzt. Das wäre viel zu auffällig gewesen, meinte er. Ich stellte mir vor, wie irgendein anderes verkommenes Subjekt zufällig nach Dreyfuss und vor der Polizei auf den toten oder sterbenden von Grimm gestoßen war und nach der Uhr gegriffen hatte. Vielleicht hatte dieser Dieb und Leichenfledderer sogar noch zwischen den Gaffern gestanden, als Manthey und Martin eintrafen. Wir würden es nie erfahren.

Dreyfuss schilderte in jedem Fall, wie er die Opfer manchmal wochenlang ausspioniert hatte, um ihre Gewohnheiten herauszufinden und Ort und Zeitpunkt für seine Tat zu bestimmen.

»Ludwig Schilling haben Sie aber am helllichten Tag mitten in der Menschenmenge getötet. War das der richtige Ort?«, fragte Manthey.

»Schilling war so gut wie nie allein«, erklärte Dreyfuss. »Entweder sein Fahrer war bei ihm, oder er war inmitten von Menschen. Ich kann heute sagen, dass eine Menschenmenge einen guten Schutz bietet. Es beachtet niemand den anderen.«

»Und darum haben Sie Montgomery auch in der Tram erstochen«, sagte Manthey, und es war klar, dass er Dreyfuss hinters Licht führen wollte, doch der fiel darauf nicht herein.

»Ich weiß nicht, wer dieser Montgomery ist. Ich habe ihn nicht getötet. Das sagte ich bereits.«

Dreyfuss beantwortete jede Frage, ohne zu zögern, er sprach nüchtern und sachlich, als ginge es gar nicht um seine Taten, sondern um die eines anderen. In der Art, wie er sprach und wie er seine Taten geplant hatte, waren die Intelligenz und Bildung zu spüren, von der Professor Mensing in der Nervenheilanstalt in Pölitz gesprochen hatte.

Sichtlich aufgewühlter war Dreyfuss, als er von seiner Vergangenheit sprach. Bis zum Konkurs des Vaters – da war er siebzehn Jahre alt – lebte er das Leben eines bürgerlichen Kindes. Er ging auf das Gymnasium, spielte Tennis, hatte aber keine Freunde. Er war ein Außenseiter. Zum einen, so vermutete er, weil sich langsam der Buckel bildete, der ihm viel Spott einbrachte, aber auch, weil er Jude war. Er prügelte sich oft, wie er sagte, weil man ihn piesackte, ihm Sachen wegnahm, ihn beleidigte.

»Es waren also immer die anderen Schuld«, sagte Martin. Dreyfuss schwieg.

Sein Vater, Salomon Dreyfuss, war streng und führte seine Familie und das Handelshaus mit harter Hand. Schläge gab es schon für Kleinigkeiten. Geschwister hatte Daniel keine, und der Vater haderte damit, dass er außer Daniel niemanden hatte, dem er das Unternehmen übergeben konnte. Und dann kam der Konkurs.

»Meinem Vater waren die streikenden Arbeiter gar nicht so wichtig«, erzählte Dreyfuss. »Er wollte mit seiner Armenspeisung die Pfeffersäcke ärgern, die ihn nie einen der ihren sein ließen.«

»Und Sie?«

»Ich fand Gefallen daran. Ich erkannte früh, dass Geld und Macht falsch verteilt waren. Dann, nach der Brandstiftung war ich mir sicher: Es muss sich alles ändern. Mit Gewalt.«

Plötzlich bekam er einen anderen Gesichtsausdruck. Ein Strahlen, ein Leuchten, aber von einer dämonischen Art. Dieser Mensch hatte sich damals offenbar ganz bewusst vorgenommen, böse zu werden.

»Ich wollte damals nicht weg aus Hamburg, ich wollte bleiben und hier aufräumen.«

»Aufräumen?«, fragte ich, obwohl ich Manthey hatte versprechen müssen, den Mund zu halten.

»Du weißt schon, was ich meine. Ich habe doch nun auch damit angefangen«, sagte Dreyfuss und lächelte mich an wie einen Freund.

»Aber Vater wollte weg und ausgerechnet nach Stettin. Eine schlimme Stadt. Und da ist er ja dann auch gescheitert.«

»Und Ihre Mutter?«, fragte Manthey.

»War eine Hure und ist mit dem erstbesten Pfeffersack abgehauen, als Vater kein Geld mehr hatte.« Dreyfuss starrte kurz mit versteinertem Gesicht vor sich hin, dann hatte er sich wieder im Griff. Ich konnte mich in diesem Gespräch des Eindrucks nicht erwehren, dass er es als Erleichterung empfand, sein Leben und seine Beweggründe auszubreiten, sich alles von der Seele zu reden. Es war vermutlich dem Aufenthalt in der Heilanstalt geschuldet, dass er seine Erzählung gut strukturierte, die Aspekte betonte, die wir hören wollten. So sprach man eigentlich mit seinem Nervenarzt, aber nicht mit den Menschen, die einen unters Fallbeil bringen wollten. Manipulierte er uns? Hoffte er auf einen Hauch von Verständnis?

»Hat Ihr Vater je darüber gesprochen, dass er sich an den Menschen, die ihn in Hamburg ruiniert hatten, rächen wollte?«, fragte Manthey.

»Nein.« Dreyfuss lachte böse. »Mein Vater hat immer nur von Gott geredet, der strafen werde. Er war ein Feigling.«

»Wann hat er den Brief und die Fotografie bekommen?«, fragte Martin.

»Ich weiß es nicht genau. Das muss im Frühjahr 1900 gewesen sein, kurz bevor er sich aufgehängt hat.« Dreyfuss sprach darüber ohne jede Regung. »Wenn ich den Brief damals gesehen hätte, wäre ich gleich nach Hamburg gekommen.«

»Stattdessen haben sie nach dem Tod ihres Vaters erst mal in Stettin Revolution gemacht«, sagte ich.

Dreyfuss schwieg.

»Hat es Sie nie gewundert, dass Sie für Ihren Kampf keine Mitstreiter gefunden haben, Dreyfuss?«, fragte nun Martin. »Das Reich ist voll von Umstürzlern. Da müsste ein zu allem entschlossener Kämpfer wie Sie doch Anschluss finden.«

Dreyfuss zuckte mit den Schultern.

»Alles Feiglinge. Die wollen die Revolution von ihren Bänken im Reichstag und in der Bürgerschaft herbeiquatschen. Das wird nichts.«

»Was verbindet Sie mit Luigi Lucheni?«, fragte ich, nachdem ich lange in meiner Erinnerung nach dem Namen des Mörders der österreichischen Kaiserin gekramt hatte. »Warum haben Sie Ihren Aufruf mit seinem Namen unterzeichnet?«

Dreyfuss lächelte hintergründig.

»Lucheni war einer, der nicht lange gequatscht hat, der hat es angepackt. So wie ich. Der Name sollte ein Zeichen sein für alle anarchistischen Kräfte.«

»Luchenis Kampf war schnell zu Ende, und Ihrer ist es nun auch«, sagte Manthey.

»Lucheni war leider ein Dummkopf. Und nun verrottet er im Gefängnis.« Dreyfuss grinste wieder eiskalt. »Ich werde als revolutionärer Held unter dem Fallbeil sterben.«

»Darauf können Sie sich verlassen«, erklärte Manthey und beendete die Vernehmung.

Im Leichenkeller im Hafenkrankenhaus wartete am Nachmittag Ortwin Marunde auf mich. Für die Untersuchung des Opfers hatte mir Nocht freigegeben, und Leichenbeschauer Dr. Trestow war nicht nur über meine Konsultation informiert, er nahm sogar daran teil. Das war mir ganz recht, denn von den Grundregeln einer Obduktion hatte ich keine Ahnung, und auch wenn ich vielleicht etwas unkonventioneller dachte als der alte Trestow, so konnte ich von ihm doch noch einiges lernen.

Trestow machte ein paar Routineuntersuchungen und führte schließlich den so genannten Ypsilon-Schnitt durch. Dabei wird von beiden Schlüsselbeinen zum Brustbein geschnitten und gerade bis zum Schambein, um den Oberkörper zu öffnen. Anschließend können alle Organe untersucht, gegebenenfalls entnommen werden. Ich gebe zu, dass diese Arbeit meine Ekelgrenze deutlich überschritt, ich war kein Chirurg, nicht einmal Arzt. Die Organismen, die ich in der Regel sezierte, waren nur unter dem Mikroskop zu erkennen. Einen Menschen aufzuschneiden, den ich noch lebend und lachend gekannt hatte, war etwas ganz anderes.

Wie erwartet, war Marunde von hinten mit einem langen Dolch erstochen worden. Der Stich verlief in einem Winkel von ungefähr dreißig Grad nach oben. Das konnte für einen kleineren Täter sprechen, musste es aber nicht. Genauso gut konnte der Täter etwas tiefer oder leicht gebückt gestanden haben. Das Herz war durchbohrt, die Lunge angebohrt, in den Bauchraum hatte sich viel Blut ergossen. Mich interessierten die Spuren des Dolches. Ich vermaß die Schnitte, nahm die Wundränder unter das Mikroskop und betrachtete das Gewebe rund um den Einstich. Meine Ergebnisse verglich ich mit den Protokollen der anderen Opfer.

Mein Fazit viel eindeutig aus: Marunde war – im Gegensatz zu Bredow, von Grimm, Schilling und Hengst – nicht mit einem rostigen Dolch ermordet worden.

Der Dolch, mit dem diese vier ermordet worden waren, lag uns ja vor. Dreyfuss trug ihn bei seiner Festnahme bei sich. Verwertbare Blutspuren fanden sich nicht mehr an Klinge oder Schaft. Aber Breite und Höhe der Klinge sowie das rostige Eisen ließen kaum einen Zweifel zu. Und Dreyfuss hatte die Morde in der Vernehmung schließlich ohne Zögern gestanden, er schien fast stolz darauf zu sein.

Interessant und noch unbeantwortet war also die Frage, wenn die drei anderen Opfer – Admiral von Senftleben, Montgomery und Marunde – nicht von Dreyfuss ermordet wurden, von wem dann? Und wurden sie alle vom selben Täter ermordet oder von verschiedenen?

Aus meiner Untersuchung des Rocks von Admiral Senftleben wusste ich, dass er nicht mit einer rostigen Klinge erstochen worden war, sondern vermutlich mit einer aus nichtrostendem Stahl. In der Wunde von John Montgomery hatte Trestow ebenfalls keinen Rost gefunden. Ein Befund, dem ich nicht allzu sehr vertraute. Und nun eben Marunde. Wir hofften, es mit nur einem weiteren Täter zu tun zu haben. Sicher sein konnten wir nicht.

»Und was ist mit dem Hund?«, fragte ich Martin im Rausgehen.

»Welcher Hund?«

»Der Hund von Marunde. Er ging abends immer mit seinem Hund spazieren. Ein Spaniel, wenn ich mich nicht irre. Ist der Hund aufgetaucht?«

Martin sah mich ratlos an.

»Da war kein Hund, Zee-Jott. Vielleicht ist er ins Haus gelaufen. Ich werde die Haushälterin fragen.«

Tags darauf bekamen Manthey und Martin in der Polizeidirektion Besuch von den Spionageabwehroffizieren Nemetz und Krohl, die ausnahmsweise ein eigenes Ermittlungsergebnis hatten, das für die Kriminalpolizei unter Umständen hilfreich sein könnte, wie sie meinten.

Martin schilderte mir, dass die beiden auf den Spuren des ermordeten Admirals bei verschiedenen Werften vorgesprochen hatten, bei denen der Admiral Termine hatte. Es ging immer darum, Bauplätze für Kriegsschiffe zu reservieren und wohl auch darum, bereits zugesicherte Aufträge zugunsten kaiserlicher Vorhaben zu stornieren. Bei der Werft Blohm & Voss sei von Senftleben einmal mit einem Herrn Marunde aufgetaucht, der ja nun auch zu Tode gekommen sei. Auch Martin und ich fanden es auffällig, dass zwei unserer Opfer hier gemeinsam unterwegs waren, aber konnten daraus keinen Verdacht in irgendeine Richtung ableiten. Das war Politik, da gab es die vielfältigsten Allianzen. Ansonsten schien den kaiserlichen Spionageoffizieren der Fall nicht mehr wirklich interessant. In Dreyfuss sahen sie einen armen Irren und konnten hinter ihm keine terroristische Struktur erkennen. Sie sahen den Fall bei der Kriminalpolizei in guten Händen und würden sich nun zurückziehen.

»Ich hätte den beiden noch zu gerne eine reingehauen«, sagte Martin nur.

Kapitel 35

In der lokalen Presse war man sich uneins darüber, ob man nach der Festnahme von Daniel Dreyfuss und der Aufklärung von vier der sieben Morde wieder ruhiger schlafen durfte in der Hansestadt. Die einen meinten, dass mit Dreyfuss der Kopf und Drahtzieher der anarchistischen Morde schadlos gemacht worden sei, das werde auch seine Epigonen stoppen. Andere befürchteten, dass Dreyfuss nun als revolutionärer Märtyrer eher noch mehr Nachahmer anstacheln könnte. Es wurden Parallelen zu anderen anarchistischen Gewalttaten in Europa in den vergangenen Wochen wie der Ermordung des russischen Generalgouverneurs in Finnland gezogen. Die gerade erfolgte Inhaftierung der Sozialistin Rosa Luxemburg wegen Majestätsbeleidigung wurde als möglicher Auslöser für weitere zu erwartende Anschläge bemüht. Den Gipfel der Verschwörungsvermutungen erreichte eine Zeitung, die den Mord an Admiral von Senftleben als stellvertretenden Anschlag auf Generalleutnant Lothar von Trotha betrachtete, der gerade in Deutsch-Südwestafrika die aufständischen Herero mit aller Gewalt bekämpfte. Jeder kochte mit Dreyfuss und seinen Taten sein politisches Süppchen.

So auch mein Cousin Adolf Knudsen, der nach dem Tod seiner politischen Weggefährten von Senftleben und Marunde entschlossener denn je für Recht und Ordnung in der Stadt eintrat. Er hielt Reden, wo immer sich eine Gelegenheit bot, und warb unablässig um Stimmen. Außerdem war er auf der Suche nach einem geeigneten Kandidaten für einen Senatorenposten, da Marunde nun nicht mehr zur Verfügung stand. Er selbst war zu jung für die Position, weshalb er sogar versuchte, seinen Vater für eine Kandidatur zu begeistern. Was sollte das? Adolf wusste doch, dass seinem Vater nicht mehr viel Zeit blieb. Hatte er es vergessen? Oder verband er die Kandidatur eines Knudsen mit einem politischen Kalkül, dass sich mir nicht erschloss?

Bei Adolf fiel mir aber noch etwas anderes auf. Er war vorsichtig geworden. Er fuhr nicht mehr alleine los, sondern ließ sich von Johannes kutschieren. Wenn er im Haus war, schloss er immer die Außentür seiner Räume ab. Einmal schnauzte er den Wachmann an, der auf einer Gartenbank kurz eingenickt war. Adolf hatte Angst. Aber wovor?

Ich hatte in den Tagen und Wochen nach meinem Abenteuer im Keller von Dreyfuss & Consorten erst einmal genug vom Detektiv spielen und widmete mich wieder ganz meiner Arbeit am Institut. Und ich versuchte, mit Clara einen weiteren Schritt zu machen. Wir konnten nur unter hohem Risiko zusammen sein. Tagsüber so kurz, dass wir kein tiefer gehendes Gespräch führen konnten. Und nachts ging es ja weniger ums Reden.

Clara war bester Laune, da endlich ihr Bruder Ferdi aus der Untersuchungshaft entlassen worden war. Ich war mir mit ihr in dem Punkt einig, dass der Ganove sich von seiner Schwester und der Villa Knudsen unter allen Umständen und bis in alle Ewigkeit fernzuhalten hatte. Diese Aufforderung überbrachte ihm mein Freund Martin, der Ferdi auch den Rat mitgab, die Stadt, am besten das Land zu verlassen, da ihn die Polizei nun nicht mehr aus den Augen lassen würde.

Claras gute Laune nahm ich zum Anlass, ihr einen Ausflug vorzuschlagen. Sie war sofort begeistert. Allerdings war ein solches Vorhaben für uns nicht so einfach. Wir konnten schließlich nicht mit Picknickkorb und Sonnenschirm gemeinsam an der Villa Knudsen aufbrechen. Ich bat deshalb Clara, sich bei Tante Isolde einen halben Tag freizunehmen, um mit einer Freundin einen spätsommerlichen Ausflug zu machen. Clara kannte vom Einkaufen inzwischen durchaus ein paar andere Dienstboten, es erschien also glaubhaft, dass sie sich mit einem Mädchen treffen wollte. Tante Isolde gestattete Clara sogar, sich von der Köchin einen Picknickkorb packen zu lassen.

Ich selbst nahm mir im Institut einen halben Tag frei und traf mich mit Clara am Mittag am Dammtorbahnhof. Es war ein herrlicher Tag, wie für uns geschaffen. Ich stand bereits vor dem Bahnhof, als Clara aus der Tram stieg und auf mich zukam. Sie sah hinreißend aus.

Zum ersten Mal sah ich sie in anderer Kleidung als in ihrer schwarz-weißen Dienstbotentracht. Sie trug ein hellblaues Sommerkleid. Der Stoff kam mir bekannt vor. Sicher hatte sie das Kleid aus abgelegter Garderobe von Tante Isolde umgearbeitet. Über dem Kleid trug sie eine weiße Strickjacke. Ich selbst hatte einen hellen Sommeranzug angezogen, der eindeutig der Freizeit vorbehalten war, weshalb ich am Morgen im Institut einigen Spott zu ertragen hatte.

Mit der Eisenbahn fuhren wir gen Westen bis Blankenese. Clara erzählte mir, dass sie noch nie über die Stadtgrenze Hamburgs gefahren sei, nur ein paarmal nach Altona. Mit großen Kinderaugen blickte sie aus dem Fenster auf die Elbe und das gegenüberliegende Finkenwerder.

In Blankenese nahmen wir eine Droschke bis zum Elbufer und gingen dann langsam den Spazierweg am Strand entlang. Es fühlte sich gut an. Wir waren ein Paar.

»Wenn wir hier weitergehen«, sagte ich, während ich im Gehen ihre Hand ergriff, »kommen wir an die Nordsee.«

»Ach ja?«, sagte sie und lächelte mich an. »Und wie lange müssen wir da gehen? Ich muss morgen früh um fünf wieder meinen Dienst antreten.«

»Wenn wir nicht trödeln, müssten wir es in zwei Tagen schaffen«, sagte ich, ohne wirklich nachgerechnet zu haben. Clara lachte.

Wir plauderten über dies und das, wie ein Paar, das sich schon lange kennt. Über die Mordfälle wollte ich nicht sprechen, und Clara fing auch nicht davon an. Ich sprach über meine Arbeit, sie über die ihre. Sie erzählte von den Büchern, die sie gelesen hatte, und über die, die sie noch lesen wollte. Sie wünschte sich mehr Musik in ihrem Leben und gestand, dass sie gelegentlich an der Tür lauschte, wenn Tante Isolde ihre Opern auf dem Grammophon spielte.

»Wir werden in die Oper gehen, Clara. Das verspreche ich«, hauchte ich ihr ins Ohr. Plötzlich erschien mir ein Opernbesuch nicht mehr wie eine lästige Pflicht, sondern wie eine süße Verheißung.

An einem einsamen Strandstück setzten wir uns auf die mitgebrachte Decke. Clara zog Schuhe und Socken aus und spielte mit ihren nackten Füßen im Sand. Oberhalb ihres linken Knöchels bemerkte ich eine Verletzung, eher ein paar rote Druckstellen.

»Was ist da passiert?«, fragte ich. »Hat dich jemand gebissen? Ich war's nicht.«

»Nein«, sagte sie und zog verschämt den Rock über ihre Fesseln. »Ich habe mich am Herd gestoßen. Nicht schlimm.«

Wir genossen kalten Braten, Käse und Pastete. Maria hatte Clara sogar eine Flasche Wein eingepackt. Clara streckte sich auf der Decke aus, legte ihren Kopf auf meinen Oberschenkel und blinzelte in den blauen Himmel. Die Sonne verlieh ihrem schwarzen Haar einen edlen Glanz. Ich hatte sie noch nie so schön gesehen. Wir schwiegen eine ganze Weile und sahen auf die Elbe.

Ein großes Dampfschiff fuhr Richtung Hafen und ließ kleine Wellen an den Strand schlagen. Ihm entgegen kam eine große Viermastbark unter vollen Segeln elbabwärts. Majestätisch glitt das Schiff an uns vorbei.

»Jetzt kann die ›Marianne‹ endlich gebaut werden«, sagte Clara versonnen.

»Ja«, entgegnete ich. »Es sieht so aus. Das hat nun auch ohne Marundes Zuspruch geklappt. Vielleicht war er doch nicht ein so wichtiger Freund, wie Onkel Wilhelm dachte.«

»Ich freue mich so für den gnädigen Herrn, dass er seinen Traum noch erleben kann«, sagte Clara.

Dann wusste sie also auch von Onkel Wilhelms Krankheit. Das war in der Tat ungewöhnlich.

»Du verstehst dich gut mit meinem Onkel, oder?«, fragte ich zaghaft. Ich hatte sie schon seit Langem nach ihrem Verhältnis zu Onkel Wilhelm fragen wollen. »Er erzählt dir viel, will dich zur Galionsfigur der ›Marianne‹ machen. Das ist ungewöhnlich.«

Sie sah mich an und lächelte hintergründig.

»Ja, das ist es, Carl-Jakob, das ist ungewöhnlich. Und wenn ein Herr wie Wilhelm Knudsen ein besonderes Verhältnis zu seinem Dienstmädchen hat, dann ist es eher sehr gewöhnlicher und unmoralischer Art. So ist es bei dem gnädigen Herrn und mir nicht. Das habe ich dir doch bereits gesagt.«

»Und wie ist es dann? Ich will es verstehen«, drängte ich.

»Bist du eifersüchtig?«

»Nein, bin ich nicht. Du sagst ja, dass es nicht diese Art Verhältnis ist. Also, was verbindet euch?« Ich durfte nicht zu ungeduldig sein.

Clara schwieg und schaute auf die Elbe. Nach einer Unendlichkeit sah sie mich an, Tränen in den Augen.

»Wilhelm Knudsen ist mein Vater.« Ihre Lippen zitterten. Sie senkte den Blick, in gespannter Erwartung, was nun passieren würde.

Ich sprang auf und starrte sie an. Sand flog auf die Speisen und in die Weingläser. Sie sah zu mir auf.

»Was?«, rief ich und raufte mir die Haare. Ich lief aufgeregt hin und her und begann immer wieder Sätze, die ich nicht zu Ende brachte. »Wie kann denn …?«, »Wieso hast du …?«, Was sagt denn …?«

Während ich mich etwas beruhigte und wieder hinsetzte, reinigte Clara die sandigen Weingläser mit einem Tuch und goss sie wieder voll. Dann erzählte sie mir die unglaubliche Geschichte von Wilhelm Knudsen, der vor 23 Jahren nach einer monatelangen Afrikareise auf einem seiner Schiffe in Hamburg an Land ging und dabei aus großer Höhe von der Gangway stürzte. Ob es am Alkohol gelegen hatte oder an mangelndem Gleichgewichtssinn nach Wochen auf See, war nicht überliefert. Der Reeder, damals um die vierzig und in der Blüte seines Lebens, verletzte sich schwer. Beide Beine waren gebrochen, dazu ein paar Rippen. Er hatte wohl auch eine Platzwunde am Kopf. Es gab den Verdacht auf innere Verletzungen, der sich aber nicht bestätigte. Der Verletzte wurde ins nahe gelegene Hafenkrankenhaus gebracht und dort versorgt. Für Herren seines Standes gab es ein paar Krankenzimmer mit gehobenem Komfort. Nach ein paar Tagen unter dem gemeinen Volk in einem Achtbettzimmer wurde eines dieser Zimmer frei, und Knudsen konnte umziehen. Mehrere Wochen war er ans Bett gefesselt. Isolde Knudsen kam den Gatten auffällig selten besuchen. Vermutlich kreuzte das Eheschiff der Knudsens zu dieser Zeit in schwerer See, weil Wilhelm so lange auf Reisen gewesen war.

Zum komfortablen Zimmer gehörte eine persönliche Betreuung, die in Knudsens Fall die Krankenschwester Margarete Lüttge übernahm. Die schöne junge Frau, Mutter eines sechsjährigen Jungen namens Ferdinand, litt unter der oft monatelangen Abwesenheit ihres Mannes, eines Matrosen. Der Rest war schnell erzählt. Knudsen und die Krankenschwester kamen sich näher, es folgte eine heftige Affäre im Krankenbett, die endete, als Knudsen nach Hause entlassen wurde und wieder in seine Villa und sein altes Leben zurückkehrte. Er hatte nie erfahren, dass aus dieser Spital-Affäre ein Mädchen namens Clara erwachsen war.

»Und woher weißt du das alles?«, fragte ich Clara, nachdem ich die Worte wiedergefunden hatte. »Hat deine Mutter es dir erzählt?«

»Nein. Ich war zehn, als sie starb. Und Ferdi hat sie auch nie davon erzählt. Ich habe es erst vor etwas mehr als einem Jahr erfahren.«

»Von wem?«

»Von einer alten Hure, Erika, die früher als Krankenschwester mit meiner Mutter zusammengearbeitet hat. Ihr hat meine Mutter das damals alles erzählt. Und Erika hat es mir vor etwas mehr als einem Jahr weitererzählt.«

»Warum erst so spät?«

»Es war Zufall, dass Erika überhaupt mitbekommen hat, wer ich bin.« Clara sprach langsam und konzentriert und sah mich kaum an. Es war offensichtlich, dass es ihr guttat, diese Geschichte endlich loszuwerden.»Wir waren im selben Hurenhaus, und irgendwann ist mal mein richtiger Name gefallen, bei einer Polizeikontrolle oder so. Ich hieß für alle eigentlich nur Peggy. Erika ist dann auf mich zugeschossen – bist du die Clara von der Schwester Margarete? – und hat mir das alles erzählt. Sie sagte mir, wer mein richtiger Vater war und was es mit dem Ring auf sich hatte.«

»Was für ein Ring?«, fragte ich.

Sie zeigte mir den Ringfinger ihrer linken Hand. Dort steckte ein schmaler, silberner Ring mit einem kleinen eingravierten Delphin, der mir bereits aufgefallen war.

»Den hat Knudsen deiner Mutter geschenkt?«, fragte ich.

Clara nickte. »Sie hat ihn mir kurz vor ihrem Tod geschenkt und gesagt, dass er von meinem Vater sei. Ich war klein und hatte keine Ahnung, dass sie nicht ihren Ehemann meinen konnte. Viel später, da war Hein Lüttge schon verschwunden, habe ich mal nachgerechnet, dass er zum Zeitpunkt meiner Zeugung nicht in Hamburg gewesen sein konnte.«

»Und deine Mutter hat nie mit Knudsen Kontakt aufgenommen? Er hatte Geld, er hätte für dich sorgen können«, sagte ich, fast empört.

»Erika hat wohl auch versucht, sie dazu zu überreden. Aber meine Mutter wollte nicht. Sie wollte Knudsens Leben nicht durcheinanderbringen und ihr eigenes auch nicht. Und sie wollte kein Geld aus der Affäre schlagen, sie hätte sich wie eine Hure gefühlt.«

Wir packten unsere Sachen zusammen und gingen schweigend Hand in Hand den Strand entlang. So viele Fragen, aber ich wollte Clara nicht überfordern. Es muss sie enorme Kraft gekostet haben, mir diese Geschichte zu erzählen, und ich sah es als ernsthaften Liebesbeweis an, dass sie es getan hatte. In einem Gartenlokal bestellten wir Bier. Schließlich stellte ich die Frage, die mir am stärksten auf der Seele brannte.

»Also bist du nicht zufällig im Hause Knudsen gelandet, sondern sehr planmäßig?«

Clara nickte. »Ich war damals wirklich verletzt und brauchte Hilfe, als ich in die Kirche auf St. Pauli kam, wo sich der Pfarrer um Mädchen wie mich kümmerte. Ein Idiot hatte mich verprügelt. Aber als ich dort auf Frau Knudsen stieß, von der ich schon gehört hatte, fasste ich den Plan, mich ihr anzudienen.«

Ich erinnerte mich an das Gespräch mit Emma Neumann, die das Gleiche gesagt hatte. Sie hatte mir auch geschildert, dass der Angriff auf Clara dem Idioten nicht gut bekommen war. Nur wusste Emma nichts von dem besonderen Verhältnis zwischen Clara und Knudsen.

»Weiß Knudsen, wer du bist?«, fragte ich die Frage aller Fragen.

»Ich habe es ihm nicht gesagt. Noch nicht. Aber ich bin sicher, dass er eine Verbundenheit spürt, die ihn selbst irritiert. Vielleicht erkennt er in mir auch meine Mutter.«

»Und der Ring?«

»Ich trage ihn erst seit Kurzem. Möglicherweise erinnert er sich. Ich möchte ihn nicht einfach ansprechen. ›Hallo, Vater‹. Es würde ihn aus der Bahn werfen. Vielleicht glaubt er mir auch nicht.«

Ich bestellte noch Bier und eine Schinkenplatte. Das Lokal hatte sich gefüllt. Man hatte von hier einen schönen Blick auf den Sonnenuntergang über der Elbe.

»Wie geht dein Plan weiter?«, fragte ich. »Du bist im Hause Knudsen – und jetzt? Glaubst du, du kannst einfach irgendwann offiziell seine Tochter sein und Tante Isolde Mutter nennen?«

Clara lachte. Die Vorstellung von »gnädige Frau« auf »Mutter« zu wechseln, erschien ihr zu abwegig.

»Nein. Sicher nicht. Die gnädige Frau wäre außer sich. Als ich meine Stelle antrat, hatte ich auch noch andere Pläne. Ich wollte Knudsen irgendwann die Wahrheit erzählen und mir mein Schweigen bezahlen lassen. Ich wollte nach Amerika, neu anfangen, das sollte er mir ermöglichen.«

Das war dann doch ein Schock für mich. Die anständige Clara hatte so heimtückische Pläne. Sie sah mir an, was ich dachte.

»Aber dieser Plan passte gar nicht zu mir«, sagte sie. »Das war ein Ferdi-Plan, aber kein Clara-Plan. Ich lernte Knudsen und die gnädige Frau näher kennen, ihre Klugheit, ihre Großzügigkeit, ihre Verbundenheit. Das wollte ich nicht zerstören. Ich konnte Knudsen auch nicht böse sein, dass er nie für mich gesorgt hatte, er wusste ja nichts von mir. Und dann erzählte er mir von seiner Tochter und ihrem frühen Tod. Und er erzählte mir von seinem Traum, der ›Marianne‹. Ich begann den Mann als das zu lieben, was er ist: mein Vater. Einen neuen Plan habe ich im Moment nicht.«

Ich atmete tief durch. Dieses Geheimnis würde ich nun wie einen Rucksack voller Blei durch die Villa Knudsen tragen.

Als wir wieder im Zug Richtung Hamburg saßen, kam mir noch ein alarmierender Gedanke. Ich rückte nah an Clara heran und flüstere ihr ins Ohr.

»Wenn Knudsen dein Vater ist, dann bis du meine Halbcousine, oder?«

»Ja«, sagte sie. Ihr Veilchenatem raubte mir fast die Sinne. »Und was ist schlimm daran?«

Nichts, dachte ich, gar nichts ist schlimm daran. In Adelshäusern heiraten ständig Cousins und Cousinen ersten Grades und in der feinen Gesellschaft auch. Niemand findet etwas Anstößiges daran.

Es war spät, als wir uns am Dammtorbahnhof trennten. Wir konnten ja nicht gleichzeitig an der Villa auftauchen. Ich hätte Clara gerne eine Droschke spendiert, aber wie hätte das ausgesehen? Also stieg sie in die Tram, und ich ging zu Fuß.

»Ach, Carl-Jakob«, sagte sie, als ich ihr zum Abschied einen schicklichen Kuss auf die Wange gab. »Ich habe es noch nicht erzählt, weil ich den schönen Tag nicht ruinieren wollte. Aber er hat es wieder getan.«

»Wer? Was?«, fragte ich.

»Na, der junge Herr. Er hat mich wieder bedrängt.«

Diese Nachricht konnte auch jetzt noch den Tag ruinieren. Dieser Lüstling!

»Was genau hat er getan?«, fragte ich.

Clara erschrak vor meiner Wut. »Er hat mich in der Küche bedrängt, mir ans ... Gesäß gefasst und ungehörige Sachen gesagt. Aber bitte, Carl-Jakob, er war betrunken. Es wird nicht wieder vorkommen.«

»Das wird es ganz sicher nicht, Clara, ganz sicher«, sagte ich und half ihr beim Einsteigen in die Tram.

Kapitel 36

Ich hatte eine unruhige Nacht. Claras Geständnis, dass mein Onkel Wilhelm ihr Vater war, ließ mich nicht zur Ruhe kommen. Was sollte ich nun mit diesem Wissen anfangen? Verpflichtete mich die Loyalität zu meinem Onkel nicht, ihn einzuweihen? Oder war meine Verpflichtung gegenüber Clara, der Frau, die ich liebte, höher zu bewerten? Ich musste auf Clara einwirken, dass sie selbst Knudsen die Wahrheit sagte. Aber was dann? Als Nächstes musste Tante Isolde davon erfahren. Was würde sie tun? Würde sie Knudsen dreiundzwanzig Jahre nach seinem Fehltritt verlassen? Und schließlich Adolf. Er hatte nun eine Halbschwester, die er gerade noch grob bedrängt hatte. Was würde die Existenz Claras für sein Erbe bedeuten? Als uneheliches Kind war Clara sicher nicht erbberechtigt, aber das würde Onkel Wilhelm eventuell nicht davon abhalten, sie in seinem Testament zu bedenken.

Nach Feierabend wollte ich Martin um seine Meinung zu diesem Dilemma befragen, doch mein Freund hatte andere Sorgen.
»Dieser Marunde«, sagte er, als wir auf einer Bank an den Landungsbrücken saßen und gebackenen Fisch aßen, »war doch ein Freund deines Onkels, nicht wahr?«
»Ja«, sagte ich, ohne zu wissen, worauf er hinauswollte. »Er war aber auch ein Pfeffersack, ein Politiker, er passt ins Schema des Mörders.«

»Ja, aber nicht in das des Mörders Dreyfuss. Der war es nicht, das wissen wir ja. Und wenn ich mir die anderen Opfer angucke, die nicht auf der Fotografie der Segelfreunde sind, dann zeigt sich auch bei John Montgomery eine Verbindung zur Reederei Knudsen.«

»Wieso?«

»Der Gentleman ist zweiter Vorsitzender des Bankhauses Abraham Friedmann, wie du mal erwähnt hast, der Hausbank deines Onkels.«

Ich sah ihn an, vermutlich ziemlich dämlich. Das war mir noch nicht aufgefallen.

»Auch das kann ein Zufall sein. Mein Onkel hat in seiner gesellschaftlichen Stellungen viele Verbindungen. Um ein paar Ecken vermutlich mit jedem der Opfer.« Ich erinnerte mich, dass Onkel Wilhelm davon gesprochen hatte, dass der Bankier seinen Kompagnon noch zu einer Kreditzusage für sein Vorhaben überreden musste. Aber das behielt ich noch für mich.

»Und wie passt der Admiral da hinein?«, fragte ich stattdessen.

»Das weiß ich auch noch nicht. Aber gestern Abend bin ich noch auf eine Zeugenaussage gestoßen, die ein Schutzmann in der Nacht von Marundes Ermordung aufgenommen hat.«

»Und?« Mir wurde etwas unbehaglich zumute.

»Ein Zeuge will gegen zehn Uhr ein Automobil zuerst gehört und dann gesehen haben, dass es sich schnell auf der Bellevue Richtung Norden entfernt hat, weg von Marundes Haus. Der Zeuge ist sicher, im Schein der Straßenlaternen einen Mercedes mit einem schwarzen Fahrer erkannt zu haben. Der Fahrer war allein in dem Fahrzeug.« Martin sah mich erwartungsvoll an.

»Dafür gibt es sicher eine einfache Erklärung. Ich werde Onkel Wilhelm fragen. Oder Johannes.«

»Nein, Carl-Jakob, das überlass bitte uns.«

Wie er mich ansah, wie er Carl-Jakob statt den Spitznamen sagte und wie er mit uns nun nicht ihn und mich, sondern ihn und seine Kollegen meinte, beschlich mich das Gefühl, in Martins Augen vom Freund zum Verdächtigen zu mutieren.

»Martin, ich glaube, du bist da auf einer falschen Fährte.«

»Dann soll es so sein«, entgegnete er streng. »Aber zunächst verfolge ich diese Spur. Morgen früh befragen wir diesen Johannes. Bitte greife uns da nicht irgendwie vor. Versprochen?«

»Klar, versprochen«, sagte ich und fühlte mich wie ein Schuft, weil ich Onkel Wilhelm gegenüber verschweigen musste, dass die Polizei seinen Chauffeur im Visier hatte.

Clara bestärkte mich in der Nacht darin, dass ich richtig daran tat, Martin nicht ins Handwerk zu pfuschen. Sie war der festen Überzeugung, dass Johannes, sofern er wirklich zur nämlichen Zeit in der Nähe von Marundes Haus unterwegs war, eine harmlose Erklärung dafür hatte.

Als Martin am frühen Morgen zur Villa Knudsen kam, bereute ich, dass ich den Freund am Tag zuvor nicht deutlich darum gebeten hatte, jedes Aufsehen zu vermeiden. Martin kam mit einem zweispännigen Landauer mit Kutscher, begleitet von zwei uniformierten Schutzmännern und einem weiteren Berittenen. Im Nachbarhaus drückten sich die Dienstboten an den Fensterscheiben die Nasen platt.

Onkel Wilhelm und Tante Isolde kamen sofort aus dem Haus gelaufen und stellten Martin zur Rede. Auch ich trat hinaus, blieb aber auf dem Treppenabsatz und in Hörweite stehen. Onkel Wilhelm warf mir einen vorwurfsvollen Blick zu.

Zuerst sprach Martin. Schließlich hörte ich, wie Knudsen Martin erklärte, dass er selbst in der Mordnacht mit Marunde bei einem Essen war. Danach hatte Johannes ihn, Knudsen, zu Hause abgesetzt, um anschließend Marunde noch auf die andere Alsterseite zu seinem Haus zu fahren. Er wisse nicht, wann genau Johannes heimgekehrt sei. Als er das Automobil hörte, habe er bereits im Bett gelegen und nicht auf die Uhr gesehen. Onkel Wilhelm empörte sich laut über die unverschämte Verdächtigung seines treuen und ehrbaren Bediensteten und bat Isolde, den Fahrer zu holen, um die Sache aufzuklären. Nun ging ich zu der Gruppe und mischte mich ein. Ich fragte Martin, welchen Grund Johannes denn haben sollte, Marunde zu töten.

»Es kann mit den Geschäften der Reederei Knudsen zu tun haben«, sagte Martin und sah meinen Onkel misstrauisch an. »Vielleicht waren Marunde und auch der Bankier Montgomery irgendwie im Weg.«

»Was meint der Kerl?«, rief der Onkel mir erregt zu. »Was reimt der sich da zusammen?«

»Martin«, sagte ich und ging auf den Freund zu. »Das ist absurd. Das wichtigste Geschäft meines Onkels ist der Bau der ›Marianne‹, und diesem war Marunde ganz sicher nicht im Weg. Eher im Gegenteil. Und dieser Montgomery auch nicht.« Letzteres stimmte natürlich nicht, und das war in diesem Moment offenbar auch Onkel Wilhelm aufgefallen. Er sah mich an, blasser, als er ohnehin schon war. Nun kam Tante Isolde aufgeregt vom Kutscherhaus zu uns gelaufen.

»Er ist nicht da. Johannes ist nicht da.« Sie war außer Atem, obwohl es eine kurze Strecke war. »Ich habe auch in sein Schlafzimmer gesehen. Da ist er auch nicht.«

»Johannes?« Onkel Wilhelm seufzte und sah Tante Isolde erschüttert an. »Warum?«

Martin, den ich in diesem Moment stärker als Polizist wahrnahm als je zuvor, träumte vermutlich schon von einer Beförderung, ich konnte es ihm nicht verdenken.

»Ich muss nun alle Bewohner des Hauses bitten, das Grundstück bis auf Weiteres nicht zu verlassen«, sagte er in offiziellem Tonfall in die Runde. »Wir werden nun, Ihre Erlaubnis vorausgesetzt, die Unterkunft des Fahrers durchsuchen.«

Onkel Wilhelm nickte. Ich wusste nicht, ob Martin zur Durchsuchung die Zustimmung des Hausherrn benötigte oder ob sogar ein gerichtliches Dokument erforderlich war. Aber Onkel Wilhelm war klug genug, die Ermittlungen nicht zu behindern. Ihm war sicher auch klar, dass, wenn der Verdacht auf Johannes an Substanz gewann, der Verdacht sich auf ihn als Anstifter der Mordtat ausweiten konnte.

Für mich passte das alles noch nicht zusammen. Montgomerys Tod hatte vielleicht einen Vorteil für Knudsens Pläne bedeutet, aber der Admiral und Marunde? Ich spürte, dass sich auch Martin keinen Reim darauf machen konnte. Mir fiel ein, was Nemetz und Krohl berichtet hatten: Marunde war mit dem Admiral bei Blohm & Voss gewesen, der Werft der »Marianne«. Welchen Sinn ergab das? Und welchen Grund hatte Johannes, zu fliehen, wenn er nicht in den Mord verstrickt war?

Die Durchsuchung von Johannes' Häuschens, das nur aus zwei Räumen und einer Küche bestand, war schnell beendet. Die Beamten fanden Hinweise darauf, dass Johannes in Eile ein paar Sachen eingepackt hatte. Irgendeine Tatwaffe, Diebesgut oder Ähnliches entdeckte man nicht. Stattdessen unter einem Stapel alter Zeitungen, die Johannes immer von Onkel Wilhelm bekam, ein merkwürdiges Blatt.

Es war schwarz und wies hellen, maschinengeschriebenen Text auf. Es handelte sich um ein Kohlepapier. In Kontoren, bei uns im Institut und auch in der Polizeidirektion fand diese Möglichkeit der Vervielfältigung von Schriftstücken immer mehr Verbreitung. Ein mit einer Kohlesubstanz beschichtetes Blatt wird zwischen zwei Blatt Papier in die Schreibmaschine gespannt. Die Buchstaben der Maschine, die das erste Blatt beschriften, drücken gleichzeitig die Kohle auf das zweite Blatt und erzeugen so eine nahezu identische Kopie. Das Verfahren funktioniert auch mit Handschrift, wenn der Schreiber kräftig aufdrückt. Gewissermaßen als Abfallprodukt dieses Verfahrens bleibt das Kohleblatt, auf dem der Text ebenfalls lesbar ist.

Die Knudsens waren längst wieder im Haus, die Durchsuchung des Kutscherhäuschens fast abgeschlossen, als Martin mich zu sich rief. Er verstieß sicher gegen irgendeine Vorschrift, als er mir wortlos das Kohlepapier reichte. Ich hielt das Blatt gegen das Licht, damit ich besser lesen konnte. Was dort in der Form eines geschäftlichen Briefes geschrieben stand, ließ mich kurz zur Salzsäule erstarren.

Hamburg am 29. Juni 1904

Hochverehrter Admiral von Senftleben,
wie bei unserem letzten Treffen besprochen, werden wir, die Unterzeichner, nun unseren Plan vorantreiben und auch Herrn Montgomery vom Bankhaus Abraham Friedmann einbinden.
Wir werden dafür Sorge tragen, dass der Neubau der Bark »Marianne« bei der Werft Blohm & Voss umgehend gestrichen wird.
Herr Marunde wird mit den Verantwortlichen bei der Werft vereinbaren, dass das Dock Ihnen, sehr verehrter Herr Admiral, für

Ihre kaiserlichen Bauvorhaben unverzüglich zur Verfügung gestellt wird.

Herr Adolf Knudsen versichert hiermit ausdrücklich, dass die Reederei Knudsen keine Klage gegen diese Entscheidung erheben wird. Wir erbitten nun um Übergabe der ersten Hälfte des vereinbarten Betrages in bar an Herrn Adolf Knudsen bei der nächsten Gelegenheit. Im vollsten Vertrauen auf Ihre Verschwiegenheit.

Hochachtungsvoll,
Ortwin Marunde, Adolf Knudsen

Die letzten Zeilen konnte ich nur noch mit Mühe lesen, so sehr zitterte meine Hand.

»29. Juni«, sagte ich schließlich, nachdem ich kurz nachgerechnet hatte. »Drei Wochen später wurde der Admiral ermordet. Anschließend Montgomery und Marunde. Fehlt nur noch Adolf.«

Martin nickte.

»Und Johannes ist dieses Dokument in die Hände gefallen, und er hat jeden der Verschwörer einen nach dem anderen aus dem Weg geräumt«, sagte Martin. »Mit Erfolg. Das Schiff wird gebaut. – Hat der schwarze Chauffeur diesen Plan selbst geschmiedet?«

»Du meinst …«, der Gedanke war so naheliegend, aber ich versuchte, ihn zu verdrängen, »… Knudsen hat seinen Chauffeur beauftragt, diese Morde zu begehen?«

»Was sonst?«, sagte Martin. »Geld haben wir nicht gefunden, aber das wird der Flüchtende bei sich haben, und solange wir ihn nicht aufspüren, kann dein Onkel sich unwissend stellen.«

Was dann geschah, ist für mich in der Rückschau der beschämendste Teil der Geschichte. Martin verhaftete Onkel Wilhelm unter dem Verdacht, seinen Bediensteten Johannes Dibobe zum dreifachen Mord angestiftet zu haben.

Tante Isolde brach in hysterisches Weinen aus, Clara schluchzte still in sich hinein, und Onkel Wilhelm ließ sich ohne jede Regung abführen. Er hatte offenbar noch gar nicht begriffen, was vor sich ging. Als Martin ihm das kompromittierende Kohlepapier zeigte, war offensichtlich, dass er den Text zum ersten Mal las. Das bemerkte ich, der ich Wilhelm Knudsen kannte. Aber Martin sah in meinem Onkel in diesem Moment nur einen Verdächtigen, den es zu überführen galt.

Als Onkel Wilhelm bereits im Landauer der Polizei saß, kam Adolf mit dem Einspänner auf den Hof gefahren. Man sah ihm an, dass er eine lange Nacht hinter sich hatte. Irritiert sah er sich um, lief zu seinem Vater.

»Auch du, Adolf, mein Sohn?«, sagte Knudsen, sicher nicht im Bewusstsein aus Shakespeares Julius Caesar zu zitieren, sondern aus der Tiefe einer verletzten Seele heraus. Der Landauer fuhr ab, und Adolf sah ratlos hinterher.

Ich entschuldigte mich im Institut und verbrachte den Rest des Tages damit, Tante Isolde und Clara zu beruhigen, dass sich alles als Irrtum herausstellen würde. Adolf wurde von mir kurz und sachlich über die Ereignisse informiert. Für den Rest des Tages bekam ihn niemand mehr zu Gesicht. Er schloss sich in seine Räume ein. Clara brachte ihm ein Tablett mit Essen, das er wortlos entgegennahm.

Ein paar Stunden später, als Tante Isolde sich etwas beruhigt hatte, klopfte sie an die Tür ihres Sohnes und forderte ihn in aller Sachlichkeit auf, das Haus zu verlassen. Er versuchte noch, seiner Mutter etwas zu erklären, doch sie wollte ihn nicht anhören. Mit einer kleinen Reisetasche bestieg er den Einspänner und fuhr davon.

Kapitel 37

Schon am nächsten Tag wurde Johannes gefasst. Es war eben unmöglich für einen schwarzen Mann, in Hamburg unentdeckt zu bleiben. In Windeseile hatte die Polizei einen Steckbrief drucken lassen, der eine Fotografie von Johannes mit dem Automobil zeigte, die Knudsen im vergangenen Jahr hatte machen lassen. Fünfzig Mark Belohnung waren ausgesetzt, die sich ein Fischverkäufer verdiente, der Johannes erkannte, als er eine Barkasse auf die andere Elbseite bestieg. An diesem Tag wurden auch noch weitere schwarze Männer im mittleren Alter gemeldet, verhaftet und wieder freigelassen, das lag in der Natur solcher Fahndungen.

Martin berichtete mir später von Johannes' Vernehmung. Der Chauffeur schien völlig verzweifelt und ahnungslos zu sein. Er hatte Marunde wie unzählige Male zuvor nach Hause gefahren, das sei alles gewesen. Möglich, dass er schnell weggefahren sei, aber wenn, dann aus Übermut und nicht, weil er irgendetwas verbrochen haben könnte. Er wusste nichts von dem Kohlepapier und kannte die Namen von Senftleben und Montgomery nur aus der Zeitung. Als man ihn fragte, ob sein Herr Wilhelm Knudsen ihn für die Morde bezahlt habe, brach er in Tränen aus und beteuerte, dass sein Herr so etwas nie von ihm verlangen würde.

Ähnlich ahnungslos zeigte sich Wilhelm Knudsen in der Vernehmung und wirkte dabei auf Martin glaubwürdig. Knudsen hatte seinen Anwalt Dr. Lothar kommen lassen, der der Polizei ordentlich Feuer unter dem Hintern machte, wie Martin zugeben musste.

Dr. Lothar verlangte alle Ermittlungsakten zu den drei zur Rede stehenden Taten. Er notierte sich die Tatzeitpunkte und befragte seinen Mandanten zu diesen Terminen. Es stellte sich heraus, dass Knudsen jeweils in Besprechungen oder anderen Zusammenkünften war, die Taten also nicht selbst ausgeführt haben konnte, was ihm allerdings auch niemand vorwarf. Der Vorwurf, Knudsen könne seinen Fahrer zu den Morden angestiftet haben, entbehrte jedes Beweises. Der hinzugezogene Staatsanwalt konnte Kommissar Manthey nur anweisen, Wilhelm Knudsen umgehend freizulassen.

Johannes, dem Onkel Wilhelm ebenfalls Rechtsanwalt Dr. Lothar zur Seite gestellt hatte, musste allerdings in Haft bleiben. Die akribische Feststellung der Aufenthalte von Wilhelm Knudsen zu den Zeiten der Mordtaten, ergab auch ein Bild von Johannes' Aufenthalten zu diesen Zeiten. Er hatte, als der Admiral und auch als Montgomery ermordet wurden, das getan, was Chauffeure und Kutscher den halben Tag lang tun: Er hatte im Automobil sitzend auf seinen Herrn gewartet. Es war durchaus denkbar, dass er diese unbeobachteten Zeiträume für die Morde genutzt hatte.

Martin versicherte mir später, dass er diese Theorie von Anfang an für völlig absurd hielt. Woher sollte Johannes wissen, wo sich seine Opfer genau dann aufhielten, als er zufällig ein Stündchen Zeit hatte? Aber während der Vernehmung wirkte Johannes so unsicher, verstrickte sich so sehr in Widersprüche, dass man auch nicht von seiner Unschuld ausging. Ich wage die Behauptung und halte sie bis heute aufrecht, dass der Staatsanwalt mit zweierlei Maß gemessen hatte. Den reichen und angesehenen Reeder lässt man schneller wieder in Freiheit als den Dienstboten aus Afrika.

Im Laufe des Tages kam aber noch Schwerwiegenderes gegen Johannes auf die Waagschale. Im Schuppen, wo das Automobil und die Kutschen standen, fand man unter einem Haufen von Werkzeug die Tatwaffe. Es war ein langes, spitzes Messer aus nichtrostendem Stahl, wie es in der Küche zum Filetieren großer Fische verwendet wird. Form und Abmessung der Klinge passten zu meinen und Trestows Messungen an den Wunden der Mordopfer. Rost fand sich an der Klinge keiner, was ebenfalls ein wichtiges Unterscheidungsmerkmal zu den Opfern von Dreyfuss war. Johannes konnte nicht erklären, wie die Tatwaffe in seinen Arbeitsbereich gekommen war. Daher unterstellte man Johannes, er habe sich die Merkmale des Symbolmörders zu eigen gemacht – Buckel, Regenmantel, Signatur und Tatwaffe –, um von seiner Täterschaft abzulenken. Die Verkleidung hatte man indes nicht gefunden.

Motiv des Chauffeurs: Zerschlagung der Verschwörung gegen Wilhelm Knudsen durch dreifachen ausgeführten und einen weiteren geplanten Mord. Manthey hielt es für plausibel, dass Johannes, nachdem er das Kohlepapier zum Schriftstück von Marunde und Adolf zufällig gefunden hatte, aus eigenem Antrieb und tiefer Ergebenheit handelte und sein Dienstherr nicht involviert war. Martin hielt das für weniger schlüssig, aber er konnte sich bei seinen Vorgesetzten kein Gehör verschaffen. Auf Basis der vorliegenden Beweise entschied sich der Staatsanwalt bereits drei Tage nach der Verhaftung zur Anklage des Johannes Dibobe.

Kapitel 38

Auf Wunsch von Tante Isolde fuhr ich in aller Frühe zur Polizeidirektion, um für Johannes Kleidung, Toilettenutensilien und ein paar Lebensmittel abzugeben. Deutlicher konnte die gnädige Frau Knudsen nicht kundtun, dass sie ihren Chauffeur für unschuldig hielt.

Martin nahm die Sachen entgegen und versprach, sie umgehend ins Untersuchungsgefängnis bringen zu lassen.

»Ach, und wir haben den Hund gefunden, Zee-Jott«, sagte Martin, als ich schon wieder auf dem Fahrrad saß. »Den Spitz von diesem Marunde.«

»Es muss ein Spaniel sein. Wenn es ein Spitz ist, ist er nicht von Marunde«, sagte ich.

»Ja, von mir aus. Das ist aber der Köter von Marunde. Lag nicht weit von seinem Herrn im Schilfgras. Da hat ihn im Dunkeln keiner gesehen, und gesucht hat ihn ja auch keiner. Er ist tot, hat auch was mit dem Dolch abbekommen.«

»Kann ich ihn sehen?«, fragte ich aufgeregt. In mir wuchs sich eine kleine Unsicherheit langsam zu einem hanebüchenen Verdacht aus, den ich zerstreuen musste.

»Den Hund?« Martin glotzte mich an. »Was willste denn mit dem? Der ist bestimmt schon auf dem Weg zum Abdecker.«

»Du musst ihn aufhalten«, drängte ich. »Unbedingt. Ich kann dir jetzt nicht sagen warum. Es ist zu verrückt, aber wenn ich recht habe ...«

Martin ging wieder in die Direktion und blieb lange fort. Dann endlich kehrte er zurück.

»Du hast Glück. Der Hund liegt noch auf dem Polizeiposten in Winterhude. Wo soll ich ihn hinbringen lassen?«

»Sie sollen ihn dabehalten. Ich fahre hin und sehe ihn mir dort an.«

Ich fuhr schnell ins Institut, um das benötigte Material zu holen. Eine Stunde später stand ich vor einem Tisch im Hof des Polizeipostens, flankiert von zwei misstrauisch dreinblickenden, alten Schutzmännern, und betrachtete den Kadaver von Marundes altem Spaniel, dessen Name »Wotan« so gar nicht zu ihm passte. Der hellbraune, mittelgroße Hund hatte eine vertrocknete Stichwunde an der Seite, auf der die Fliegen sich tummelten. Das treue Tier hatte seinen Herrn bis aufs Blut verteidigt.

»Was wollen Se denn mit dem?«, fragte einer der Schutzmänner.

Anstatt zu antworten, stellte ich den beiden Fragen.

»Sie haben doch sicher die Nachbarn von Marunde vernommen. Haben Sie die auch nach dem Hund gefragt?«

»Nee«, sagte der eine. »Wir wussten ja nichts von dem Hund. Da konnten wir ja nicht danach fragen.«

»Aber, Moment«, sagte der andere langsam. Das Erinnern fiel ihm schwer. »Eine Frau hat gesagt, dass das Opfer immer mit dem Hund gegangen ist. Aber der war ja weg, der Hund. Das hat die Haushälterin von dem Opfer auch gesagt, dass der weg ist.«

»Und da sind sie nicht auf die Idee gekommen, den Hund zu suchen?«, fragte ich, ohne meinen Groll über die beiden Flachköpfe zu verbergen. »Der Hund ist ein Zeuge.«

Die beiden grinsten.

»Der hätte Ihnen auch lebendig nicht sagen können, wer der Mörder ist. Und tot schon gar nicht«, erklärte der Dümmere der beiden.

Ich verzichtete auf weitere Fragen. Stattdessen nahm ich Holzkästchen und Gips aus der Tasche und schickte einen der Schutzmänner, Wasser holen.

Mit großer Sorgfalt machte ich einen Gipsabdruck vom Gebiss des Spaniels. Die Leichenstarre war bereits abgeklungen, so dass ich die Kiefer recht leicht öffnen konnte.

Ich hatte mich während des Studiums in Greifswald mehrere Monate mit Bissen von Säugetieren beschäftigt. Hunde, Katzen, Füchse, Dachse. Mein Interesse galt damals der Übertragung der Tollwut. Deshalb untersuchte ich auch Bisswunden bei Menschen und anderen Säugetieren. Ich wollte herausfinden, wie tief ein Biss eines infizierten Tieres ins Fleisch gehen muss, damit sich das Virus überträgt. Um an Opfer zu kommen, hatte ich Kontakt zu vielen Ärzten in Greifswald, die mich informierten, wenn ein Patient mit einem Tierbiss zu ihnen kam. Es waren in den Monaten meiner Forschung nicht viele Patienten, aber genug, um viele Arten von Bissen, die in unseren Breiten möglich sind, gesehen zu haben. Je nach Kraft des Tieres und danach, wie sehr sich der Gebissene wehrte, konnte ein mittelgroßer Hund zum Beispiel ein paar Druckstellen verursachen oder eine tiefe, stark blutende Fleischwunde. Letztere war oft schon ein Hinweis auf ein tollwütiges Tier, da diesem jede Beißhemmung abging.

Nach einer endlosen Stunde, in der mich die beiden Galionsfiguren des Polizistenberufes nicht aus den Augen ließen, hatte ich meinen Gipsabdruck. Freundlich dankend und ohne weitere Erklärung zog ich meines Weges, im Bauch das Grollen einer bösen Vorahnung.

Kapitel 39

So schnell, wie Wilhelm Knudsen in Haft und wieder in Freiheit gekommen war, konnten die Zeitungen die Affäre gar nicht richtig ausschlachten. Also mussten sich die Journalisten daran weiden, mit welch sklavischer Ergebenheit der Chauffeur für seinen Herrn getötet hatte. Dabei wurde mal mehr mal weniger deutlich spekuliert, wie groß Knudsens Anteil an der Tat nun wirklich war. Wenn er dem Chauffeur gegenüber nur mal angedeutet hatte, dass ihm die genannten Herren im Wege seien, könnte der Wilde, wie Johannes mehrfach genannt wurde, das ja schon als Aufforderung verstanden haben.

Man musste den Zeitungen zugutehalten, dass sie nur die halbe Geschichte kannten. Der Brief von Adolf und Marunde, das Dokument der Verschwörung, war nicht öffentlich gemacht worden. Auch Adolf Knudsens Verwicklung in den Fall wurde nirgendwo erwähnt. Selbst im Hause Knudsen sprach man nicht darüber. Überhaupt wurde in diesen Tagen wenig gesprochen am Harvestehuder Weg. Jeder versuchte auf seine Weise, die Ereignisse zu verarbeiten.

Adolf blieb, wie von seiner Mutter gewünscht, dem Haus fern. Nur ein Mal schlich er sich in diesen Tagen hinein, um ein paar Sachen zu holen. Es gelang ihm, niemandem zu begegnen, außer mir. Neugierig, wie es nun mal so meine Art ist, stellte ich ihn zur Rede, als er gerade die Kutsche bestieg. Ich versuchte, so wenig vorwurfsvoll wie möglich zu klingen, auch wenn ich die

Verschwörung gegen den eigenen Vater für beispiellos niederträchtig hielt.

»Du musst das verstehen, Carl-Jakob«, jammerte Adolf. »Diese verfluchte ›Marianne‹ hätte uns ruiniert. Noch mehr Schulden, dann ein Schiff, für das wir keine Fracht mehr bekommen werden, weil die Großen uns mit Niedrigpreisen alles abjagen. Die glorreiche Zukunft, die Vater mit dem Schiff begründen wollte, würde sich nicht einstellen. Mit einem Segelschiff auch noch, wo alle jetzt auf Dampfschiffe umstellen.«

»Und das hättet ihr Wilhelm Knudsen nicht sagen können?«, fragte ich.

»Du glaubst nicht, wie oft ich auf Vater eingeredet habe. Ohne Erfolg. Darum musste ich die ›Marianne‹ beerdigen, um Schaden von der Reederei abzuwenden. Nach Vaters Tod werde ich die Reederei an Woermann verkaufen. Das ist auch für Mutters Zukunft das Beste.«

»Und der arme Johannes kommt jetzt unters Fallbeil wegen eurer Intrigen.«

»Moment«, empörte sich Adolf, »der kommt dorthin, weil er drei Menschen getötet hat. Ich stand vermutlich als Nächster auf seiner Liste. Ich weine diesem Wilden keine Träne nach. Ich hoffe nur, dass er Vater nicht noch mit hineinzieht.«

»Aber wie kam er in Besitz dieses Kohlepapiers? Wo habt ihr diesen unsäglichen Brief denn verfasst?« Mir brummte der Schädel von so vielen offenen Fragen und unausgesprochenen Verdächtigungen.

»Was weiß ich, woher er das Blatt hatte? Er hat vermutlich Abfall weggefahren und ihn dabei zufällig entdeckt. Der scheint ja schlauer zu sein, als ich dachte.«

»Ihr habt euch die Intrige gegen deinen Vater sogar bezahlen lassen. Wie viel habt ihr vom Admiral denn bekommen? Und wofür überhaupt?«

»Das war ein offenes Geheimnis«, sagte Adolf, »dass der Admiral unterwegs war, um bei den Hamburger Werften so schnell wie möglich Bauplätze für die kaiserliche Flotte zu organisieren. Der Kaiser wollte keine Zeit verlieren. Die Werften wollten ihre Verträge mit Reedereien für Handelsschiffe aber einhalten, weil sie Prozesse und Konventionalstrafen befürchteten. Senftleben hatte meinem Vater schon vor Monaten Geld geboten, wenn er die ›Marianne‹ später baut. Aber der Sturkopf hat abgelehnt.«

»Weil es für deinen Vater kein Später gibt, wie du weißt«, sagte ich, in der Hoffnung, Adolf ein schlechtes Gewissen zu machen. Der zuckte nur mit den Schultern und wollte schon sein Pferd in Gang setzen, aber ich hatte noch eine Frage.

»Wieviel Judaslohn habt ihr denn bekommen?«

»Nicht mal dreißig Silberlinge.« Er lachte bitter. »Gar nichts haben wir bekommen. Der Chauffeur hat den Admiral vor dem Zahltag abgestochen.«

Eigentlich stand auf meinem Aufgabenzettel noch, Adolf für sein Verhalten Clara gegenüber links und rechts zu ohrfeigen, aber meine Verachtung für ihn war auf einem solchen Tiefpunkt angelangt, dass es mir der Mühe nicht wert schien.

Wer auch wenig sprach in diesen Tagen, war meine süße Clara. Langsam und mit trauriger Miene erledigte sie ihr Tagwerk. Kein Lächeln, kein verstohlener Blick in meine Richtung. Ich fragte sie, ob sie mir böse war, was sie verneinte. Sie wisse jetzt nur nicht, wie es weitergehen solle. Knudsen, ihr Vater, werde sich von der Enttäuschung, die er durch seinen Sohn und durch seinen besten Freund erfahren habe, sicher nicht mehr erholen. Und dann beging sein treuer Chauffeur Johannes hinter seinem Rücken und vermeintlich zu Knudsens Vorteil grausame Morde. Eine weitere Enttäuschung.

Claras heimlicher Wunsch, noch vor Knudsens Tod ihr Geheimnis zu lüften und ihn als Tochter umarmen zu können, war nun noch schwer zu erfüllen.

»Ich kann der Familie jetzt nicht noch mehr zumuten«, sagte sie, als ich bei ihr lag. Ich besuchte sie in diesen Nächten nur, um mit ihr zu reden, zu mehr waren wir nicht in der Stimmung.

»Aber wenigstens ist er nicht im Gefängnis und die ›Marianne‹ wird gebaut«, sagte Clara.

Ich musste lachen.

»Das glaubst du doch nicht wirklich«, sagte ich. »Die Reederei Knudsen ist das Skandalthema der Saison. Weder die Bank noch die Werft werden jetzt mit Wilhelm oder Adolf Geschäfte machen.«

»Dann wäre alles umsonst?«

Ja, dachte ich, alles umsonst, und der Verdacht, der mich seit Tagen nicht losließ, bekam neue Nahrung. Ich war darauf vorbereitet, ihm nachzugehen. Als Clara eingeschlafen war und ein letztes, leichtes Zucken den tiefsten Punkt des Schlafes ankündigte, löste ich mich vorsichtig aus ihren Armen und stand leise auf. Es war stockfinster in der Kammer. Ich brauchte nie Licht, wenn ich Clara mitten in der Nacht verließ, um mich in mein eigenes Bett zu schleichen. Aber jetzt musste ich etwas sehen. Clara hatte das Gesicht zur Wand gedreht. Wenn ich jetzt kurz eine Kerze entzündete, würde sie das Licht nicht aufwecken.

Ich befreite ihren linken Fuß von der Bettdecke. Die Wunde an der Fessel war etwas abgeklungen, seit ich sie beim Picknick das erste Mal gesehen hatte. Aber das Gebiss des Tieres, das sie gebissen hatte, zeichnete sich immer noch deutlich ab. Mit dem mitgebrachten Maßband maß ich die Abstände der oberen und unteren Eckzähne, merkte mir die Werte und löschte die Kerze.

»Was ist, was tust du?«, jammerte Clara im Schlaf.

»Nichts, Schatz, ich habe nur meine Hose gesucht. Schlaf gut.«

In meinem Zimmer verglich ich die Messwerte von Claras Bein mit dem Gebissabdruck des Spaniels und gewann eine Gewissheit, die ich so gar nicht einordnen konnte. Es konnte doch nur einen Grund geben, warum Clara leugnete, von einem Hund gebissen worden zu sein.

Kapitel 40

Ich brachte in den folgenden Nächten nicht den Mut auf, Clara mit meinem Verdacht zu konfrontieren. Ich hatte Angst, richtigzuliegen und sie zu verlieren. Und ich hatte genauso große Angst, falschzuliegen und sie genau deshalb zu verlieren.

In den durchwachten Nächten, während ich sorgenvoll neben ihr lag, dachte Clara über die Zukunft nach. Sie machte sich Gedanken über ein Leben außerhalb der Villa Knudsen. Sie hielt es für möglich, dass Tante Isolde sie und vielleicht auch mich rauswarf, wenn sie von unserer Liebe erfuhr. Vielleicht fände sie es aber auch schrecklich romantisch und würde uns unterstützen. Dazu wäre es nicht hilfreich, so spann Clara ihre Gedanken weiter, wenn ans Licht käme, dass Clara Knudsens Tochter war. Deshalb sollte nur Onkel Wilhelm in das Geheimnis seiner Vaterschaft eingeweiht werden, und Isolde bliebe unbehelligt. Wilhelm würde das Geheimnis mit in sein baldiges Grab nehmen und Isolde konnte ohne die Last dieser Erinnerung um Wilhelm trauern und weiterleben.

Mir gelang es nicht, mich an ihren Phantasien zu beteiligen. Für mich zeichnete sich in diesen Nächten bereits die Wende der Ereignisse ab, die dann auch eintrat und unter deren Folgen ich bis heute leide.

Es begann damit, dass Martin mir von einer erneuten Vernehmung von Johannes berichtete. Polizeidirektor Roscher hatte diese nach Rücksprache mit dem Staatsanwalt angeordnet, weil die Beweise gegen den Chauffeur bei genauerer Betrachtung doch reichlich lückenhaft waren. Nun war auch dem letzten Beteiligten aufgefallen, dass Johannes schwerlich in den Wartezeiten während der Termine seines Herrn die Morde hatte begehen können. Dazu fehlten ihm schlicht die Informationen. Außerdem fanden sich zumindest an einem der beiden fraglichen Termine Zeugen: andere Kutscher und Chauffeure, die ebenso auf ihre Herren warteten, zusammenstanden, rauchten und quatschten, wie es so üblich ist. Sie erinnerten sich natürlich an den einzigen Schwarzen unter ihnen, der zudem einer der wenigen mit Automobil statt Kutsche war, und daran, dass er den Platz während der ganzen Zeit nicht verlassen hatte.

Johannes selbst hatte – zehn Tage nach seiner Verhaftung – genug Zeit und Ruhe gefunden, um die Details der Mordnacht noch mal durchzugehen. Unter dem Fragenfeuerwerk der Polizisten konnte er bei der ersten Vernehmung vermutlich keinen klaren Gedanken fassen.

Es sind die Details, auf die man nicht achtet, die jedes für sich keine Bedeutung haben, aber in der Rückschau dann doch auf zwingende Art zusammenpassen. So erzählte Johannes, dass er auf der Rückfahrt von Marunde zur Villa Knudsen im Licht der Lampen des Automobils kurz eine Gestalt auf einem Fahrrad erblickt hatte, die auf dem Fußweg am Alsterufer in die entgegengesetzte Richtung fuhr, also auf Marundes Ufer zu. Das Fahrrad war unbeleuchtet und die Gestalt vollständig dunkel gekleidet. Wenn er sich aber nun die Situation in Erinnerung rufe, so würde er sagen, dass es sich von der Art der Bewegungen her eher um eine Frau als um einen Mann gehandelt habe.

Weiter berichtete Johannes, dass er wenige Minuten später an der Villa Knudsen ankam. Von Marundes Haus waren es keine fünf Minuten Fahrt. Das Haus lag im Dunkeln. Johannes stellte das Automobil im Schuppen ab und nahm eher unterschwellig wahr, dass das Fahrrad, das die Köchin benutzte, nicht an seinem Platz stand. Johannes dachte sich nichts dabei und sah noch kurz etwas am Motor nach. Dabei verbrühte er sich am Kühlwasser die Hand. Es war keine schlimme Verletzung, dennoch wollte er Clara um etwas Brandsalbe bitten.

Für die Tür zum Souterrain hatte er einen Schlüssel, aber sie war nicht verschlossen. Johannes klopfte an Claras Tür, bekam aber keine Antwort. Er wähnte sie in tiefem Schlaf und wollte nicht stören. Deshalb kühlte er seine Verbrennung am Eisblock in der Küche und ging zu Bett.

»Du meinst also, dass Clara zu dieser Zeit nicht im Haus war, sondern auf dem Weg zu Marunde? Ist es das, was Johannes damit andeuten will?«, fragte ich Martin, als ich ihn am Morgen nach der Vernehmung in der Polizeidirektion aufsuchte, um mich über den Stand der Dinge zu erkundigen.

»Das hat er nicht gesagt, aber es ist eine Möglichkeit«, erklärte Martin sachlich.

»Ich finde es etwas billig, wie er sich herauszureden versucht, Martin. Darauf solltet ihr nicht reinfallen«, sagte ich, ohne meinen eigenen Worten zu glauben.

»Mach dir keine Sorgen, Zee-Jott, so leichtgläubig sind wir nicht. Aber Roscher hat jetzt auch angeordnet, die Tatwaffe nach Fingerabdrücken zu untersuchen. Mal sehen was dabei herauskommt. – Und noch was, Zee-Jott, weißt du, wieso wir Johannes an dem Morgen nicht im Kutscherhaus vorgefunden haben, als wir mit ihm sprechen wollten?«

»Nein, wieso?«

»Er wusste, dass wir kommen. Hast du es ihm gesagt?«

»Nein, natürlich nicht. Was denkst du?«, empörte ich mich.

»Johannes sagt, es wäre Clara gewesen. Woher konnte sie es gewusst haben?« Martin sah mich mit einem Blick an, der keine Antwort mehr erwartete.

»Gut, von mir aus«, sagte ich, »das beweist ja erst recht, dass er es war, wenn er auf diese Warnung hin flüchtet.«

»Wenn du meinst«, sagte Martin und sah wieder in die Akten auf seinem Tisch.

Wenn ich heute, zwei Jahre nach diesen Ereignissen zurückblicke, dann muss ich zugeben, dass in diesem Moment nicht nur die Zweifel an Claras Schuld mich daran hinderten, Martin alles zu erzählen, was ich wusste. Zum Beispiel, dass Clara eine Bissverletzung am Bein hatte, die mit hoher Wahrscheinlichkeit von Marundes Hund Wotan stammte. Irgendwo tief in mir arbeitete auch ein kleiner Carl-Jakob daran, Clara zu retten, anstatt sie zu verdammen. Unabhängig davon, was sie getan hatte. Er ist mir nicht sympathisch, dieser kleine Dämon, und ich hoffe, ich höre nie wieder von ihm.

Natürlich radelte ich an diesem Morgen nicht zum Institut, sondern nach Hause, wo ich Clara in der Bibliothek antraf. Sie bearbeitete Regale und Möbel gedankenverloren mit einem Staubwedel, als wäre die Welt nicht gerade aus den Fugen geraten.

Als sie mich bemerkte, lächelte sie mich kurz an, ohne die Arbeit zu unterbrechen. Wer sonst noch an diesem Vormittag im Haus war, konnte ich in diesem Moment nicht feststellen.

Ich stürmte auf Clara zu, die gerade mit dem Rücken zu mir die Encyclopædia Britannica abstaubte, fasste sie an den Schultern und drehte sie zu mir um. Sie sah mich merkwürdig an, wie entrückt, schlaftrunken.

»Sag mir die Wahrheit, Clara, was hast du mit dem Mord an Marunde zu tun? Los, ich muss es wissen, bitte.« Ich weinte fast. Zu sehr brannte der schreckliche Verdacht in mir, zu sehr sehnte ich mich nach dem einen Satz, der erklärte, dass alles nur ein großes Missverständnis war, ein Trugbild.

Aber dieser Satz kam nicht.

»Carl-Jakob, du kennst die Wahrheit bereits«, sagte Clara sanft mit einem Blick, aus dem all ihre Liebe, ihre Sanftmut verschwunden waren. »Die Wahrheit ist, dass ich Marunde und die anderen, die sich gegen meinen Vater verbündet haben, töten musste. Es ging nicht anders.«

»Es ging nicht anders? Clara, was redest du?« Ich fasste sie wieder bei den Schultern, schüttelte sie und schrie sie an. »Es ging anders. Du hättest mit Wilhelm reden können, mit mir, du hättest alles, alles andere tun können, nur das nicht.«

Clara entzog sich meinem Griff, ließ den Staubwedel fallen und ging langsam zum Modell der »Marianne«.

»Der gnädige Herr, mein Vater, hätte sich nie gegen diese verkommenen Herren zur Wehr gesetzt«, sagte sie gespenstisch ruhig. »Er hätte zugesehen, wie sie seinen letzten Traum zerstören, und wäre als gebrochener Mann gestorben.«

»Und jetzt? Was ist jetzt besser? Ist er jetzt nicht gebrochen?«

»Doch, leider«, sagte sie und drehte sich zu mir. Ihr Blick war von einer Kälte, die ich bei ihr noch nicht gesehen hatte. »Ihr hättet euch mit dem Symbol-Mörder als Täter begnügen können. Dann wäre Knudsens Traum erfüllt worden und meiner auch.«

»Dein Traum, Clara? Wirklich? Was ist denn dein Traum?«

»Mein Traum ist es, meinen Vater glücklich zu machen und dann dich«, sagte sie immer noch ganz ruhig und ging langsam zu einem Sekretär, der an einer Wand stand.

»Clara, das ist völlig wahnsinnig, du bist wahnsinnig. Ich rufe jetzt Martin an, es geht nicht anders.« Ich spürte, wie mir die Tränen kamen.

Das Telefon stand auf dem Sekretär, den Clara nun erreicht hatte. Sie zog eine größere Schublade des antiken Möbels ganz heraus und hob eine dünne Platte an. Ein doppelter Boden. Plötzlich hatte sie einen Revolver in der Hand.

»Wo hast du die Waffe her?«, rief ich entsetzt.

»Das ist ein Abschiedsgeschenk von meinem Bruder«, sagte sie.

»Du würdest auf mich schießen, du willst auch mich töten?«, fragte ich und wischte mir die Tränen ab. Es war mir völlig egal, ob ich in diesem Moment schwach oder stark auf sie wirkte, ich wollte nur noch, dass diese Tragödie ein Ende hatte.

»Nein, Carl-Jakob, ich will dich nicht töten. Ich will mit dir zusammen sein. Jetzt können wir frei sein.«

Ihr Blick erinnerte mich an einen anderen Mörder, dem ich vor Kurzem gegenübergesessen hatte: Daniel Dreyfuss. Und ich erinnerte mich an die Worte des Professors in der Nervenheilanstalt: Er hatte von seelischen Verletzungen gesprochen, die Menschen in einem erheblichen Maße verändern konnten. Nach außen hin können diese Menschen freundlich, klug und liebenswert erscheinen. Aber unter der Oberfläche kommen immer wieder dunkle Erinnerungen hoch. Das kann solche Menschen zu irrationalen und grausamen Handlungen treiben.

Clara war sicher sehr oft verletzt worden in ihrem Leben, aber warum hatte ich in den vielen Stunden, in ganzen Nächten, die ich mit ihr verbracht hatte, nichts davon bemerkt?

»Wir können nicht frei sein, Clara. Du bist eine Mörderin.«

»Wir gehen nach Amerika, Carl-Jakob.« Plötzlich machte sie ein freudig erregtes Gesicht, war für Momente die süße, wunderschöne Clara, die ich liebte. »Niemand kann uns aufhalten. Lass uns gehen.«

Sie kam auf mich zu und streckte die Hand nach mir aus. Ich griff die Hand und versuchte, ihren Arm zu fassen, ich wollte sie ergreifen, ihr den Revolver entreißen. Clara stolperte nach hinten, ich folgte ihr, versuchte, sie zu fassen. Dabei stieß Clara mit dem Rücken gegen das Modell der »Marianne«. Das kunstvoll gearbeitete Schiffsmodell löste sich von seinem Sockel und fiel krachend zu Boden. Was auch immer ich in diesem Augenblick vorhatte, es misslang. Clara fing sich wieder und feuerte die Waffe ab. Ein ohrenzerfetzender Knall und ich spürte einen höllischen Schmerz in meinem Oberschenkel. Augenblicklich bildete sich ein großer Blutfleck auf meiner Hose. Ich taumelte in den Sessel hinter mir.

»Clara«, stöhnte ich unter Schmerzen, »hör auf, du machst alles immer schlimmer.«

Der Schuss war sicher im ganzen Haus zu hören gewesen. Schon vernahm ich Schritte. Es war also jemand außer uns im Hause. Wer? Tante Isolde war bei einer Einladung, die Köchin Maria vermutlich auf dem Markt.

Onkel Wilhelm stürmte in die Bibliothek.

»Vater«, rief Clara, als sie ihn sah, »gut, dass du da bist.«

»Leg die Waffe weg, Kind«, sagte Onkel Wilhelm und ging langsam auf sie zu.

»Du hast es gewusst?«, fragte ich Wilhelm. Ich hatte nicht erwartet, dass er auf Claras »Vater« so reagieren würde.

»Ich habe es geahnt, gespürt und auch gesehen. Sie sieht ihrer Mutter sehr ähnlich. Und dann dieser Ring. Ja, irgendwann habe ich es gewusst. Und von euch beiden habe ich auch gewusst. Es gelang euch nicht, eure Liebe zu verbergen.« Er lächelte mich an, ein wohlwollendes, väterliches Lächeln, das so gar nicht zu dem passte, was hier gerade vor sich ging.

»Und von ihrem mörderischen Plan hast du auch gewusst?«, fragte ich.

»Nein«, sagte Onkel Wilhelm, der jetzt neben mir stand und ausdruckslos die Wunde an meinem Bein betrachtete. »Davon habe ich nichts gewusst, und ich hätte es auch nicht gebilligt. Aber das ist jetzt nicht mehr wichtig.«

»Nein?«, rief ich. Der stechende Schmerz im Bein war von einem dumpfen Pochen abgelöst worden. »Was ist denn jetzt wichtig?«

»Jetzt müssen wir Clara in Sicherheit bringen«, sagte Onkel Wilhelm und ging wieder auf sie zu. Unsicher wedelte sie mit dem Revolver.

»Setz dich, Kind«, befahl Knudsen und nahm selbst auf einem Sessel Platz. »Erzähl uns alles, erzähl uns, was du in den vergangenen Monaten im Verborgenen getan hast.«

Ich wäre gerne aufgesprungen, zum Telefon gelaufen, um die Polizei zu rufen, aber das hätte Clara verhindert. Ich wäre auch nicht aus der Bibliothek herausgekommen. Sie war bereit, auf mich zu schießen, das hatte sie bewiesen.

Dann schilderte uns Clara, wie sie ihren teuflischen Plan fasste und in die Tat umsetzte. Es mutete an wie die Erzählung einer aufregenden Reise durch fremde Länder, der man bei Tee und Gebäck lauscht. Ich hatte von meinem Platz aus die große Standuhr im Blick, deshalb weiß ich, dass wir Claras Geständnis eine Stunde lauschten. Zwischendurch vergaß ich, mir Sorgen zu machen, dass ich verbluten könnte.

Clara erzählte, wie sie zufällig Ende Juni das Kohlepapier mit dem Brief an Senftleben in Adolfs Papierkorb gefunden hatte. Zu diesem Zeitpunkt wusste sie schon von Knudsens Leidenschaft für das Projekt »Marianne«, sie wusste von seiner Krankheit, und sie hatte auch schon ihre Liebe zu ihrem Vater entdeckt. Ich hätte in diesem Moment den Nervenarzt aus Pölitz gerne gefragt, ob das, was Clara als Liebe schilderte, nicht auch eher eine Wahnvorstellung war, ein erfundenes Gefühl gegen die Verletzungen der Vergangenheit. Wilhelm war vermutlich der erste gütige Mensch in ihrem Leben, aber Liebe konnte Clara gar nicht wirklich empfinden. Auch für mich nicht.

Das Dokument hatte sie mit solcher Wut erfüllt, dass sie es gar nicht beschreiben könne, sagte sie. Aber die Wut in ihrem Gesicht, während sie diese Worte aussprach, dieses teuflische Leuchten in den Augen, war eindringlich genug. Sie habe sofort beschlossen, diese Verschwörung zu zerschlagen, und sie war sich sicher, dass die Verschwörer dafür sterben mussten.

»Keiner von den Männern, die sich zusammengefunden hatten, würde von dem Plan ablassen, nur weil ein gekränkter Herr Knudsen sie darum bittet«, sagte sie. »Die waren wild entschlossen, und ich hatte nur wenig Zeit, sie zu stoppen.«

Und so spionierte sie die Herren aus. Das war nicht einfach für ein Dienstmädchen, das nur einen halben Tag in der Woche freibekam. Aber es fanden sich auch im Haus genug Informationen über ihre Opfer. Dass Admiral von Senftleben ein Mitglied der Bürgerschaft war, hatte sie oft genug von Adolf aufgeschnappt. Und wann die Sitzungen waren, stand in Adolfs Kalender, der auf seinem Schreibtisch lag. Eines Nachts in der Woche, nachdem sie das Dokument gefunden hatte, schlich sie sich abends gegen zehn Uhr aus dem Haus. Sie konnte durchs Souterrain immer unentdeckt das Haus verlassen und wieder betreten. Schnell hatte sie heraus, wie sie auch unentdeckt an dem Wachtposten vorbeikam. Als sie Senftleben zum ersten Mal in den Alsterarkaden auflauerte, war er nicht alleine. Doch als sie es knapp zwei Wochen später erneut versuchte, hatte sie Glück.

»Er war ziemlich betrunken«, sagte sie in einem freudigen Tonfall, »es war ganz einfach«.

»Und woher wusstest du, wie der Symbol-Mörder genau tötet?«, fragte ich. »Woher wusstest du alles über die Waffe, die ganzen Details?«

»Von dir, Carl-Jakob, und aus der Zeitung.« Sie lächelte.

»Verstehe«, sagte ich und spürte nun wieder die Wunde in meinem Oberschenkel. »Darum hast du auch die Hüte vergessen.«

»Wie bitte?«

»Dreyfuss hat die Hüte seiner Opfer als Trophäen mitgenommen. Das hat aber in keiner Zeitung gestanden, und ich habe es dir vermutlich auch nicht erzählt.«

»Ja, Carl-Jakob, das musst du vergessen haben.« Es klang fast wie ein Vorwurf.

Vom Bankier Montgomery hatte offenbar Onkel Wilhelm Clara freimütig erzählt. In einem der zahlreichen viel zu vertraulichen Gespräche, die die beiden hatten, klagte der Onkel wohl über den pedantischen Geizhals, der jeden Tag um fünf Uhr Feierabend machte und keine Kutsche besaß, sondern immer mit der Tram fuhr, wie ein Hafenarbeiter.

»Ich war selbst überrascht darüber«, sagte Clara mit einer kalten Freundlichkeit, die ich an diesem Vormittag zum ersten Mal an ihr erlebte, »wieviel Hass man empfinden kann für einen Menschen, den man nie zuvor gesehen hat.«

»Woher wusstest du, wie er aussieht?«, fragte nun Wilhelm, den Claras Schilderungen augenscheinlich mehr faszinierten als schockierten.

»Im Vorraum seiner Bank steht eine Büste von ihm und von diesem Friedmann.«

»Und wieso hast du ihn in der Tram ermordet?«, fragte ich. »Das war doch viel zu gefährlich für dich.«

»Nach allem, was ich von Vater gehört hatte«, wie selbstverständlich sie nun von Vater sprach, schien selbst den alten Knudsen zu überraschen, »wusste ich, dass ich nicht viel Zeit hatte, den Mann auszuspionieren. Es musste geschehen. Ich war sicher, wenn ich nur schnell genug handelte, wäre ich weg, bevor der Aufruhr in der Tram losging. Und so war es ja auch.«

Ähnliches, so erinnerte ich mich, hatte Dreyfuss vom Mord an Schilling an den Landungsbrücken berichtet. Tausend Augen und niemand sieht etwas.

»Hast du nie darüber nachgedacht, dass du schwere Verbrechen begehst? Todsünden?«, fragte Knudsen.

Clara zuckte mit den Schultern.

»Ich musste es tun, Vater. Für dich.«

Warum sprang Wilhelm jetzt nicht auf? Warum brüllte er Clara nicht an, schlug auf sie ein, dass er sie nicht darum gebeten hatte, dass er nicht der Grund für ihre grauenhaften Taten sein wollte? Warum saß er einfach nur da und sah sie an? Sicher rasten in diesem Moment viele Fragen und Gedanken durch seinen Kopf, aber nach außen hin war er ein Buddha.

»Und bei Marunde wisst ihr ja, wie es war«, sagte Clara zum Abschluss ihres Berichtes. »Wenn der Hund mich nur nicht gebissen hätte ... Du bist sehr klug, Carl-Jakob.«

Ihre Schmeicheleien verfingen bei mir nicht mehr. Keine moralischen Leitlinien, keine Skrupel, keine Reue, keine Religion hatte Professor Mensing über Dreyfuss und Leute seines Charakters gesagt.

Ich konnte die fremde Frau, die mir gegenübersaß, nur noch anstarren. Die Augen, die mich verliebt angeleuchtet hatten, waren die Augen einer Mörderin. Die Hände, die mich gestreichelt hatten, wo ich noch nie zuvor gestreichelt worden war, waren Hände, die eine Mordwaffe geführt hatten. Der Mund, der mich geküsst und mir Schwüre geflüstert hatte, war ein verrottetes Loch, aus dem nur Lügen kamen.

»Wir bringen dich hier weg, Clara«, sagte Onkel Wilhelm und stand auf.

»Ja, zur Polizei, oder was meinst du?«, fragte ich ihn und sprang ebenfalls auf. Der Schmerz durchzuckte mein Bein, aber ich blieb stehen. Es fühlte sich an, als würde die Wunde, nachdem sie sich kurz geschlossen hatte, wieder aufbrechen.

»Du musst das verstehen«, sagte Onkel Wilhelm ruhig. »Sie ist meine Tochter. Ich kann nicht zulassen, dass man sie tötet. Ich würde auch nicht zulassen, dass man dich tötet.«

»Sie ist eine Mörderin, Onkel Wilhelm«, brüllte ich, heulend, verzweifelt. »Sie hat es verdient. Sie weiß, dass sie es verdient hat.«

»Gehen wir, Marianne«, sagte Wilhelm. »Du auch Carl-Jakob. Mach uns keine Schwierigkeiten. Ich will nicht, dass meine Kinder sich gegenseitig töten.«

War es nur mir aufgefallen, dass Wilhelm sie gerade Marianne genannt hatte? War er nun auch völlig irre geworden? Glaubte er, mit Clara jetzt seine kleine, unschuldige Tochter zu retten?

Ich hatte keine Wahl. Clara hielt den Revolver unablässig in meine Richtung. Wir gingen zum Schuppen, und Wilhelm befahl Clara und mir, auf dem Rücksitz des Automobils Platz zu nehmen. Überraschend geschickt setzte er den Motor mit der Kurbel in Gang. Ich habe Onkel Wilhelm nie selbst den Mercedes-Benz fahren gesehen, und ich meine, mich zu erinnern, dass er damit kokettierte, dies nicht zu können. Doch er wusste, wie man fuhr. Er setzte sich ans Steuerrad und gab Gas, etwas ruckelig und unsanft, aber wir kamen voran.

Kapitel 41

Clara saß rechts neben mir und schien den Fahrtwind zu genießen. Den Revolver hatte sie locker in der Hand und auf dem Schoß liegen, jederzeit bereit, ihn abzufeuern.

»Du hast deine Taten sehr perfide Johannes untergeschoben. Du hättest ihn an deiner Stelle auf den Richtblock gebracht«, sagte ich und legte so viel Verachtung wie möglich in meine Stimme. »Ein anständiger Kerl, der dir nichts getan hat, der immer freundlich und hilfsbereit zu dir war.«

»Johannes wäre nichts passiert«, entgegnete Clara, ohne mich anzusehen. »Sie hatten keine Beweise. Und er ist ja auch freigekommen.«

Ich hatte genug. Ich wollte kein Wort mehr mit dieser Frau sprechen. Meine geliebte Clara war gestorben, als ich feststellen musste, dass sie eine Bisswunde von Marundes Hund am Bein hatte. Meine Clara hatte nicht gelitten, als sie starb, denn sie war nur eine Illusion, ein Fabelwesen, das ich in meinem verwirrten Herzen erschaffen hatte. Wer nun litt, war ich, sicher noch ziemlich lange. Meine letzte Mission war nun, zu verhindern, dass Clara ihrer gerechten Strafe entging. Wenn ich je an ihre Rettung gedacht hatte, so war ich von diesem Plan nun meilenweit entfernt.

Onkel Wilhelm hatte sich anders entschieden. Ihm war die Verbundenheit zu der Tochter wichtiger, die er erst gerade gefunden hatte. War das der Pfeffersack in ihm, der meinte, dass er seine eigenen Gesetze machen dürfe? War das das Kernproblem, gegen das Emma Neumann und ihre Genossen kämpften, dass die Besitzenden die Regeln nur für die Besitzlosen machten?

Onkel Wilhelm lenkte das Automobil in Richtung Hafen. Wir überquerten den Binnenhafen und bogen auf den Sandtorkai ein. Geschäftiges Treiben herrschte rund um die Lagerhäuser. Die Masten der Frachtschiffe ragten in den leicht bewölkten Himmel. Onkel Wilhelm stoppte kurz und sprach einen Hafenarbeiter an. Der Mann deutete in eine Richtung, und Knudsen fuhr wieder los an einer Reihe Schiffe entlang, die am Kai lagen. Wir hielten an einem älteren Dreimaster in den Farben und mit dem Zeichen der Reederei Knudsen. Das Schiff trug den Namen »Margarete«.

»Das ist der Name meiner Mutter«, sagte Clara und fiel wieder in die Rolle des lieben Mädchens. »Danke, Vater.«

»Was hast du Tante Isolde erzählt, warum du das Schiff so genannt hast?«, fragte ich Onkel Wilhelm. Ich konnte mir diese Spitze nicht verkneifen.

»Meine Großmutter hieß auch so«, sagte er und lächelte. War das hier alles nur ein Spiel? »Und ich habe natürlich auch ein Schiff mit dem Namen Isolde.«

Knudsen winkte dem Kapitän, der an der Reling stand und zu uns hinuntersah, dann drehte er sich zu Clara um.

»Dieses Schiff wird dich nach Rio de Janeiro bringen«, sagte er. »Mehr kann ich nicht für dich tun. Um deine Sünden kümmert sich jemand anders, wenn es so weit ist.«

So pastoral hatte ich den Onkel noch nie reden hören. Er griff in seine Jacke, zog einen dicken Umschlag hervor und gab ihn Clara. Ich wollte nicht wissen, wie viel Geld es war. Es interessierte mich nicht. Sie würde mit allem Geld der Welt in Brasilien nicht glücklich werden.

Clara stieg langsam aus dem Automobil. Unsicher lächelte sie Knudsen an, dann mich. Was erwartete sie, einen Abschiedskuss? Natürlich hatte die kleine Clara, die noch nie über Hamburgs Grenzen hinausgekommen war, in diesem Moment große Angst vor der weiten Welt. Vielleicht nahm auch endlich ein Hauch von Reue Besitz von ihr. Aber was kümmerte mich das?

»Komm mit«, sagte sie mit dünner Stimme. »Da drüben können wir alles vergessen.«

Ich schüttelte nur den Kopf, ohne sie anzusehen. Sie hatte keine dritte Chance verdient, nachdem sie die zweite Chance, die ihr die Familie Knudsen gegeben hatte, so schändlich mit Füßen getreten hatte. Sie gehörte unter das Fallbeil. Bei diesem Gedanken erschrak ich vor meiner eigenen Erbarmungslosigkeit.

»Und den gibst du besser mir«, sagte Knudsen, als Clara neben ihm stand, und streckte die Hand nach dem Revolver aus.

In diesem Moment kam in vollem Galopp ein zweispänniger Landauer zwischen den Lagerhäusern hindurchgeschossen. Hafenarbeiter sprangen zur Seite, angebundene Pferde scheuten, irgendwo flog krachend ein Stapel Obstkisten um. Im Landauer saßen Martin und Kommissar Manthey, der Kutsche folgten mehrere berittene Polizisten mit Gewehren.

»Halt!«, rief Martin, während er noch in der Fahrt von der Kutsche sprang und auf uns zulief. Ich sah bei ihm keine Waffe. Clara hob den Arm mit dem Revolver.

»Martin, Vorsicht«, brüllte ich, »sie hat eine Waffe.«

Clara drückte den Abzug, traf aber nicht. Als Antwort kamen mehrere Schüsse aus den Gewehren der Berittenen. Einer traf Clara an der Schulter. Am breiten, weißen Spitzenträger ihrer Dienstbotenschürze bildete sich ein roter Fleck, der größer wurde. Den Revolver hatte sie zu Boden fallen lassen und hielt sich wimmernd die Schulter. Blut drang zwischen ihren Fingern hervor.

Ich saß immer noch auf der Rückbank des Kraftwagens und legte Onkel Wilhelm, der noch hinter dem Steuerrad saß, die Hand auf die Schulter.

»Geht es dir gut, Onkel?«, fragte ich.

Martin, der seitlich an den Wagen getreten war, sah mich an und schüttelte den Kopf. Und dann sah ich es auch. Onkel Wilhelm hatte ein blutiges Loch in der linken Schläfe.

Kapitel 42

Am 12. Dezember 1904, zwei Monate nach der Schießerei am Hafen, wurde das Todesurteil gegen das Dienstmädchen Clara Lüttge, dreifache Mörderin, auf dem Fallbeil am Pferdemarkt vollstreckt. Die Hinrichtung war nicht öffentlich, ich kannte aber auch niemanden, der sich das makabre Schauspiel hätte ansehen wollen. Ihr Geständnis hatte Clara in der Vernehmung durch Arnold Manthey wiederholt. In den Tagen nach ihrer Verhaftung gab es aber auch weitere Beweise. So waren auf dem im Schuppen gefundenen Messer, der Tatwaffe, ausschließlich Claras Fingerabdrücke. Die Verkleidung, mit der sich Clara für ihre Taten in den buckligen Dreyfuss verwandelte, hatte sie im Küchenherd verbrannt. Es fanden sich nur noch ein paar Fetzen des Regenmantels in der Asche.

Ich trauerte damals immer noch um die Clara, die ich geliebt hatte und die lange vor dieser anderen Clara gestorben war.

Daniel Dreyfuss wurde bereits vier Wochen vor Clara am selben Platz hingerichtet. Er hatte noch versucht, über ein Gutachten von Professor Mensing aus Pölitz als wahnsinnig erklärt zu werden und so der Todesstrafe zu entgehen. Aber das Gutachten musste, so wie Martin mir mitteilte, wenig überzeugend geklungen haben, daher kannte der Richter keine Gnade. Nach Claras Verurteilung hatte ich viel darüber nachgedacht, ob sie wirklich das Fallbeil verdient hatte, wie ich es in meiner Wut am Tage von Onkel Wilhelms Tod herausgebrüllt hatte. Ich war zu dem Schluss gekommen, dass sie es nicht verdient hatte zu sterben. Auch Dreyfuss nicht. Sie waren beide verwirrte Seelen. Das entbindet sie nicht von der Verantwortung für ihre grausamen Taten und die härteste Strafe ist gerecht. Aber ist es weniger grausam, wehrlose Menschen auf einen Block zu schnallen und ihnen den Kopf abzuschlagen? Macht uns das nicht zu Barbaren? Schon lange wird im Deutschen Reich und in vielen anderen Ländern immer wieder über Sinn und Moral der Todesstrafe nachgedacht, doch geändert hat sich nichts. Ich weiß nicht, ob es mir besser ginge, wenn ich wüsste, dass Clara irgendwo in einer Zelle sitzt, bereut und ab und zu an mich denkt.

Wer damals die Fotografie und die Namen der Segelfreunde und Verschwörer an Salomon Dreyfuss geschickt hatte, wurde nie ermittelt. Martin und ich einigten uns darauf, dass es der Segelfreund Jens Hartung war, aber auch nur, um eine Antwort auf diese Frage zu haben. Ein diesbezügliches Schreiben an Hartung nach Deutsch-Südwestafrika blieb unbeantwortet. Das hatte einen einfachen Grund: Ende 1904 war Hartung von aufständischen Eingeborenen getötet worden, wie ich später erfuhr.

Heute, zwei Jahre nach den Ereignissen, wohne ich immer noch in der Villa Knudsen. Teils aus Bequemlichkeit, aber auch, damit die Witwe Knudsen, meine Tante Isolde, nicht so allein ist in dem großen Haus. Johannes ist auch noch da, der Mercedes-Benz, in dem Onkel Wilhelm von einer verirrten Polizeikugel getötet worden war, ist lange nicht mehr gefahren worden. Für die Reederei Knudsen konnte Adolf bei der Reederei Woermann einen guten Preis erzielen. Das war er seiner Mutter nach allem Leid, das er ihr zugefügt hatte, auch schuldig.

Adolf hat nun eine große Mietwohnung in Eppendorf und versucht sich als Schiffsmakler. Er konnte bei der Wahl, die kurz nach den Ereignissen vom Hafen stattfand, einen Platz in der Hamburger Bürgerschaft gewinnen. Maßgeblich zu diesem Erfolg hatte sicher beigetragen, dass die Wähler nichts von seiner Intrige gegen den eigenen Vater wussten, der so tragisch den Tod gefunden hatte. In der Änderung des Wahlrechts waren Adolf und seine Parteifreunde inzwischen erfolgreich. Wenn ich nicht vor Kurzem eine Gehaltserhöhung bekommen hätte, dürfte ich nun auch nicht mehr wählen. Erfolgreich ist auch das Bestreben der Kaisertreuen unter den Mächtigen, in Hamburg mehr Kriegsschiffe zu bauen. Blohm & Voss ist inzwischen die erste Adresse im Reich für den Bau kaiserlicher Schlachtkreuzer, und auch andere Hamburger Werften können sich über immer mehr lukrative Aufträge aus dem Kriegsministerium in Berlin freuen. Ich bin gespannt, wo uns das hinführen wird.

Tante Isolde, die nur schriftlich mit Adolf verkehrt, zahlt ihm noch bis Ende dieses Jahres eine monatliche Apanage, dann muss er auf eigenen Füßen stehen. Beim Erbe wurde er nicht berücksichtigt. Adolf ist inzwischen geschieden und hat nicht wieder geheiratet. Kurz nach Claras Tod habe ich ihn zufällig am Jungfernstieg getroffen und ihn gefragt, ob er Clara wirklich nachgestellt hatte oder ob das eine ihrer vielen Lügen war. Er schwor, sie nie auch nur lüstern angesehen zu haben. Zu meiner eigenen Verwunderung glaubte ich ihm.

Kurz nach Wilhelms Tod und Claras Hinrichtung hat Tante Isolde ein neues Dienstmädchen ins Haus geholt. Diesmal ist es keines der gefallenen Mädchen, sondern eine junge Bauerstochter aus Dittmarschen, höchstens achtzehn Jahre alt. Das pausbäckige, blonde Mädchen ist etwas rundlich, fleißig und lebenslustig. Oft hört man sie bei ihrer Arbeit leise singen. Das Gegenteil der melancholischen Levke, die gehen musste, weil sie Clara bestohlen hatte. Wobei ich mittlerweile davon ausgehe, dass auch das eine von Claras Lügen war, um die junge Frau loszuwerden.

Emma Neumann hatte mir ein paar Monate nach Claras Hinrichtung geschrieben und mir ihr Beileid ausgedrückt. Das fand ich merkwürdig, aber sie hatte es sicher gut gemeint. Sie schrieb auch, dass Ferdi nach einem Banküberfall in Lübeck zu mehreren Jahren Zuchthaus verurteilt worden war. Es gab kaum etwas in diesen Tagen, was mich weniger kümmerte. Von Emma Neumann habe ich seitdem nichts mehr gehört. Sie hatte auch nicht geschrieben, dass ich sie mal wieder mit kaltem Bier besuchen kommen soll. Das, was uns verband, ist nicht mehr.

Ich schaue mir die Töchter von Tante Isoldes Freundinnen an, die häufig ganz zufällig dabei sind, wenn die Witwe Knudsen zum Tee einlädt. Nette junge Frauen allesamt, aber in keiner von ihnen sehe ich das, was ich an dieser einen Frau geliebt habe. Es wird noch eine Zeit dauern, bis dieses Bild verblasst.

Ich habe Isolde nie von Claras und Wilhelms Geheimnis erzählt. Außer mir weiß nur mein Freund Martin, dass im Dezember 1904 eine Tochter des alten Knudsen enthauptet wurde, und auf seine Diskretion kann ich mich verlassen. Martin ist nach dem Sommer 1904 zum Kriminalsekretär aufgestiegen und sieht der nächsten Stufe zum Kommissar entgegen. Ich habe ihm noch ein paarmal mit wissenschaftlichen Hilfestellungen seine kriminalistische Arbeit erleichtern können. Martin ist jetzt mit Mathilde verlobt, einer lebenslustigen, rothaarigen Frau, die als Schreibkraft im Stadthaus arbeitet. Bald werden sie heiraten, und ich werde ihr Trauzeuge sein.

Wolf Serno
Große Elbstraße 7 - Liebe in dunkler Zeit
Roman
552 Seiten. Klappenbroschur
ISBN 978-3-352-00926-6
Auch als E-Book lieferbar

Die große Hamburg-Saga.

Jahre des Leids – Jahre der Liebe. In ihrem Haus an der Großen Elbstraße versucht Vicki zur Haiden der Not zu trotzen. Die Wirtschaftskrise Anfang der dreißiger Jahre trifft auch sie; zudem hat sie ihre Arbeit im Krankenhaus Eppendorf wegen einer Krankheit aufgeben müssen. Das Leben scheint nichts mehr für sie bereitzuhalten. Doch plötzlich kehrt ihr Bruder Benno mit seiner Tochter Florence aus New York zurück. Voller Eifer machen die drei sich daran, das alte Haus zu renovieren. Florence, die in den USA Medizin studiert hat, findet auch einen fähigen Architekten, in den sie sich obendrein verliebt. Doch Aron ist Jude, und auch in Hamburg kommen die Nazis mit aller Gewalt an die Macht.

Das Schicksal einer Hamburger Familie von den dreißiger Jahren bis zum Ende des Krieges. Von dem Bestsellerautor Wolf Serno.

Regelmäßige Informationen erhalten Sie über unseren Newsletter.
Jetzt anmelden unter: www.aufbau-verlage.de/newsletter

Craig Russell
Der geheimnisvolle Mr. Hyde
Thriller
Aus dem Englischen von Wolfgang Thon
413 Seiten. Klappenbroschur
ISBN 978-3-352-00929-7
Auch als E-Book lieferbar

Dunkel und atmosphärisch – die andere Geschichte des Mister Hyde

Edinburgh im 19. Jahrhundert. Edward Hyde, angesehener und zugleich gefürchteter Superintendent der Polizei, hat ein Geheimnis: Er leidet an Epilepsie und weiß oft nicht, wie er in eine bestimmte Situation geraten ist. Als er vor einem Toten steht, der nach einem keltischen Ritual ermordet worden ist, beschließt er, sich seinem einzigen Freund, dem Arzt Dr. Samuel Porteous, zu offenbaren. Doch dann wird auch Porteous ermordet – auf eine ähnlich mysteriöse Art und Weise. Hyde findet heraus, dass sein Freund nur zwei Patienten heimlich sah: ihn und jemanden, den er »das Biest« nannte. Hyde ahnt, dass er den Mörder finden muss, um sich selbst zu erlösen.

»Stephen King trifft Robert Louis Stevenson ... eine Geschichte, die einem garantiert einen Schauer einjagt.« David Hewson

Regelmäßige Informationen erhalten Sie über unseren Newsletter.
Jetzt anmelden unter: www.aufbau-verlage.de/newsletter